译文学
翻译研究新范型

王向远·著

中央编译出版社
Central Compilation & Translation Press

图书在版编目（CIP）数据

译文学：翻译研究新范型 / 王向远著. —北京：中央编译出版社，2018.12
ISBN 978-7-5117-3628-4

Ⅰ. ①译…
Ⅱ. ①王…
Ⅲ. ①文学翻译－研究
Ⅳ. ①I046

中国版本图书馆 CIP 数据核字（2018）第 227796 号

译文学：翻译研究新范型

出 版 人：葛海彦
出版统筹：贾宇琰
责任编辑：邓　彤
责任印制：刘　慧
出版发行：中央编译出版社
地　　址：北京西城区车公庄大街乙 5 号鸿儒大厦 B 座（100044）
电　　话：（010）52612345（总编室）　　（010）52612352（编辑室）
　　　　　（010）52612316（发行部）　　（010）52612346（馆配部）
传　　真：（010）66515838
经　　销：全国新华书店
印　　刷：三河市华东印刷有限公司
开　　本：880 毫米×1230 毫米　1/32
字　　数：279 千字
印　　张：14
版　　次：2018 年 12 月第 1 版
印　　次：2018 年 12 月第 1 次印刷
定　　价：65.00 元

网　　址：www.cctphome.com　　邮　箱：cctp@cctphome.com
新浪微博：@中央编译出版社
微　　信：中央编译出版社（ID: cctphome）
淘宝店铺：中央编译出版社直销店（http://shop108367160.taobao.com）
　　　　　（010）55626985

本社常年法律顾问：北京市吴栾赵阎律师事务所律师　闫军　梁勤
凡有印装质量问题，本社负责调换，电话：（010）55626985

2017年11月在安徽师大讲"译文学"

王向远（1962— ），著作家、翻译家，教育部"长江学者"特聘教授，北京师范大学文学院教授、博士生导师，北京师范大学东方学研究中心主任。

发表论文260余篇；著作20余种，计600万字；译作18册，计360万字。著作结集《王向远著作集》全10卷（2007年），论文结集《王向远教授学术论文选集》全10卷（台北繁体字版，2017年）。

治学成果为"七史五论三学"。"七史"即《东方文学史通论》《东方文学译介研究史》《比较文学百年史》《日本文学汉译史》《中国题材日本文学史》《日本文学研究的学术历程》《日本侵华文化文学史》，皆为填补空白的首部史著；"五论"即《日本右翼历史观驳论》《翻译文学导论》《比较文学学科新论》《中日现代文学比较论》《中日美辞关联考论》，提出了一系列新见新论；"三学"即《宏观比较文学》《译文学》《中国的东方学》（上中下卷，即出），建构了三个学科范型与理论体系。

内容提要

受西方翻译理论的影响,"文化翻译"及"译介学"模式在我国长期流行,总体上一直徘徊于翻译的"外部研究"而难以走进译文内部,除了"信达雅""创造性叛逆"外,在"译文"批评中没有形成一套概念范畴,更没有形成理论模式或研究范型,要么是挑错式的批评,要么是笼统的印象批评,在多样性、丰富性、深刻性上,尚不能与一般的文学批评、文学研究相比。

鉴于此,本书提出并论证了"译文学"的概念。作为学科概念,"译文学"是"译文之学",指研究"译文"的学问,并与"译介学"相对而言;作为文学类型概念,"译文学"是"翻译文学"的缩略,并与"外国文学""本土文学"相对而言。

本书从"翻"与"译"这对基础概念的发现与辨析入手,对中国传统译学关于"译文"的理论做了深入的挖掘与阐释,又充分借鉴了中外翻译学、比较文学及译介学的理论与观点,运用概念考论、语义辨析、体系建构的方法,创制了关于"译文学"的一整套概念作为学科范畴,提供了译文观照、译文研读、译文评价的一系列角度与方法。其中,在"译文学本体论"层面上,提出并界定了"译"与"翻"、"可翻不可翻·可译不可译"、"迻译·释译·创译"三组概念,以此作为译文生成的概念;又提出并界定了"归化·洋化·融化"、"正译·误译·缺陷翻译"、"创造性叛逆·破坏性叛逆"三组概念,以此作为译文评价与译文研究的概念,而这两组概念又都指向"翻译度"这个核心概念。进而又在"译文学关联论"的层面上,阐述了"译文学"与一般翻译学、译文学与译介学、译文学与外国文学、译文学与比较文学、译文学与翻译文学史等相关学科之间的关系,阐述了"译文学"的学科定位、学科属性及独特的学术功能。最终在"译文学本体论"与"译文学关联论"两个层面上,完成了"译文学"理论体系的建构,形成了翻译研究的新范型。

本书融合了语言学、文学理论与文学批评、文化理论、美学等多种视域,展示了广阔的理论视野与研究前景,具有切实的实践操作功能。因此它既可以有效地作用于翻译研究特别是译文的评论与研究,同时,作为一种纯理论也具有一定的认识价值、思辨价值与思想价值。

目 录

前　言　为什么提倡"译文学" ………………………… 1
　一、翻译研究中存在着三个问题 ……………………… 1
　二、什么是"译文学"？ ………………………………… 5
　三、译文学模式对译本自性的强调 …………………… 10

上编　"译文学"本体论

第一章　"译文学"的概念与体系 ……………………… 19
　一、译文学关于译文生成的概念 ……………………… 20
　二、译文学关于译文评价与译文研究的概念 ………… 27
　三、译文学理论体系的形成 …………………………… 31
　四、译文学与相关学科的关联 ………………………… 35

第二章　中国古代"翻""译"之辨与译文学的元概念 … 42
　一、"传""译"与"传译" ………………………………… 44
　二、"翻""译"之辨与"翻译"概念的提出 ……………… 51

三、"翻·不翻·不可翻"及"翻译度" …………… 58

第三章　"翻"的介入与"可译·不可译"之争的终结…… 71
　　一、"不可译"论者的"不可译"论 ……………… 73
　　二、"可译·不可译"论者没有"翻"的概念自觉 … 79
　　三、所谓"半可译"与"可译·不可译"的调和 …… 84

第四章　翻译方法的概念——迻译·释译·创译 ………… 89
　　一、"直译·意译"方法论概念的缺陷 ……………… 90
　　二、作为平移式翻译的"迻译" …………………… 97
　　三、作为解释性翻译的"释译" …………………… 104
　　四、作为创造性翻译的"创译" …………………… 111

第五章　译文质量评价的概念——正译·误译·缺陷翻译 … 121
　　一、"信达雅"的译文质量批评只是印象性批评 …… 122
　　二、正译·误译 …………………………………… 127
　　三、介于正译与误译之间的"缺陷翻译" ………… 131

第六章　译文文化学评价的概念——归化·洋化·融化 … 136
　　一、"归化"的语源及对"异化"一词的质疑 ……… 137
　　二、从"归化·洋化"的对立走向调和 …………… 141
　　三、在"归化·洋化"的矛盾运动中走向"融化" …… 146

第七章 译者主体性评价的概念——创造性叛逆·破坏性叛逆 …………………………………………… 154
一、"叛逆派"的起源及其与"忠实派"的争点 …… 155
二、"叛逆派"立论中的问题 ……………………… 160
三、"创造性叛逆"还是"破坏性叛逆"？ ………… 165

第八章 从译文学看"创造性叛逆"的原意、语境与适用性 ……………………………………………… 172
一、"创造性叛逆"论的原意及对它的误解 ………… 173
二、译介学对"创造性叛逆"论的挪用、转换及其问题 ………………………………………………… 182
三、"创造性叛逆"的适用性及其反思 ……………… 188

第九章 从《古今和歌集》译案的选择看"翻译度" … 193
一、"歌体"的翻译度与五七调三句译案的确立 …… 194
二、"歌意"的翻译度与三种译案的比照分析 ……… 207
三、翻译度决定了翻译的优劣成败 ………………… 234

第十章 从张我军译夏目漱石《文学论》看"翻译度"与译文老化 ……………………………………… 237
一、张译《文学论》的翻译度问题 ………………… 238
二、张译《文学论》中的缺陷翻译、误译、漏译 … 251
三、张译《文学论》与译文老化问题 ……………… 262

下编 "译文学"关联论

第十一章 译文学与一般翻译学 …………………… 271
  一、"翻译学"与"翻译理论" …………………… 272
  二、"翻译学"与"翻译研究" …………………… 278
  三、"翻译学"与"译文学" …………………… 284

第十二章 译介学与译文学 …………………… 290
  一、"译介学"是中国人创制的独特的比较
    文学概念 …………………… 291
  二、以"译介学"名义将翻译纳入比较文学
    名正言顺 …………………… 297
  三、"译介学"的可能与不能 …………………… 302

第十三章 译文学与比较文学 …………………… 312
  一、究竟有没有"比较的文学"这种"文学"? …… 313
  二、要克服比较文学的"比较文化化"就必须
    提倡译文学 …………………… 319
  三、国际文学关系史资源递减,译文学的资源
    无穷无尽 …………………… 324

目录

第十四章 译文学与外国文学研究 ············ 332
- 一、原文与译文两种文本的混同 ············ 333
- 二、"评论"与"研究"两种模式的混同 ············ 340
- 三、两种混同形成的原因、弊病及其矫正 ············ 344

第十五章 译文学与中国翻译文学史 ············ 352
- 一、译文不在场的"翻译文学史"实为"文学翻译史" ············ 353
- 二、译介学立场上的"翻译文学史"实为"翻译文化史" ············ 360
- 三、译文在场,方能写成真正的"翻译文学史" ············ 367

附录:"不易"并非"不容易"
——对释道安"三不易"的误释及其辨正 ············ 373
- 一、所谓"五失本、三不易" ············ 374
- 二、"五失本、三不易"的形成轨迹 ············ 377
- 三、对"五失本、三不易"的误释、误解及其辨正 ············ 389

本书各章初出一览表 ············ 403
王向远论文目录一览(1990—2017) ············ 406
后记 ············ 430

前　言
为什么提倡"译文学"

一、翻译研究中存在着三个问题

改革开放以来，尤其是最近二十年来，中国的翻译研究作为一门学科逐渐建立起来，许多大学的外文学院，都建立了相关翻译学的学科专业，翻译研究的文章和著作层出不穷，并且呈几何级数增长。但是，总体看来，由于我国翻译界此前没有经历过像西方翻译学那样的语言学派翻译学的浸润与洗礼，在翻译学科正要建立、翻译研究刚刚起步的时候，紧接着又受到当代西方兴起的"文化翻译"思潮的冲击，在学科的突飞猛进的繁荣中，也存在着许多问题。

最突出的问题有三：

一是全盘引进、照搬西方的翻译学流派，20世纪80年代至90年代推崇尊奉美国翻译理论家尤金·奈达的动态对等理论，当时的翻译界几乎是言必称奈达。而进入新世纪最近的十几年，则是"文化翻译"全盘进入，包括埃文-佐哈的将翻译置于语言、文学、历史、文化、意识形态等多角度加以研究的

"多元系统理论"、巴斯内特的将翻译视为"文化交际活动"及将翻译加以"文化转向"的主张,还有女权主义翻译理论、后殖民主义翻译理论,使得翻译研究到处充斥着"政治、权利、权利话语、赞助人操控、意识形态干预、文化霸权、文化帝国主义、殖民主义、创造性叛逆、归化/异化"等字眼儿。诚然,从文化的角度研究翻译,使得翻译研究从语言学狭隘视阈,走向了更为广阔的文化空间。这对于"翻译学"从语言学的学科束缚中解脱出来而获得独立学科的地位,是有很大意义的。但是,另一方面,也出现了忽视甚至无视译文本身的研究,脱离译本的实际,拿"翻译"作由头,大谈文化问题的大而无当的虚泛弊病。久而久之,"翻译研究"便会被文化研究所淹没。

由此带来第二个弊端,由于"文化翻译"的虚泛的研究模式,对专业素养重视不够,而使得如今的翻译研究者可以在毫无翻译经验、毫无译作体验的情况下,就可以堂而皇之地大谈翻译。以前主要是翻译家和少数翻译理论家谈翻译,其他人不敢随便谈翻译,因为就"翻译"本身而言,对某一个译作做出批评与判断,就需要细读原文和译文,并且加以比较,然后才能发表自己的看法。而如今在"文化翻译"的语境内,哪怕没有读过原文,甚至不需要好好研读译文,只需要用浏览和抽样阅读的方式,就可以大谈翻译文化;以前是大量优秀的译作层出不穷,相反的,关于翻译研究的书籍文章只出自少数专家之手,数量极为有限,翻译实践多,翻译研究少,两者不成比例;而如今,优秀译作的比例在下降,而关于翻译论说方面的著作论文却成倍增长。翻译实践少,翻译研究多,两者也不成比例。没有翻译经验与翻译体验，而要谈翻译，就势必会以照搬、套用西方的翻译理论为能事，有关介绍、推崇、评论西方翻译理论的文章，连篇累牍，选题严重重复、重叠，大同小异。除了少量之外，大都缺乏新意、没有创意。我在2008年度《中国比较文学年鉴》的绪论中曾说过：在翻译文学的具体研究中，有的文章援引西方理论而获得了新的论据与新的视角，也是值得肯定的，但也有相当一部分文章，还处在对西方理论模式好奇地加以套用的水平上，就如同文艺理论界的一些作者在20世纪八九十年代所做的那样。①

第三，在这种情况下，中国近年的翻译研究，就出现了避难就易、避重就轻的倾向。所谓"避难就易"的"难"，所谓"避重就轻"中的"重"，指的都是研读译本，并且将译文与原文对读，并在对读过程中，发现具体的问题。双文对读，作为研究性的阅读，是一件相当细致、相当需要观察力和判断力的工作。一切翻译的问题，都隐含在译文中，一切翻译中的文化问题、文学问题、美学问题，都表现在译文的字里行间。在这一点上，传统的语言学的精英阅读的要求是不能丢弃的。作为翻译研究者，只有在对读译文的基础上，才能展开译文批评，并对译文做出不同角度的评价；作为翻译者，只有在译文对读的基础上，才能发现译文的缺陷，才能做出是否复译（重译）、能否复译的判断与决定，才能使得复译本，真正能够在旧译本的基础上更上一层楼。而这一切，在现在流行的"文化

---

① 王向远：《2008年度中国比较文学概观》，见曹顺庆、王向远主编：《中国比较文学年鉴2008》，中国社会科学出版社2010年版。

翻译"的研究模式中，似乎都变得无足轻重了。

扎扎实实的批评与译文研究的缺乏，表现在近年来译文批评的文章，在大量的翻译研究文章中所占的比重极小，通过译文细读而写出来的好的译本批评文章更为罕见。像钱钟书的《论林纾的翻译》那样切中肯綮、卓有见地的翻译批评文章，简直就如凤毛麟角。在《翻译文学史》《文学翻译史》的撰写中，这个问题更为突出地反映出来。照例说，关于翻译的文学史，作为文学史与一般历史著作的不同，就是要有大量的文本分析与文本批评，正如中国文学史书要有丰富的文本分析与文本批评一样。但近二十多年来出版的各种"中国翻译文学史"类的著作中，普遍缺乏对译本的观照与批评，存在着"译文学"意识严重缺乏、"译文不在场"的情况，往往把"翻译文学史"写成叙述翻译史的外部史实的"文学翻译史"，或写成强调翻译文学之文化功用的大而化之的"翻译文化史"，与理应建立在具体细致的译文批评基础上的真正的"翻译文学史"尚有相当的距离。我认为，"翻译文学史"不应写成"翻译文化史"。"翻译文学史"首先是"文学史"，其次是"翻译史"，最后才是"文化史"。"文化史"是它的外围的、背景的叙述。今后的"翻译文学史"的研究书写，应该强化"译文学"意识，由翻译的外围走向核心、由翻译活动的周边走向翻译中心的译本，改变"译文不在场"的状况，把微观的"译文"文本的分析，与宏观的"文学"视域研究两者结合起来，才能写出真正的翻译文学史。

鉴于以上的分析，笔者提出了"译文学"的主张，并试图以"译文学"的研究模式,矫正和解决上述的种种偏颇与问题。

二、什么是"译文学"?

当代中国的翻译研究,由研究者的不同的立场、方法,可以划分为"翻译学""译介学""译文学"三种不同的研究模式,也不妨看作是翻译研究的三派。

第一种研究模式是"翻译学",是以跨语言的转换为中心的综合性翻译研究,包括翻译实践研究、翻译理论研究、翻译史研究、翻译原理研究等。这一派在国内外历史悠久,积累较为丰厚,有传统的翻译学,也有对传统的翻译学加以批判继承的当代翻译学。传统的翻译学基本上是以原文、原作者为中心,以语言学特别是语言规范为依托,以翻译如何忠实于原作为基本问题。而当代翻译学则逐渐走向以译者为中心,强调翻译家的主体性,并从"语言翻译"的立场走向"文化翻译"的立场,重视翻译在跨文化交流中的作用和价值。

第二种研究模式是"译介学",是谢天振先生在《译介学》一书及相关文章中提出并论证的一个概念。他指出:"译介学不同于一般意义上的翻译研究……最初是从比较文学中媒介学的角度出发,目前则越来越多地从比较文化的角度出发,对翻译(尤其是文学翻译)和翻译文学进行的研究。"[①] 可见,"译介学"虽然基本上脱胎于当代西方翻译学,但也形成了自

---

① 谢天振:《译介学》(增订本),北京大学出版社2013年版,第1页。

己的研究话语和理论建构。它超越了语言学立场，从"比较文化"的立场出发，侧重翻译在跨文化交流中的独特功能和作用，特别重视文化差异对翻译的影响，强调"创造性叛逆"的重要价值，研究翻译中文化意象的失落与歪曲、文化理解的偏误，以及文化交融的功能。

第三种研究模式是"译文学"。照字面，对"译文学"可以有两个侧面的理解。一是从文学类型的角度理解，"译文学"是"翻译文学"的缩略，并与"外国文学""本土文学"相对而言；二是从学科概念来理解，"译文学"作为一种研究范型，是"译文之学"的意思，指研究"译文"的学问，并与"译介学"相对而言，表明它由"译介学"的媒介的立场而转向"译文"，即翻译文本，亦即由"译介学"对媒介性的研究，转置于"译文"本身的研究。两个侧面的含义构成了"译文学"这个概念的完整内涵。

"翻译学""译介学""译文学"这三种研究模式之间，既有继承，也有疏离。"译文学"是从"翻译学"及比较文化中衍生出来的，"译文学"又是从"译介学"及比较文学中衍生出来的。"译文学"特别得益于"译介学"所界定、所常用的"翻译文学"与"文学翻译"这一对概念，并把它们作为关键的概念范畴。尤其共鸣于"译介学"所提出的"译作是文学作品的一种存在形式""翻译文学是中国文学的组成部分"等重要命题。但与此同时，"译文学"和"译介学"也是有区别的，这主要表现在两个方面。第一，"译介学"主要立足于"比较文化"的立场，而"译文学"则主要立足于"比较文学"的立场。比较文化立场上的"译介学"侧重的是翻译的媒介性,把翻译作为跨文化的行为和现象加以理解。不管语言学层面上对错如何,美丑如何,只要是翻译对原语文化做了有意无意的变形、扭曲、改造、叛逆,那么它作为文化交流碰撞的产物,就都是值得注意的、值得肯定的、值得分析研究的,这样,翻译在跨文化交流中所起的作用,就成为"译介学"价值判断的基本标准。与此相应,"译介学"的关键词是"创造性叛逆""文化意象失落""文化意象歪曲""文化误解"等。

与"译介学"不同,"译文学"主要把翻译文学看作是一种跨文化的文学类型来看待。它重点是要对"翻译文学"做文本分析。既然是文本分析,就一定首先要落实到语言的层面,因此,"译文学"又在这个方面继承了传统翻译学的语言学方法。但"译文学"既像一般翻译学那样做语言学上的对与错的评价,同时也做文学文本的审美价值的优劣判断,也就是把语言学上的"忠实"论与文学上的"审美论"结合起来。"译文学"在译本批评的时候,由于持语言学与美学的双重立场,它就能不像"译介学"那样只站在文化交流的立场上无条件地肯定文学翻译中的"叛逆"行为,不把所有的叛逆都视为"创造性叛逆",而是在"创造性叛逆"的基础上,提出了一个相对的概念——"破坏性叛逆",以此对"叛逆"做出"创造性"和"破坏性"两方面的评价,认为"叛逆"有"创造性的叛逆",也有"破坏性的叛逆",并主张对"叛逆"采取审慎的态度。

在涉及翻译史研究的时候,"译文学"与"译介学"既有一致性,也有差异性。"译介学"首先提出了一系列富有启发性的主张,特别是很好地论证了"文学翻译史"与"翻译文学史"的区别,认为不仅要有记述翻译家的翻译活动及翻译事件的"文学翻译史",更要有文学性为本位的"翻译文学史"。谢天振先生在《译介学》中明确提出:"翻译文学史实际上就是一部文学交流史、文学影响史、文学接受史。"① 显然,这样的主张与"译介学"的"比较文化"的基本立场是相通的。"译介学"提出要把翻译文学写成"文学交流史、文学影响史、文学接受史",就是强调翻译文学在跨文化交流、文学交流中的作用。这样写出来的"翻译文学史",比那些只记述翻译家及翻译史实的"文学翻译史",无疑是一个很大的飞跃和提升。但另一方面,"译介学"所提倡的"翻译文学史",由于受到了"文学交流、文学接受与影响"的"比较文化"立场及"创造性叛逆"价值观的制约,而相对地忽略了译本、译本分析或译本批评。或者,在从事译本批评的时候,只关注与"创造性叛逆"相关的现象,而无意对翻译文本做更全面细致的批评。而这一点却正是"译文学"立场上的"翻译文学史研究"最为关注的。笔者在《翻译文学史的理论与方法》一文中曾提出,在"翻译家""译本""读者"这三个要素中,"最重要的还是译本,因为翻译家的翻译活动的最终成果还是译本,所以归根到底,核心的要素还是译本……翻译文学史还是应以译本为中心来写"。认为翻译文学史应该解决与回答的主要问题有

---

① 谢天振:《译介学》(增订版),北京大学出版社2013年版,第208页。

四个:"一、为什么要译?二、译的是什么?三、译得怎么样?四、译本有何反响?"① 这些实际上都是围绕"译本"提出并展开的。在《应该有专业化、专门化的翻译文学史》一文中,笔者曾强调:"翻译文学史作为'文学史',与一般历史著作的不同,正在于它必须以文本分析作为基础。换言之,没有文本分析的文学史不是真正的文学史;没有译本分析的翻译文学史,也不是真正的翻译文学史。"②

还需要说明的是,"译文学"所指的翻译文学的文本,应该包括两个方面,一是小说、诗歌、剧本等"虚构性文本"。二是文学理论与文学研究的文本,即"非虚构性文本"。我们当然可以把"非虚构文本"看作学术理论著作,但它却是以"文学"、以"美"为研究对象的纯学术理论著作,它比其它方面的学术著作,更超越、更纯粹,也更具有"纯文本"性。因此,在"译文学"的研究模式中,不仅要关注小说诗歌等虚构性文本,也要关注文论、美学,特别是古典文论与古典美学等非虚构著作的翻译文本。相应地,"译文学"研究者,在积累翻译实践经验的时候,最好既有虚构性作品的翻译经验,也有非虚构作品的翻译经验。这样,也可以有效地矫正翻译理论上、学术价值观上的偏颇。例如,受虚构文本翻译经验的制约,往往会更多地强调翻译的叛逆、创造性的一面;受学术理论文本的翻译经验的制约,便更多强调翻译的忠实性、科学性

---

① 王向远:《翻译文学史的理论与方法》,《中国比较文学》2000 年第 4 期。
② 王向远:《应该有专业化、专门化的翻译文学史》,《社会科学报》(上海)2013 年 10 月 17 日。

的一面。实际上,对"译文学"这种研究模式而言,"非虚构文本"的严谨性、思辨性、纯理论性,与虚构文本的想象性、诗性、审美性,两者是可以相辅相成的。

总之,"翻译学""译介学""译文学"三者的关系,虽然都是以翻译为研究对象,但三者也有所明显的不同。"翻译学"是"语言中心论""忠实中心论";"译介学"是"媒介中心论""文化中心论"和"创造性叛逆"论;而"译文学"则是"文学中心论""译本中心论"和"译本批评中心论"。

三、译文学模式对译本自性的强调

一直以来,许多人认为译文只是原文的替代品,认为读译本是那些不能读原文的读者迫不得已的选择。不少翻译理论工作者,一方面声称重视翻译,一方面却在理论上对翻译的文化属性缺乏深刻认识,仅仅把翻译看成是一种译介现象,看成是一种媒介、中介、一种交流与传达的方式方法。甚至有不少人在文章中说:若今后大家的外语能力都提高了,自己能看外文书了,翻译自然就消亡了。这种论调是中国古代的"舌人"论和现代"媒婆"论的翻版,是对翻译文学性质的严重误解。这样的认识,仅仅是从文学翻译的最初动机及外部作用上着眼的,而没有看到"译本"也是"译作",是一种特殊的相对独立的文学作品,具有独立的阅读价值和审美价值。

"译文学"的研究模式坚持以译文为本位、以译文为中心的立场,对译本的自性或本体价值,做出了论证和确认。笔者在《翻译文学导论》一书中,反复强调"翻译文学"作为一种文本形态的独立价值，认为"翻译文学"与"本土文学"、"外国文学"是并列的关系，三者是无法相互替代的，并在"译介学"提出的"翻译文学是中国文学的一个组成部分"这一论断的基础上进一步修正，提出了"翻译文学是中国文学的一个特殊组成部分"[①] 的论断。从阅读经验与阅读史的角度看，译本或译文的阅读也是读者所不可替代的选择。一般读书人，势必会与译本打交道。假定一个人近期读了十种书，其中可能就会有三五种是译本。在某些时期，译本的阅读比重可能会更大些。一般读者要获取新知识，要开阔视野，必然要读译本。那么，会外语的读者，甚至精通外语的读者，要不要读译本呢？例如，一个人，他英语很好，是直接读莎士比亚的原作呢，还是读朱生豪、卞之琳或梁实秋的莎士比亚译本呢？我认为，一个聪明的读者，在已经有了较好的、或很好的译本的情况下，他不会完全无视译本的存在，而直接去读原文。

通常，一个外国文学研究者，哪怕是外文水平有多么高，他读原文的时候对原文的理解，其准确性超过翻译家译作的，恐怕极为少见。因为翻译家是站在翻译的立场上，一字一句仔细推敲琢磨的。而一般读者的阅读，是要有一定的"流速"的；换言之，阅读本身要有一定的速度，正如说话要有一定的语速一样。假如阅读的时候老是卡壳，那就好比说话的时候老是"语塞"或者"无语"，那就"不像话"了。老是卡壳的阅读，要么跳过去、要么放弃，要么想当然地乱猜。这样的阅读

---

① 王向远:《翻译文学导论》，北京师范大学出版社2004年版，第15页。

在外文阅读中，相信许多读者多少都有体会。

但是，翻译家不能这样随意，他必须克服一切障碍，也不必讲究"语速"，直到满意地翻译出来才肯罢休。换言之，读者是为自己阅读，翻译家主要是为了读者而翻译，他是有责任的、有担当的，所以他必然比一般读者来得认真、来得仔细。因此，一般地说，负责任的翻译家的译本，要比一般读者的阅读更为可靠。因此，笔者在课堂上也经常提醒学生们：千万不要以为自己的外语水平不错，就太相信自己的阅读理解能力，如果已经出版了译本，那就一定找来译本参考。最好是先读原文，再来读译本。这样，就可以把翻译家的译本作为标杆，来检验自己的阅读理解。当你发现你的水平不如翻译家的译本，那就好好地向翻译家的译本学习；当你发现你的水平超过了译本，那你就可以毫不客气地考虑重新翻译（复译）。翻译也就是在这样的过程中不断进步的。

译本还有与原文对读的功用与功能。对读，可以使读者在译本与原作之间互参互照、相得益彰。尤其是古典作品、经典作品，因意义的含蕴程度高，译者在翻译的时候大都会考虑到读者会用来与原文对读，因此会尽力做到译文与原文的对应。对读，就是读者主导的原文与译文两种文本的双向互动。由于有了这样的双向互动，读者会不断地加深对原文的理解，也会不断地加深对译文的理解，还可能会发现译文中的翻译方法，体会其"翻译度"，发现其创译（创造性的翻译）之处，或发现译文中误译和缺陷翻译。因而，对读不仅有助于读者欣赏译文，而且也是翻译学习者、研究者必不可少的基本功，是翻批评与翻译研究的基础课业。据知广东一所外语大学的一位教授在给研究生开日本古代文论的课时，方法就是让同学们把日文古代文论的原著，与《日本古典文论选译》加以对读；无独有偶，福建一所师范大学的比较文学学科，有教授在讲日本古代美学与文论的时候，也让研究生以"审美日本系列"中译出的《日本物哀》等书与原文对照。这种学习方法是切实可行的，译文与原文对读，是学生学习翻译、学习文学理论原典的最佳途径之一。当然，在这种情况下，译本是一种参照的标杆，它可以供"学习模仿"用，同时也供"学习研究"用，可以供"批判地接受"用，最终是供"批判地超越"用。译本存在的价值、用处正在这里。

译本对于学习者的用处是这样，那么译本对研究者而言也是原文所无法替代的。

据笔者所知，在许多情况下，相当一部分研究者是根据译本而不是根据原作来研究的。之所以根据译本来研究，是因为历史与语言上的原因，使得原作的阅读已经变得很困难。例如，日本的《源氏物语》，连日本的许多研究者都是通过现代语译本阅读和研究的，只有在涉及语言学问题时，有些研究者才拿原作来对照。同样的，中国的《源氏物语》研究者，大多是通过中译本来研究的，到涉及原文语言问题的时候便参考原文。这种情况不只是存在于日本古典文学研究中，也广泛存在于日本当代文学研究中。例如，已通过答辩或已经出版的有关夏目漱石、川端康成、三岛由纪夫、村上春树的博士论文，许多作者引用原作时大都使用译本，在书后的参考书目中大都列出译本。几年前笔者去西安的一所大学主持博士论文答辩,那是一篇用中文写成的研究川端康成的博士论文,答辩者坦言自己阅读的主要是川端康成的中文译作,必要的时候、相关的段落再参读原文。那位作者坦然承认这一点,是很诚实的态度。川端的文字是很不容易懂的,如果他只读川端康成的原文,而无视译文,无论他日文水平多高,他毕竟还不到专业翻译家的水平,没有下翻译家那样的工夫,那我们就有理由怀疑他理解得是否准确到位,甚而怀疑学术论文本身的质量了。

主要以译本为依据,来做外国文学的研究,这种做法在一些"语言原教旨主义"① 者看来自然是不可以的。当然,如果要在"语言学"的层面上做研究,必须啃原文,涉及语言问题上,必须核对原文,但如果是在一般"意义"的层面上加以研究,则可靠的译文是可靠的。实际上,这也是外国文学研究、乃至外国哲学、美学研究中的通常做法。例如研究马克思,根据的是中文版的《马克思恩格斯选集》,研究黑格尔、康德,依据的也是中文版译本。只要不涉及具体的语言学上的问题,根据译本来研究是可行的、可靠的。众所周知,美国学者本尼迪克特在《菊与刀》中对日本文化的研究,主要使用的是译成英文的日本材料;英国学者汤因比在《历史研究》中对中国文明的论述与研究,主要使用英文材料;美国学者费正清是著名的中国问题研究家,但他也大量使用译成英文的材料。研究工作成败的关键,是透彻地理解原意,"原意"并不等同于"原

---

① 对"语言原教旨主义"的批评,请参见王向远《从"外国文学史"到"中国翻译文学史"》(《中国比较文学》2005 年第 2 期)。

文",理解原意也不在于直接读原文还是主要参照译文。当然,所选择的译本本身的质量一定要高,要依据名家名译才行。"译文学"研究的价值观,就是确认译本的自性。可靠的、优秀的译本,对译入国的读者来说,其价值虽然不是完全等同于原作,但也相当于原作。正如汉译《新旧约全书》和汉译佛经,对中国的信众与读者来说就相当于原文经典,是一个道理。

上 编
"译文学"本体论

第一章
"译文学"的概念与体系

"译文学"学科建构的基石是若干学术概念与学科范畴，这需要从自古及今、源远流长的中国翻译史与翻译思想史中加以发掘、整合与提炼，还需要将外国翻译理论与翻译思想加以参照。为此，在"译文学本体论"层面上，提出并界定了"译·翻""可翻不可翻·可译不可译""迻译·释译·创译"三组概念，以此作为译文生成的概念；又提出并界定了"归化·洋化·融化""正译·误译·缺陷翻译""创造性叛逆·破坏性叛逆"三组概念，以此作为译文评价与译文研究的概念。这两组概念又都涉及"翻译度"这个概念。通过论证这些概念范畴之间的逻辑关系，形成了"译文学"完整的理论体系。又在"译文学关联论"的层面上，阐述了"译文学"与一般翻译学、与译介学、与外国文学、与比较文学等相关学科的关联性，从而确立了"译文学"的学科定位，论述了其独特的学术功能。

无论是在中国还是在欧美,"翻译学"学科体系建构的瓶颈,就是学术概念的提炼严重不足,学科范畴严重缺乏,不得不更多地借用传统的语言学、文学乃至文化理论的概念。这实际上是来自西方的正统翻译学及其思想创造力衰微的一种表征。我国现代翻译研究理论的基本概念有"信达雅""神似·化境"等,有来自外国的"直译·意译""等值·等效""忠实·叛逆"等;当代"译介学"的基本概念有"创造性叛逆"等,大多借助于外来概念或古人的概念,属于当代中国学者独创的概念极为缺乏,而且概念范畴的数量太少,不足以建立一个独立的理论系统。我们应该努力另辟新径,改变这种状况,因而有必要提出"译文学"的学科构想。"译文学"的理论体系能否形成,作为一个新学科能否成立,最关键的是能否提炼出属于自己的独特的学术概念,能否把这些概念用作"译文学"的学术范畴并阐明诸范畴之间的逻辑关系,为此,首先要将诸范畴提出来并予以界定,再简要勾勒出诸种范畴之间的逻辑关系,最后要简要说明"译文学"与其他相关学科之间的关系,由此形成"译文学"的理论体系结构示意图,并以此统领整个"译文学"的阐述与建构。

一、译文学关于译文生成的概念

"译文学"作为以"译文"为本体的学科,作为"译文之学"[①],必须首先从理论上阐明译文生成的内在矛盾运动,揭示

[①] 王向远:《翻译学·译介学·译文学——三种研究模式与"译文学"的立场方法》,《安徽大学学报》2014年第4期。

译文生成的方法、途径和过程,这就需要创制关于译文生成的一整套概念。为此,就需要从最原初的一个概念——"翻译"——的辨析入手。

(一)"译"与"翻"

"翻译"作为从原语到目的语内在转换运动的概括,不仅是一个学科的名称,也是关于译文生成的最基本的概念。"译文学"需要对"翻译"这个概念加以反顾、再审视和再认识。在这个问题上,就需要打突破西方翻译学"翻译"定义的束缚禁锢。拉丁语的"trans latus"及来自拉丁语的英语"translate"一词,原义都是"摆渡""运载"的意思,指的是从此处到彼处的平行的运动和输送,这是对于在西语系统内进行语言转换的状态过程的描述与概括。在这里实际上并没有翻山越岭的"翻",只有一种平行移动的"译"或"迻译"的运动。当我们把它们翻译成"翻译"的时候,实际上已经加入中国人对"翻译"的独特理解。

考察中国古代翻译史,可以看出中国传统的"翻译"概念,实际上是由"译"与"翻"两个概念合并而成的,是对"译"与"翻"两种语言转换方式及译文生成方式的概括。汉语的"翻译"概念,在中国翻译发展史上有一个漫长的、逐渐的形成过程。东汉之前,由于汉民族与周边"夷狄戎蛮"之间语言的隔阂,没有后来的梵语与汉语那样差别巨大,因此在转换过程中,不太需要幅度很大的"翻"。在这种情况下,人们对翻译的认识用一个"译"字即可概括。东汉以后,梵汉翻译的实践，使翻译家们开始意识到在"传"、"译"或"译传"中，还有一种空间立体的大幅度"翻转"式的解释性的交流与置换活动，并名之曰"翻"，并由此产生了"翻译"这一概念。进而模模糊糊地认识到，虽然"译"中有"翻"，但"翻"与"译"是两种不同的手段与活动，两者相反相成、互为补充。如果说"翻"是站在原作对面的一种模仿，那么"译"就是站在原作旁边的一种传达。而且"翻"与"译"的问题跟"文"与"质"的问题也密切相关，用"译"的方法产生的译文往往是"质"的，即质朴的；用"翻"的方法形成的译文往往是"文"的，即有文采的。又认识到有些东西是"不可翻"的，例如玄奘提出了"五不翻"的主张，是因为原文有的词的发音具有神秘、神圣性，或者一词多义，或者汉语里原本就没有对应的词等等，这些"不可翻"的情况只使用"译"的方法。这样，我们就可以在中国传统的"翻译"这一概念中，发现古人对跨语言、跨文化交流的途径、方法与功能的思考。"翻"若翻转，在这一点上，倒是日本人的体会与表达似乎更为细腻些，日语中"翻译"（翻訳）又写作"反訳"（反訳），似乎体悟到了"译"需要"翻"，而与原文是"反"的关系。翻译正如将手掌翻（反）过来一样。这在世界翻译理论史上，恐怕也是最早的发现。总之，中国古代翻译家及翻译理论家对"翻"的发现，对"翻"与"译"两者辩证关系的认识，最终导致了"翻译"这个相当科学、又相当艺术的概念的产生，并寄寓了丰富深刻的译学思想。但是，一直以来，翻译研究界对传统译论中"翻"的理解一直远远未能到位，也没有专文对此加以讨论,制约了人们对"翻译"这一概念深入理解。

"译"与"翻"二字,也是译文生成的基础概念或母概念,其他概念都是从"译"与"翻"中衍生出来的。

(二)"可译·不可译"与"可翻·不可翻"

"译"与"翻"的区别,具有重要的理论价值。其中最重要的价值之一,就是可以以此来观照并解决中外翻译理论史上长期聚讼纷纭、莫衷一是的关于"可译/不可译"的论争。

翻译史上的"可译/不可译"的讨论与争论,反映了翻译家和翻译理论家对翻译活动的可能性与局限性的体察与认识。中外现代翻译史上的"不可译"论,主要体现在文学翻译领域,尤其是诗歌翻译中。说诗歌"不可译",一是诗歌"音声"的不可译,二是文体、诗形不可译,三是特殊语言修辞不可译,四是风格不可译,五是文学之"味"不可译。但是,"不可译"论者对"译"的理解是狭义的。他们只关注了文学(诗歌)的外部形式,因为无论是音声、文体、诗形,还是风格,都主要是呈现在外部的东西。要把这些东西通过"译"的方法,平行迻译到另外一种语言中,当然是不可能的。所以主张"不可译"。但他们却没有意识到,翻译活动的途径其实不仅仅是"译",还有"翻"。然而在"不可译"论者的意识中,几乎没有"翻"的意识的存在,或者从根本上就否定类似"翻"的行为;而"可译"论者,或多或少地意识到了"翻"的存在,在具体的描述中也朦朦胧胧地勾画出了"翻"的轮廓，但却没有诉诸"翻"的概念。或者说，已经走到了"翻"的跟前，但是缺乏概念上的理解与确认。于是，"可译·不可译"的论争，就断断续续持续了百年。殊不知这个问题早已经在中国古代翻译理论中得到阐发和基本解决，但到了现代翻译尤其是文学翻译、诗歌的翻译中，由于受西方翻译理论的支配影响，中国古代翻译理论的有关阐释却被人忽略、遗忘了。结果还是"可译"论者一而再、再而三地重申"可译"论，而"不可译"论者也一而再、再而三地重申着"不可译"论，没有结论，也没有共识。实际上，在"译文学"的理论建构中，"不可译"与"不可翻"相反相成，唯其"不可译"，所以才"可翻"；唯其"不可翻"，所以才"可译"。这样一来，关于"可译·不可译"的无休止的争论即可平息。而译文生成的方法也就有了左右逢源、非此即彼的选择。"可译"的就译，在通常情况下不必"翻"；"不可译"的就不要硬译，势必要"翻"。"翻"与"译"的结合和配合，使得翻译拥有了更大、更多的可能性、可行性。

（三）"迻译·释译·创译"

如果说，上述的"翻"与"译"、"可译·不可译"和"可翻·不可翻"是译文生成的基本方法，那么"迻译·释译·创译"则是译文生成的具体方法。

关于翻译的具体操作方法，学界一直使用的是"直译·意译"这对概念。其中"直译"一词是中国古代翻译的概念，指的是直接从梵文翻译而不经胡文（西域文字）转译，是"直接译"的意思，与"转译"相对。近代日本人把"直译"的意思改变了、改造了，再配上"意译"一词，以此来翻译西方的相关概念，形成了"直译·意译"这对汉字概念，并传入中国，一直流行至今。但是这两个二元对立的概念，看似泾渭分明，实则一直界定混乱、具体操作方法不明，在中外翻译理论史上长期以来聚讼纷纭、纠缠不清，其中有许多问题令人困惑。例如，"直译"和"意译"是对立的吗？"直译"和"硬译""死译"有什么区别？要把"意"译出来，就不能"直译"吗？"意译"与"曲译""歪译"乃至"胡译"有什么区别？"直译"的目的难道不是把"意"（意思）译出来吗？"直译"能否译出"意"来？"直译"若不能译出"意"来，岂不是让读者不知所云，即严复所说的"译犹不译"吗？由于这对概念造成了理论与实践上的诸多混乱和困惑，当代一些翻译理论家强烈主张摒弃之，但却一直没有找到其他词取而代之。

为此，"译文学"提出了译文生成的三个基本概念，一是"迻译"，二是"释译"，三是"创译"。主张抛弃"直译·意译"这个二元对立的概念，并用"迻译·释译·创译"三位一体的概念取代之。

所谓"迻译"，亦可作"移译"，是一种平行移动式的翻译。"迻译"是一个历史范畴。在中国翻译史上，"迻译"大都被表述为"译""传译""译传"，是与大幅度翻转性、解释性的"翻"相对而言的，指的是将原文字句意义向译文迁移、移动的动作。"迻"是平移，它只是"译"（替换传达）而不是"翻"（翻转、转换）。"迻译"与传统方法概念"直译"也有不同。"迻译"强调的是自然的平行移动,"直译"则有时是自然平移,有时则是勉为其难地硬闯和直行;而"迻译"中不存在"直译"中的"硬译""死译",因为一旦"迻译"不能,便会自然采取下一步的"释译"方法。

"释译"是解释性翻译,在具体操作中,有"格义""增义"和"以句释词"三种具体方法。广义的格义就是拿汉语的固有概念,来比附、格量、解释外来词汇概念。如佛经翻译用中国固有的儒家道家的词汇,来释译有关佛教词汇。"增义"是利用汉字汉词来释译原语的时候,使得汉语本来的词语的含义有了拓展和延伸。例如,用"色"和"相"来释译梵语相关词汇的时候,便使"色""相"的含义有了增殖。"以句释词"在没有对应的译词的情况下,用一句话释译一个词,例如,把日本的"物哀"译为"感物兴叹"等。

"创译"是创造性或创作性的翻译,分为词语的"创译"和作品篇章的"创译"两个方面。前者创造新词,后者通过"文学翻译"创作"翻译文学"。"创译"所创制出来的译词,会被袭用、模仿,也为后人的"迻译"提供了条件。在文学翻译中,"创译"则是在翻译家自主选择"迻译"、又能恰当"释译"的基础上,所形成的带有创作性质的译品,也就是"译作",是"翻译"与"创作"的完美融合。

"迻译·释译·创译"三种方法的运用各有其难。相比而言,"迻译"难在是否选择之,"释译"难在如何解释之,"创译"难在能否令原词、原句、原作脱胎换骨、转世再生。可见,从"迻译""释译"到"创译",构成了由浅入深、由

"译"到"翻"、由简单的平行运动到复杂的翻转运动、由原文的接纳、传达,到创造性转换的方法操作系统。

二、译文学关于译文评价与译文研究的概念

在"译文学"的建构中,上述的"译文生成"的概念,概括的是译文的产生环节,而面对既成的译文,"译文学"还要做出评价,进而加以研究。这就需要相应的关于译文评价与研究的一整套概念。没有这方面的概念,就如同一杆秤没有刻度、没有秤星一样,我们就不拥有译文评价的元话语、就失去了译文评价的依据与标准,就不明确译文研究的角度、层面或切入口。为此,译文学确立了如下三组概念。

(一)"归化·洋化·融化"

"译文学"从译文研究、译文评价的立场出发,需要对当代流行的"归化·异化"这对概念加以检讨和反思。

在中国现代翻译理论中,"归化·洋化"这对概念是对译者翻译策略与译文的文化风格的一种概括。1990年代中后期西方"文化翻译"派的主张传入中国后,"洋化"或"西化"便被一些人置换为"异化"一词,表述为"归化·异化"。但"异化"作为哲学概念指的是从自身分裂出异己力量,以此取代翻译上的"洋化"很容易混义串味,因此,我们有必要应该准确地标记为"归化·洋化"。从中国翻译理论史上看,"归化·洋化"的论争经历了从"归化·洋化"走向两者调和的过程;从中国翻译文学史上看,译文、译作也经历了从林纾时代

的"归化"到鲁迅时代的"洋化",再到朱生豪、傅雷时代将"归化·洋化"加以有机调和的过程。两者的调和可以用"融化"一词加以概括,由此可形成"归化·洋化·融化"三位一体的正反合的概念,用以矫正"归化·异化"这对概念的二元对立、非此即彼的偏颇,并以"融化"这一概念对译文的文化风格取向与走向加以描述与概括。翻译中的"融化"是一个无止境的过程,是翻译文学值得提倡的文化取向。

(二)"正译·误译·缺陷翻译"

"正译"一词,意即"正确之翻译"。这个词是北朝末年至隋朝初期的僧人彦琮在《辨证论》一文中提出来的。在古代佛经翻译理论及概念体系中,与"正译"相对的、相当于"误译"的概念,有"不达""乖本""失本""失实"等。

在"译文学"的译文批评中,试图建立一个概念系统,以加强译文对错判断的客观性和准确性,假如像以前那样,仅仅使用"误译"或"错译",那么这个词在没有相应概念的对应、牵制的情况下,就很难成为一个概念,而只是一个缺乏规定性的普通判断词。同时,"译文学"也没有简单地使用"正译·误译"二元对立的概念,而是采用了"正译·误译·缺陷翻译"三位一体的概念。因为,在实际上的译文批评中,并非除了"误译"就是"正译",或者除了"正译"就是"误译"。在"正译"与"误译"之间,还有虽不完美、虽不完善,还说得过去、但又存在缺陷的翻译。这样的翻译实际上比"误译"要多得多,而且,若不是彻头彻尾的误译,那实际上就属于"缺陷翻译",若不是完美无缺的翻译,那可能就是有缺陷的"缺陷翻译"。人无完人,金无足赤,翻译也很少有完美无缺的翻译。因此,译文批评不仅仅是要褒扬"正译"、指出"误译",而更重要的,是要对有可取之处、对未臻完美的译文加以指陈和分析。这样一来,"缺陷翻译"作为一个批评概念,就显得特别必要、特别重要了。

"缺陷翻译"一词,我国翻译批评与翻译理论界,迄今为止一直未见使用,更没有成为一个批评概念。"译文学"所使用的"缺陷翻译",是介乎于"正译"与"误译"之间的一个概念,是指既没有达到"正译",也没有完全"误译"的中间状态,换言之,"正译·缺陷翻译·误译"是三个并列的批评概念。

有了"缺陷翻译"这个概念的介入,我们在译文批评实践中,就会打破"正译"与"误译"的二元论,而在"正译""误译"的中间地带,发现译文的各种各样的、大大小小、多多少少的缺陷,分析缺陷形成的原因,而达到弥补缺陷、不断优化翻译的目的。

(三)"创造性叛逆·破坏性叛逆"

从"译文学"的立场来看,"译介学"所推崇和提倡的"创造性叛逆"这个判断应该是有限定条件的,它只是对作为文本的"翻译文学"的一种判断用语,而不能适用于作为翻译行为或翻译过程的"文学翻译"。具体而言,"叛逆"只是对"翻译文学"实际状态的一种描述,因为"翻译文学"是不可能百分百地再现原文的,总有对原文的有意无意的背离、丢弃和改变。在翻译研究中,尤其是在比较文学的翻译研究中,应该正视"创造性叛逆"现象,并对"创造性叛逆"在跨文化传播与跨文化理解方面所起的积极作用给予应有的评价。否则,便会导致对"翻译文学"价值的贬损。而"文学翻译"作为一种语言转换行为,若只讲"叛逆"而不讲"忠实",那么翻译将丧失其规定性,成为一项极不严肃、随意为之的行为。

而且,就"叛逆"而言,也不只是"创造性叛逆",而是有着"创造性"与"破坏性"的两个方面。换言之,既有"创造性叛逆",也有"破坏性叛逆"。由此,"破坏性叛逆"这个词就不得不诞生出来,以此作为"创造性叛逆"的对义词,并以此来解释"叛逆"的消极面或负面。只有看到"破坏性叛逆",才能正确认识"创造性叛逆"。

在"破坏性叛逆"中,"误译"是最常见的。然而一些论者却明确地将"误译"列入"创造性叛逆"的范畴,忽视了"误译"的"破坏性"。实际上,误译,无论是自觉的误译还是不自觉的误译,无论是有意识的误译还是无意识的误译,对原作而言,都构成了损伤、扭曲、变形,属"破坏性的叛逆"。诚然,正如"叛逆派"的一些论者所言,误译,特别有意识的误译,有时候会造成出乎意外的创造性的效果,其接受美学上的效果也是正面的。但是,这种情况多是偶然的,是很有限度的。事实上,误译在大多数情况下,是由译者的水平不足、用心不够造成的,因而大多数情况下是"破坏性叛逆"属于翻译中的硬伤,译者是引以为耻的。因此不能以此来无条件地肯定误译。不能把出于无知、疏忽等翻译水平与翻译态度上引发的误译,都称之为"创造性叛逆"。

三、译文学理论体系的形成

上述译文生成的三组概念、译文评价与译文研究的三组概念，都涉及一个如何准确理解、如何恰当运用这些概念方法的问题。归结起来，就是"翻译度"的问题。所谓"翻译度"，就是两种不同语言之间的传达、转换过程中的程度或幅度。它首先表现为译文生成方面的"度"，具体包括"译"与"翻"的度、"可译不可译·可翻不可翻"的度、"迻译·释译·创译"的度，这些都是翻译家需要掌握的"度"；同时也表现为译文评价的度，是评论家、研究家在译文评价、译文研究中需要掌握的度，包括"归化·洋化·融化"的程度、"正译·误译·缺陷翻译"在译文中出现的频度、"创造性叛逆"与"破坏性叛逆"的分辨度。

"译文学"提出的"翻译度"是上述的两组、六对概念的衍生、延伸概念。例如，"翻译度"作为译文生成的"迻译·释译·创译"方法的延伸概念，是"迻译·释译·创译"制约概念。这可以从两个层面上加以理解和把握。第一，"翻译度"是"迻译·释译·创译"三种方法各有其"度"，其中，"迻译"要到位，"释译"要合意，"创译"要适度。"迻译"若不到位，就是过犹不及；"释译"不合意，就是过度释译或释译不足；"创译"若失度，就是过于叛离原文。第二，"翻译度"是就"迻译·释译·创译"三者的关系而言的，也就是如何恰当选择和使用这三种方法。在同一篇译文中，平行移动式的"迻译"的成分太多，就会造成"翻译度"不够；解释性的"释译"过多，则往往会溢出原文；创造性"创译"太多，则会叛离原文。而"释译""创译"不足,则会造成译文的生涩不熟、洋腔洋调太浓,令读者皱眉摇头。要言之,翻译的失度,是造成译文缺陷的主要原因,有时也是造成"误译"的重要原因。因此,对"翻译度"的恰当把握是译文成败的关键。翻译家的主体性、创造性,也主要表现在对"翻译度"的把握上。翻译之"度"不是死板的、被规定的刻度,而是供翻译家灵活把握的"度",是"从心所欲不逾矩"的艺术创造的"度",是在限制、限定中得到自由创造的"度"。因此,"翻译度"的问题也是翻译中的艺术问题、美学问题。与此同时,批评家、研究家对翻译家的这些"翻译度"的准确拿捏与把握,也伴随着译文批评与译文研究的整个过程。

综上,"译文学"作为翻译研究新范式,确立了一系列基本的概念范畴,并在此基础上,初步形成了自己的理论系统,图示如下:

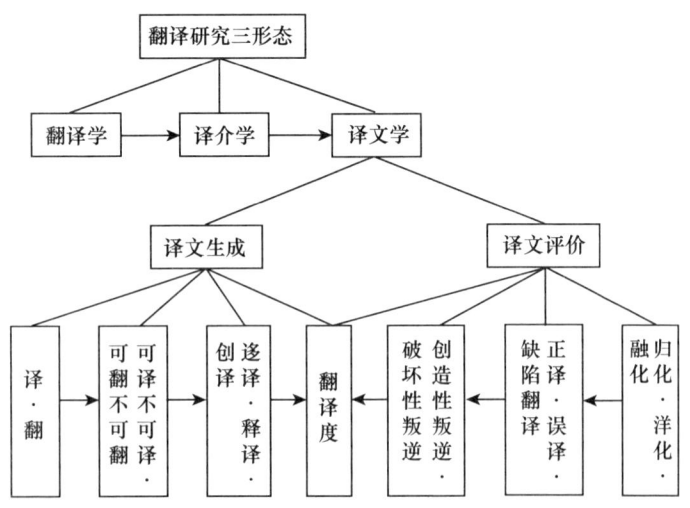

第一章 "译文学"的概念与体系

由上图可以看出，作为翻译研究的三种形态之一，"译文学"是在对"翻译学"和"译介学"的继承与超越的基础上得以成立的，其重心在"译文"。"译文学"有"译文生成"和"译文评价"两组概念群。

其中，在"译文生成"的概念群中，"译"与"翻"是基本概念，"可译不可译·可翻不可翻"是表示"译·翻"的可能与不可能之限度的概念，"迻译·释译·创译"是在此基础上可以具体操作的翻译方法概念，"翻译度"则是对"释译·创译"中的"翻"的幅度、程度加以拿捏与把握的概念。从"译·翻"到"可译不可译·可翻不可翻"，再到"迻译·释译·创译"，最后到"翻译度"，显示了译文生成过程的逐渐展开与细化。

在"译文评价"的概念群中，"归化·洋化·融化"是对译文翻译策略与文化取向的判断，也是对译文总体文化风格的评价；"正译·误译·缺陷翻译"是译文质量的评价概念，也是最基本的价值判断；"创造性叛逆·破坏性叛逆"是专对译文"叛逆"现象及其性质所做出的二分法的价值判断。从作为翻译行为之结果的译文来看，所有的译文都不可能是原文的对等再现，对原文多多少少都有所"叛逆"，而"叛逆"的效果与结果如何，是"创造性叛逆"还是"破坏性叛逆"，是译文评价中必须做出的判断。而在这些环节中，也有一个需要译文评论家、研究家把握的"翻译度"。

"译文生成"与"译文评价"两组概念群，对已有的"翻译学""译介学"的概念范畴有所改造、有所丰富，解决了长期以来翻译学及翻译研究中只有"信达雅""直译·意译"等极少数概念，难以建构起翻译学独立自主的理论体系这一重大问题。两组七对（个）概念连点成线、连线成面，构成了"译文学"相对严整的理论体系。

"译文学"理论体系的建构，使得传统"翻译学"以语言学上的"语言"现象，转移到了文学上的"文本"现象；也使得"文化翻译"学派的宽泛的"文化"现象，转移并凝聚到"译文"本身。也就是超越已经盛行了多年的"文化翻译"的研究模式，从翻译的外围走向翻译的核心，从外部文化观照走向内部的译文研究，也就是重返译本。

需要强调的是，"译文学"的重返译文文本，并不是简单地重返传统的语言学的翻译研究，"译文学"需要吸收语言学派翻译研究的从具体语言现象入手的微观实证的方法与精神，但传统的语言学派的翻译研究重在具体的语言转换的对错、正误分析，而常常缺乏总体的译文的审美观照。"译文学"把语言分析作为一个切入口，同时重视译文本身的审美价值，吸收文艺学派的文本批评与美学判断的方法，但也不重蹈文艺学派忽略语言分析的旧路。"译文学"也不是简单地否定如今仍在盛行的"文化翻译"、文化学派及"译介学"的研究模式，不忽视对翻译的"中介""媒介"性的研究，而是要在扎扎实实地对"译文"本身进行研究与批评的基础上，再旁及翻译文化的各种问题，而不是在忽略乃至无视译文的基础上，进行大而无当的翻译文化的描述性研究。

总之，"译文学"接受传统语言学派的翻译研究的底蕴，接受文艺学派翻译研究的美学立场，接受文化学派翻译研究的宏阔的文化视野，接受"译介学"关于翻译是文化交流之媒介的观念，但这一切，都要从译文的分析研究出发，并牢牢地落实于译文。在"译文学"的研究范式看来，"译文"是翻译活动的目的指归，也是其最终的成果形式，"译文"凝聚了翻译研究的全部要素，"译文"的研究，就是翻译文学、翻译文本的本体研究。因此笔者多年前在《翻译文学史的理论与方法》一文中提出的翻译研究的六大因素，即"时代环境—原作家—原作品—翻译家—译文（译作）—读者"[①] 中，"译文"是"译文学"的中心，"译文学"站在"译文"的角度，可以前瞻四个要素，即"时代环境—原作家—原作品—翻译家"，可以后顾后面的一个要素，即"读者"。也就是说，其他五个要素，都是"译文"这个要素的前后延伸。

四、译文学与相关学科的关联

以上"译文学"的理论范畴及其关系是"译文学"的本体论。除本体论之外，一个学科的建构，还必须确认该学科与其他相关学科之间的关联或关系，就"译文学"学科建构而言，所谓"与其他相关学科之间的关联或关系"就是"译文学关联论"，就是要阐明"译文学"与一般翻译学、与译介学、与比较文学、与外国文学等学科之间的关联，特别是"译文学"对这些学科所可能发挥的效用与功能。

首先，从翻译学的角度来看，"译文学"属于"翻译学"

---

① 王向远：《翻译文学史的理论与方法》，《中国比较文学》2000 年第 4 期。

（一般翻译学）的一种类型，可以说它是一种以观照"译文"为中心的"特殊翻译学"。在现有的一般"翻译学"的著述建构中，无论在中国还是外国都存在着将"翻译学"混同于"翻译理论"，或以"翻译研究论"来代替"翻译学"学科原理的倾向，并且都把总结翻译规律并指导实践作为翻译学或翻译理论的宗旨，而作为翻译活动之最终结果的"译文"因其脱出实践过程之外，故而被撇开不论；现有的翻译学类的著述几乎都没有对"译文"做出论述，更没有关于"译文"的专章或专节。由于把"翻译学"看作是理论—实践体系而不是知识体系或思想体系的建构，也就未能提炼、创制出属于翻译学特有的若干基本概念与范畴，影响了翻译研究的学科化、体系化和思想化。从这个角度而言，"译文"是"翻译学"或"一般翻译学"的薄弱环节。要使"翻译"从动态实践活动转为静态的知识形态并加以观照，就特别需要强化"译文"在翻译学建构中的地位，让"译文学"的概念范畴成为"翻译学"概念范畴的一部分，并把"译文学"的概念提炼方法与建构原理延伸到一般翻译学中，以使翻译学逐渐臻于完成、臻于完善。这是作为特殊翻译学的"译文学"对一般翻译学应有的作用与贡献。

第二，是"译介学"与"译文学"之间的关系。"译介学"是近三十多年来中国学者创制的第一个比较文学理论概念，是中国比较文学的一个特色亮点。以"译介学"的名义将翻译学的一部分纳入比较文学学科理论体系中，较之笼统地把"翻译研究"或"译者与翻译"纳入比较文学，显然更符合学理，也更名正言顺。但"译介学"作为比较文学的一个分支学科,其价值功能是有限度的,"译介学"的对象是"译介"而不是"译文",它所关注的是翻译的文化交流价值而不在乎译文本身的优劣美丑。虽然"译介学"也提出了"文学翻译"与"翻译文学"的概念上的区分,但它的重心主要是为了说明"创造性叛逆"的存在,而不是全面地、多角度多层面地观照"翻译文学"或"译文"。因此,"译介学"的关键字是"介"字,它所能处理的实际上是"文学翻译"而不是"翻译文学"。作为"译介学"的核心价值观的"创造性叛逆"论,也只能适用于对"翻译文学"特征的描述(作为既成品的"翻译文学"不可能是对原文的等值等效的转换或替换),却不适用于作为行为过程的"文学翻译"。因为一个翻译家在"文学翻译"的过程中若以"创造性叛逆"为追求,则必然有违翻译的宗旨,而由"翻译"走向译述、翻改式的"创作"。"译介学"的这些理论主张的特色与局限正需要"译文学"加以补正。"译文学"在"创造性叛逆"之外,提出了"破坏性叛逆"的概念;"译介学"是以"介"(翻译作为媒介)为中心的翻译文化的研究,"译文学"则是以"文本"为中心的"翻译文学"的研究。简言之,本质上"译介学"属于文化研究,"译文学"属于文学研究。"译介学"为"译文学"提供文化视野,"译文学"可以补足"译介学"视角的偏失与不足,两者可以相辅相成。

第三,是"译文学"与比较文学之间的关系。文学翻译问题是比较文学重要的学术研究领域,比较文学需要观照文学翻译与翻译文学,翻译学也要借鉴比较文学的跨文化的观念与方法，因此我们不能像一些欧洲学者那样把"比较文学"与"翻译学"两者对立起来，甚至认为"翻译研究兴盛"必然导致"比较文学衰亡"。要把翻译学、翻译研究与比较文学更紧密地联通起来，有效的途径就是要把"译文学"纳入比较文学学科体系中。但是，在20世纪90年代之后的中国比较文学学科理论建构中，只有"译介学"而没有"译文学"。诚然，"译介学"作为比较文学学科的一个重要组成部分，以独立的章节加以论述是必要的。但是，"译介学"不能取代"译文学"，因为比较文学不能仅限于文学关系、文化关系的研究，不能只满足于"跨"的边际性、边界性或边境性，还要找到得以立足的特定文本，那就是"译文"。因此需要把"译文学"作为一种研究范式纳入比较文学学科理论体系中，使之与"译介学"并立。只有这样，比较文学才能拥有"译文"这种属于自己的"比较的文学"，才有供自己处理和研究的独特文本——译文。只有落实于"译文"，才能克服边际性、中介性的关系研究所造成的比较文学的"比较文化"化倾向。在比较文学研究的资源逐渐减少，特别是有限的国际文学关系史研究资源逐渐减少的情况下，"译文"可为今后的比较文学研究提供无穷无尽的研究文本资源，从而打消比较文学学科危机论和学科衰亡论。

第四，是"译文学"与"外国文学研究"之间的关系。在我国，长期以来人们习惯于以"外国文学"这个概念覆盖"翻译文学"。例如中学课本上的外国文学译文，明明是译文，是翻译文学，却称之为"外国文学"；大学中文系以译文为讲述和阅读对象的课程，明明是翻译文学性质的课程，却称为

第一章 "译文学"的概念与体系

"外国文学课"。在这种"泛外国文学"的语境中不可能产生"译文学"的观念与概念。另一方面,我国的外国文学学科、外国文学研究也是如此,研究者所依据的常常不是外文原作而是译文,也没有明确意识到只有对外文原作所进行的研究才是真正的"外国文学"研究。由于既脱离了原文,或不以原文为主,又没有原文与译文转换的"译文学"意识,故而在研究中不可能探究从语言到文学,从翻译到译文的内在机制,而只能采取社会学的、历史文化学的或文艺学意义上的"作家作品论"的模式,习惯于在主题、题材、人物、叙事情节等层面上展开作品评论与作品分析,以主观性、鉴赏性的"评论",混同、取代、掩蔽了严格意义上的文学研究,导致了外国文学作家作品论的模式化、浅俗化弊病。在这种情况下,"译文学"的介入有助于对这种倾向加以遏制与矫正。"译文学"有助于促使研究者意识到译文与原文的不同。只有具备"译文"的概念,才能具备"原文"的意识,而只有面对原文,才是使外国文学研究成为真正的"外国文学"的研究。"译文学"还有助于打破长期以来外国文学研究与外国语言学研究的脱节,引导研究者深入到文本的字词层面,得见文学的内在腠理。

第五,是"译文学"与中国翻译文学史之间的关系。"翻译文学史"是近三十年来文学史研究与撰写的一种新类型,取得相当大的成绩,迄今已有大大小小、厚厚薄薄的各种翻译文学史(包括国别、区域、断代、专题、通史等)不下几十种。按理说,"翻译文学史"首先应该是"文学史",其次是"翻译史",最后才是"文化史"。"文化史"只是它的外围的、背景的叙述。但是由于我国翻译界没有像西方翻译学那样经历过语言学派翻译学的长期浸润与洗礼，近年来又受到西方"文化翻译"思潮的冲击，特别是受"译介学"理论模式的影响，把翻译周边的社会政治、舆论与传播环境，把翻译背后的历史文化，作为观照的重点和论述的中心，而普遍缺乏对译文文本的观照、批评与研究，存在着"译文学"意识严重缺乏乃至"译文不在场"的情况，从而把"翻译文学史"写成叙述翻译史外部史实的"文学翻译史"，或写成强调翻译文学之文化功用的大而化之的"翻译文化史"，与理应建立在具体细致的译文批评基础上的真正的"翻译文学史"尚有相当的距离。在这种情况下，"译文学"可以为翻译文学史的撰写提供以"译文"为中心的新的翻译文学史构架模式，使今后"翻译文学史"的研究书写改变"译文不在场"的状况，强化"译文学"意识，把微观的"译文"分析与宏观的文学史视域结合起来，从而才能写出真正的翻译文学史。

综上，通过对译文生成与译文评价的两组七对（个）概念的界定与简要阐释，提出并确立了"译文学"的一整套理论概念和学科范畴，论述了诸概念范畴之间的逻辑关系，确立了"译文学本体论"，又阐述了"译文学"与一般翻译学、与译介学、与外国文学、与比较文学这些相关学科的相辅相成、共生共存的关系，明确了"译文学"的学科定位与学术功能，确立了"译文学的关联论"。在此基础上形成了"译文学"的完整的理论体系建构。它可以表明，"译文学"作为一个学科内容很丰富、研究对象很明确很聚焦、学科视域很开阔的一个学科，理论上、学理上可以成立，实践上也已经有了一定的积累。今后，还需进一步强化"译文学"的理论自觉，以具体的研究实践不断地加以充实，运用其学科理论对我国源远流长、积淀丰厚的翻译文学加以发掘、观照、评说、加以研究和阐发，突显翻译文学在我国文学中的重要位置，进一步发挥翻译文学在沟通中外文化中的作用和价值，这也是"译文学"学科理论建构的宗旨之所在。

第二章
中国古代"翻""译"之辨与译文学的元概念

作为中国传统译学元概念的"译"与"翻",指的是不同语言转换交流的两种方法。"译"又称作"传"或"传译",是以"译人"为主导、以"口传"(口译)和"转音"(音译)为方法途径的平移式的替换传达;"翻"是在两种语言存在巨大阻隔而无法平移的情况下,大幅度立体"翻转"之后的贴近与对应,是站在自身语言文化立场上对原文所做的创造性的释义与置换。"翻"的译文与原文如同刺绣的背面与正面,两者相反相成。"翻"又涉及能不能"翻"的问题,由此提出了"不翻·不可翻"的命题,而"不可翻"并非"不可译","不可翻"者则"可译",还涉及"翻"的程度(翻译度)问题。"翻译"既是"翻之译",即"译"中有"翻";又是"翻与译",即"翻"与"译"并行,由此最终完成了"翻译"概念的建构,寄寓了深刻丰富的翻译思想。

第二章　中国古代"翻""译"之辨与译文学的元概念

关于"翻译"这个概念的理解，杨义在五卷本《二十世纪中国翻译文学史》总序中的一段话似乎较有代表性和概括性，不妨引述如下：

> ……有必要对"翻译"一词做一番语言和语义的分析。《说文解字·言部》曰："译，传四夷之语者。"所谓传，就像传车驿马一样把某种语言当做使者传送。这是译的本来之义，如《礼记·王制》所说："五方之民，言语不通，嗜欲不通。达其志，通其欲，东方曰寄，南方曰象，西方曰狄鞮，北方曰译。"孔颖达疏曰："通传北方语官，谓之曰译者。译，陈也，谓陈说外内之言。"这四方译官的异名，蕴含着对翻译之事的不同侧面的理解，或者理解为传达、传播（"寄"），或者理解为传达中的相似性（"象"），或者理解为传达后意义相知通晓（郑玄注："鞮之言知也"）。这些用语把翻译看作一个传播过程，涉及对信息源的忠实程度，以及传播后的明晓程度。同时还注意到由于"译"字声"睪"，从而导致的引申和假借之义，一者为"释"，如《潜夫论·考绩》所云"圣人为天口，贤者为圣译"；另者为"择"，如清人朱骏声《说文通训定声·豫部》所示"译，假借为择"。这就为翻译在文化传播之外，引申出了文化阐释和文化选择的意义。这多重的语义对于我们理解翻译文学的本质，以及它如何渗入我们的精神文化谱系，都至关

重要。①

这段文字强调了"翻译"的传达、传播、乃至选择等含义，但只是解释了"译"字，而没有解释"翻"字。难道在"翻译"二字中，"翻"字无关紧要吗？解释了"译"字就等于解释了"翻"字吗？"翻"字的含义是什么？"翻"与"译"有什么区别？二者之间究竟是什么关系？"翻译"作为一个概念在漫长的中国翻译史上是怎样形成的？

要回答这些问题，还需要走进中国传统的翻译史，对相关文献进行研考辨析。

一、"传""译"与"传译"

在中国传统译论史上，最早用来描述和概括跨语言交流与传达活动的词，是"译"与"传"。目前所见最早讨论佛典翻译问题的文章、东汉时代译经家支谦（公元3世纪）的《法句经序》有这样一段话：

> ……又诸佛兴，皆在天竺，天竺言语，与汉异音，云其书为天书，语为天语。名物不同，传实不易。唯昔蓝调、安侯世高、都尉、弗调，译胡为汉，审得其体，斯以为继。后之传者，虽不能密，犹尚贵其实，粗得大趣。……

---

① 杨义：《二十世纪中国翻译文学史总序·文学翻译与百年中国精神谱系》，《二十世纪中国翻译文学史》近代卷卷首，天津：百花文艺出版社2009年版，第3页。

第二章 中国古代"翻""译"之辨与译文学的元概念

> 将炎虽善天竺语,未备晓汉,其所传言,或得胡语,或以义出音,近于质直。仆初嫌其词不雅,维祇难曰:"佛言'依其意不用饰,取其法不以严'。其传经者,当令易晓,勿失厥义,是则为善。"座中咸曰:"……今传胡义,实宜径达。"是以自竭受译人口,因循本旨,不加文饰,译所不解,则阙不传。故有脱失,多不出者。①

这篇《法句经序》讨论的是佛经翻译中的文与质的关系问题。但在这里,我们从语义考古的角度,更关注的是其中两个重要概念——"传"与"译"。很明显,支谦是将"传"与"译"这两个词作为同义词使用的。支谦用了"传言""传经""传事""传胡义"这样的词组,重在表示"传达"之意。在使用"译"字的时候,则有"译胡为汉""译所不解""译人"等词组,也基本上可以与"传"字互换。"传"是"传达"之意,但传达的手段是"译",而"译"的目的是为了"传"。如果连"译"都译不出来的("译所不解"),就空起来不"传"("则阙不传")。

在《鞞婆沙序》中,著名高僧、翻译理论家道安(312—385年)写道:

> 赵郎谓译人曰:"……文质是时,幸勿易之,经之巧质,有自来矣。唯传事不尽,乃译人之咎耳。"终咸称善。

---

① 支谦:《法句经序》,释僧祐撰:《出三藏记集》,苏晋仁、萧鍊子点校,北京:中华书局1995年版,第273页。着重号为引用者所加,下同。

> 斯真实言也。遂案本而传,不令有损言游字,时改倒句,余尽实录也。①

这里很清楚地表明,负责"译"或"传"的人是"译人"。在当时佛经的"译场"上,"译人"一般是熟悉胡语或梵语的人,多为西域人或印度人,因汉语不是他们的母语,一般并不精通,只能粗叙大义,所以赵郎(赵政)叮嘱"译人",在"文"与"质"的问题上,一定要尊重原文,乃至在具体字句上,都要尽可能"案本而传",原文是什么样,就译出什么样,否则就是"译人"的错了。而"译人"之"译"只起口头传达的作用,而不能直接落实于书面。道安的《道行般若经序》有"译人口传"②一句,可见"译"的重要方法途径则是"口传","口传"也就是口译。

"口传"或口译,作为古代佛经译场的最初环节,是译人的粗陈大概,胡汉之间、或梵汉之间不能进行具体深入的诠释转换。在"译"的过程中,更有些词语在汉语中是找不到对应词语的,那就需要"转音"。对此,道安在谈到早期佛典《道行品》译文时写道:

> 桓灵之世,朔佛斋诣京师,译为汉文。因本顺旨,转

---

① 道安:《鞞婆沙序》,许明编著:《中国佛教经论序跋记集》第一卷,上海:上海辞书出版社2002年版,第39页。
② 道安:《道行般若经序》,《中国佛教经论序跋记集》第一卷,第24页。

第二章 中国古代"翻""译"之辨与译文学的元概念

音如已,敬顺圣言,了不加饰也。①

道安认为,早期竺朔佛带着经卷到中国来,把佛经"译"为汉文,译者为了遵从原本,顺从原意("因本顺旨"),好多地方只是"转音"罢了。值得注意的是,道安在这里用了"转音"这个词。"转音"就是拿汉语的发音将梵音加以置换,也就是后来所说的"音译"。②

由上可见,所谓"译"或"传"是由"译人"来承当的,"译"有两个基本特点:一个是"口传"即口译,一个是"转音"即音译。

然而,只是依靠这样的"译人口传",依靠"转音"的方法,就能保证忠实原文吗?就能得到完整可靠的经文吗?道安认为不能,他接着写道:

然经既抄撮,合成章指,音殊俗异,译人口传,自非三达,胡能一一得本缘故乎?由是《道行》颇有首尾隐者。③

在道安看来,本来这样的"译"就是"抄撮"(节译),章节结构都被合并改变了("合成章旨"),梵语和汉语的发音及两

---

① 道安:《道行般若经序》,《中国佛教经论序跋记集》第一卷,第24页。
② "音译"这个词后来常被使用,如《出三藏记集》卷十四有"转解秦言,音译流利"一句,详见《出三藏记集》,第534页。
③ 道安:《道行般若经序》,《中国佛教经论序跋记集》第一卷,第24页。

国的文化习俗都不同,加上"译人口传"也不能保证"三达",就无法一字一句地忠实传达,也就是不能做到"得本"。在这里,道安提出了"得本"这个概念。"得本"有时又称"顺本""顺言"。道安从以前译经的教训中明确意识到,仅仅"转音",貌似"顺本",实际上不能真正"得本",因此在译经中不能总是"顺",因为"顺"只是平行性的贴近。鉴于两国的语言文化并不对应,平行贴近往往并不可靠。于是,道安又在《摩诃钵罗若波罗蜜经抄序》中,相对于"得本",又提出了"失本"的概念:

> 译胡为秦,有五失本也:一者胡语尽倒,而使从秦,一失本也。二者胡经尚质,秦人好文,传可众心,非文不合,斯二失本也。三者胡经委悉,至于叹咏,叮咛反复,或三或四,不嫌其烦。而今裁斥,三失本也。四者胡有义说,正似乱辞,寻说向语,文无以异。或千五百,刈而不存,四失本也。五者事已全成,将更傍及,反腾前辞,已乃后说。而悉除此,五失本也。①

看来,"译胡为秦"中的所谓"失本",就是不"顺"原本,就是改变原来的"译""传"或"传译"的平行贴近的方法。换言之,"失本"的方法就是与"因本顺旨""敬顺圣言"的"顺"相反,实际上就是"胡语尽倒"的"倒",也就是"翻"

---

① 道安:《摩诃钵罗若波罗蜜经抄序》,《中国佛教经论序跋记集》第一卷,第43页。

第二章　中国古代"翻""译"之辨与译文学的元概念

的意识与概念的前身。这样的译经,由于实际上无法真正与原文一一相对应,所以叫作"失本"(又作"失经")。"失本"是不得已而为之,但有时又是必须的。道安认为在五种情况下可以、而且应该"失本",就是"五失本"。其中涉及了句序的颠倒、文与质的转换、繁与简(全译与摘译),省去重复的东西,略去繁冗的部分。这些都属于"失本"。

道安之所以称为"失本",很显然是认为"译胡为秦"的这种"译"法是迫不得已的。一个佛教徒立意传教,结果不能"得本",还不得不"失本",显然并非初衷。所以既不能大力提倡,也不能回避,迫不得已的情况下只好"失本"了。也正是在这里,道安已经意识到了翻译中的"得本"与"失本"的悖论,意识到了传译的不容易(他同时还提出了"三不易"说)。他强调:正是因为如此,"译胡为秦"的时候不可不慎,因为一般人不懂得外语,只好借传译让人们大体上加以了解和理解,传译是有局限的,那我们又怎能去抱怨那些译匠呢?但有人抱怨那也挡不住。① 看来,道安是从尊重原作(本)、以原本为中心的角度,来看待"失本"的。但同时他也意识到了"失本"的必然。道安显然不提倡"失本",但也认为"失本"在所难免。对此,后人的认识稍有参差。如道安的弟子释僧叡(约371—438)在《大品经序》中谈到自己"执笔之际,三惟

---

① 道安:《摩诃钵罗若波罗蜜经抄序》:"涉兹五失,经三不易,译胡为秦,讵可不慎乎!正当以不闻异言,传令会通耳,何复嫌大匠之得失乎?是乃未所敢知也。"参见《中国佛教经论序跋记集》第一卷,第43页。撰引用时句读标点有改动。

亡师'五失'及'三不易'之诲，则忧惧交怀，惕焉若厉，虽复履薄临深，未足喻也"①。他是极力避免"失本"的；而道安的另一个佚名弟子在《僧伽罗刹集经后记》中说：在译经的时候，"既方俗不同，许其五失胡本。出此以外，毫不可差"。② 可见他把道安的"五失本"看作是可以允许的。

道安"失本"的理论，是意识到了由于语言文化的差异，以"译人"为主导、以"口传""转音"为特点的平面的、平行性的"译"是有很多局限性的。释僧叡在《思益经序》中，说自己跟随鸠摩罗什译经，"详听什公传译其名，翻覆辗转，意似未尽"，为了译出准确的译名，需要"翻覆辗转"。这里已经点出了"翻"的行为特点，就不仅仅是通常的"译"了。到了南朝齐梁时代的高僧释僧祐（445—518）则较早地拈出了"翻转"两字。他在《出三藏记集序》中写道：

原夫经出西域，运流东方，提挈万里，翻转胡汉。国音各殊，故文有同异；前后重来，故题有新旧。③

这里的"翻转胡汉"的"翻转"，可以做地理层面上的解释，就是胡汉两地之间辗转翻覆；也可以做译文转换层面上的理解，即传译中的"翻转"。在这里我们更注意这个层面上的意义。也就是说，"翻转"一词，重在"翻"字，实际上是与此前平面移

---

① 释僧叡：《大品经序》，《中国佛教经论序跋记集》第一卷，第63页。
② 佚名：《僧伽罗刹集经后记》，《出三藏记集》，第375页。
③ 释僧祐：《出三藏记集序》，《出三藏记集》，第2页。

第二章 中国古代"翻""译"之辨与译文学的元概念

动的"传""译传""传译"有所不同的立体化的感悟与理解,意识到了在"译"之外还有一种"翻转"的活动。因此,僧佑特别强调,译经的目的在于让读者理解,不能拘泥于原文,关键是要把"义"传达出来。他在《胡汉译经文字音义同异记》中,把梵汉文字起源上的同异问题做了比较,强调指出:

> 是以宣领梵文,寄在明译。译者释也,交释两国,言谬则理乖矣。①

"译者释也,交释两国",这是对"译"的更深入的理解与界定。以前对"译"的理解主要在"传""口传",更多地依靠转音的办法,而现在他则提出"译者释也",强调"译"当中也要包含解释、诠释,并认为只有"释"才能明确领会梵文("宣领梵文"),只有"释",才能确保"明译"("寄在明译")。这就指出在"译"当中也需要"翻"或"翻转"。

二、"翻""译"之辨与"翻译"概念的提出

到了梁代的释慧皎(497—554),则在"翻转"的基础上进一步明确提出了"翻译"的概念。②他在《高僧传》卷三之

---

① 释僧祐:《胡汉译经文字音义同异记》,《出三藏记集》,第13页。
② 最早使用"翻译"一词的并非慧皎,之前有人偶或用之。今可查到者是上引道安佚名弟子在《僧伽罗刹集经后记》中的一句话:"佛图罗刹翻译,秦言未精"(见《出三藏记集》第374—页)。《僧伽罗刹集经》完成于大秦建元二十年(公元384年),但该《后记》写作在后,确切年份难考,肯定早于慧皎。

卷末的《论》中写道：

> 爰至安清、支谶、康会、竺护等，并异世一时，继踵弘赞。然夷夏不同，音韵殊隔，自非精括诂训，领会良难。属有支谦、聂承远、竺佛念、释宝云、竺淑兰、无罗叉等，并妙善梵汉之音，故能尽翻译之致。①

慧皎从译经发展史的角度看问题，认为梵汉语言差异太大，早期的翻译不是太准确，到了支谶等，因为精通梵汉语言，所以"能尽翻译之致"。慧皎是较早大量使用"翻译"这个概念的人。《高僧传》中多处可见"翻译"一词，如卷三佛驮什的传中，有"先沙门法显，于师子国得《弥沙塞律》梵本，未及翻译，而法显迁化"；浮驮跋摩的传中有"闻跋摩游心此论，请为翻译"② 等等。在《高僧传》卷三之卷末的《论》中，慧皎同时使用了"传译""译""翻"等词汇，而且将"译"与"翻"用作同义，如"其佛贤比丘，江东所译《华严》大部，昙无谶河西所翻《涅槃》妙教"③ 等，对"翻""译"没有做出明确界说，更没有把"翻译"作为一个概念加以界定，但他毕竟反复使用了"翻译"这个词，表明他的感悟和认识在此前的"传""译""传译"等的基础上前进了一步，似乎多少也

---

① 释慧皎：《高僧传》，朱恒夫、王学钧、赵益注译，西安：陕西人民出版社2010年版，第189—190页。
② 释慧皎：《高僧传》，第143—144页。
③ 释慧皎：《高僧传》，第190页。

第二章 中国古代"翻""译"之辨与译文学的元概念

意识到了"译"中也须有"翻","翻"是一种与"译"有所不同的转换活动。

与慧皎几乎同时,北魏的释昙宁(生卒年不详)在《深密解脱经序》中,也两次使用了"翻译"一词。他认为,《深密解脱经》"论其旨也,则真相不二;语其教也,则湛然理一",而"理"是需要加以"诠"(解释)的,否则就不能把原文的深刻含义呈现出来:

> ……自非诠于理教,何以显兹深致?但东西音殊,理凭**翻译**,非**翻**非**译**,文义斯壅。①

梵语与汉语的语音很不一样,若只是语音的问题便可以用音译来解决,但是其中的"理"就要依靠"翻译"来进行"诠"(诠释、解释)了。倘若"非翻非译",那么文义就堵塞不通。在这里,"非翻非译"一句有两点需要我们注意,一是昙宁把"翻"与"译"作为两种不同的行为加以区分,二是就佛家之"理"的诠释而言,"翻"是最重要的。也就是说,昙宁所说的"翻"是一种诠释教理的行为和手段。

稍后的释慧恺(515—568)对"翻"的认识又有推进。他在《摄大乘论序》中也反复使用了"翻译"一词。其中写道:

---

① 释昙宁:《深密解脱经序》,《中国佛教经论序跋记集》第一卷,第150页。

> 有三藏法师，是优禅尼国婆罗门种，姓婆罗堕，名拘罗那他。此土翻译称曰亲依……①

名叫"拘罗那他"的法师，名字的意思是"亲依"。把梵语中的读音用"拘罗那他"四个汉字来表示，就是此前的翻译理论家们一直所说的"传""译""传译""口传"，亦即音译；而把"拘罗那他"转换为"亲依"，那就不再是音译，而是属于诠释，也就是我们现在所谓的"意译"的范畴了。从平行性替换的"音译"，到字义的转换对应，其间是有"翻转"动作的，也就是说，先是立体地"翻"了一圈，然后又扣上了原文。可见，释慧恺在这里所使用的"翻译"两字实际上是偏正结构，意思是"翻之译"，亦即"译"中有了"翻"。这种偏正结构的"翻译"，与上述慧皎的"翻与译"即并列结构的"翻译"，成为此后"翻译"一词的两种理解方式。

释慧恺在这篇序文中，对作为"翻之译"的功能也有了朦胧的认识。他在讲述自己跟随拘罗那他（亲依）法师如何做"笔受"、协作译经的时候，这样写道：

> 法师既妙解声论，善识方言，词有隐而必彰，义无微而不畅，席间函丈，终朝靡息。恺谨笔受，随出随书，一章一句，备尽研核。释义若竟，方乃著文。然翻译之事殊难，不可存于华绮，若一字参差，则理趣胡越，乃可令质

---

① 释慧恺：《摄大乘论序》（中），《中国佛教经论序跋记集》第一卷，第169页。

第二章　中国古代"翻""译"之辨与译文学的元概念

而得义,不可使文而失旨。故今所翻,文质相半。①

他说,在笔受时,当觉得拘罗那他法师把意思解释完了的时候("释义若竟"),他再写成汉文("方乃著文")。但是"翻译"的事毕竟太难了,文字不能搞得太华丽("不可存于华绮"),若一个字词对不上,那么中文与外文的意思就乖离了("理趣胡越"),因此他认为译文宁可质朴("质")而符合原意,不可因为文饰过多而失去原意("乃可令质而得义,不可使文而失旨")。由于有了这样的原则,所以他说:"故今所翻,文质相半。"值得注意的是,释慧恺在这里说的是"今所翻",而不是"译"。显然,他是将"翻"和"译"区分开来的。他特别小心谨慎所注意的事情,是在"翻"的过程中不要因为过分追求文字之美("文")而妨碍了原文的"义"与"旨"的表达。因为这时候的"翻",不再是早期译经中的那种简单地拘泥于原文的质直的译传,而是明确意识到了"翻"要做大幅度的"翻转",须要对原文旨意做透彻的理解之后,再用汉文表达出来。这样的转换,不是平行的迻译,而是立体的"翻转"。只有在这个过程中,译文的"文"与"质"的关系问题才又一次成为很大的问题。诚然,释慧恺以前的翻译理论也把"文"与"质"的关系作为一个重要问题反复地讨论过,但是此前的讨论主要的问题点,在于不要太"质"。释慧恺之前的道安就曾说过:"译为汉文,因本顺旨,转音如已,敬顺圣言,了不

---

① 释慧恺:《摄大乘论序》(中),《中国佛教经论序跋记集》第一卷,第169—170页。

加饰也。"(《道行经序》)"了不加饰"的"译",就是缺乏"文",而过分求"质"。道安在《合放光光赞略解序》中,谈到当时的《放光》《光赞》等译本的时候,说这些译本"言准天竺,事不加饰。悉则悉矣,而词质胜文也。"①在"言准天竺,事不加饰"的情况下,虽对原文没有删减("悉则悉矣"),但却导致了"质胜文"。可见,"译"与"翻",跟"质"与"文",实际上是一个问题的两个方面,或者说,两者是紧密联系在一起的。而现在释慧恺所讨论的重点,是不要过度的"文"。为什么呢?因为"翻"是对原文"翻转"式的置换,翻转的过程,是原语翻着跟头向着译入语扣入、落实的过程,译入语的强势就势必会凸显出来,从而导致了"文"。"文"过头了,就会妨碍原文的旨意的表达。使用"译"的方法往往会倾向于"质",所以要注意适度地求"文";而使用"翻"的方法则往往会倾向于"文",所以要注意不能太"文"。正是在这样的情况下,释慧恺强调:"乃可令质而得义,不可使文而失旨。故今所翻,文质相半"。

"翻译"概念的出现,表明最晚到了隋代,对于翻译活动的认识,已经超越了此前的"传""译"或"译传"的层面,而更注意大幅度立体转换的"翻"。于是相比于以前的"译经",更多地使用"翻经"这样的说法。如隋代佚名作者在《缘生经并论序》中,有"翻经法师""翻经沙门"的称谓,

---

① 道安:《合放光光赞略解序》,《出三藏记集》,第266页。

第二章　中国古代"翻""译"之辨与译文学的元概念

还记载了以"翻经馆"为名的机构①。隋代行矩（生卒年不详）在《药师如来本愿功德经序》中，谈到了《药师如来本愿功德经》这个译本为何需要"重译"的问题。他认为以前的译本尽管也很流行，但"梵宋不融、文辞杂糅，致令转读之辈，多生疑惑。"②这是因为"翻译"之"翻"的程度不够、不够到位所致。于是他和几位"翻经沙门"在翻译的时候：

> 深鉴前非，方惩后失。故一言出口，三覆乃书，传度幽旨，差无大过。其年十二月八日，翻勘方了，乃为一卷。所愿此经深义人人共解，彼佛名号处处遍闻。③

行矩他们的做法是"三覆乃书"，也就是说，当第一个人（译主）先口译出来之后，笔受的人反复斟酌，要翻覆三次之后，再下笔写下来。所谓"传度"，就是不仅是"传译"之"传"，而且是经过了"三覆"之后的"度"，即忖度或阐释，所以行矩把这样的活动过程称之为"翻勘"。所谓"翻勘"，就是"翻"过来还要校订、核对，以便使译文与原文相吻合。可见他对"翻"的认识已经相当到位了。

同样的意思，唐代僧人释智昇在《开元释教录第七》中，

---

① 佚名：《缘生经并论序》，严可均辑：《全上古三代秦汉三国六朝文》第四册，中华书局，1958年影印版，第4235—4236页。
② 行矩：《药师如来本愿功德经序》，《中国佛教经论序跋记集》第一卷，第213页。
③ 行矩：《药师如来本愿功德经序》，《中国佛教经论序跋记集》第一卷，第213页。

从当时的翻译分工与翻译过程的角度,讲述了"译"与"翻"的区分:

> 尔时耶舍先已终亡,乃敕**崛多**专主翻译,移法席就大兴寺。更招婆罗门沙门达摩笈多,并敕高天奴、高和仁兄弟等,**同传**梵语。又增置十大德沙门僧休、法粲、法经、慧藏、洪尊、慧远、法纂、僧晖、明穆、昙迁等,监掌**翻事**,铨定宗旨。沙门明穆、彦琮、重对梵本、再审覆勘,整理文义。①

这里很清楚地讲述了唐代译场的译经过程与"翻"与"译"的工作分工。来自印度的婆罗门沙门等懂梵语的人做的工作是"传"(因为多人一起"传"故曰"同传"),也就是"译",先把原文的大体意思平行地迻译过来;而接下来"铨定宗旨"的是把原文的宗旨意义加以确定和表达的那些人,他们所做的是"翻事"。

三、"翻·不翻·不可翻"及"翻译度"

在提出了"翻"不同于"译"的特殊功能之后,到了隋唐时代,翻译家们意识到了"翻"的可能与不能,即"翻"的条件与限度的问题,于是提出了"翻"与"不翻"论。其

---

① 智昇:《开元释教录第七》,苏渊雷、高振农编:《佛藏要籍选刊》之二,上海古籍出版社1994年版,第616页。

第二章 中国古代"翻""译"之辨与译文学的元概念

中,隋代灌顶(生卒年不详)在《大般涅槃经玄义·卷上》中,对这个问题做了深入细致的分析。

灌顶认为,要解释佛经的玄义,须在五个层面上进行。一、释名,二、释体,三、释宗,四、释用,五、释教。而在"释名"这个层面上,又分"翻、通、无、假、绝"五种情况。单就"翻"而言,又分为四种基本看法或观点,即:一是"无翻"("不翻");二是"有翻";三是"亦有亦无翻"("亦可翻亦不可翻者");四是"非有非无翻"("非可翻非不可翻")。灌顶列举了各家不同的观点与主张。其中,关于"不可翻":

> ……广州大亮云:一名含众名,译家所以不翻。……二云:名字是色声之法,不可一名累书众名,一义叠说众议,所以不可翻也。三云:名是义上之名,义是义下之义,名既是一,义岂可多?但一名而多训,例如此间息字,或训子息,或训长息,或训止住之息,或训暂时消息,或训报示消息,若据一失诸,故不可翻。四云:一名多义,如先陀婆一名四实,关涉处多,不可翻也。五云:祇先陀婆一语,随时各用,智臣善解,契会王心。涅槃亦尔。初出言涅槃,涅槃即生也。将逝言涅槃,涅槃即灭也。但词无密语翻彼密义,故言无翻也。①

---

① 灌顶:《大般涅槃经玄义·卷上》,石峻、楼宇烈、方立天、许抗生、乐寿明编:《中国佛教思想资料选编》第二册,北京:中华书局2014年版,第196—197页。

这里列出五种词语"不可翻"的情况,包括一词有多个同义词、以"色声"表意、言下之意与言上之意、一词多义、特殊的"密语"等,都是"不可翻"的。

与"不可翻"相对,也有人持"有翻"("可翻")的主张。灌顶引述梁武的意见,认为是可翻的,"若不可翻,此土便应隔化",并列举了十家"可翻"的例子,如竺道生将"涅槃"翻为"灭",庄严大斌翻为"寂灭",白马爱翻为"秘藏",长干影翻为"安乐",定林柔翻为"无累解脱",太昌宗翻为"解脱",梁武翻为"不生",《肇论》亦翻为"灭度",会稽基翻为"无为"等。① 可见,"翻"及其"可翻"、"不可翻"的问题,已经成为此时期佛经翻译中的核心问题之一。

上述的"不可翻"的讨论,与后来唐代玄奘的"五不翻"是有继承关系的。玄奘的"五不翻"论保存在宋代法云的《翻译名义集》卷首周敦义撰写的序文中:

> 唐玄奘法师论五种不翻:一、秘密故,如"陀罗尼";二、含多义故,如薄伽梵具六义;三、此无故,如阎浮树,中夏实无此木;四、顺古故,如阿耨菩提,非不可翻,而摩腾以来常存梵音;五、生善故,如般若尊重,智慧轻浅。②

---

① 灌顶:《大般涅槃经玄义·卷上》,《中国佛教思想资料选编》第二册,第197—199页。
② 周敦义:《翻译名义序》,《四部丛刊初编子部·翻译名义集》,第2页。句读标点为引者另加。

第二章 中国古代"翻""译"之辨与译文学的元概念

周敦义所援引的玄奘的这段话,即"五种不翻"的主张,后世历代的佛经研究者和现当代翻译研究者反复加以引用,学界都已经很熟悉了。

在此需要强调的是,无论是对灌顶所援引的大亮的五种"不可翻"论,还是对梁武的"可翻"论,抑或是对玄奘的"五不翻",迄今为止的引用者们似乎都没有把"翻"与"译"作为两个不同范畴加以理解,也没有注意到这里的"不可翻"不同于"不可译","不翻"也不同于"不译"。大亮、玄奘例举的"不翻"的例子,其实都"译"过了,亦即已经加以音译了,但却不可以"翻"。也就是说,所谓"不翻"并非"不译",虽然当时也有人(如道宣)偶尔不经意地将"不翻"表述为"不译"(见下引道宣"凡不译之流,其例如是"),是因为他没有在概念上做严格的区分的缘故。"不翻"不是"不译",实际上是"译"了,但那只是音译,而不是将梵文原文用汉语加以翻转式的、解释性的"翻"。因为一旦加以一定幅度的翻转,再落实到原文上,就会带上更多的中国语言文化的印记,就过多地使原文归化于译文了。

关于这一点,与玄奘同时代的佛经翻译家道宣(596—667)在《广弘明集·卷第十三》中,也提到了为什么"不翻"的问题:

> 外论曰:夫华夷语韵不同,然佛经称"释迦牟尼"者,此是胡语。此土翻译,乃曰"能儒"。能儒之明,位卑周孔,故没其能儒之劣名,而存释迦之戎号。所言"阿

樆多罗三藐三菩提"者,汉言"阿无"也。"樆多罗",上也。"三藐三",正遍知也。菩提,道也。此土先有无上正真之道,老庄之教,胡法无以为异,故不翻译。又"菩萨摩诃萨"者,汉言"大善心众生"。此名下劣,非为上士。掩其鄙称,亦莫有翻。①

看来,"不翻",归根到底是文化的差异过大,不能以此文化来"翻"彼文化。具体而言,就是不能用汉语固有词语来转换梵语。关于这一点,唐代的其他翻译家也多次有所谈及。唐代僧人释道世在《法苑珠林卷七·会名部》中,以梵文的"捺落迦"(那落迦)译为汉语的"地狱"为例谈到了这个问题。梵语中的"捺落迦"指的是"总摄人处苦尽",有的在地上,有的在地下,有的居于虚空,但汉语中并没有与之对应的固有词语,译为"地狱"会使译文读者联想到地下牢狱,固然可以音译为"那落迦",但实际上却是"不可翻"的。

关于翻译的"翻",一直到了10世纪的北宋时代的赞宁(919—1001)才在《宋高僧传·译经篇·论》中做了明确的概括:

> 懿乎东汉,始译《四十二章经》,复加之为翻也。翻也者,如翻锦绮,背面俱花,但其花有左右不同耳。由是

---

① 道宣:《广弘明集·卷第十三》,苏渊雷、高振农编:《佛藏要籍选刊》之三,上海:上海古籍出版社1994年版,第940页。此处引用时另加标点。

第二章　中国古代"翻""译"之辨与译文学的元概念

翻译二名行焉。①

就是说,东汉开始"译"《四十二章经》的时候,不只是"译",还要再加上"翻"。接着是对"翻"字的解释。所谓"复加之",就是在"译"的方法之外,再加上"翻",也就是诠释、解释。② 这里的"翻"是与"译"相对而言的。赞宁在《唐京兆大荐福寺义净传系论》中对"译"的解释是:"译之言易也。谓以所有易所无也。"③ "译"就是拿自己跟别人交换有无,是一个平面交换的动作,而"翻"就不同了,是在译的基础上"复加之"。这一层意思,在《旧唐书·姚崇宋璟传》中说得也很清楚:"今之佛经,罗什所译,姚兴执本与什对翻。"④ 说的是姚兴拿着鸠摩罗什"译"的本子,再在鸠摩罗什的基础上"对翻"。也就是说,姚兴对鸠摩罗什的"所译"做了翻转性的诠释,"对翻",就是"翻"了以后还得与原文"对"上。到了南宋时期,法云(1088—1158)在《翻译名义集·卷第一》中说:"夫翻译者,谓翻梵天之语转成汉地之言。"⑤ 则可

---

① 赞宁:《宋高僧传》(上),范祥雍点校,北京:中华书局1987年版,第52页。
② 对这句话的理解,现有的解释各有参差。如:把"复加之为翻也"理解为"在'译'的前面加上'翻',变成'翻译'一词"。(见朱志瑜、朱晓农著《中国佛籍译论选辑评注》,清华大学出版社2006年版,第129页注③。)实际上,《四十二章经》是最早译出的佛经,那时"翻"未出现,"翻译"一词更没有出现。
③ 赞宁:《唐京兆大荐福寺义净传系论》,《宋高僧传》(上),第3页。
④ 《旧唐书·姚崇宋璟列传》,《二十五史(百衲本)》第四册,浙江古籍出版社1998年影印版,第204页。
⑤ 法云:《翻译名义集》,上海:上海古籍出版社影印版,1989年,第1页。此处引用时另加标点。

以看作是从概念界定的角度对"翻译"做出的定义。

赞宁在上引文章中对"翻"做了一个比喻:"翻也者,如翻锦绮,背面俱花,但其花有左右不同耳。"也就是说"译"本来是一个平面的移动,而"翻"是一个将正面翻为背面的立体的"翻转"后的结果。按照这个比喻,翻转的幅度正好是一正一反,理想状态的"翻",如翻锦绮,看起来表面与背面完全重合在一起;又如照镜子的人与镜子里照出来的人,看似完全相同与重合,实则前后相对,左右不同,这样的"翻"是完满的理想状态。在这样的状态里,译文与原文应是既相反相成、又若合符契的关系。

但是另一方面,"翻"既然是"翻转",就是有"度"的,可以称为"翻译度"或简称"翻度"。既有充分吻合的"翻译度",也有不充分但大体吻合的"翻译度",还有"翻译度"把握不好、过犹不及的情况。后唐释景霄在《四分律抄简正记》中,提出了"正翻"与"义翻"两种"翻"法,我们也可以看作是对"翻译度"的一种说明:

> 就翻译中复有两种:一正翻,二义翻。若东西两土俱有,促呼唤不同,即将此言用翻彼语梵。如梵语莽茶利迦,此云白莲花,又如梵语研抠,此翻为眼等,皆号正翻也。若有一物,西土即有,此土全无。然有一类之物,微似彼物,即将此者用译彼语,如梵云尼拘律陀树,此树西土其形绝大,能荫五百乘车,其子如有油麻四分之一。此间虽无其树,然柳树稍积似,故以翻之。又如三衣翻卧具

第二章 中国古代"翻""译"之辨与译文学的元概念

等并是。①

这里的"正翻",就是百分之百地吻合原文的翻译,而"义翻"则是一多半重合,一少半不合。僧叡在《中论序》中说:"文或左右,未尽善矣。"所谓"左右",即是翻译度过犹不及,龃龉未合。6世纪时的释慧恺在称赞俱罗那他法师的翻译时,这样写道:

> 今既改变梵音,词理难卒符会。故于一句之中,循环辩释,翻覆郑重,乃得相应。②

这里所说的梵语与汉语的"符会"、"相应",指的都是"翻译度"的恰当与吻合。宋赞宁在《宋高僧传》的《译经篇》附论中,也谈到了佛经翻译如何一步步成熟,开始时是梵客华僧在一起,"听言揣意、方圆共凿、金石难和";进入第二阶段是"十得八九,时有差违";而到了第三阶段,特别是玄奘等人的翻译,则如同"水中之乳","印印皆同,声声不别,斯谓之大备矣"。③ 这也就是欧洲现代诠释学翻译理论中所说的译者与原文作者之间的"视阈的融合",但中国古代翻译家在这方面的认识要比欧洲人早得多。

---

① 藏经书院:《卍续藏经》,台北:新文丰出版公司1983年版,第68册,第153页。
② 释慧恺:《阿毗达摩俱舍释论序》,《中国佛教经论序跋记集》第一卷,第171—172页。
③ 赞宁:《宋高僧传》(上),第52—53页。

以上运用词义考论的方法，从翻译方法论的角度，对中国传统译论中的"译""翻"及"翻译"这一概念及"翻"与"译"的关系做了考察与辨析，发现"译"与"翻"指的是不同语言之间转换交流的两种方法。"译"又称作"传"或"传译"，是平移式的径直的沟通交流。从中国翻译发展演变史上看，《礼记·王记》中对"寄""象""狄""译"的解释，只是对东汉以前中国的译传活动的概括，指的都是与周边少数民族之间的语言交际。由于相互间语言的隔阂显然没有梵语与汉语那样巨大，因此不太需要幅度很大的"翻转"或"翻"，一言以蔽之都属于"译"，人们对翻译的认识用"译"即可概括。随着梵汉翻译实践的丰富与理论思考的深入，译学家们开始意识到，在"传""译"或"译传"之外，还有一种空间立体的大幅度"翻转"式的解释性交流与置换活动，并名之曰"翻"。换言之，"翻"是因为两种语言之间存在巨大阻隔而无法平移传达，不能总是采取音译等"不翻"而译的方法，而是需要做大幅度立体的"翻转"，需要立足于自身的语言文化，对原文做创造性的解释，实施翻转、反转式的置换与吻合。"翻"若翻转，在这一点上倒是日本人的体会与表达似乎更为细腻些。日语中"翻译"（翻訳）又写作"反译"（反訳），似乎体悟到了"译"也需要"翻"，而且与原文是"反"的关系。"翻"者如翻锦绮，亦如将手掌翻（反）过来一样。同时，"翻"又涉及能不能"翻"的问题，由此提出了"不翻/不可翻"的命题，而"不可翻"并非"不可译"，"不可翻"者则"可译"；还涉及"翻"的程度（翻译度）问题，由此提

第二章　中国古代"翻""译"之辨与译文学的元概念

出了"正翻"和"义翻"两种"翻"法,而且跟译文的"文"与"质"的关系问题密切相关。要之,中国古代翻译家及翻译理论家对"翻"的发现,对"翻"与"译"两者相反相成、相辅相成的辩证关系的认识,最终导致"翻译"这个相当科学、又相当艺术的概念的产生,并寄寓了丰富深刻的译学思想。

作为中国传统翻译理论基础概念的"翻"有一个较长的形成演变过程。关于"翻"字,许慎《说文解字》的解释是:"翻,飞也"①,是一个普通动词。随着魏晋南北朝时期佛教及声明学的传入,为汉语引入了"反切"这种注音方法,而"反切"的"反"字,亦作"翻"。顾炎武在《音学五书》中认为:"反切之名,自南北朝以上皆谓之'反'。孙愐《唐韵》谓之切,盖当时讳'反'字。……代'反'以'翻'。……是则'反'也、'翻'也、'切'也、'纽'也,一也。"② 可知"切""反""翻"乃至"纽"是同义字,这样一来,"翻"便成为一个音韵学的概念。到了隋唐时代,一些佛经翻译家及翻译理论家明确使用"翻"字来表示两种语言之间的转换,表明"翻"又转化成为一个翻译学的概念。但是,长期以来,学界对"翻译"一词特别是对"翻"的训释往往只局限在汉语音韵学的范畴,而未能从翻译学、翻译方法论的角度加以理解和辨析。上述顾炎武所说的"翻"仅仅是作为汉语音韵学意义上

---

① 许慎撰、徐铉校订:《说文解字》,北京:中华书局1963年版,第165页。
② 顾炎武:《顾炎武全集·音学五书》(一),刘永翔校点,上海:上海古籍出版社2012年版,第73页。

的"翻",而不是作为翻译学意义上的"翻"。前者是汉字的注音方法,后者是两种不同语言的转换释义的方法;前者是从语音拼读上说的,后者是从"翻译"上说的。也有学者意识到了音韵学上的"翻"与翻译学之"翻"的关联,但是却将音韵学上"翻"的释义直接扩大到了翻译学方面。例如王凤阳先生著《古辞辨》一书在解释"译"和"翻"这一对同义词的时候,对"翻"做了这样的解释:"'翻'表翻译起于佛经,时代当在六朝之后,《翻译名义集·一》'夫翻译者,谓翻梵天之语转成汉地之言,音虽似别,义则大同。宋僧传云:如翻锦绣,背面俱华,但左右不同耳'。谓'翻'从'如翻锦绣'得名,恐是附会。梵语系音素制的拼音文字,汉字则是声韵俱全的音节表义文字。用汉字表梵文的声与韵要采用去尾掐头法去颠倒相拼,这在当时叫作'翻'或'反';中国注音中的反切法,正是从译佛经传来的。推而广之,译音法也扩大到了译文、译经上了,这样一来,'翻'就与'译'同义了。如:《唐书·姚崇宋璟列传》'今之佛经,罗什所译,姚兴与之对翻'……"[①] 这段话虽然正确指出了音韵学上的"翻"与译经上的"翻"的密切关系,却直接把音韵学上的"翻"(反)"扩大到了译文、译经上了","翻"就被理解为"翻"音了,并且认为古人对"翻"字"如翻锦绣"的解释是"附会"的。实际上"如翻锦绣"的"翻"并非"附会"之言,而是对翻译活动中立体"翻转""反转"活动的形象恰切的形容与概

---

① 王凤阳:《古辞辨》(增订本),北京:中华书局2011年版,第412—413页。

第二章 中国古代"翻""译"之辨与译文学的元概念

括。而且,中国传统翻译与译论中的"音译"都是因为某些词语"不可翻"才加以音译的。换言之,中国传统译论中的"翻"就是不加音译,而使用本土语言做解释性的翻转置换。另一方面,由于《古辞辨》径直把音韵学上的"翻"的概念延伸到翻译学范畴,得出了"'翻'就与'译'同义了"的结论,便不再追究两者之间的同中之异,接下去自然而然地把《唐书·姚崇传》"今之佛经,罗什所译,姚兴与之对翻"一句中的"译"与"对翻"看成了一回事。实际上,姚兴的"对翻"就是"翻",是在鸠摩罗什"译"的基础上进一步做翻转性的诠释,体现了古代佛经翻译的不同的分工与程序。

诚然,"翻"与"译"属于同义词,但简单地认定它们属于"同义"还不够,还需要同中辨异。关于古汉语同义词的求同辨异问题,王宁教授主编《古代汉语》中指出:"同义词是有同有异的……古书或古注里运用同义的时候,有时取它们相同的一面,这时,两个词的意义就完全一致了,叫作'通',或叫'浑言',在求'通'或用'浑言'时,摒除了同义词各自的特点,只取它们笼统相同的一面。但另一些时候,则又取它们相异的一面,突出它们彼此特点的不同。这叫'异',又叫'析言'……所以,求义同和辨义差,是认识同义词不可分割的两方面的工作。"① 同样的,对"翻"与"译"也要做这两方面的工作。实际上,从训诂学的"浑言"与"析言"角度看,也可以看出"译"与"翻"是有明显区别的。中国古

---

① 王宁主编:《古代汉语》,北京:高等教育出版社2012年版,第144—145页。

代译学理论中把"译"字又称为"传""传译",表明"译"通"传"。《说文解字》:"传,遽也。从人,专声。"① 朱骏声《说文通训定声》:"以车曰传,亦曰驲;以马曰遽,亦曰驿。"② 看来,"传"是以车为载体的交流交通活动,与以马为载体的"遽"同义。"传"既然是以车为工具和载体,就有一个"转"的问题。"传"与"转"通,《广韵》:"傳,轉也。"③。但这个"转"既然指车而言,那就是车轮转动之"转",是一种平移的活动,而不是"翻飞"的"翻"。关于"翻",《说文解字》:"翻,飞也。从羽,番声,或从飞。"④ 可见"翻"是要靠翅膀飞的,就是离开平面,在空间做立体翻转飞跃的活动。换言之,"翻"字本身具有立体翻飞的意味,并以此有别于平面移动的"传"或"转"。可见,"传""传译"或"译",与"翻"完全属于不同的动作形态。从翻译方法论的角度看,它们所表示的也是两种不同的翻译方法。

---

① 许慎撰、徐铉校订:《说文解字》,北京:中华书局1963年版,第165页。
② 朱骏声编著:《说文通训定声》,北京:中华书局1984年影印版,第765页。
③ 周祖谟校:《广韵校本》上册,北京:中华书局2011年版,第145页。
④ 许慎撰、徐铉校订:《说文解字》,北京:中华书局1963年版,第75页。

第三章
"翻"的介入与"可译·不可译"之争的终结

"可译"与"不可译"被称为翻译理论中的一个"古老的悖论",西方自古罗马时代,我国自魏晋时代就已触及,进入20世纪后这仍是我国文学翻译论争中的重要论题之一。现当代中国翻译理论界关于"可译·不可译"的争论,受西方"翻译"概念的语义控制,未能从中国传统译论"翻""译"及"翻译"概念中寻求启示,未把"翻"与"译"两种不同的翻译方式加以区分,故导致"可译派"与"不可译派"各执一端。实际上,"不可译"与"不可翻"是两回事。"翻"是一种站在原作对面的模仿,"译"是一种站在原作旁边的传达。"不可译"的即"可翻",不必"翻"的即可"译"。中国传统的翻译概念辩证法,亦可帮助我们解决"可译·不可译"这一千年的聚讼难题。

以上通过对古代翻译理论原典的细读梳理,对"译"与

"翻"这两种不同的方式方法做了辨析，指出"译"主要是指一种平面移动的、平行的互传活动，因而又称作"传"或"传译"，"译"之外还有一种空间立体的大幅度"翻转"式的解释性置换，简言之曰"翻"。"翻"与"译"相反相成、互为补充，"翻"是站在原作对面的一种模仿，"译"是站在原作旁边的一种传达；同时又指出：在西方古今译论中，关于这个问题的论述，较之中国传统译论，要简单得多、粗糙得多。刘军平著《西方翻译理论通史》（武汉大学出版社 2009 年）一书中的第一章第一节《翻译的定义、分类》，列出了 27 条定义，其中有六条是中国《周礼义疏》及傅雷、钱钟书等现代翻译家的定义，其余全都是西方人的定义，其中最为具体的是《韦氏新世界词典》中的定义。但总体看来，这些定义、义项基本上都属于中国的"翻译"之中"译"的部分，对翻译的"翻"字强调不足，对"翻"与"译"作为两种相辅相成的翻译方法或途径则完全缺乏认识。这里面的原因很复杂，基本的原因可能是欧洲各国之间的翻译活动多在同一语系，至少在拼音文字的范围内进行，因而更多的术语是平行移动的"译"，其中的解释或释义也是在"译"的范畴内进行，而不像中国古代翻译这样，一开始就有梵汉翻译这样的方块字与拼音文字之间的巨大飞跃与翻转，故对翻译之"翻"认识不足。相比之下，中国"翻译"概念及所包含的中国人对"翻译"活动的认识，要比西方人全面得多、深刻得多。中国"翻"与"译"相反相成、相辅相成的"翻译"概念，可以有助于化解翻译理论史上长期持续的"可译·不可译"各执一端的论争。

第三章 "翻"的介入与"可译·不可译"之争的终结

一、"不可译"论者的"不可译"论

"译"与"翻"的区别,具有重要的理论价值。其中最重要的价值之一,就是可以以此来观照并解决翻译理论史上长期聚讼纷纭、莫衷一是的关于"可译·不可译"的论争。

翻译史上的"可译·不可译"的讨论与争论,反映了翻译家和翻译理论家对翻译活动可能性与局限性的体察与认识。中外现代翻译史上的"不可译"论,主要体现在文学翻译领域,尤其是诗歌翻译中。例如,在欧洲,意大利诗人但丁在《飨宴》一书中说:"……要让大家懂得,任何富于音乐、和谐感的作品都不可能译成另一种语言而不破坏其全部优美和谐感。正因如此,荷马的史诗遂未译成拉丁语;同样,《圣经·诗篇》的韵文之所以没有优美的音乐和谐感,就是因为这些韵文先从希伯来语译成希腊语,再从希腊语译成拉丁语,而在最初的翻译中其优美感便完全消失了。"[①] 诗人雪莱在《诗辩》一文中也持此论:"诗人的语言总是牵涉着声音中某种一致与和谐的重现。倘若没有这重现,诗也就不成其为诗了。……此所以译诗是徒劳无功的。"[②]此外,还有克罗齐、鲍斯威尔等都主张诗歌的"不可译"。

中国现代翻译史上,许多人认为诗歌是"不可译"的。说

---

① 但丁:《飨宴》,转引自谭载喜:《西方翻译简史》,商务印书馆1991年版,第53页。

② 雪莱:《诗辩》,载伍蠡甫等编:《西方文论选》,上海译文出版社1979年版,第52页。

诗歌"不可译",主要是四个方面的不可译:

1. 诗歌"音声"的不可译

1932年,林语堂在著名的《论翻译》一文中,从忠实的角度谈及艺术文的不可译问题。他说:"凡文字有声音之美,有意义之美,有传神之美,有文气文体形式之美,译者或顾其义而忘其神,或得其神而忘其体,决不能把文义文神文气文体及声音之美完全同时译出。"① 朱光潜在1944年《华声》一卷四期杂志上发表《谈翻译》,也从翻译的忠实性角度切入,认为翻译中声音节奏的损失或消弭使文学味大减,翻译中的这种损失几乎没办法规避,在诗歌翻译中更是如此。他说:"有些文学作品根本不可翻译,尤其是诗(说诗可翻译的人大概不懂得诗)。大部分文学作品虽可翻译,译文也只能得原文的近似……中西文字在声音上悬殊,最显著的是中文有,而西文没有四声的分别,中文字尽单音,西文字多复音;中文多谐声字,西文少谐声字。因此,无论是以中文译西文,或是以西译中文,遇着声音上的微妙处,我们都不免束手无策。原文句子的声音很幽美,译文常不免佶屈聱牙;原文意味深长,译文常不免索然无味。文字传神,大半要靠声音节奏。声音节奏是情感风趣最直接的表现。对于文学作品无论是阅读或是翻译,如果没有抓住它的声音节奏,就不免把它的精华完全失去。但

---

① 林语堂:《论翻译》,载罗新璋编:《翻译论集》,商务印书馆1984年版,第426—430页。

第三章 "翻"的介入与"可译·不可译"之争的终结

是抓住声音节奏是一件极难的事。"①

1980年代后,还有一些翻译研究者从语言学、修辞学的角度论述了翻译中的不可译性。如王震民在《诗歌的可译性和译好诗的艺术价值》一文中也说:"汉英是两种不同的语言,有不同的语音、语法、结构,在语音学上,汉语称为声调语音,而英语则叫作重音——节拍语音……汉语方块字的句法结构、诗体格律与英语拼音文字的句法、结构、诗体格律也不相同……求完美无损的移植不易……汉诗中的字数限制、平仄、对偶,无法译。"②树才在《译诗必须首先是诗》中也认为,诗歌翻译必须保持原诗的诗味诗意,而诗歌的可译程度有大小难易之别,可完全传达原诗的"三美"几乎是一种理想。他说:"诗的难度是不同的。一些诗相对而言容易译,另一些就难,还有一些诗确实不可译。一首诗越完美越难译。比如在译诗中几乎不可能保全原诗的音乐特质,因为完美的音乐特质是内在于一首诗的字、词、句、段乃至整体结构中的,字、词、句这些要素变了,音乐特质便自然丧失。"③

2. 文体、诗型不可译

鸠摩罗什所说的"改梵为秦,失其藻蔚,虽得大意,殊隔文体,非徒失味,乃令呕秽也",明确地提出了翻译中的"文

---

① 朱光潜:《谈翻译》,载罗新璋编:《翻译论集》,商务印书馆1984年版,第448—449页。
② 王震民:《诗歌的可译性和译诗的艺术价值》,载《中国翻译》1987年第6期。
③ 树才:《译诗首先必须是诗》,许钧主编:《翻译思考录》,湖北教育出版社1998年版,第451页。

体"不可译。1925年,周作人发表译诗集《陀螺》时说:"这些几乎全是诗,但我都译成散文了。去年夏天发表几篇希腊译诗的时候,曾这样说过:'诗是不可译的,只有原本一首是诗,其他的任何译文都是塾师讲《唐诗》的解释罢了。所以我这几首《希腊诗选》的翻译实在只是用散文达旨,但因为原本是诗,有时也就分行写了:分了行未必便是诗,这是我所想第一声明的。'"①

3. 特殊语言修辞不可译

曹聪孙在《关于翻译作品的译名》中指出:"最困难的译名是在外国语中有双关意义的词,这是译成本民族语时最无能为力的。因为在两种语言当中,不会恰巧有互相对应的这种双关词。"他认为这种修辞手段和语言的独特表达技巧,往往因为语言的不同而迥然有异,要在翻译时完全移译过来,几乎不可能。②王秉钦在《文化翻译学》一书中,从语言文化差异的角度分析了翻译中的不可译性。他认为,有些词语具有特有的"文化意味",其意义是文化中的意义。这种文化意义对本文化群体而言是不言而喻的,然而对不同文化群体的成员来说,则是陌生的。因此把一种文化中的意义传达出来是极困难的,有人把它叫作"文化的痛苦",也就是"不可译"的痛苦。那些有文化意义的词语,包括成语、古语、谚语、格言、惯

---

① 周作人:《〈陀螺〉序》,载罗新璋编:《翻译论集》,商务印书馆1984年版,第398—399页。
② 曹聪孙:《关于翻译作品的译名》,载罗新璋编:《翻译论集》,商务印书馆1984年版,第994页。

用语、俗语、俚语、歇后语、俏皮话、方言等,翻译起来都很困难。①

4. 风格不可译

还有一些理论家从翻译文学的整体艺术风格上看到了不可译性。早在1959年,周煦良就在《外语教学与研究》第七期发表了题为《翻译与理解》的文章,强调理解在翻译过程中的重要性,并认为"译司汤达,还他司汤达;译福楼拜,还他福楼拜"之类是欺人之语,风格是不能翻译的。② 张中楹认为:"这样说,在同一语言的领域里,尚且不易模仿一个作者的风格;在翻译方面,把原作译成另一种语言而要保持同一种风格,这是更不易做到的工作。"③二十多年后,周煦良依然认为:"现在二十多年过去了……我仍旧认为风格是无法翻译的,风格离不开语言,不同的语言无法表达同样的风格。一个好的翻译家总想能使读者从他的译作获得他读原文作品同样的艺术满足。他有些地方成功了,有些地方失败了,有些地方在他当时被认为是成功的,但若干年后又被人否定了。"④他认为文学译作的风格是由四个方面决定的:一是原作的风格;二是译者本人的文章风格;三是译者本国语言的特征;四是译者所处的时代。如此多的因素集合在一起,要想完全一致地传达出原语文

---

① 王秉钦:《文化翻译学》,南开大学出版社1995年版。
② 周煦良:《翻译与理解》,载《外语教学与研究》1959年第7期。
③ 张中楹:《关于翻译中的风格问题》,载《学术月刊》1961年7月号。
④ 周煦良:《翻译三论》,载罗新璋编:《翻译论集》,商务印书馆1984年版,第976页。

本的风格实在是欺人之谈。

5. 文学之"味"不可译

哲学家金岳霖认为"译意"很困难,"译味"就更困难,因此他认为:"文学是很难翻译的。这还是从小说、戏剧、论文方面着想。味是不容易传达的,有时简直就不能传达……诗差不多是不能翻译的。诗之所重,即完全不在味,也一大部分在味。即有时我们注重意,我们也似乎是想因意得味。"①翻译家王以铸在《论诗之不可译》一文中写道:"开门见山地说,我认为诗这种东西是不能译的。理由很简单:诗歌的神韵、意境或说得通俗些,它的味道(英语似可译为 flavour),即诗之所以为诗的东西,在很大程度上有机地溶化在诗人写诗时使用的语言之中,这是无法通过另一种语言(或方言)来表达的。"②

由上可见,无论是说音声不可译、文体诗型不可译,还是特殊语言修辞不可译,乃至风格不可译,其"不可译"论包含着两个前提:第一,"不可译"的逻辑前提之一是"原作中心论",原作是中心与依据,译诗的理想目的是要把原诗的音声、文体、修辞、风格等都传达出来,但是,实际上这是不可能的。第二,译者手段是"译",是中国翻译理论中的传达、传译意义上的"译",是平行移动意义上的"译",而不是翻转的"翻",不是大幅度翻转后的重新置换。因此可以说,"不可

---

① 金岳霖:《知识论》,商务印书馆 2011 年版,第 849—850 页。
② 王以铸:《论诗之不可译》,载《编译参考》1981 年第 1 期。

译"论者的"不可译",在这个逻辑前提下是完全成立的,它道出了"译"的基本特点,特别是"译"的局限与不可能。

但另一方面,我们还必须看到,"不可译"论者对"译"的理解是狭义的。他们只关注了文学(诗歌)的外部形式,因为无论是音声、文体、诗形,还是风格,都主要是呈现在外部的东西。这些东西要通过"译"的方法,平行迻译到另外一种语言中,当然是不可能的。在这里,"不可译"论者意识到了"译"的局限性,但他们却忽视了翻译活动,不仅仅有"译",更复杂的是"翻"。当碰到"不可译"的情况后,翻译家不会束手无策,因为除了"译",还有"翻"。不能"译"者,就必须"翻"。

二、"可译·不可译"论者没有"翻"的概念自觉

与"不可译"论者的"译"论相比,在中国现代翻译理论史上,关于文学作品特别是诗歌翻译中的"翻"之论,论述得很少。触及这个问题的只有成仿吾、金岳霖、张成柱等几个人而已。在"可译/不可译"的论争中,最值得注意的是"可译"论者在立场上与"不可译"论者的截然不同。

早在1923年,成仿吾就结合自己的翻译实践,认为诗歌是可译的。他在《论译诗》一文中说:"译诗并不是不可能的事情。即以我的些小的经验而论,最初看了似乎不易翻译的诗,经过几番的推敲,也能完全译出。所以,译诗只看能力与努力如何,能用一国文字作出来的东西,总可以取一种方法译

成别一国的文字。译得不好的东西，不是译者的能力缺少，便是他的努力不足。"他认为，如果具备了四个条件，译诗就是可能的：

> 第一条件的"是诗"，要看译者的天分；第二的情绪，要看他的感受力与表现力；第三的内容，要看他的悟性与表现力；第四是诗形，要看他的手腕。①

显然，成仿吾的"可译论"的根据，与"不可译"论以原作为中心的观点截然不同，他把"可译"的依据，放在了译者的主导性与创造性上，明确指出"可译"依靠的是译者的"能力"和"努力"。具体包括四个方面，即译者的"天分""情绪""悟性与表现力"，还有"手腕"即技巧。这样一来，他把"不可译"论以原作者为中心的基本立足点，完全转换为以"译者"为中心。发挥译者的主体创造性的目的，当然不能仅仅是为了担负起忠实传达原作的那种狭义的"译"或"传译"，而是为了有能力承担"翻"。"翻"意味着创译。这一点，成仿吾是意识到了，可惜的是，他在概念上仍然使用的是"译"字，用的仍然是"译者""译诗"这样的词。这个"译"字中当然包含着"翻"，但是"译"这个字，却在冥冥之中左右着对翻译活动的认知与定义，"可译论"与"不可译"的争论，关键还是在对"译"的理解上。"不可译"论者持狭

---

① 成仿吾：《论译诗》，载罗新璋编：《翻译论集》，商务印书馆1984年版，第384页。

第三章 "翻"的介入与"可译·不可译"之争的终结

义的理解,"可译"论者持广义的理解,于是"名不正则言不顺",在"译"的歧义中,"可译·不可译"的争论便难以达成统一。

哲学家金岳霖在《知识论》中的《语言》一章时,以其哲学家的深刻思考,谈到了"可译·不可译"的问题。他把翻译分为"译意"和"译味"两类。认为"如果他在一语言文字中得到意念或意思,他可以用另一语言表示。这就是译意。"他认为"译意"相对是比较容易的事情。从知识论的角度,注重"译意"就可以了,但"译味"就困难和麻烦得多了。恰恰诗(文学)的翻译不仅要"译意",更要"译味",在这个问题上,金岳霖基本上是个"不可译"论者,认为"诗差不多不能翻译的,诗中所重,即完全不在味,也一大部分在味"。他强调:"译意也许要艺术,译味则非要艺术不行……译味不只是翻译而已,因为要在味方面求达求信起见,译者也许要重行创作。所谓重行创作是就原来的意味,不拘于原来的形式,而创作出新的表现形式。"[1] 在这里,金岳霖明确意识到"翻译"的局限性,特别是在文学翻译中所必需的"译味"方面,"差不多不能翻译"。在这个角度上看,金岳霖"差不多"就是个"不可译"论者。但他与其他"不可论者"的不同,就在于他意识到了文学翻译中的"译味","不只是翻译而已",还需要"创作"。他所谓的"翻译",站在我们现在的"翻"与"译"加以区分的立场看,仅仅指的是"译"罢了。而他

---

[1] 金岳霖:《知识论》,商务印书馆2011年版,第850页。

所说的翻译中的"创作",本来就是"翻"字题中应有之意。金岳霖认为,诗歌不可"译",但要经译者的"重行创作",也就是今天我们常说的"再创作",从而"不拘于原来的形式,而创作出新的表现形式",这岂不是就是我们所说的"翻译"之"翻"吗?金岳霖在他的翻译论中,实际上已经明确意识到了"翻"与"译"的不同,例如,在谈到"译意"问题的时候说:

> 或者我们根本不能译,或者要译时非大绕其圈子不可。①

所谓"绕圈子",岂不就是中国古代翻译理论中的所谓"翻转"的意思吗?

看来,金岳霖意识到了诗歌是不能"译"的,但认为诗歌实际上是可以"翻"的。只可惜他没有在"翻"与"译"相区别的前提下,来理解"译",因而也没有在概念上明确"翻"字。他意识到了"重行创作""绕圈子"这一"翻"的根本属性,实际上已经走到"翻"字的跟前,但他对"翻"本身却视而未见。他的"诗差不多不能译"的"不可译"论,建立在对"翻译"这一概念的狭隘的理解上面,即把"翻译"的"翻"字当作"译"的同义陪衬,而无视"翻"的相对独立的意义。总之,在对"翻译"这一概念的这一狭隘理解上,

---

① 金岳霖:《知识论》,商务印书馆2011年版,第846页。

第三章 "翻"的介入与"可译·不可译"之争的终结

金岳霖是个"不可译"论者,但他实际上意识到了"不可译"者可以"翻",所以他又是一个"可翻"论者。"不可译"不等于"不可翻","不可译"者可以"翻"——金岳霖没有明确说出这话,但实际上意思已经到了。这就是他与其他"不可译"论者的区别,也是他的高明之处。

到了晚近,也有极少数文章触及了"不可译者可以翻"这一道理。如张成柱在《不可译性的存在与转化》一文中认为:语言文字本身的规律与特征所构成的不可译性是不多的,或者说是比较容易克服的,而真正的不可译性大都隐藏在语言形式的内涵之中。而涉及社会、思想和意识方面的不可译性较难处理,少数的情况的确构成了死点,即绝对的不可译性,其余的大都属于相对的不可译性"。为此,他还进一步提出了将不可译加以转化、"变不可译为可译"的四种方法:一,解释法,即解释性的翻译;二,硬译法,这是一种迫不得已的办法,古代佛经翻译中就用了不少这样的方法,但许多硬译却被作为外来词语而逐渐被接受,如"武装到牙齿""胡萝卜加大棒""替罪的羔羊"之类;三,改写法,有时将原文词语对应地翻译过来,就不符合译文的语言习惯,就需要运用改写法;四,创造法,即创造一个新词来翻译原文。① 在这里,张成柱所说的"不可译性的转化""变不可译为可译"及其方法,归根到底,可以概括为一个"翻"字,都属于"翻"的范畴。只是,从严格概念语义的角度来说,"变不可译为可译"实际上就是

---

① 张成柱:《不可译性的存在与转化》,载《中国翻译》1998年第2期。

"变不可译为可翻"。正是因为"不可译"才需要"翻"——就是这一层窗户纸,但我们需要给它戳破。

三、所谓"半可译"与"可译·不可译"的调和

在"可译·不可译"论者之外,还有试图将两者的对立论争加以调和的主张,这一点集中表现在辜正坤先生的"多元化翻译标准论"中。辜正坤不主张笼统地说诗歌是"可译"还是"不可译",而是要具体分清哪些可译,哪些不可译。他写道:

> 诗歌既是可译的,不可译的,又是半可译的,关键看我们依什么标准去衡量。如果把能否传达诗的意美作为诗是否可译的标准,那么大部分诗都是可译的;如果把能否传达诗的形美作为标准,则一部分诗(或诗的一部分形式)是可译的,一部分诗是半可译的;如果把能否传达诗的音美作为标准,则所有的诗都是不可译的(当然,我们也许可以使汉语译诗具有音美,但那是汉诗的音美,却不是原诗的音美,二者不可混为一谈)。问题在于,音美是诗歌的最明显的标志,诗歌诗歌,诗都是可歌的,歌者必须发声,可见音美于诗确乎极为重要。说诗歌不可译者,往往正是抓住这点要害,据以全盘否认诗歌的可译性。我们是翻译标准多元论者,我们同时准备承认诗的可译性、半可译性和不可译性,这并不是什么调和或诡辩,而刚好是坚持了实事求是这个基本原则,对各种标准采取了一种

第三章 "翻"的介入与"可译·不可译"之争的终结

宽容的态度，客观地承认其存在的理由和价值，而不是武断地非要用一种标准去压倒其他所有的标准。在诗歌翻译理论上，我们的任务只在于愈益精确地描述、确定诗歌的可译、不可译、半可译诸因素，以便指导译者的翻译实践，提高读者对译诗的欣赏水平。①

在这里，辜正坤先生首先从"翻译标准"的角度看待诗歌的"可译·不可译"的问题及其争论。他的"翻译标准多元互补论"，显然受到了西方翻译理论中的"多元系统论"的影响与启发，把翻译研究的"多元系统论"转换成为翻译标准上的"多元互补论"，并从"标准的多元论"出发，提出了诗歌的"可译性""半可译性"和"不可译"性三种情况，这就把此前的"可译·不可译"的二元对立的问题，变成一个"三元"互立的问题。以"半可译性"这个提法，使得一个非此即彼的问题，变成彼此之间的问题。从描述翻译的"可译·不可译"的实际情况而言，这个"三元互立"似乎比"二元对立"更能消解矛盾对立。然而这实际上没有真正回答"可译·不可译"的问题，而是把这个问题转换成了"可译·半可译·不可译"的问题。辜先生的基本思路与逻辑，仍然是局限在"译"这个范畴之内的，是在"翻"的概念缺席的情况下进行的。若从"翻"的角度看问题，关于原文的"音声"问题，早在玄奘的"五种不翻"的主张中就已涉及。由于音声特有的神秘

---

① 辜正坤：《中西诗鉴赏与翻译》，湖南人民出版社1998年版，第244—245页。

性,或者一个词语的音声中包含多种意思,这些"音声"是不能"翻"的,即不能翻转为汉语加以解释的,只能用汉字把它的发音译出来,即音译。也就是说,这样的"音声"问题,不是"不可译",而是必须"译"出来,但却"不可翻",即不可以通过翻转,做解释性的翻译。当然,玄奘是就文本中某些具体词语而言的,若就外国诗歌的翻译而言,那通常是作为完整语篇的翻译,不是玄奘所说的个别词语问题,在音声的层面上也不能不"翻",于是,便在"翻"的过程中丢掉了原来的音声韵律。因为丢掉了作为诗歌之根本的音声,便觉得诗歌是"不可译"的。问题是,在这个层面上说,诗歌确实是不可"译"的,但既然"译"了,那实际上做的是"翻"的工作;换言之,诗歌不可"译",但明知"不可译"而"译"的时候,就是由"译"到"翻"了。于是,诗歌"不可译"本身,这说法是完全成立的,但须知"翻译"在"译"之外,理应还有一个"翻"字,诗歌虽"不可译",但它是"可翻"的。

如此,在"翻"与"译"这种互为依存的、相反相成的关联中,"可译·不可译"的问题自然就迎刃而解了。原来"可译·不可译"之争,是建立在"译"字的执着之上的,是建立在"翻"的缺位之上的,有的论者朦胧意识到了"翻"的必要,甚至眼看就触及"翻"了,却没有拈出"翻"这个概念,便使得争论最终没有跳出"译"的圈套,像辜正坤先生那样试图打破"可译·不可译"的对立,而建立"多元标准"并提出"可译·半可译·不可译"的说法,却最终仍然没有跳

第三章 "翻"的介入与"可译·不可译"之争的终结

出"可译·不可译"所具有的"译"的思路。

从"翻"的范畴来看，辜正坤先生的所谓"半可译"的提法，实际上触及了"翻"的幅度即"翻译度"的问题。凡是"翻"的活动，作为翻转，都有一个幅度问题。这样看来，所谓"半可译"，实际上应该归为"翻"的范畴。有的作品、有些句子、有些语篇是不能完全进行360度彻底翻转的，它是有幅度的。翻译家"翻"的过程，始终伴随着对"翻译度"的把握与控制，并从中体现出翻译家的"翻"的技术与艺术。但无论这其中的技术有多繁难，艺术有多高上，"翻"自始至终都是可能的。换言之，就"翻"而言，可能存在着有些东西只能"译"而"不能翻"及"不须翻"的问题，正如玄奘所要求的那样；但是，"翻"本身却不存在"不可翻"的问题。

由上分析、辨析可见，一直以来，翻译理论界关于"可译·不可译"的论争，根本上伴随着对"翻"与"译"这两个不同概念的混淆，基本建立在"翻译"之"翻"这一概念的缺席基础上。同时，对"翻"的认识程度，"可译"论者与"不可译"论者双方又有所不同。在"不可译"论者的意识中，几乎没有"翻"的意识的存在，或者从根本上就否定类似"翻"的行为；而"可译"论者，或多或少地意识到了"翻"的存在，在具体的描述中也朦朦胧胧地勾画出了"翻"的轮廓，但却没有诉诸"翻"的概念。或者说，已经走到了"翻"的跟前，但是缺乏概念上的理解与确认。于是，"可译·不可译"的论争，就断断续续持续了百年。殊不知这个问题早已经在中国古代翻译理论中得到阐发和基本解决，但到了现代翻译尤其是文学翻译、诗歌翻译的条件中，中国古代翻译理论的有关阐释便被人忽略了、遗忘了。结果还是"可译"论者一代代地重申"可译"论，而"不可译"论者也一代代重申着"不可译"论，没有结论，没有共识。而近年出现的试图调和两者的"半可译"论，也只是在两者中间加上了一个台阶，未能从根本上说明问题。实际上，"可译·不可译"的争论只有与"可翻·不可翻"论结合在一起，才能从根本上解决问题。所谓解决问题，并非意味着这样的争论今后不会再有了。但有了"翻"的概念，有了"可翻·不可翻"的概念，准确地说，有了完整辩证的"翻译"的概念，而不是以"译"代"翻"的片面的认识，则"可译·不可译"的争论就不会再各执一端，而是会随着争论，加深对翻译、文学翻译、特别是诗歌翻译的特点与规律的认识，认识到诗歌"不可译"但"可翻"。认识到诗歌的翻译作为翻译中最复杂的种类，当然不能靠平行移动式的"译"即"迻译"来解决，而是需要有更加复杂的"翻转"活动。这种"翻"伴随着翻译幅度的控制与把握，在精确中有艺术的模糊性，在艺术的模糊性中，更能体现和发挥译者的再创作、再创造。文学翻译史上几乎所有成功的、或者有可取之处的诗歌翻译，都是在克服了"不可译"的情况下，如此这般地"翻"出来的。

第四章
翻译方法的概念
——迻译·释译·创译

"译文学"作为一种新的研究范型，由脱离文本、游离译文、作为翻译外部研究的"文化翻译"及"译介学"而走向译文本身的研究，并由此提出了一系列概念系统。其中，在对"直译·意译"这一聚讼纷纭的二元对立的方法论概念加以辨析和反思的基础上，提出了"迻译·释译·创译"三位一体的新的方法论概念取而代之。"迻译"是一种不需要翻转的平行移动的传译，"迻译"可以通过机器来完成，但是否选择"迻译"却能显示译者的主体性；"释译"是解释性翻译，有"格义""增义"和"以句释词"三种具体方法；"创译"是创造性或创作性的翻译，分为词语的"创译"和文学作品的"创译"两个方面，前者创造新词，后者通过"文学翻译"创作"翻译文学"。从"迻译""释译"到"创译"，构成了由浅入深、由"译"到"翻"、由简单的平行运动到复杂的翻转运动、由原文的接纳、传达到创造性转换的方法操作系统。

要使翻译研究由近年来盛行的脱离译文文本、游离翻译本身的外部的"文化翻译"的研究，走向吾人所提倡的立足于文本的"译文学"，就不能是简单地回归于传统语言学层面上的翻译研究，而是要有所继承、有所扬弃，在传统语言学的翻译研究的基础上，吸收文化翻译的营养，使"译文学"研究既不脱离语言学，又不失文学研究特别是文本研究的特性。为此，就要确立"译文学"所特有的新的概念群。要做到这一点，首先就需要对传统的翻译方法概念——"直译·意译"及以其为中心的长期论争略加辨析、清理和反思。

一、"直译·意译"方法论概念的缺陷

"直译·意译"是传统翻译学关于翻译方法的一对基本概念。在中国古代佛典翻译理论中，"直译"是指不经过其他胡语、直接从梵文进行翻译。但是，这个词传到日本后改变了含义，而成为逐字逐句翻译、"径直翻译"的意思，并有了"意译"这个反义词。这个意义上的"直译"和"意译"随着近代日本"新名词"的大量传入，而进入现代汉语。较早使用这个词的翻译家是周桂笙。他在《译书交通工会试办章程·序》（1906）中用了"直译"一词，但对"直译"持批评态度。整个20世纪初，我国翻译文学界围绕"直译·意译"进行了持续不断的论辩，并形成了四种主要的观点主张，也可以看作是四派。一是提倡直译的"直译派"；二是反对直译的"意译派"；三是试图将"直译·意译"加以调和的"调和派"；四是主张摒弃"直译·意译"这一提法的"取消派"。

第四章 翻译方法的概念——逐译·释译·创译

其中,"直译派"的代表人物是鲁迅与周作人,他们为了反驳林纾式的不尊重原文的翻译,而提倡"逐字译"乃至"硬译"的直译。如鲁迅在1925年在《〈出了象牙之塔〉后记》中写道:"文句仍然是直译,和我历来所取的方法一样。也竭力想保存原书的口吻,大抵连语句的前后次序也不甚颠倒。"① 那时,除鲁迅外,还有一些人对"直译"做出了与鲁迅相同或相近的主张与理解。有的论者在提倡直译的同时,将直译与意译对立起来,并明确反对意译。如傅斯年在《译书感言》一文中说:"……直译一种方法,是'存真'的必由之径。一字一字的直译,或是做不到的,因为中西语言太隔阂。——一句一句的直译,却是做得到的。因为句的次序,正是思想的次序,人的思想,却不因国别而别。一句以内,最好是一字不漏……老实说话,直译没有分毫藏掖,意译却容易随便伸缩,把难的地方混过……直译便真,意译便伪;直译便是诚实的人,意译便是虚诈的人。"② 另有一种意见虽也赞成直译,但对直译内涵的理解却与上述不同,将其与"逐字译""死译"做了区分。如茅盾在《"直译"与"死译"》一文中写道:"直译的意义若就浅处说,只是'不妄改原文的字句';就深处说,'还求能保留原文的情调与风格'……近来颇多死译的东西,读者不察,以为是直译的毛病,未免太冤枉了直译。我相信直译在理论上是根本不错的,唯因译者能力关系,原来要直译,不意竟变作

---

① 鲁迅:《出了象牙之塔·后记》,见《鲁迅全集》第10卷,人民文学出版社1991年版,第245页。
② 傅斯年:《译书感言》,载《新潮》第1卷第3号,1919年版。

了死译，也是常有的事。"①

反对直译的"意译"派以梁实秋、赵景深为代表。他们对鲁迅的"硬译"提出了批评，并在20世纪20年代后期至20世纪30年代初期，与鲁迅展开了激烈的论战。1929年9月，梁实秋写了一篇题为《论鲁迅先生的"硬译"》的文章，批评鲁迅的翻译"生硬""别扭""极端难懂""近于死译"。从20世纪30年代一直到20世纪末，对"直译"加以质疑和反对的人绵延不绝。例如20世纪50年代林以亮对鲁迅的"宁信而不顺"提法提出尖锐批评："这种做法对翻译者而言当然是省事，对读者则是一种精神上的虐待。等到读者发现某一种表现方式到底'不顺'时，已经忍受了这种莫明其妙的语法不知有多久了。"② 20世纪90年代，张经浩认为，"翻译即意译"，所谓"直译"是没有意义的。③

鉴于长期以来"直译""意译"各执一端，于是就有了将"直译·意译"加以调和的意见。早在1920年，郑振铎就说过："译书自以能存真为第一要义。然若字字比而译之，于中文为不可解，则亦不好。而过于意译，随意解释原文，则略有误会，大错随之，更为不对。最好一面极力求不失原意，一面要译文流畅。"④ 这不但把直译与"字字比而译之"的硬译做

---

① 茅盾：《"直译"与"死译"》，载《小说月报》第13卷第8号，1922年版。
② 林以亮：《翻译的理论与实践》，载《翻译研究论文集（1949—1983）》，外语教学与研究出版社1984年版，第213页。
③ 张经浩：《译论》，湖南教育出版社1996年版，第76—77页。
④ 郑振铎：《我对于编译丛书底几个意见》，载《晨报》1920年7月6日和《民国日报·学灯》1920年7月8日。

第四章 翻译方法的概念——迻译·释译·创译

了区别,又将意译与"过于意译"的曲译、乱译做了区别,这样一来,直译意译两种方法就统一于"存真"这一"第一要义"中了。此外余上沅、朱君毅、邹思润等,也有大致相似的意见。艾伟在《译学问题商榷》一文中,把这类意见称为"折中派"。到了20世纪末,也一直有"直译·意译"调和的主张。如乔曾锐在《译论——翻译经验与翻译艺术的评论和探讨》一书中说:"直译和意译都是必要的,两者互有长短。直译的长处是,力图保留原作的形貌、内容和风格,'案本而传,刻意求真',短处是,无法完全解决两种语言之间差异的矛盾,容易流于'以诘鞠为病',不合乎译文语言的全民规范,乃至有乖原作的含义和风格。意译的长处是,译文可以不拘泥于原作的形式,合乎译文语言的全民规范,同时又能比较近似地传译出原作的内容的风格,短处是,容易流于片面求雅,以致失真,最后有可能形不似而神亦不似。"[①]他反复强调了两者结合的必要性。

主张摒弃"直译·意译"这一提法的"取消派",以林语堂、朱光潜、水天同、黄雨石的看法为代表。林语堂在1933年发表的《论翻译》一文中,认为翻译中除了直译、意译之外,还有"死译"和"胡译",所以如果只讲直译意译,则"读者心中必发起一种疑问,就是直译将何以别于死译,及意译何以别于胡译?于是我们不能不对此'意译''直译'两个通用名词生一种根本疑问,就是这两个名词是否适用,表示译

---

① 乔曾锐:《译论——翻译经验与翻译艺术的评论和探讨》,中华工商联合出版社2000年版,第262页。

者应持的态度是否适当。"①林语堂主张取消"直译""意译"这两个名词,而改为使用"字译"和"句译"。提倡以句为主体的"句译",而反对以字为主体的"字译",以期矫正"直译""意译"概念的"流弊"。朱光潜在1944年写的《谈翻译》一文中更明确地写道:"依我看,直译与意译的分别根本不存在。忠实的翻译必定要能尽量表达原文的意思。思想情感与语言是一致的,相随而变的。一个意思只有一个精确的说法,换一个说法,意味就不完全相同。所以想尽量表达原文的意思,必须尽量保存原文的语句组织。因此,直译不能不是意译,而意译也不能不是直译。不过同时我们也要顾到中西文字的习惯不同,在尽量保存原文的意蕴与风格之中,译文应是读得顺口的中文。以相当的中国语文习惯代替西文语句的习惯,而能尽量表达原文的意蕴,这也无害于'直'。"② 水天同在《培根论说文集》译例中说:"夫'直译'、'意译'之争盲人摸象之争也。以中西文字相差如斯之巨而必欲完全'直译',此不待辨而知其不可能者也。"③ 黄雨石先生甚至明确提出:"必须彻底破除'直译''意译'说的谬论。"④

如上所述,长期以来,对于"直译""意译",翻译界无论在翻译实践上,还是翻译理论上都有不同的理解,以至众说纷纭,歧义丛生。一百多年间,尽管翻译界付出了很多精力,用

---

① 林语堂:《论翻译》,载《语言学论丛》1933年版。
② 朱光潜:《谈翻译》,载《华声》1944年第一卷第四期。
③ 水天同:《培根论说文集·译例》,商务印书馆1951年版。
④ 黄雨石:《英汉文学翻译探索》,陕西人民出版社1988年版,第76页。

第四章 翻译方法的概念——迻译·释译·创译

了不少篇页加以厘定、解释、阐述，但仍然莫衷一是。当然，任何一个概念命题都不免会有争议与论辩，这是很正常的。但我们似乎也不得不承认，"直译·意译"这对概念本身，从一开始提出来的时候，就是经验性的、相对而言的。而且其在语义和逻辑关系上也有问题。细究起来，就不免令人心生疑问。

首先，是对"直译"这个概念的质疑。从语义、语感上看，"直译"就是"直接译""径直译"，其反义词（对义词）应该是"间接译""翻转译"。之所以需要"间接译"或"翻转译"，是因为没有"直路"或"直路"不通，所以需要迂回曲折，甚至需要翻山越岭。遇到"没有直路"的情况，却硬要闯过去，多数情况下是"此路不通"，实际上并没有、也不可能走过去，这样直译就达不到目的，就不会成功。这也是"直译"这个概念受到质疑和批评，被讥为"硬译""死译"的主要原因。

其次，是对"意译"的质疑。比起"直译"来，"意译"这个词更加含混。按通常的解释，"意译"指的是不拘泥原文字句形式的翻译，但这也只有在语言形式与语义相割裂的层面上才能成立。而语言形式与语义实际上是不能割裂的。不尊重原文语言形式的翻译，往往会损害原文的意义；不传达出原文的"形"，就难以传达出原文的"神"。一切翻译，归根到底都要"意译"或"译意"。若为了最大限度地传达出原文的意义，就不能不顾及原文的语言形式。若在与"直译"相对立的意义上理解"意译"，就会将"内容"与"形式"相割裂，落入"内容·形式"乃至"形似·神似"二元对立的窠臼，就会为那些无视形式因素、牺牲语言形式的随意胡译、乱译留下口实，从而导致误译的合法化。

再次，是对"直译·意译"作为一对概念的质疑。如上所说，无论直译还是意译，一切翻译方法都是为了"译意"。"直译"是可以操作的具体方式方法，而"意译"则是一切翻译的最终目标。表示宗旨与目标的"意译"与表示具体方法的"直译"本来就不在一个层面上，也就无法形成一对概念。换言之，"直译"的目的无疑还是为了把"意"译出来，因而"直译"也就是"意译"或"译意"，两者并不构成矛盾对立。由此"直译·意译"也就难以形成相反相成的一对概念范畴。

看来，"直译"与"意译"这对概念是历史的产物，它有其历史功绩和必然性，更有其历史局限性。今后的文学翻译若继续以"直译·意译"为两种不同的翻译方法，则必然遭遇困境。假如一个译者，其译文佶屈聱牙，他很可能会以"直译"相标榜；同样的，若译文看上去流畅华丽而不够忠实原文，他也很可能会以"意译"相辩解。"直译"与"意译"，在这里就成为非此即彼的两种不同的方法、两种不同的翻译结果。从方法论上来说，读者和批评者虽然对这两种译文不满意，但从"直译·意译"二元方法上看，却也似乎难以置喙、无从指责。看来，今后的译者若继续以"直译·意译"的概念方法来指导翻译实践，则势必走向偏颇而不以为意；今后的译文批评若继续使用"直译·意译"的概念，则在理论上很难有所创新、有所突破。对于这种情况，理论界已经在反思。如翻译理论家郑海凌在《"直译""意译"之误》一文中分析了"直译·意译"

第四章 翻译方法的概念——迻译·释译·创译

这对范畴本身的不当、迷误乃至"危害",同时又认为它"已经成为翻译学里的一对范畴……要改也难"。① 然而,既然"直译·意译"已经失去了实践上的指导性和理论上的合理性,那么,即便改造它、改掉它是很困难的,但也还是要改的。"译文学"作为一种以译本为中心的新的翻译研究范型,就必须超越"直译·意译"概念而加以更新。

为此,"译文学"主张以译文生成的三种基本方法来替换"直译·意译":一是"迻译",二是"释译",三是"创译"。

二、作为平移式翻译的"迻译"

所谓"迻译",亦可作"移译",是一种平行移动式的翻译。一般词典(如《词源》《现代汉语词典》)甚至《中国译学大辞典》都将"迻译"解释为"翻译",这是很不到位的。实际上,"翻译"与"迻译"两者之间不是平行关系,而是主从关系。"迻译"是词语的平移式的传译。"迻"是平移,所以它其实只是"迻译"(替换传达),而不是"翻"(翻转、转换)。换言之,"迻译"只是"翻译"中的一种具体的方法。这里取"迻译"而不取"直译"的说法,是因为"迻译"与上述传统的方法概念"直译"有所不同。"迻译"强调的是自然的平行移动,"直译"则有时是自然平移,有时则是勉为其难地硬闯和直行;而"迻译"中不存在"直译"中的"硬译"

---

① 郑海凌:《译理浅说》,文新出版社2005年版,第237页。

"死译",因为一旦"迻译"不能,便会自然采取下一步的"释译"方法。

"迻译"是一个历史范畴,在中国翻译史上,"迻译"大都被表述为"译""传译""译传",是与大幅度翻转性、解释性的"翻"相对而言的,指的是将原文字句意义向译文迁移、移动的动作。到了近代,较早(也许是最早)使用"迻译"这个词的是严复。他在《天演论译例言》中说:"如若高标揭己,则失不佞怀铅握椠、辛苦迻译之本心也。"严复在这里之所以称"迻译",显然带有一种谦逊的意思,是说自己作为译者,不能太突出自我,喧宾夺主,而自己本来只不过是一手拿着笔、一手拿着原书("怀铅握椠")、辛辛苦苦"迻译"的人罢了。"迻译"是一种平行移动式的传达,给人的感觉是动作较为简单,创造性的成分较弱,以示译者不过是原作的一个忠实传达者。值得注意的是,严复接下来写道:"是编之译,本以理学西书,翻转不易,固取此书,日与同学诸子相课。"这里用了"翻转"一词,也是古代佛经翻译的常用语之一,这个"翻转"与"迻译"相比,就可以说是不容易的了("翻转不易")。不妨认为,严复接连用了"迻译"和"翻转"这两个词,一则表示"迻译"的从属性和客观性,一则表示"翻转"的不容易,暗示"翻转"中的主动性和创造性。

"迻译"之不同于"传译",首先是语感上的不同。"传译"的"传"字,是对古代译场中多人分工配合的流水线式相互合作模式的形象概括。而"迻译"则主要建立在一人独自翻译的近代翻译模式的基础上。其次,当有了"翻译"这个总括

第四章 翻译方法的概念——迻译·释译·创译

性的概念,还需要使用"迻译"这个概念的时候,指的是"翻译"中与"翻转"相对而言的另一种方法,这样一来,"迻译"便是"翻译"的一个次级概念或从属的二级范畴,也就是表示翻译方法的一个概念。

在中国近现代翻译史上,以林纾为代表的第一批翻译家一开始便采取了"以中化西"的策略,采用以我为主、译述大意的方法,对原文多有改窜。在这种情况下,才有了鲁迅对此加以矫正和反驳的"直译"及"逐字译"的主张。因此,鲁迅"直译"主张的主要动机是为了矫正此前的不尊重原文,为迎合传统士大夫读者的嗜好,而将原文加以归化、加以篡改的"窜译"。在这个意义上,鲁迅所说的"直译"就是忠实的翻译,而他为达到忠实的目的所采用的方式是"逐字译","大抵连语句的前后次序也不甚颠倒"[①],也就是将外文的字句换成中文,平移过来。显然,这只是中国传统翻译理论中所谓的"译"或"传译",而不是加以翻转、加以解释的"翻"。应该称为"迻译",即平行移动的翻译。

"迻译"作为翻译方法,是最基本的、貌似也是最为省力省心的。因为它只是将原文平行地变换为译文即可。但是,使用"迻译"方法并非是为了方便省力,而是有意识的方法选择。换言之,是否选择"迻译",最能体现翻译家的主体性。

对"迻译"方法的选择,又分三种情形。

第一种情形,由于本土缺乏某一事物,一时找不到对应的

---

① 鲁迅:《出了象牙之塔·后记》,见《鲁迅全集》第 10 卷,人民文学出版社 1991 年版,第 245 页。

词语来交换，也就是不能做到慧琳在《一切经音义·卷五》中所说的"义翻"，于是就只用本土文字把外语的发音记录下来，也就是"传音不传字"的音译。这种情形在印度和欧美文学及文献翻译中大量存在。

第二种情形，翻译家并非找不到比较合适的中文词语来译，却是为了保持原文独特的文化色彩，而故意予以"迻译"，以便适当保留一些洋味或异域文化色彩，体现了引进外来语、丰富本国词汇的动机和意图。如中国古代佛经翻译中"涅槃"不译"寂灭"，"般若"不译"智慧"，"波罗蜜多"不译"度彼岸"，"曼荼罗"不译"坛场"或"聚集"之类，通过音译方式迻译过来的这类词语也慢慢地被读者接受和理解，这样一来，本国语言中就有了大量新的词汇品种。不过，若音译太多，就会让读者不知所云，结果就是"译犹不译也"，因而，翻译家对这样音译式的"迻译"一般是有所节制的，同时也应注意对已有的音译词加以规范。宋代僧人法云（1088—1158）编纂了工具书《翻译名义集》，共收音译梵文两千零四十余条，标出出处、词义，从而对这些迻译（音译）词汇加以规范和确认。

第三种情形，是与上述"音译"的方式不同的一种"字译"，就是译字而不译音。这种情况在印欧语言汉译中仅仅是个例，例如印度的"卍"字，就是直接把原文的字样迻译过来。字译的情况主要表现在日文文献的翻译中。因为日语词大多是用汉字书写的，把日本用汉字书写的词汇直接搬过来，最为便捷。这些词汇大多数出于近代日本翻译家利用汉字的独特

第四章 翻译方法的概念——迻译·释译·创译

组合,来对西语加以解释性的翻译,如"哲学""美学""经济""革命""主观""客观""取缔""场合""立场"之类。现代汉语中常用的表示近代新事物、新思想的双音词(被称为"新名词"),大多是19世纪末至20世纪初的日文翻译家们从日语词汇中迻译过来的。而到了当代,许多译者在翻译日文的时候,反倒不像前辈译者那样敢于"迻译"和"字译"了。例如,常常有人把日文中的"达人"翻译为"能人",实则不能充分达意。再如,谷崎润一郎的《阴翳礼赞》两个已出版的中文译本,将"茶人"译为"喜欢喝茶的人"、将"俳人"译为"诗人",实际上"茶人""俳人"都带有日本文学与美学的特殊内涵,最好的翻译方法是照原文字译为"茶人""俳人"。从这个意义上,"迻译"中的字译就不是最为省力的权宜之计,而是一种需要见识与鉴别力的对翻译方法的选择。

更重要的,是许多独特的术语、概念,一般不宜加以解释性的释译,而是需要迻译的。在这方面,译者大多有所注意,所以并没有将古希腊的"逻各斯"简单地释译为"道",也没有简单地将印度教中的"婆罗门"释译为"祭司"。但是,那些术语、概念或范畴,在原典原作中往往貌似普通词语,翻译者很容易将之与普通词语相混淆,而不注意保留它的原形。特别是在翻译日本文学文献的时候,因对日本文化的特殊性认识不够,所以该"迻译"而未能"迻译",于是失掉了那个词所带有的范畴与概念的特性。例如,日本传统美学与文论概念的"寂""物哀"等,作为概念都应该加以"迻译",而不能释译为"空寂""闲寂"或"哀愁""悲哀"之类。

无论是对印欧语言的音译,还是对日语新名词的"字译","迻译"方法的直接功能就是把"外来语"引进到本国语言系统中来。严格地说,"外来语"不是"翻"过来的,而是"迻译"过来的。"迻译"造就了独具一格的外来语,丰富了本国语言。翻译中的"迻译"的方法,是制造外来语的主要途径和方法。在两千多年的中国翻译史上,通过"迻译"方法,我们从印度、欧洲、日本引进了大量外来语。这一点我们从刘正埮、高名凯等人编纂的《汉语外来语词典》就可以看出来,该词典收录了一万多个外来语,实际上还有许多词未能确认和收录。

以上所说的,是译者直接从原文迻译,或直接在译文中使用迻译的外来语的情况。不仅如此,"迻译"还表现为译者对既有的译词或译法的顺乎其然的沿用,这即是直接"迻译"或者"搬用"、"套用"既有的译法。当翻译家第一次将某个外来词语加以翻译之后,后来的译者便仿而效之,加以采用。那么这样的仿效也属于"迻译"的范畴。只是他并非直接从原文加以"迻译",而是从既有的译词中加以"迻译"。换言之,凡是将现成的译词直接搬过来加以使用的,也都属于"迻译"的范畴。例如,第一部汉译佛经《四十二章经》首次将有关词语解释性地翻译为"世尊""色""思惟""离欲""爱欲""魔道""度""四谛""开悟""宿命""禅定""大千界"(大千世界)等等,后来的佛经翻译都承袭了这些译词。对于《四十二章经》而言,这样的翻译是"释译",对于后来

第四章 翻译方法的概念——迻译·释译·创译

的效法者，则属于"迻译"。最先的"释译"者和后来的"迻译"者的关系，是创造者与确认者之间的关系。没有后来译者的确认，最先迻译出来的词语就会随后湮灭、死亡。可见，"迻译"犹如接力棒，第一棒之后，其他接棒者都是在"迻译"。在某种意义上，翻译活动就是翻译家不断创造着"释译"，而后来的翻译家又不断采用这些"释译"来加以"迻译"。

正是不断的、反复的、承接式的"迻译"，使最初的译词得以确认和确立。这样，可供"迻译"的词语是随着翻译的发展、时间的推移而逐渐地、不断地增加的。这些词语的逐渐增多，必然导致双语词典的诞生。双语词典将这些词语加以典范化，确定了约定俗成的对应解释，也就为此后的翻译提供了可供"迻译"的词语库。后来的翻译者有了这样的词典，就有可能更多地使用"迻译"的方法。由于翻译中可"迻译"的比例越来越高，翻译活动便可顺乎其然，有典可依，有典可循了，由此翻译就越来越呈现出客观的、科学性的一面。在这种情况下，翻译理论中的"科学派"便出现了，他们认为翻译是有规律的，也是有规范的，翻译学就是要揭示这些规律与规范，来指导翻译实践。于是，在理论上便产生了原作与译作之间"等效""等值"的要求与主张。翻译与科学的结合，产生了翻译机器。翻译可以使用机器来进行，这是当代翻译事业发展的必然结果之一。近年来出现的机器翻译、语音翻译的软件，就是明证。只有等到可供"迻译"的词语、句式达到相当比例之后，机器翻译才成为可能。在这种意义上说，所谓"迻译",就是有对应规律可循的、约定俗成的、可以用机器来完成的那一类翻译。一般日常生活中的程式化较强的跨语言交流、一般的自然科学著作,还有一些全球性较强的国际法学之类的著作,适合采用"迻译"的方法,使用机器来翻译也是基本可行的。即便在文学翻译中,可以"迻译"的词汇句式也越来越多,这就使得文学翻译中的"再创作性"的余地和空间与以前相比相对减少了。但反过来说,"迻译"虽是主要的,但毕竟不是万能的,文学翻译家的创造性的发挥,反而因难度增大而更有诱惑力、更有价值,也更加珍贵,从而也更值得提倡。

三、作为解释性翻译的"释译"

"翻译就是解释",这是现代西方许多翻译理论家、特别是诠释学派理论家的共识。实际上,中国古代翻译理论家早就有了明确的表述和认识。"释译"就是解释性的翻译。如果说,唐代贾公彦在《周礼义疏》中所说"译即易,谓换易言语使相解也",是对翻译活动中的"迻译"方法的概括,那么,"译者,释也"则是对翻译活动中的"释译"方法的概括。5世纪时的僧佑在《胡汉译经文字音义同异记》中说:"译者,释也。交释两国,言谬则理乖矣。"① 这里强调了翻译所具有的解释性质。"交释",就是原文与译文之间的相互运动与磨合,以便能

---

① 僧佑:《胡汉译经文字音义同异记》,见朱志瑜、朱晓农编著:《中国佛籍译论选辑评注》,清华大学出版社2006年版,第62页。

第四章 翻译方法的概念——迻译·释译·创译

够避免"言谬而理乖"的结果。在这里,实际上就是意识到了有许多词语("言")是无法通过平行移动式的"迻译"来解决的,也就是意识到了两种语言的阻隔与差异。而消除这种阻隔与差异的方法,就是"释"和"交释",也就是"释译"。凡不能"迻译"的,就要"释译";凡不可"释译"(即玄奘所说的"不可翻")的,就加以"迻译"。这就是古代中国翻译理论、翻译方法论中的辩证法。一般而论,能够"迻译"的是双方都有的具象物名,而不能"迻译"、需要"释译"的大都是抽象词汇。因为抽象词汇的翻译极难做到与原语百分之百的对应,这就需要解释,就需要"释译"。

还要说明的是,"释译"与传统的"意译"概念有联系,但也有区别。"意译"强调的是把"意"译出来,但没有表明如何译出来。而"释译"强调的是"释"的途径与方法,是对原文的解释性翻译,所以"意译"与"释译"并不相同。实际上鲁迅早就意识到了这个问题,他在《艺术论·小序》中说:"倘有潜心研究者,解散原来的句法,并将术语改浅,意译近于解释,才好。"[①] 所谓"意译近于解释",说出了"解释"性的翻译即"释译"与"意译"的不同。也就是说,不是通过保持原来句法结构的"直译"来达到"意译",而是通过"解释"来达到"意译"。

"释译"在中国翻译史上有悠久的传统,也形成了特殊的翻译方法论概念。其中,在具体字词翻译方面,"释译"有两

---

① 鲁迅:《艺术论·小序》,见《鲁迅全集》第10卷,人民文学出版社1991年版,第293页。

种方法，一是"格义"法，二是"增义"法。

首先，关于"格义"，学术界的理解与定义有广狭之分。狭义的"格义"指的是汉魏两晋年间，佛经翻译家援用中国道家玄学等固有的概念，来比附、格量、解释佛教典籍中的有关概念。释迦慧皎的《高僧传·竺法雅传》中最早提到"格义"，说：竺法雅等人"以经中事数拟配外书，为生解之例，谓之格义。及毗浮、昙相等，亦辩格义，以训门徒。"是说竺法雅等拿"外书"（佛教之外的书，主要是老庄之书）来比附佛典中的"事数"及相关概念，以便容易理解。但从广义上说，格义的方法不仅表现在对佛经的讲解与理解中，也表现在佛经翻译中。尽管佛经翻译中并没有人提出类似"格义"这样的方法论概念，但事实上，佛典翻译，尤其是在早期（东汉时期）佛典翻译中，用中国固有的老庄之学来翻译佛教概念的，可以说随处可见。如迦叶摩腾和竺法兰翻译的《四十二章经》，几乎每章都使用了"道"这个概念，如经序中有"臣闻天竺，有得道者，号曰佛"。这里的"得道"便是老庄哲学的概念，若不翻译成"得道"，而翻译成"有成佛者，号曰佛"，或者"有成菩提者，号曰佛"，当时的读者则难以理解。此外译文中还使用了"无为"（第一章）、"道法"（第三章）、"志与道合"（第十四章）、"无我"（第二十章）等之类的译词。可以说，翻译中的"格义"方法，也就是吾人现在所说的"释译"方法。"释译"必然是以译入语文化的概念，来比附、格量和解释原语文化的概念。这是由文化差异所造成的必然结果和自然选择。

第四章 翻译方法的概念——迻译·释译·创译

我国传统佛典翻译中的这种"格义"的释译方法，常常表现为拿一个本土固有概念（字），与外来的概念合为一个概念，仍以《四十二章经》为例，如拿老庄的"道"与"果"（涅槃）相配，译为"道果"；拿"道"字与"法"相配，译为"道法"；拿"禅"字与"定"相配，译为"禅定"等。这样一来，就有了以中释外、中外合璧的效果，也可以称之为"合璧"翻译。这种"合璧"的翻译也是汉译佛经中大量双音词产生的途径之一。换言之，佛经翻译流行开来之后，这些双音词进入了日常词汇系统，使得本来以单音词为主的古代汉语，涌现了大量双音词，在汉语发展演变史上具有重要意义。

这种"格义"式的"释译"方法，在明治时期日本人的西语翻译中，发挥得更加淋漓尽致。当时的翻译家们对西洋的一些新事物及新名词，一时找不到完全对应的词来翻，只好采用"格义"的"释译"方法，但往往在词义上难以相应，词义范围大小、宽窄上也不太对称。例如，用《易经》中的"汤武革命、顺乎天而应乎人"表示改朝换代的"革命"一词，来翻译英语中的"Revolution"，实际上这样的释译，未能将原文中的社会变革与社会进步的意思完全翻出来，却在一定程度上强调了改朝换代的暴力行为，这是"以小释大"，即以小词释译大词；以《论语》中的"文学，子由、子夏"的宽泛的"文学"一词，来翻英语中特指虚构性语言艺术作品的"Literature"，是"以大释小"，即以大词释译小词。有的用来"释译"的汉语固有词，与所"释译"的原词之间，形似而义乖，如用《史记》中"召公周公二相行政，号曰'共和'"的"共和"来"释译"表示一种现代政治制度的"Republic",两者相去甚远;以《尚书》《三国志》等典籍中表示官为民做主的"民主",来"释译"西方的表示人民自主的"Democracy",更是南辕北辙。不过,这类的"格义"式的"释译"所翻出来的词语,虽然有这样过犹不及、龃龉难从的缺陷,但在反复不断地使用过程中,人们会不断地朝着外语原词原意加以理解和解释,使之不断地靠近了原意,故能得以定着和流传。

"释译"的第二种具体方法是"增义",就是利用汉语字词,来释译原语的时候,增加、拓展、延伸了汉语原来所没有的意义。如果说"格义"是从自身语言文化出发解释原语,那么"增义"则把原语的语义灌注到译语中,从而使译语在原有含意的基础上,进一步扩容、增殖。如佛经翻译中的"色""相""观""见""法""我""性""空""业""因""有""爱""想""受""识""行""果""觉""量""漏""律""藏"等,原本都是汉语中普通的名词、动词,但用来释译梵语的相关概念后,它们就成为有着独特内涵的宗教哲学概念,而且以此为词根,对应原文的词语结构,又可以制造出许多新的双音词或多音词,例如从"相"衍生出了"法相""有相""无相""性相""相分""相即""相入"等,从"观"中衍生了"止观""现观""观照"等。这些增义的释译,对当时的读者而言,因为会受到原来的汉语词义的影响,阅读理解会造成相当阻隔和困难,所以需要大量的经论著作加以解说。康僧会《法镜经序》说:"然义壅而不通,因闲竭愚,

第四章 翻译方法的概念——迻译·释译·创译

为之注义。"① 道安《了本生死经序》中说:"汉之季世,此经始降兹土,雅邃奥邈,少达旨归者也。魏代之初,有高士河南支恭明为做注解,探玄畅滞,真可谓入室者矣。"② 说的就是注经的情况。再如近代日本翻译家用"爱"这个汉字来翻译西语的"love",赋予了古汉语"爱"字以现代新义。这些都是通过"增义"加以"释译"的例子。这样的"增义"的"释译"方法,扩大了汉字词的内涵和外延,开始时会让人觉得不适应、不习惯,但随着在不同语篇或语境下持续不断的使用、注释和阐释,这些原本采用"释译"方法权且翻译过来的与原文并非完全对应的词汇,也在阐释与理解中逐渐靠近了原文。这可以视为"释译"的一种延伸。

对于外来术语而言,"释译"中的"格义""增义"都是"以词释词",但有时候无论是格义、释义,暂时都做不到"以词释词"的时候,就不得已"以句释词"。"以句释词"作为"释译"的另一种方法,也是很常见的。例如英国来华传教士马礼逊在19世纪初编纂出版的《英华字典》,其中有大量用格义、增义方法制造的汉语新词,例如"新闻""法律""水准""消化""交换""审判""单位""精神"等,但也有不少词因找不到或造不出对应的汉字词,所以只好用汉语句子或词组来解释英语词。对日语的概念的释译也有同样的情况,例如对

---

① 康僧会:《法镜经序》,见许明编著:《中国佛教经论序跋记集》卷一,上海辞书出版社,第8页。
② 康僧会:《法镜经序》,见许明编著:《中国佛教经论序跋记集》卷一,上海辞书出版社,第8页。

于日本的"物哀"这一概念,丰子恺在《源氏物语》中用汉语词组加以释译,译为"悲哀之情""多哀愁""饶有风趣"等。

上述"格义""增义""以句释词"等三种"释译"方法,主要是表现在单字或单词的"释译"上。在篇章的翻译中,特别是有着特定文体样式的文学作品的翻译中,由于原文的文体形式无法在译文中转换和呈现,难以用迻译的方法把形式与内容一并译过来,于是只能解释性地把意思翻译出来,即"释译"。如日本的俳句是"五七五"的格律,有时为了不增加原文没有的字词,就丢掉"五七五"的格律,采用"释译"方法,只把意思翻译出来。如周作人在五四时期翻译的日本俳句,将松尾芭蕉的《古池》译为:"古池呀,——青蛙跳入水里的声音。"将小林一茶《麻雀》译为:"和我来游戏吧,没有母亲的雀儿!"意思都解释性地翻译出来了,但原文特有的五七五格律及文体形式却丢掉了。1925年,周作人发表译诗集《陀螺》时说:"这些几乎全是诗,但我都译成散文了。去年夏天发表几篇希腊译诗的时候,曾这样说过:'诗是不可译的,只有原本一首是诗,其他的任何译文都是塾师讲《唐诗》的解释罢了。所以我这几首《希腊诗选》的翻译实在只是用散文达旨,但因为原本是诗,有时也就分行写了:分了行未必便是诗,这是我所想第一声明的。'"[①] 他的意思是,无法把原作特有的诗歌形式"译"出来,就采取散文式的"解释",也就是

---

① 周作人:《〈陀螺〉序》,载罗新璋编:《翻译论集》,第398—399页。

第四章 翻译方法的概念——逐译·释译·创译

"达旨",而且即便译成唐诗的形式,那也是"解释"及"释译"。总之,在周作人看来,诗歌只能"释译"。人民文学出版社 2008 年出版的金伟、吴彦翻译的《万叶集》全译本,总体上采用的也是"释译"的方法,这就是"释义而遗形"。其实不只是日本俳句、和歌翻译是如此,几乎在所有诗歌翻译中,大都如此。五四时期中国所翻译的西洋诗,大都丢掉了原诗的格律形式,成了真正的"自由诗"。当然,译文中保留外国诗歌的格律形式是非常困难的,并不是因为绝对不可翻,译者之所以采用"释译"的方法,是与当时的新诗运动即自由诗的提倡密切相关的。但是,即便是晚近出版的译诗也仍然有采用"释译"方法的,如印度大史诗《摩诃婆罗多》(中国社会科学出版社 2005)的中文全译本一律采用散文体,基本上属于解释性的翻译。因为像《摩诃婆罗多》那样的卷帙浩繁的史诗,在翻译中确实难以保留原文特有的"输洛迦"的格律体式,译者主要目的是把意思翻译出来,把大史诗作为历史文化文献来看待,而不是为了让读者欣赏诗歌之美,从这个意义上说,"释译"当然是现实的可行的翻译方法。

四、作为创造性翻译的"创译"

在本土语言中,没有供"逐译"的现成的词,也难以用"格义""增义"手段加以"释译"的词,那就要采用"创译"的方法了。在文学翻译中,出于种种主观客观的原因,而用创作的方法、创作的态度对待翻译、实施翻译,也是一种"创译"。因此,"创译"的方法,有表现在词语翻译中的"创译"

和文学作品翻译中的"创译"这两个方面。

在词语,特别是在术语、概念的翻译上,"创译"的方法常常是必然的选择。在这种情况下,"创译"既是创造性的翻译、也是翻译中的创制。在中国传统译论中,"创译"这个词早就有了。较早的是明末时期的翻译家李之藻在《译寰有诠序》中谈到翻译体验时说的一段话:

> 乃先就诸有形之类,摘取形天土水气火所名五大有者而创译焉……然而精义妙道言下亦自可会,诸皆借我华言,翻出西义为止,不敢妄曾闻见,致失本真。①

对于近代西方的科学著作翻译而言,如同此前的中国古代佛经翻译一样,大量的词汇概念术语为汉语中所无,所以必须借助汉语中已有的基本词汇,如"天土水气火"之类,加以"创译"。看来李之藻在"创译"的方法问题上,有着明确、自觉的意识。

现代语言学家王力先生在《汉语词汇史》中说:

> 现代汉语中的意译词语,大多数不是中国人自己创译的,而是采用日本人的原译。②

---

① 李之藻:《译寰有诠序》,见罗新璋编:《翻译论集》,商务印书馆1984年版,第93页。
② 王力:《王力文集》第11卷,山东教育出版社1990年版,第695页。

第四章 翻译方法的概念——迻译·释译·创译

这里所说的"创译",指的是在词语(术语、概念)翻译过程中利用汉字本有的形音义,来创造汉语中没有的新词,并对应原语的相关词。其特点是其首创性,是创造性,形音义皆备、既科学又艺术、若合符契的恰切性。因为具备这些特点,因而具有很强的传播性、接受性,因此得以很快进入汉语系统,并具有持久的生命力。以佛经翻译中创译的词为例,"塔"是梵语中的"塔婆"(Stūpa)的缩略音译,但翻译家创造出"塔"这个汉字加以翻译,音与义相得益彰。"魔"是梵语中"磨罗"(Mālo)的缩略音译,初译为"磨",至南朝梁武帝创制出了"魔"字,形音义毕肖。近代严复在翻译西学中创制的"乌托邦"(utopia)、"图腾"(totem)等,也是音义兼顾,读者可顾名思义,过目难忘。明末的利玛窦、李之藻合作创制翻译的"地球"一词,极为生动形象,不仅使汉语添了一个新词,也极大地改变了中国传统上"天圆地方"的宇宙观。这样的创译词在中国翻译史上相当丰富,包括近代日本人翻译西学时创译的、后来传到中国的汉字词,如"哲学""美学""经济""比较"之类,举不胜举,至今仍常用的约有五百个左右。

除词语之外,"创译"还有另外的意思,就是特指文学翻译、尤其是诗歌翻译中的创作性质。当代台湾学者钟玲在《美国诗与中国梦》一书第二章《中国诗歌译文之经典化》中,将美国的中国古典诗歌翻译,特别是庞德、韦理、宾纳、雷克罗斯等人的翻译中普遍存在的背离原文而又加上译者再创造的翻译方法，称为"创意英译"①，认为"创意英译"的目的就是译者用优美的英文把自己对中国古典诗歌的主观感受呈现出来。所谓"创意英译"，广而言之可以称为"创意翻译"，也可以简言之"创译"。在现代日本翻译界，五木宽之早就使用"创译"（創訳）这个词了，是"创作翻译"这个词组的缩略。此外，日本的中村保男也使用了"创造的翻译"这样的词组，还使用了"超译"②这个词。但"超译"更多的是指超越翻译基本规则、不尊重原文，具有一定破坏性的翻译，在这一点上，"超译"与富有创造性和建设性的"创译"有所不同。早在20世纪20年代，署名"西林"的作者曾写文章赞赏赵元任翻译的《阿丽斯漫游奇境记》，认为译文保持了原文的神韵，并说这是"神译"法，认为"神译"不同于直译、意译，"神译比直译意译都难"，他认为还可以有一种比"神译"更高明的手法，叫作"魂译法"。③"神译法"也好，"魂译法"也罢，与后来傅雷的"神似"的主张都有相同相似之处，指的都是翻转原文，使译文更加传神达意。实际上，无论是"神译""魂译法"还是"神似"，似乎都可以用"创译"一词统括之。从翻译方法的角度看，强调"神译"或"神似"，总使人感觉是与"不译形"或"形不似"相对而言的，有着人为地将"形"与"神"对立起来的意思。而"创译"应该追求形与神的统一、

---

① 钟玲：《美国诗与中国梦——美国现代诗里的中国文化模式》，广西师范大学出版社2003年版，第34页。
② 中村保男：《創造する翻訳》，东京：研究出版社2001年版，第85—91页。
③ 西林：《国粹里面整理不出的东西》，《现代评论》第一卷第十六期。

第四章 翻译方法的概念——迻译·释译·创译

形似与神似的统一。"形似"未必就"神似",但"形似"是"神似"的必要条件。假若连"形"都不似,"神似"何以寄托、何以呈现呢?正所谓"皮之不存,毛将焉附"是也!假若破坏了两者的统一,顾此失彼,那对翻译而言,就不是"创"亦即"创造"之"创",而是"创伤"之"创"了,属于一种"破坏"的行径。在这一点上,吾人所说的"创译"必须带有创造性,同时要规避破坏性,故而"创译"与"神译""神似"或日本人所谓的"超译"都有明确的区别。

从翻译史上看,在中西文学互译的早期阶段,"创译"以损害原文为代价,也是常见的现象。由于翻译家的外文不好,对原文把握不准,或者加上诗无达诂的特性,尚未能找到合适的翻译方法,因而不能忠实地翻译原文。在中西互译的翻译史上,早期一些宗教哲学经典就颇费思量。如在中国的基督教圣经的翻译中,"God"究竟翻成"神""神主"还是"上帝",当初曾有热烈的争论讨论。[①] 同样的,在欧洲的东方古典哲学翻译中,对"道""因缘"之类的名词概念应该如何翻,也颇为棘手。有西方学者指出:"这类问题的一个清楚的例子可以在新版《西藏生死书》中找到,此书译者约翰·雷诺兹(John Reynolds)在注释中挖苦说,较早由埃文斯·文茨翻译的译本错得如此离谱,竟然使得为那一版作'心理学评论'的荣格

---

① 参见李炽昌主编《圣号论衡——晚晴〈万国公报〉基督教"圣号论争"文献汇编》,上海古籍出版社2008年版。

'没法知道藏语原文究竟说了些什么'。"[①] 但这些困难，后来毕竟会逐渐超越和克服。在文学翻译中，翻译家有着相当的创作能力，或他本身就是作家诗人，所以在翻译中便以长补短，以创作的成分来填补对原文理解与传达的不足与含糊之处，并以此发挥自己的创造想象力。上述钟玲著作中提到的美国的庞德、韦理、宾纳、雷克罗等人的中国古典诗歌翻译就是如此，五四时期胡适等人翻译的西方诗歌也是如此。这样的翻译往往是以损伤、乃至破坏原作为代价的，伴随着许多的误译错译与缺陷翻译，这是非成熟状态的、不理想的"创译"，有些甚至可以归为"破坏性叛逆"的范畴。

文学翻译中的"创译"方法是成熟的、理想的状态，是"创造性的翻译"或"创作性翻译"，这样的"创译"不是"创造性的叛逆"，而是翻译中的创造。它不以误译、错译为条件，不以"破坏性叛逆"为代价，换言之，误译不等于"创译"，"创译"不能建立在误译的基础上。因此"创译"也绝不总是意味着"创造性叛逆"。此外，"创译"也不是有些人提出的"改编""拟作"之类的"翻译变体"。实际上，大量成功的翻译实践充分表明，最大程度地尊重原文与译者在翻译中的"创造"，这两方面是完全可以兼顾的。随着翻译水平的进步，翻译家的中外语言文学的理解与把握能力的提高，这样的"创译"可以伴随翻译活动的始终，成为翻译家自觉的艺术追求。因为优秀的翻译家不仅追求忠实的传译，而且还要充分

[①] J. J. 克拉克：《东方启蒙：东西方思想的遭遇》，于闽梅、曾祥波译，上海人民出版社2011年版，第270页。

第四章 翻译方法的概念——迻译·释译·创译

发挥译语的特性，译出文学之美。在中国现代翻译史上就有不少这样的"创译"作品，它们不仅是优秀的"文学翻译"，而且也是优秀的"翻译文学"。如冰心翻译的泰戈尔的《吉檀迦利》、钱稻孙翻译的《万叶集精选》中的某些和歌、金克木翻译的印度古代诗人迦梨陀娑的抒情长诗《云使》、戈宝权翻译的高尔基散文诗《海燕》、查良铮翻译的普希金长诗《叶普盖尼·奥涅金》和《青铜骑士》、吕叔湘翻译的《伊坦·弗洛美》、张谷若翻译的《德伯家的苔丝》等，兼有翻译与创作两方面的艺术价值，都是"创译"的名篇。优秀的、脍炙人口的翻译作品，不可能仅仅是原文意义、信息上的传达，更是审美的再现，因此都具有"创译"的成分，在这个意义上，我们称之为"译作"，即表示它既是"译"，也是"作"。例如巴金的屠格涅夫翻译、傅雷的巴尔扎克小说翻译、丰子恺的《源氏物语》翻译、钱春绮的歌德诗作翻译，草婴的托尔斯泰小说翻译、林少华的村上春树小说翻译等，虽然都是鸿篇巨制，但都是最大程度地忠实原文的，也都具有"创作"的价值，从创作方法角度看，它们都是"创译"的。

从方法论的角度看，在文学翻译的立场上使用"创译"一词具有重要的意义。它标志着我们对文学翻译的认识已经超越了此前的"创造性叛逆"的认识阶段。此前主流翻译理论界似乎一致认为，只要译者有创造，那肯定就是"叛逆"。要叛逆，就要容许误译，甚至正面评价误译。殊不知"叛逆"不但不是"创造"或"创作"的前提和必然，而且往往有碍于翻译中的创作和创造。过度的叛逆，连像样的"翻译"都谈不上，还有什么资格奢谈"创译"呢？吾人所说的"创译"，归根到底还是"译"，只是"创造的翻译"或"创作的翻译"而已，"创译"归根到底是一种"翻译"的方法，而不是"创作"的方法。这一点，在上文提到的优秀翻译家及其译作中已经有充分的体现。他们的方法是"创译"，而不是"创造性叛逆"。当然，优秀译作中的"创造性叛逆"的成分也不是没有，甚至误译也极难避免，但若是白璧微瑕，则无伤大雅。因为"创译"方法的宗旨，是在尊重原文基础上的创造。

所谓尊重原文，就是起码不破坏、不糟蹋原文，并使原文在汉译的转换中仍然保持其美，有时候可能会比原文本身更美。20世纪80年代以来，许渊冲先生陆续提出并不断阐释他的"与原文竞赛论"，主张诗歌翻译要有"三美"，提出了"三美"论（意美、音美、形美），为此又提出了"三势论"（避免译文的劣势、争取译文与原文的均势、发挥译文的优势）、"三化"论（用"等化"争取均势、用浅化改变劣势、用"深化"发挥优势）、"三之"论（不仅让读者"知之"还要使读者"好之""乐之"）等主张。[①] 许渊冲先生的"三美""三化""三之"论，实际上就是不满足于仅仅传达出原文来，而且要发挥汉语的优势与译者的优势，与原文竞赛。其逻辑思路是：既然文学翻译无论如何都不可能百分之百地等于原文，那与其低于原文，不如高于原文。于是翻译家便可以与原文竞赛，在不误解、不误译原文的前提下，在具体的字词的选择使

[①] 详见许渊冲《文学与翻译》"前言"及书中各篇论文，北京大学出版社2003年版。

第四章 翻译方法的概念——迻译·释译·创译

用、搭配修辞方面,有意识地强化汉语的审美表现力。许渊冲的"三化"中的"深化法",从翻译方法的角度简而言之就是"创译"的方法。

"创译"是翻译中最有创造性的行为,它在方法论上超越了传统翻译学"直译/意译"的矛盾,消除了"忠实"与"叛逆"的对立,摆脱了"形似"与"神似"的游移彷徨,将"翻译"与"创作"完美统一起来。因此"创译"方法也是文学翻译臻于至境的方法,是一切有艺术追求的翻译家都追求的方法。只有"创译"才能将翻译由传达活动上升为创造活动。中国翻译史上的"创译"不但创制了大量新词汇、新句法,丰富发展了中国的语言文化,也由此引入了新思维、新思想。正是"创译"的作品,使得"文学翻译"走向了"翻译文学",并使得翻译文学成为中国文学特殊的、重要的组成部分。

综上,"迻译·释译·创译"是"译文学"的基本范畴,也是译文生成的三种方法。它由"直译/意译"的非此即彼的、常常令人莫知所从的二元对立,走向了互补互通的三位一体。"迻译"是最常用的翻译方法,也是翻译之为"译"的规定性之所在。从"译"与"翻"两种行为相区分的角度说,"迻译"属于平行移动的"译",若翻译中没有"迻译",则翻译不成其"译";而"释译"和"创译"则都属于翻转式的"翻"。"释译"是在无法"迻译"的情况下的解释性变通,在词语的"释译"中,若首次找到了形神皆备的译词,则可成为"创译"。"创译"是在翻译家自主选择"迻译"、又能恰当

"释译"的基础上所形成的带有创作性质的翻译，也就是"译作"，它是"翻译"与"创作"的完美融合。从词语的创译来说，通过"创译"所创制出来的译词，会被袭用、模仿，也为后人的"迻译"提供了条件。要言之，在翻译实践过程中，"迻译""释译""创译"三者是递进的，而且是循环递进的关系，能译的就"译"（迻译），不能译的就"翻"。"翻"可以是解释性的翻译（释译），可以是创新性、创造性的"创译"，而凡是被他人、被后人认可的"释译"和"创译"并在翻译中加以采用的，又转而成了"迻译"。这种循环性可以用下图表示：

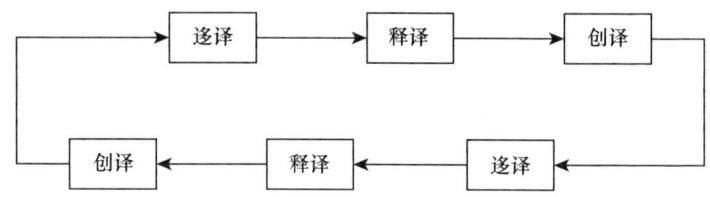

相比而言，"迻译"难在是否选择之，"释译"难在如何解释之，"创译"难在能否令原词、原句、原作脱胎换骨、转世再生。可见，从"迻译""释译"到"创译"，构成了由浅入深、由"译"到"翻"、由简单的平行运动到复杂的转换运动的过程；而在翻译实践过程中又形成了从"迻译""释译""创译"，再到"迻译""释译""创译"的循环往复的过程。

第五章
译文质量评价的概念
——正译·误译·缺陷翻译

译文批评既要有对与错的价值判断,也要有译文美丑优劣的审美判断,这两方面构成了对于译文质量的评价,并需要建立相关的评价尺度。中国传统译论中的"信·达·雅"的概念,长期以来既是翻译的原则标准,也被用作译文评价用语,但使用"信·达·雅"只能做印象批评,而难以做语言学、翻译文学的实证批评,为此,"译文学"在概念范畴的提炼及理论体系的建构中,提出了"正译·缺陷翻译·误译"这组概念,作为"译文学"的译文评价用语。其中,"正译·误译"是对与错的刚性判断,"缺陷翻译"指的是介于"正译·误译"之间的、既不完全正确也不完全错误的不精确、不到位的翻译。"缺陷翻译"这一概念的提出,可以打破简单的非此即彼的对错判断,在对错之间发现和指出译文的种种不足,使翻译研究特别是译文批评趋于模糊的精确化。

对于"译文",我们既要做语言学的正误判断,即译文质量的评价;又要做文化学上的风格取向的判断,即译文的文化评价;还要做文艺学上的美丑判断,即译文的审美评价。这三个层面上的评价与判断,构成了译文判断评价的完整系统。但是,迄今为止,无论是在外国的翻译研究与翻译理论中,还是在中国的翻译研究理论与翻译研究中,对这三个层面上的判断一直缺乏明确认识和清晰划分。所以,长期以来,我们不得不把"信达雅"作为万能概念,既拿"信达雅"做翻译的标准,也拿它做翻译批评特别是译文质量评价的概念。然而,用"信达雅"能做译文质量判断用语吗?这是一个值得探讨的问题。

一、"信达雅"的译文质量批评只是印象性批评

在中国现代翻译史及翻译理论史上,严复吸收中国古代佛经翻译理论精华而提出的译事三难——"信达雅",一直被大部分人作为"翻译的标准"来看待,至少是在理论层面上把它作为翻译标准来看待。笔者在《翻译文学导论》一书中,认为"'信达雅'是翻译的原则标准,而不是具体标准。原则标准是具体标准的概括和抽象"[①]。说"信达雅"只是一个原则标准,是说它实际上并不是翻译家所明确坚持、或声称坚持的标准。一直以来,似乎也没有一个译者——无论他多么自信——宣称他的译文真正做到了"信达雅"的标准。严复当初说的只是

---

① 参见王向远:《翻译文学导论》,北京师范大学出版社2004年版,第196页。

第五章 译文质量评价的概念——正译·误译·缺陷翻译

"译事三难：信达雅"，是说"信达雅"是翻译中难以做到的事，而不是他自己以此为标准，更不是说他自己做到了这个标准，事实上他也没有达到这个标准。而在整个20世纪中国的翻译理论史上，大部分理论家主张将"信达雅"作为翻译标准，但却始终没有明确说清，这个标准是翻译家自我标定的，还是读者、出版者、或评论家从外部施加给翻译家的。换言之，"信达雅"属于是自律，还是他律。

实际上，作为翻译标准，"信达雅"只有落实在翻译家的翻译行为过程中，并成为翻译家对自己的翻译行为的要求的时候，才能成为"翻译的标准"。因为在翻译过程中，"标准"毕竟是由翻译家自己来把握的，而不是由他人来把握的。除非特殊情况，例如赞助人、出版商以"信达雅"三字对翻译家提出翻译标准的要求，正如经销商对生产商提出产品质量标准的要求一样。然而翻译行为远为复杂，即便外人提出某些标准要求，那也是原则性的，而且最终能否符合标准，也是很难说的，因而外人施加的标准实际上没有多少意义。因为翻译家在翻译过程中，主要受他的翻译水平的制约和艺术感觉的支配，不需要别人在一旁敲打"信达雅"的警钟。

说到底，翻译的标准，就是"翻"与"译"，把该"翻"的东西翻转、转换出来，把该"译"的东西传递、传达出来，就算完成了翻译的使命。至于最后的结果（出版的译文）是否"信达雅"，那不是由翻译家自己来判断的。这并非翻译家自己没有自知之明，也并非翻译家不能做自我判断，而是翻译家自己判断不判断几乎没有意义。译文一旦公开发表，只能由读者来判断了。而读者的判断，恐怕是秦人说秦，汉人说汉，仁者见仁、智者见智。例如，严复当年的译品，他自己很谦虚，只说自己的翻译"达旨"而已，"实非正法"，只求意思"不倍本文"。但当时不少评论家却给了他很高的评价。而又过了不到二十年，却有了相反的评价，如傅斯年先生1919年在《新潮》第三期上发文认为："严几道先生译的书中，《天演论》和《法意》最糟。假使赫胥黎和孟德斯鸠晚死几年，学会了中文，看看他原书的译文，肯定要在法庭起诉；不然，也要登报辩明。这都因为严先生不曾对作者负责任。"① 这是连严复的"达旨"的"达"都给否定了。再如，林纾翻译的那些小说，在当时读文言文的读者读起来是"达"的，而今天的读者，读着用文言翻译出来的现代外国小说，恐怕更多的会觉得不达不畅。当年鲁迅、周作人说自己的翻译是"直译"，"宁信而不顺"，没有标称"信达雅"。即便有些翻译家事实上做到了"信达雅"，一般也很少声称自己做到了，因为那样就不免有高自标置、王婆卖瓜之嫌。也常见一些翻译家推崇"信达雅"，那也多是从翻译评论的角度进行的。

可见，与其说"信达雅"是翻译家标举的翻译的标准，不如说是评论者、读者的评论用语，似乎更为恰当。综观严复以来的中国翻译批评史，"信达雅"事实上早已成为约定俗成的译文批评用语了。也许有人不同意用"信达雅"三字经做翻译的原则，但不会有人否认，"信达雅"已经成为译文读者下意

---

① 傅斯年：《译书感言》，见《傅斯年文选》，四川文艺出版社2010年版，第151页。

第五章 译文质量评价的概念——正译·误译·缺陷翻译

识的译文批评与价值判断用语了。当一个翻译家的译文发表之后,若读者对译文做出批评或评价,往往就会自觉不自觉地援用"信达雅"。事实上,在中国现代翻译批评史上,"信达雅"更多是被作为批评用语来使用的。换言之,"信达雅"一旦用在译文批评中,就已经不再是"翻译标准"的范畴,而是带有明确判断指向的"译文批评"范畴了。但是,与此同时,我们还要意识到,"信达雅"作为译文批评的一组概念,实际运用的时候,往往是印象式的、描述性的判断,而不是一种可以量化的、精准的、具体的判断。这是它的一个最基本的特点。也就是说,用"信达雅"做译文批评,是译文阅读欣赏过程中最直观的、感受性的判断,而不是一种精确、科学的判断。

倘若要拿"信达雅"来做精确的、科学的判断,那会是怎样的一种状况呢?请看翻译批评家袁锦翔先生的一个批评实例。他曾用"信达雅"作为批评用语,就林纾翻译的《贼史》中一段译文做了评价:

> 回过头来看看《贼史》译段。在笔者看来,此译有失误。"信"只能给75分(仍在翻译合格线上)。至于"达",因其通顺畅达非同寻常,可给98分。此译创造性地再现了原作的幽默感,甚至超过了原作。但还不是无限扩大的创作,"雅"也可评98分。三项总和是271分,平均90.3分,仍属优等水平。[①]

---

① 袁锦翔:《名家翻译研究与赏析》,湖北教育出版社1990年版,第71页。

这段话很有意思。作者把"信、达、雅"分成了三部分，而且给出了具体分数。这样的操作方式是否可行又当别论，但它起码说明了，"信达雅"实际上是一个很印象性的评价，也许正是因为这种印象评价太"印象"，缺乏精确性，对林纾的这段译文，到底是"信"还是"不信"的，信到什么程度，不信到什么程度，只用一个"信"或"不信"无法做出评价。同样的，"达""雅"也是如此。即便说"很达""很雅"，也只是一个印象性的、模糊性的评价，于是只好在"信达雅"之后，再加上很精确的分数加以表示。但是，即便在后头加上了具体的、貌似精确的分数，实际上也仍然只是印象性的表达。虽然这个印象建立在对译文的具体分析基础上。实际上，一旦要对译文做总体"信达雅"的评价的时候，仍免不了印象化的描述。因为"信达雅"不适用于对个别字句的评价。对个别字句只能做对与错的语言学上的实证判断，而至于"达"与"雅"，本身不能单指某一字句，一定要联系上下文，即联系语篇，乃至全文，才能下结论。

在"信达雅"三个方面，要判断译文"信"还是不信，是需要拿原文作依据的。而除非特殊需要，普通读者不会一手拿着原文、一手拿着译文加以对读，而是首先从译文的"达"还是"不达"，来感知"信"还是不信。鲁迅那个"宁信而不顺"的时代过去了，在翻译艺术和翻译技术已经相当成熟的今天，不达的译文往往不合逻辑，会令读者莫名其妙，于是读者会由译文的达不达，基本判断它信不信。不达的译文，很少是可信的。除非现代派诗歌等特殊文体，大部分原文是有逻辑

第五章 译文质量评价的概念——正译·误译·缺陷翻译

的,是通达的,而译文却不达,那就有足够理由怀疑译者译错了。但这种怀疑仍然是印象式的。对于"雅"也是一样,一般读者从译文感知"雅",会有种种的不同。因为读者对"雅"的理解有所不同,因而对"雅"的判断更容易走向主观的、印象式的判断。

二、正译·误译

归根到底,信不信、达不达、雅不雅,还得做语言学上的、具体细致的"正译·误译·缺陷翻译"的判断之后,才能得以确认。于是,我们就不得不拈出"正译·误译·缺陷翻译"这一组概念。

如上所说,除了万能的"信达雅"之外,关于译文质量评价的特殊概念一直严重缺位。人们常说的"误译"或"错译",因为没有与之配对的相关概念,也没有在概念的意义上加以限定和界定,故而只能作为一般描述性词语加以使用。鉴于此,笔者在已有的"误译"一词的基础上,配制了"正译·缺陷翻译·误译"这组概念。其中,"正译"与"误译"是两极,"缺陷翻译"是介于"正译·误译"之间既不完全错误、也不完美的状态。

"正译"一词,意即"正确之翻译"。这个词可见于在北朝末年至隋朝初期的僧人彦琮的翻译论文《辩正论》中。彦琮提出了翻译必须具备的八项条件,其中第七条是"要识梵言,乃闲正译,不坠彼学"。[①] 意思是要懂得梵语,能够熟练地

[①] 彦琮:《辩正论》,见道宣《续高僧传》卷二,郭绍林点校,中华书局2014年版,第56页。

("闲",娴也,熟悉)正确翻译(正译),对印度佛教方面的学问不能懈怠。这里使用了"正译"一词,但这个词此前在翻译理论中很不受重视,一直没有把它作为一个概念来使用。这也许是因为在翻译中,"正译"是正常的,没有问题的,所以是不需要多说的。因此"正译"这个词似乎也就不那么重要了。实际上,从翻译理论建设及译文批评概念的整备的角度看,必须有一套对立统一、阴阳互补的对跖的概念,这样的概念才具有完整性和科学性。有"误译"或"错译"的概念,就必须有"正译"的概念。而对于"正译",特别是"正译"中具有典型性、示范性的佳译、名译、创译,要采用译文佳作赏析的方法,从文学修辞、文艺美学等不同角度,指出其中的优点、美点、亮点,探讨、发掘佳译、创译形成的机制,以做翻译之楷模。

与"正译"意思大体相同的概念是"正翻",如后唐释景霄在《四分律行事钞简正记》中说:

> 就翻译中复有二种:一**正翻**,二义翻。若东西两土俱有,促呼唤不同,即将此言用翻彼语梵。如梵语莕荼利迦,此云白莲花,又如梵语斫抠,此翻为眼等,皆号正翻也。若有一物,西土即有,此土全无。然有一类之物,微似彼物,即将此者用译彼语,如梵云尼拘律陀树,此树西土其形绝大,能荫五百乘车,其子如有油麻四分之一。此间虽无其树,然柳树稍积似,故以翻之。又如三衣翻卧具

第五章 译文质量评价的概念——正译·误译·缺陷翻译

等并是。①

释景霄所谓的"正翻",就是百分之百地吻合原文的翻译,与之相对而言的是"义翻",则是一多半重合,一少半不合,是意义上近似的翻译。从这意义上说,"义翻"翻译出了一部分的"义",是不完全正确的翻译,因此严格说来"义翻"并不是"正翻"的反义词。

在古代佛经翻译理论及概念体系中,与"正译""正翻"相对的、相当于"误译"的概念,有"不达""乖本""失本""失实"等。如,关于"不达",道安的《大十二门经序》中有:"然世高出经,贵本不饰,天竺古文,文通尚质,仓促寻之,时有不达。"② 关于"失旨",道安的《比丘大戒序》有:"考前常行世戒,其谬多矣。或殊失旨,或粗举义。"③ 关于"乖本"。道安的《比丘大戒序》:"一言乖本,有逐无赦。"④ 关于"失本",道安在《摩诃钵罗若波罗蜜经抄序》中,提出了翻译理论史上著名的"五失本"之说,说的是五种情况下梵译汉所出现的不能正确传达原文的情况,也就是无法做到"得

---

① 藏经书院:《卍续藏经》,台北:新文丰出版公司1983年版,第68册,第153页。
② 道安:《大十二门经序》,见《中国佛教经论序跋记集》卷一,上海辞书出版社2002年版,第34页。
③ 道安:《比丘大戒序》,见《中国佛教经论序跋记集》卷一,上海辞书出版社2002年版,第40页。
④ 道安:《比丘大戒序》,见《中国佛教经论序跋记集》卷一,上海辞书出版社2002年版,第40页。

本"①。"得本"也就相当于"正译"。道安的"失本"与现代的"误译"概念大体一致，但比"误译"的外延要小，是指明知"失本"而又迫不得已"失本"的情况。

在传统的语言学层面上的翻译理论中，"误译"是一种应该努力避免的负面情况。翻译家一旦出现"误译"，被人指出"误译"，便会感到羞耻羞愧。但到了近年来的"文化翻译"及"译介学"的理论体系中，"误译"却得到了正面的肯定与评价。这是由"译介学"及"文化翻译"的立场所决定的，他们不立足于"译文"，不关心翻译本身，而专注于译文的文化效果，专注于译文的阅读流转过程，立足于译文的中介、媒介作用，着眼于翻译在文化交流中产生的创造性误解的独特功能。从这个立场看，在翻译文化史上，"误译"有时反而比"正译"更有可观之处、更有意思、也更有说头。于是"误译"就被视为"创造性叛逆"的主要表现形式。

但是，"译文学"立场与之不同，它首先关注的不是译文的流通环节，而是翻译活动本身、译作的生产过程本身。因此，在译文评价的时候，需要涉及"正译·误译·缺陷翻译"这一组批评概念，运用这组概念，判断某译文是否"正译"，何处"误译"，何以出现"误译"，何处是"缺陷翻译"，缺陷何在。若以物质产品的生产和流通做比附，似乎可以说，"译介学"及"文化翻译"立场上的翻译批评，大体相当于市场调研报告，说出那种产品如何被消费、消费者如何评价，关注的

---

① 道安：《道行般若经序》，见《中国佛教经论序跋记集》卷一，上海辞书出版社2002年版，第24页。

第五章 译文质量评价的概念——正译·误译·缺陷翻译

是市场的接受度,并以此来判断译文的价值。只要被接受,质量低劣的产品也可以给予正面的评价。与此不同,"译文学"的译文批评,则类似于产品的检验报告,它以产品的质量本身为中心,指出何种产品是优良的,何种产品是低劣的,何种产品是有缺陷的。这也并非不考虑市场的接受,而是意欲让市场接受高质量的产品。

三、介于正译与误译之间的"缺陷翻译"

需要强调的是,在译文质量评价的概念中,"正译·误译"的二元对立的概念还是不完善的,因此,笔者提出"正译·缺陷翻译·误译"三位一体的概念。在实际的译文质量批评与评价中,我们会发现,译文质量问题并非除了"误译"就是"正译",或者除了"正译"就是"误译"。在"正译"与"误译"之间,还有虽不完美、虽不完善,还说得过去但又存在缺陷的翻译。这样的翻译实际上比"误译"要多得多,而且,若不是彻头彻尾的误译,那实际上就属于"缺陷翻译",若不是完美无缺的翻译,那就是有缺陷的"缺陷翻译"。人无完人,金无足赤,翻译也很少有完美无缺的翻译。因此,译文批评不仅仅是要褒扬"正译"指出"误译",而更重要的,是要对有可取之处、但未臻完美的译文加以指陈和分析。这样一来,"缺陷翻译"作为一个批评概念,就显得特别必要、特别重要了。

"缺陷翻译"一词,在我国翻译批评与翻译理论界迄今为止一直未见使用,更没有成为一个批评概念。在这方面,日本翻译批评界可以给我们以启发。在日本,"缺陷翻译"(日文写作"欠陷翻译")早就作为概念使用了。据当代日本翻译批评家别宫贞德在《翻译与批评》一书中介绍,日本的《翻译的世界》杂志在1978年以后的六年多的时间里,一直开设《缺陷翻译时评》栏目,刊载了一系列对"缺陷翻译"加以分析指陈的评论文章。但是,另一方面,别宫贞德对"缺陷翻译"的界定,却也令我们不敢苟同。他认为,就日英对译而言,"所谓缺陷翻译,就是对英文的解释有明显错误的翻译,日文的表达有明显不自然、不可理解之处的翻译。"① 这实际上就把"缺陷翻译"等同于"误译"了,所以笔者不敢苟同。但别宫贞德的"缺陷翻译"定义的可取之处,就是它兼顾了原文理解与译文表达两个方面的缺陷。一面是在外文的翻译理解上有明显错误,这相当于我们所说的"误译",而另一方面是日文的表达(即译文)不自然、不可解,虽难说是"误译",但也算是"缺陷"。这种情况,如果指的是同一作品、同一段原文与译文,那么,外文理解不正确,译文表达肯定也就不正确,这是一个问题的两个方面;但如果指的不是同一作品、同一段原文与译文,亦即译文与原文是不同体的,那么有时候原文理解错了,译文却似乎很通畅可解;反过来说,原文理解对了,译文却不太流畅。无论是哪种情形,都是"缺陷翻译",未必两种情形都同时出现,才算是"缺陷翻译"。在别宫贞德的理解和界定中,"缺陷翻译"是一个总括性的概念,包含着误译、也

---

① 别宫贞德:《翻译与批评》,东京讲谈社文库,昭和六十年,第108页。

第五章 译文质量评价的概念——正译·误译·缺陷翻译

包含着一无可取的所谓"恶译"。但是，我们所说的"缺陷翻译"却是介乎于"正译、误译"之间的一个概念，是指既没有达到"正译"，也没有完全"误译"的中间状态，换言之，"正译·缺陷翻译·误译"是三个并列的批评概念。

已经有批评家意识到了，翻译质量评价中，往往不是简单的"误译"的判断问题，例如马红军先生在《翻译批评散论》一书"前言"中说："本书并不涉及简单的误译，除非它有助于说明某一问题。"[①] 从他分析的上百个有争议的典型译例中，可以看出大都不是"简单的误译"，而是有着缺陷的"缺陷翻译"。虽然作者没有使用"缺陷翻译"这个概念，但他已经意识到，指出翻译中的"缺陷翻译"，比起指出"简单的错译"，相对要容易些；如果说对"误译"是要发现它哪里有误，如何失误，那么，对"缺陷翻译"的判断，就不仅是正误的判断，而且是审美的判断，对"缺陷翻译"的判断，不仅有原文的标准，还要有不同的译文之间的比照。需要在比较中对不同译文的优劣得失进行细致比较分析，并找出消除缺陷的译案。因而可以说，"缺陷翻译"批评是更精致、更复杂的批评活动。

有了"缺陷翻译"这个概念的介入，我们在译文批评的实践中，就会打破"正译"与"误译"的二元论，而在"正译""误译"的中间地带，发现译文的各种各样的、大大小小、多多少少的缺陷。既有原文理解上的缺陷，也有译文传达上的缺陷；既有不到位的"翻"（没有完全"翻"过来），也有过度

---

① 马红军：《翻译批评散论》，中国翻译出版公司2000年版，第4页。

的"翻"("翻"过头了)。这种现象不仅隐含在字里行间,而且甚至也显示在最显眼的地方,例如书名的翻译上。近来看到一本书,是南京大学出版社2015出版的日本学者小森阳一的《出来事としての読むこと》一书的中文译本,译者把书名译为《作为事件的阅读》,把日语的"出来事"一词,照日汉词典的通常解释,译为"事件"。而在汉语中,"事件"是非常重大的不平常的事情,一旦公开往往具有社会轰动性。商务印书馆《现代汉语词典》(第6版)对"事件"的解释是:"历史上或社会上发生的不平常的大事情。"日语中也有一个常用词"事件"(じけん),与汉语的"事件"词义基本相同,都是指异常重大的事情。译者把日语的"出来事としての読むこと"翻译为"作为事件的阅读",就不免会令读者心生困惑:阅读,本来就是日常生活中的经常性的行为,何以形成了"事件"呢?是原作者夸张的表述吗?显然不是。如果要夸张,作者就会把题目写为"事件としての読むこと",然而他使用的是"出来事"(できごと)这个词。"出来事"是指人为做出来的事情,具有一定的主观性、日常性、多发性。而"事件"则具有非日常性、罕见性、严重性。当译者把"出来事"翻为"事件"的时候,则意味着"阅读"这件事情作为"事件"是异常的、严重的、罕见的。实际上,原作全书都努力表明:阅读是读者的一种带有强烈主观性的行为,是对原作意义的不断发现与增殖,因而阅读本质上是读者的一种"出来事",也就是读者的一种"创造性行为"。按照这样的理解,原作书名《出来事としての読むこと》,应该准确地翻为《作为创造性行

第五章 译文质量评价的概念——正译·误译·缺陷翻译

为的阅读》。上述中文译者翻为《作为事件的阅读》，从字面上看是由死板的迻译（死译）造成的缺陷翻译，而从全书语义上看，则属一种错译，因为它使全书"文不对题"了，从而造成了一个"作为事件的翻译"的典型个例。尽管译者在"译者后记"中强作解人，但显然不得要领。看来，我们需要这样通过典型个案的分析，解剖这些"缺陷翻译"乃至"错译"形成的复杂原因，而达到弥补缺陷、不断优化翻译的目的。

总之，"正译·缺陷翻译·误译"，作为译文质量评价与批评的基本概念，可以矫正一直以来"信达雅"的印象批评的局限，可以改变一直以来译文质量评价概念长期缺位的局面。特别是"缺陷翻译"这个概念的提出，可以打破"正译·误译"的非此即彼的二元判断，使译文批评更加关注那些介于"正译"和"误译"之间的复杂的"缺陷翻译"现象，不仅关注语言学上的正误评价，更关注文艺学的、美学层面上的判断与评价，使翻译研究特别是译文批评趋于模糊的精确化，因而具有重要的理论价值。

第六章
译文文化学评价的概念
——归化·洋化·融化

在中国现代翻译理论中,"归化·洋化"这对概念是对译者翻译策略与译文文化风格一种概括。1990年代中后期西方"文化翻译"派的主张传入中国后,"洋化"或"西化"便被一些人置换为"异化"一词,表述为"归化·异化"。但"异化"作为哲学概念指的是从自身分裂出来的异己力量,与翻译上的"洋化"概念颇有不合,因而还是使用"归化·洋化"为宜。中国翻译理论史经历了从"归化·洋化"的论争到两者调和的过程;文学翻译实践也经历了从林纾时代的"归化"到鲁迅时代的"洋化",再到朱生豪、傅雷时代将"归化·洋化"加以调和的过程。这种调和可以用"融化"一词加以概括,并可形成"洋化·归化·融化"三位一体的正反合的概念。"融化"是一个无止境的过程,也是翻译文学值得提倡的文化取向与走向。

第六章 译文文化学评价的概念——归化·洋化·融化

"归化·洋化"是翻译研究的一对重要概念,也是我国现代翻译理论中的固有概念。但是,这对概念在使用和流变过程中也出现了一系列问题需要回答。例如,"归化·洋化"中的"洋化"为什么后来被置换为"异化"?为什么不能置换为"异化"?20世纪40年代以后的翻译文学中"归化·洋化"的二元对立还存在吗?为什么要用"融化"一词来概括"归化·洋化"的调和?为什么要把"归化·洋化·融化"作为译文风格取向与文化走向的判断用语?等等。

一、"归化"的语源及对"异化"一词的质疑

在中国翻译理论史上,"归化"这一概念产生得很早。例如关于"归化",早在1935年,鲁迅在一篇文章中就说:"动笔之前,就先得解决一个问题:竭力使它归化,还是尽量保存洋气呢?"① 在这里,鲁迅是把"归化"和"洋气"作为一对范畴来使用的,而且是在"动笔之前","就先得解决的一个问题"。也就是说,"归化·洋气"的问题,不是翻译过程中鲁迅也常提到的"直译·意译"具体翻译方法的问题,而是一个总体的译文风格的定位、定性问题,最终表现在译文中,就是一个文化风格问题。在译文研究与批评中,免不了对总体文化风格做出评价,那就会使用相关的概念。但在1980年代之前,概念使用的方式有所不同,"归化"一词,大体稳定,少数场

---

① 鲁迅:《"题未定"草》,见罗新璋编:《翻译论集》,商务印书馆1984年版,第301页。

合，有人称之为"中国化"，1940年代，傅东华在《飘》的译本序中，声称自己在翻译中，连原文中的人名地名等"都把他们中国化了"①，使用的是"中国化"一词。

与"归化"相对的概念，如上所说，鲁迅用的是"洋气"。"五四"时期更多地使用"欧化"和"西化"。例如傅斯年在《怎样做白话文》中提出要创造一种"欧化的国语"。②翻译理论界也有更多的人（如余光中等）使用"西化"一词。20世纪80年代以后，随着翻译研究的兴起，在翻译的文化取向方面，出现了"西化翻译""洋化翻译"的说法，如叶子南在1991年发表的《论西化翻译》（原载《中国翻译》1991年第2期）、陆云的《论西化译法与归化译法的运用》（《西安外国语学院学报》2000年第21期）等文中，用的就是"西化"。屠岸在《"归化"与"洋化"的统一》（《中华读书报》1997年5月14日）一文中，用的是"洋化"。

20世纪80年代后，随着德国哲学上的"异化"一词的频繁使用，"异化"一词盛行，使得"欧化""西化""洋化""中国化"这些词也被"异化"了。许多人大概以为"异化"这个词有哲学味道，所以不用"西化""洋化"等，而改用"异化"这个词。

现在看到的较早的使用"异化"这个词，而且是将"异

---

① 傅东华：《〈飘〉译序》，见罗新璋编：《翻译论集》，商务印书馆1984年版，第442页。
② 傅斯年：《怎样做白话文》，载《中国新文学大系·建设理论集》，良友图书出版公司1935年版，第223—224页。

第六章　译文文化学评价的概念——归化·洋化·融化

化"与"归化"连用的，是郭建中1998年发表的一篇文章《翻译中的文化因素——异化与归化》(《外国语》1998年第2期)，此后，使用"归化·异化"这对概念的人多了起来，如谭惠娟的《从文化的差异与渗透看翻译的异化与归化》(《中国翻译》1998年第2期)、孟志刚的《论翻译中的"异化"和"归化"的辩证统一》(《西安外国语学院学报》1999年第4期)等，此后，不知不觉间，"异化"这个词在翻译界已经普遍被人使用了，并且使用"归化·异化"这对概念，来对应翻译当代西方翻译研究者（如韦努蒂）的相关概念。这个意义上的"归化·异化"概念，可以说是当代美国翻译理论家韦努蒂首先使用的。[①] 但如上所述，"归化·洋化"这对概念却是中国固有的，要比韦努蒂早得多，它也绝不是外国相关概念的译词。

　　而且，从语源语义上说，用"异化"一词取代"洋化""西化"或"欧化"，实际上是很不恰切的。从"化"的词素结构来看，"异化"这个汉字词显然属于日语造词法的产物。虽然它是否属于从日本传来的新名词，尚待考证（刘正埮等编《汉语外来语词典》不见该词）。在日本，"异化"（"異化"）这个词的使用较早，在文艺学上，主要是对俄国形式主义文论家什克洛夫斯基形式主义文论概念的译词，是指在文艺创作中将日常司空见惯的熟悉的东西加以陌生化的处理，从而产生新颖的艺术效果。但日本人在这个意义上使用"异化"这个词的

[①] 朱安博：《归化与异化：中国文学翻译的百年流变》，科学出版社2009年版，第3页。

时候，往往不单说"异化"，而是使用"异化效果"（異化効果）这个词组。显然，这个意义上的"异化"与翻译中的尽力保持"洋味"的翻译策略之间没有直接关系。因为翻译中的"洋化"绝不是把本来熟悉的东西弄出陌生感来，而是外文原文本来就是陌生的，翻译家加以保留，而保留到一定程度，便使译文出现"洋化"现象。换言之，俄国形式主义诗学的"陌生化"或"异化效果"，是使熟悉的东西陌生化，而翻译中的"洋化"策略，则是使本来不熟悉的、陌生的东西在译文中得以保留。

汉语的"异化"作为一个哲学概念，是德文"Entfremdung"的译词，正如众所周知的那样，它指的是作为主体的人将自身的某些东西转化为跟自己对立的、支配自己的东西，及人从自身分裂出自己的对立物，使之成为异己的存在。例如，费尔巴哈认为，人通过幻想把自己的本质"异化"为神，并对神顶礼膜拜；马克思认为工人自己的劳动成果直接生产了与自己敌对的东西，工人为了提高劳动生产率而制造了机器，机器的使用却最终驱逐工人并使之失业，这就是"异化"劳动。而一些翻译研究者所说的"异化"却恰恰相反，是指在翻译中，把外来的文本所包含的异域文化的风格气质，尽可能多地加以保留，使译文、译本带有更多的原文、原本的文化风格。不是从自身分裂出自己的对立物，而是尽力保留他者的文化。翻译家尽量保持外国文本的洋味、追求洋化，是一种有意识的选择策略，而绝不是不能自控的、自我分裂与自我敌对的"异化"。而我们所说的"洋化"的翻译策略的宗旨是把外在的、外来的东西拉过来，为我所消化吸收和使用，并不是使自身"异化"而泯灭自己的语言文化的主体性。因此，用"异化"这个词来表示翻译上的"洋化"的意思，是名不副实、词不称意的，很容易与哲学上的"异化"混义串味，徒增误解和困惑，会在望文生义中造成对"洋化"翻译策略的误解。

因此笔者不取作为外来语的"异化"，认为至少在中国翻译研究的语境中，应该使用中国固有的"洋化"一词，并将"归化·洋化"作为一对概念来使用。所谓"洋化"之洋，可指西洋、也可以指东洋。"洋化"就是指在译文中尽可能保留原文的洋气、洋味，使译文尽可能多地承接原文的风格。

二、从"归化·洋化"的对立走向调和

"归化·洋化"这对概念的形成，有一个较为长期的过程。先是有"欧化""西化"一词，后来才有"归化"一词。

主张"欧化的国语"是有着鲜明的时代背景的。当现代汉语（白话文）刚刚开始取代古代汉语，担当起书写与文学用语的时候，不免有捉襟见肘的尴尬。于是"五四"时期新文化的建设者们，便提出了"欧化"的概念，例如傅斯年说："现在我们使用白话文，第一件感觉苦痛的事情，就是我们的国语，异常质直，异常干枯……我们使用的白话，仍然是浑身赤条条的，没有美术的培养；所以觉着非常的干枯，少得余味，不适用于文学……可惜我们使用的白话，同我们使用的文言，犯了一样的毛病，也是'其直如矢，其平如底'，组织上非

常简单。"① 有鉴于此，傅斯年开出的药方是"欧化的国语"："就是直用西洋文的款式，方法，词法，句法，章法，词枝（Figure of Speech）……一切修辞学上的方法，造成一种超于现在的国语，欧化的国语，因而成就一种欧化国语的文学。"胡适也认为："只有欧化的白话文方才能够应付新时代的需要。欧化的白话文就是充分吸收西洋语言的结构，使我们的文字能够传达复杂的思想，曲折的理论。"② 鉴于同样的理由，郑振铎也主张："为求文学艺术的精进起见，我极赞成语体的欧化。"③ 沈雁冰也主张"创作家及翻译家极该大胆把欧化文法使用"④。这里提出的"欧化"的主张，都是就语言文化的取向而言的。但这些"欧化"的提法还不是一个鲜明的概念，而是一种文化倾向的泛指。鲁迅则最早从翻译的层面上提出了"竭力使它归化，还是尽量保存洋气"的问题，并倾向于"洋化"的选择，遂使"归化·洋气"成为两个对义词，并成为当代翻译理论中"归化·洋化"概念的源头。

20世纪40年代以后，现代汉语在吸收外来词汇和语法的基础上基本成熟，当时语言学家王力就正确地指出："西洋语法和中国语法相离太远的地方，也不是中国所能迁就的。欧化到了现在的地步，已完成了十分之九的路程；将来即使有人要

---

① 傅斯年：《怎样做白话文》，载《中国新文学大系·建设理论集》，良友图书出版公司1935年版，第223—224页。
② 胡适：《"导言"》，载《中国新文学大系·建设理论集》，良友图书出版公司1935年版，第24页。
③ 郑振铎：《语体文欧化之我见》，载《小说月报》12卷6号，1921年6月10日。
④ 沈雁冰：《语体文欧化问题》，载《小说月报》13卷2号，1922年版。

第六章 译文文化学评价的概念——归化·洋化·融化

使中国语法完全欧化,也是不可能的。"① 在这种情况下,通过"欧化"来翻译改造和丰富汉语白话文的历史要求基本实现,人们不再强调翻译在引进外来词汇和语法中的作用,转而强调翻译文学必须使用纯正的中文,而不应该是"翻译腔"或"翻译体",以适合广大读者的阅读要求。例如傅东华在1940年代初翻译出版的美国作家米切尔的长篇小说《飘》,就有意识地使译文"中国化"。他在《译序》中明确宣称:"即如人名地名,我现在都把他们中国化了。"② 所谓"中国化"当然就是"归化"的追求。新中国成立后,在官方文学观倡导"民族气派"和"民族风格"的大背景下,语言上的欧化倾向受到批评与批判,翻译中的欧化倾向也受到否定。《人民日报》1955年10月26日的社论明确指出:作家们和翻译工作者重视或不重视语言规范化,影响所及是难以估计的,因此,"我们不能不对他们提出特别严格的要求"③。在这种情况下,"西化"、"欧化"或"洋化"的翻译不再被提倡,甚至受到批评。不仅大陆,台港地区也是同样,翻译家们撰文批判译文中的"恶性西化"或"奴化"的翻译。余光中、蔡思果从20世纪70年代起,就不断撰文批评五四以来中国翻译及创作中的语言的"恶性"西化、欧化倾向,认为那种翻译不是翻译,而是"奴译"。余光中在《哀中文之式微》《论中文之西化》《从西而不化到

---

① 王力:《中国现代语法》,商务印书馆1985年版,第335页。
② 傅东华:《〈飘〉译序》,载罗新璋编:《翻译论集》,商务印书馆1984年版,第442页。
③ 人民日报社论:《为促进汉字改革、推广普通话、为实现汉语规范而努力》,载《人民日报》1955年10月26日。

西而化之》《白而不化的白话文》等一系列文章中，痛斥中文的恶性西化现象。蔡思果在《翻译新究》的自序中甚至说："我最近才发现，我做的并不是翻译研究，而是抵抗，抵抗英文的'侵略'。"①

进入20世纪80年代，在对外开放伊始、大力引进外来文化的大环境下，自20世纪40年代起就一直占上风的"归化"翻译倾向受到了质疑。20世纪80年代初，王育伦在《从"削鼻剜眼"到"异国情调"》一文中，再次强调了翻译中"洋气、洋风、洋味"的作用和意义，指出："原文的异国情调，在译文中必须尽量保持，这不仅仅表现在原作思想内容的传达上，而且还表现在某些语言要素的移植上。一味的归化，一味的替代，只会闭塞译者的创造之路，是不足取法的；为了取悦读者，追求文笔的优美而不惜牺牲那些一时看不惯的'洋气、洋风、洋味'的'削鼻剜眼'的做法，更不是翻译的正道。"②刘英凯在《归化——翻译的歧路》一文中，明确提出"归化"是"翻译的歧路"，认为"归化"是以"中国传统的华夏文化自我中心观作为后盾"，"具有鲜明的保守色彩"。③叶子南在《论西化翻译》一文中认为，"西化"的翻译在日常交际时很容易妨碍交流，因此不受欢迎，但在文学翻译中，则有其必要和价值。他指出："越靠近永久性价值的文本，翻译时越容易

---

① 蔡思果：《翻译新究》，中国对外翻译出版公司2001年版。
② 王育伦：《从"削鼻剜眼"到"异国情调"》，载《外语学刊》1982年第2期。
③ 刘凯英：《归化——翻译的歧路》，载《现代外语》1987年第2期。

第六章 译文文化学评价的概念——归化·洋化·融化

接受西化翻译法。如在有价值的文学作品中,保留一定的西化表达方式,有利于反映原作的精神,介绍外国文化,使中国人能够通过语言了解外部世界。这类文本不肩负某一具体的紧迫的交流使命,只是供人欣赏的文学(或文化)作品,读者可在阅读中花些时间品味洋腔洋调。可以说,文学作品是我们引进外国文化的主要场地。"①

但是更多更有力的声音,是主张"洋化"与"归化"两者之间的调和,如孙致礼在《翻译的异化与归化》一文中指出:"异化和归化是两个相辅相成的翻译方法,任何人想在翻译上取得成功,都应学会熟练地交错使用这两种方法。这绝不是喜好不喜好的问题,而是由翻译的基本任务和基本要求决定的。译文要充分传达原作的原貌,就不能不走异化的途径;而要像原作一样通顺,也不能完全舍弃归化的译法。"② 屠岸在《"归化"和"洋化"的统一》一文中强调:"既然是介绍外国作品,当然应使读者了解它的原貌;既然是译本,当然应使本国的读者接受。鲁迅说得好:'凡是翻译,必须兼顾着两个方面,一面当然力求其易解,一则保存着原作的风姿。'也就是说,既要有点'洋化',又要一定程度的'归化',兼顾着两面,也就是'归化'和'洋化'的统一。"③ 郭建中在《翻译中的文化因素:异化与归化》一文中预言:"随着两种文化接

---

① 叶子南:《论西化翻译》,载《中国翻译》1991年第2期。
② 孙致礼:《翻译:理论与实践研究》,译林出版社1999年版,第31页。
③ 屠岸:《"归化"和"洋化"的统一》,载《中华读书报》1997年5月14日。

触的日益频繁,以源语文化为归宿的原则将越来越有可能广泛地被运用。最终可能占上风。但不管怎么发展,'异化'和'归化'将永远同时并存,缺一就不成为翻译。因此,我们认为,没有必要再进行'归化'和'优化'的优劣高下之争,就像没有必要再进行'直译'和'意译'之争一样。"①

现代中国翻译理论史上的"归化·洋化"的讨论与争论,经历了"洋化(五四时期)→归化(20世纪40年代至70年代)→洋化(20世纪80年代)→归化与洋化统一调和(20世纪90年代后)"这三个"正—反—合"的发展阶段。

三、在"归化·洋化"的矛盾运动中走向"融化"

"归化·洋化"的矛盾统一的过程,在翻译理论上的讨论与争论是如此,在文学翻译实践上更是如此。

从关于"归化·洋化"的讨论与争论可以看出,人们大都是从译文的"语言"使用的角度来着眼的。翻译本身就是跨语言的转换,无论"归化"还是"洋化",大都是在语言的层面(包括词汇与句法)上而言的。如上文已提到的刘英凯的《归化——翻译的歧路》一文,详细指出并分析了"归化"翻译的五种表现。第一是"滥用四字格成语",认为指出四字格成语是带有汉语民族特色的语言形式,如果使用过多过滥,有时会给人以陈腐不堪的感觉。第二,是"滥用古雅词语",如在用

---

① 郭建中:《翻译中的文化因素:异化与归化》,载《外国语》1998年第2期。

第六章 译文文化学评价的概念——归化·洋化·融化

旧体诗词翻译外国诗歌时尤其如此。第三是"滥用抽象法",即把原文中的形象转换为抽象,如把"潘多拉的盒子"译成"罪恶的渊薮",把"犹大的亲吻"译成"险恶的用心"之类。第四是"滥用'替代法'",就是用汉语中的固有语言表达法来替代外文中的意义相似、但表层形象迥异的表达方式,如把英文中的"无火不起烟"译为"无风不起浪"之类;第五,是"无根据地予以形象化或典故化",即用中文的典故来处理相同意义的译文。刘文将这一类的"归化"翻译称为"翻译的歧路",认为"归化"是以"中国传统的华夏文化自我中心观作为后盾","具有鲜明的保守色彩"。① 刘英凯所说的这些"归化",只是个别字句上的"以中释洋",不是从词汇到句法、从单句到语篇的大面积的"归化"翻译,而只是属于翻译中的个别地方的语言使用上的问题,是把本来应该平行移动地加以"迻译"的字句,站在译入语文化的立场上做了"释译"(解释性翻译)。所以,他在批评"归化"翻译的时候,举出的总体"归化"的例子却只是1940年傅东华翻译的《飘》,而其他的个别语句上"归化"的例子,却是从不同的译作中找出来的,并不是从一部译作中集中体现出来的。1987年写的反对"归化"翻译的文章,却只能举出四十多年前的《飘》为代表性的例证,足可见在1980年代的译作中,难以找到真正意义上的"归化"的翻译,刘英凯自己也承认:"《飘》的译本是'归化'的极端的例子,并不十分多见。"而"归化",更多地

---

① 刘英凯:《归化——翻译的歧路》,载《现代外语》1987年第2期。

散见于在个别字句的翻译上。

实际上，随着现代汉语的定型和成熟，语言层面上的"洋化"现象自然就会减少。鲁迅早就意识到了这一点，他曾预言："一面尽量的输入，一面尽量的消化，吸收，可用的传下去了，渣滓就听他剩落在过去里。……但这情形也当然不是永远的，其中的一部分，将从'不顺'而成为'顺'，有一部份，则因为到底'不顺'而被淘汰，被踢开。"① 这就是说，有些译文在当时是"洋化"的，但到了后来就可能不是那么"洋化"了，甚至变成"归化"的了。事实上，历时性地看，"归化·洋化"的区分是相对的。读者的阅读视野在不断扩大，接受能力也在不断提高。原来的"洋化"成分逐渐地与目的语的语言相融合，"异化"只是相对的。近一个世纪的翻译实践也证明，"洋化"翻译没有像时人所担心的那样，使汉语"脱胎换骨"，或破坏汉语的"纯洁性"，其根本原因在于汉语的内部规律制约了"洋化"的程度和范围。"洋化"的翻译在一定时期、一定程度地"破坏"了本土语言文学传统，同时"洋化"的东西也随着时光的推移一定程度地被"归化"于本土文化，丰富了本土语言文学。

从语言使用的角度看，从晚清时代翻译的"归化"，到20世纪20年代前后翻译的"欧化"，再到20世纪30年代后半期翻译文学的中外语言文学的"融化"，是一个"否定之否定"的辩证发展的历史过程。民国成立前后到20世纪30年代上半

---

① 鲁迅：《关于和瞿秋白关于翻译的通信》，载罗新璋编：《翻译论集》，商务印书馆1984年版，第276—277页。

第六章 译文文化学评价的概念——归化·洋化·融化

期,中国翻译文学的文化价值取向由晚清的"归化"转变为"异化",可以说是对晚清以林纾为代表的"窜译"(对原作加以改窜的翻译)的一种反拨。不少翻译家追求那种字对句称的逐字逐句翻译,主张在翻译中应注意尽可能保存原文的句法结构,以便引进外文词汇来丰富汉语词汇。但与此同时,这样的"异化"翻译也造成了"翻译腔",使译文生涩不畅。这种情况到了20世纪30年代中后期开始有了明显的变化,瞿秋白在和鲁迅关于翻译问题的讨论中,提出一方面翻译应该帮助"新的中国现代言语"的创造,另一方面也应该使用"真正的白话",把"信"与"顺"统一起来。经过二十多年的努力,到了1930年代后期,"异化"的成分有的被现代汉语所吸收,有的则逐渐被排斥,现代汉语基本成熟,许多翻译家的译作"异化"色彩不再那么刺眼。傅雷在20世纪40年代后期翻译的《欧也尼·葛朗台》和朱生豪翻译的莎士比亚作品,则充分显示了现代汉语在译文中可以达到如何完美的境界,是中国翻译文学炉火纯青的"融化"的标志。

20世纪80年代以来,在纯理论层面上提倡"洋化"的人虽然有之,但在翻译实践上,声称自己的翻译是"洋化"的仍然罕见。当然,译者自己不一定要标称自己译作是"洋化"的,但是,研究者要找出一个"洋化"的典型译本来,除了本来就不通的先锋派实验诗歌等特殊文体外,恐怕极为困难。一个熟练使用母语的人,知道翻译的基本规则与常识的人,实践上恐怕也很难做到真正的"洋化"。当然,可以在一些译本中找到一些字句处理上的"洋化"现象,但从语言表达的角度看，总体上的"洋化"文本，在20世纪下半期以后的翻译作品中，很难以寻觅了。至于一些生手的劣质翻译，译文不像中文，意思不合原文，那也绝不能说是"洋化"，而是不合格的劣质翻译。因此，可以说，从语言使用的层面上说，中国文学翻译总体上已经超越了"归化·洋化"的对立，已经进一步走向了"融化"。

关于"融化"一词，翻译理论界早就有人用过。例如，1918年周作人就谈到了"融化"，他说："至于'融化'，大约是将它改作中国事情的意思，但改作之后便不是译本。"[①] 这里的"融化"，指的是翻译中的"改作"，就是比"归化"还要归化的拟作，并不是作为一个严格的概念加以使用的。但笔者所说的"融化"，是这个词本来就有的含义，是两种东西水乳交融的状态。就翻译文学而言，是超越"归化·洋化"的对立，而走向中外合璧、中外交融，是中外语言文学与文学的高度的融合状态。

而且，翻译文学中的"融化"不仅仅指语言上的转换与使用，除了最为基本的译入语的选择与使用之外，还应该包括文学体裁样式、译文总体风格的"融化"程度问题。换言之，中国现代翻译文学的"归化·异化·融化"问题，应该表现在三个层面：第一，语言字句的转换层面；第二，文学形式、体裁的层面；第三，译文的总体的文化风格。

如上所说，第一个层面上的"融化"已经很大程度地解决

---

① 周作人：《文学改良与孔教》，《周作人集外文》上，海南国际新闻出版中心1995年版，第284页。

第六章 译文文化学评价的概念——归化·洋化·融化

了、实现了。但第二个层面的"融化"却是一个相当复杂、漫长的过程。尤其是在具有鲜明民族特色的文学体裁的翻译转换上，这仍然是一个难题。例如，关于日本的和歌、俳句的翻译，从20世纪20年代周作人开始，就开始了探讨和翻译实践，我国的日本文学翻译界在80年代曾有过一次较大规模的讨论，主要还不是语言使用问题，而是在翻译中要不要保留、如何保留和歌、俳句的五七调及特有诗型的问题，结果仍是见仁见智，莫衷一是。到现在为止，几乎所有的外国诗歌汉译，都在体裁、体式方面，尚未达到真正的"融化"。例如，钱稻孙翻译的近松门左卫门的净瑠璃剧本，卢前翻译的印度迦梨陀娑的梵剧《沙恭达罗》剧本，采用的都是中国古典戏剧剧本的体式。杨烈翻译的日本古典和歌总集《万叶集》和《古今集》使用中国的古诗体式，完全丢掉了和歌体式；季羡林翻译的印度史诗《罗摩衍那》，虽然使用了韵文，但民歌体、"顺口溜"的译文，与原文特有的"输洛迦"体相去甚远，季先生自己在译者后记中也多次表达了不满意和困惑。最近黄宝生等翻译的卷帙浩繁的印度史诗《摩诃婆罗多》，完全忽略原文的文体韵律，通篇采用的是散文叙事体。从文体、体裁上来看，这些翻译整体上倾向于"归化"，要么"归化"为中国古诗、古剧，要么"归化"为现代中国白话文体。要真正在文体上实现中外融化，是非常困难的，尚需不断继续探索。晚近出版的吴彦、金伟合译的《万叶集》，既不"洋化"地保留原作体式，也不讲其"归化"为中国文学的某种诗体，包括新诗体。采取的是"解释性翻译"的方法，只将原作大意译出，诗味丢掉了不少，这样的翻译算是"融化"的翻译吗？也难以一言断之。总之，要在民族文学中的特殊文体的翻译中实现"融化"，比单纯的语言层面上实现融化，要困难得多了。当然，这样的融化也并非无人做到，金克木先生翻译的印度迦梨陀娑的抒情长诗《云使》，最大程度地保留了原文输洛迦诗体的长句子所具有的缠绵、飘逸、娓娓道来的体式风格，虽然汉语中很少有二三十个字音的长句，但仍能使读者读出一种特殊的音律与美感，可谓诗歌翻译中的"融化"的典范。

第三个层面的"融化"，指的是翻译上的一种总体的文化取向，也作为翻译文学整体文化风格的一种概括。通常认为，傅雷提出的"神似"、钱钟书提出的"化境"的理想，是属于"归化"范畴的理想主张。实际上"神似""化境"的翻译理想，也是一种"融化"的理想，体现了翻译家兼容中外、以中化外、以外化中的文化动机。它具有一种总体的模糊性，也不能具体运用于翻译实践的过程，更多的是运用于译文的研究与译文评价的用语，而且是一种印象性的评价用语。但是，无论"神似"还是"化境"，都是从中国传统诗学与美学中借鉴来的词汇，而不是从翻译学中产生出来的特有概念。"融化"一词作为从翻译学中产生出来的概念，作为与"归化·洋化"配套的三位一体的概念之一，在对译文总体文化风格的概括与描述上，具有不可替代的价值。在翻译的文化取向与文化价值判断上，提倡"融化"，就是超越"归化·洋化"的二元对立阶段，既不能无节制地"洋化"，也不能够一味地"归化"，使翻译永远成为吸收外来词语文化、补充我们自身语言文化的有

第六章 译文文化学评价的概念——归化·洋化·融化

效途径,也使我们的语言文化在外来文化的冲击下,仍能杜绝病态的"洋化",保持文化本色。这样的"融化"翻译,才能给以高度评价。同时,有了"融化",也就使得建立在二元对立基础上的"归化·洋化"的是是非非、高下优劣的争论丧失了意义。在今后的译文批评中,要主要发现和揭示我国的文学翻译是如何在"归化·洋化"的矛盾运动中,逐渐走向"融化"的。"融化"应该成为今后我们的译文批评的价值导向。

总之,从中国翻译理论史上看,"归化·洋化"的论争经历了从"归化·洋化"走向两者调和的过程;从中国翻译文学史上看,译文、译作也经历了从林纾时代的"归化"到鲁迅时代的"洋化",再到朱生豪、傅雷时代将"归化""洋化"加以有机调和的过程。"归化·洋化"的调和,可以用"融化"一词加以概括,并可形成"洋化·归化·融化"这个三位一体的正反合的概念,它既是对译文总体翻译策略与方法的一种概括,更是对译文的文化风格取向与走向的描述与概括。翻译中的"融化"是一个无止境的过程,"融化"更是翻译文学发展值得提倡的文化取向。

第七章
译者主体性评价的概念
——创造性叛逆・破坏性叛逆

近年来,我国译学界围绕译者的主体性及"创造性叛逆"问题,形成了"忠实派"与"叛逆派"的理论论争。两派论争活跃了译学思想,也出现了一些偏颇与问题。"忠实派"的理论适用于"文学翻译"的实践要求,"叛逆"派理论则是对翻译成品即"翻译文学"的描述,但两者却将各自的主张绝对化。特别是"叛逆派",将翻译中的一切"叛逆"视为理所当然并加以肯定,没有看到翻译中实际上存在着两种"叛逆",一种是"创造性叛逆",另一种是"破坏性叛逆"。而只有看到"破坏性叛逆",才能正确认识"创造性叛逆"。纵观中外翻译文学史,翻译中的"叛逆"逐次递减,叛逆中的"破坏性"逐次递减,是人类翻译发展进步的基本趋势。

"创造性叛逆"是对译者主体性的一种正面的、积极的评价用语。这个词组在进入一般翻译研究及翻译文学研究之后,

第七章 译者主体性评价的概念——创造性叛逆·破坏性叛逆

引起了一些论争。在论争中形成了"创造性叛逆派"（以下简称"叛逆派"）与"忠实派"（又可称"求信派"）两派。有必要对两者的论争加以评析，进而从"译文学"的译者主体性评价的角度，在"创造性叛逆"论之外提出与之相对的"破坏性叛逆"论。

一、"叛逆派"的起源及其与"忠实派"的争点

所谓"创造性的叛逆"，据说是法国学者埃斯卡皮在《文学社会学》一书中较早提出来的，说"翻译总是一种创造性的叛逆"[①]。但是论者并不是翻译理论家，没有对"创造性叛逆"做出严格界定和详细阐释。所谓"翻译总是创造性的叛逆"，显然只是一种印象性概括，并不是严格的科学论断。翻译确实免不了"创造性叛逆"的成分，但并非"总是创造性的叛逆"。例如一首诗，每一句都是对原文的"创造性叛逆"，那么这算是翻译，还是创作呢？一篇一万字的翻译小说，从语言学的角度看，如果只是很少一部分字句属于"创造性的叛逆"，其他都是逐字逐句的直译，那由此应该得出"翻译总是一种创造性的叛逆"的结论，还是应该得出"翻译总是一种忠实性的转换"的结论呢？如果一多半的字数都属于"创造性的叛逆"，是否还算是合格的翻译呢？在"创造性叛逆"之外，有没有"破坏性叛逆"呢？如果"破坏性叛逆"的比重多了，还能叫

---

① ［法］埃斯卡皮：《文学社会学》，王美华、于沛译，安徽文艺出版社1987年版，第137页。

作"创造性"的叛逆吗？如果译文基本上是原文的忠实的转换和再生，那它是"叛逆"原文的结果，还是"忠实"原文的结果呢？这些都是令人不得不提出的疑问。

埃斯卡皮的这句话，所强调的是翻译文学（译本）是译者的一种再创造，翻译文学难以百分百忠实原文。谢天振教授最早在他的相关文章及《译介学》中，发现了埃斯卡皮这句话的理论价值，并把它作为他的"译介学研究的基础与出发点"。认为"创造性叛逆现象特别具有研究价值，因为这种创造性叛逆特别鲜明、集中地反映了不同文化交流过程中所受到的阻滞、碰撞、误解、扭曲等问题"①。显然，谢天振是把"创造性叛逆"置于比较文化、比较文学立场的，研究的着眼点是文学翻译的相对独立的价值，强调的是译者的主体性、译入国读者的阅读主体性。在这一点上，比较文化与比较文学的译介学不同于语言学立场上的、以"忠实"于原文为中心诉求的翻译理论与翻译研究，所以谢天振才把这一立场的研究称为"译介学"，显然是要与一般意义上的"翻译学"相区别。

但是，此后，一些翻译研究者却在脱离比较文学语境的情况下，进一步将"创造性叛逆"论运用于一般的翻译研究，并将"创造性叛逆"论与"反忠实"论或"解构忠实"论挂起钩来。十几年来，有关"创造性叛逆"及相关的"解构忠实"的言论与文章层出不穷，如林克难的《翻译研究：从规范走向描写》（《中国翻译》2001年第6期）、葛校琴的《译者主体的

---

① 谢天振：《比较文学与翻译研究》，复旦大学出版社2011年版，第112页。

第七章 译者主体性评价的概念——创造性叛逆·破坏性叛逆

枷锁》(《外语研究》2002年第1期)、王东风的《解构"忠实"——翻译神话的终结》(《中国翻译》2004年第6期)等,还出现了《翻译:创造性叛逆》(董明著,中央编译出版社2006年)那样的以"创造性叛逆"为关键词的专门著作,形成了阵容较为强大的"叛逆派",并由此引发了"忠实派"与之针锋相对的反论,特别是翻译家江枫在《江枫翻译评论自选集》和《江枫论文学翻译自选集》(武汉大学出版社2009年)两书的相关文章中,对"叛逆派"做了激烈反驳与批评。

"叛逆派"认为翻译不可能完全忠实原文,并指责"忠实派"脱离翻译实际,以"信达雅"之类的标准来"要求翻译做它所不能的事";"忠实派"则认为翻译"无信不立","忠实"、求信是翻译的永恒追求,指出"叛逆派"是在鼓励一些人胡译乱译,贻害无穷,因而"叛逆派"应该为近年来翻译质量下滑、粗制滥造的译文大量出现承担罪责。"叛逆派"以西方"后现代主义"理论如解构主义之类为依据,将以"忠实"为核心的翻译理论列为"传统翻译学",而把"创造性叛逆"奉为新派的"现代翻译学",明言"忠实派"已经陈旧过时,应该被取代;而"忠实派"则将"叛逆派"视为西方时髦的"主义"和理论在中国的"二传手"所贩卖的违背翻译基本性质与规律的虚假理论,是"伪翻译学"。

平心而论,"叛逆派"与"忠实派"的论争,对于推动新世纪中国译学理论的活跃与繁荣,是有益的、必要的,各自的理论主张都有合理性的一面。

站在文学角度而言,在我看来,"忠实派"理论主张是从

"文学翻译"立场得来的,而"叛逆派"的理论主张则是从"翻译文学"而来的。"忠实派"适用于作为行为过程的"文学翻译"。因为"文学翻译"的行为过程若不讲"忠实",那么翻译便成为一项极不严肃、随意为之的行为,胡译乱译将肆意横行,翻译将丧失其规定性;同理,"叛逆"是对最终成品的"翻译文学"状态的描述,只适用于作为最终文本形态的"翻译文学"。因为作为翻译结果的"翻译文学",不可能百分百地再现原文,总有对原文的有意无意地背离、丢弃和叛逆,所以从文学翻译的最终文本"翻译文学"上看,"叛逆"是其基本属性之一。如果不承认"叛逆",看不到"叛逆"的合理性与价值,翻译批评就只是关于语言学上对与错的挑错式的批评,而不是视野更为广阔的跨文化批评,翻译研究就无法正确评价翻译史与翻译文学史。

相对而言,"忠实派"是翻译中的理想主义,它用"信达雅"等标准指导翻译活动与翻译过程,用"神似""化境"等理想,来要求风格上出神入化的最高的忠实与美;"叛逆派"则是翻译中的现实主义,它承认翻译家翻译出来的翻译文学不可能完全忠实原文,于是坦然接受这个现实,只是在理论上描述这一现实,并在翻译研究中揭示这种并非忠实的、乃至叛逆性的译作之价值,指出它在文化沟通、文学交流方面所起的不可替代的特殊作用。

这样看来,"叛逆"与"忠实"两派可以在"理想"与"现实"两个界面上互相补充,在"文学翻译"与"翻译文学"两种形态上互为依存,在"翻译实践"与"翻译史研究"

第七章　译者主体性评价的概念——创造性叛逆·破坏性叛逆

两个领域互为犄角。事实上两派也起到了这样的作用，但是表现在具体的论争与论证上，一些论者将各自的主张绝对化，各执一端，针锋相对，不加包容。"忠实派"认为"忠实"是翻译的根本，决不能提倡"叛逆"，认为将翻译研究纳入比较文学的范畴是"不可接受"[①]的。"叛逆派"认为"忠实"只是翻译中的"神话"，而"创造性叛逆"才能揭示翻译的实质；显然，两派在理论阐述的过程中，在相互的论争中，各自都"越界"了。"忠实派"把"忠实"的理论要求，由"文学翻译"推广到"翻译文学"，由翻译过程与翻译实践的规范性理论，而普泛为整个文学翻译与翻译文学的全部。殊不知"忠实"的理论固然是翻译实践的理想追求，却不是翻译结果的正确描述。同样的，"叛逆派"把自己的"创造性叛逆"由翻译文本即"翻译文学"的某方面属性，放大为整个翻译的本质属性。殊不知"叛逆"只能是对文学翻译之成品状态即"翻译文学"的一种描述。

"忠实派"与"叛逆派"两者本来应该各有畛域，不可越界。一旦越界，便由真理走向谬误。想在理论上真正站得住，就必须明确意识到各自立论的逻辑前提究竟是什么，各自的理论适用性又在哪里。

"忠实"作为翻译实践的指导性理论，是必不可少的。但"忠实派"往往用"忠实"来衡量已经问世的译作、并以此对译作做出价值判断。有的译者和翻译家重视译文独立的审美价

[①] 江枫：《江枫翻译评论自选集》，武汉大学出版社2006年版，第176页。

值，提出了"与原文竞赛论"，有的理论家提出了翻译标准的"多元互补"论。但是，"忠实派"的一些论者常常只坚持"忠实"一端，对其他的这些理论主张强烈排斥，并从这些人的译作中，挑出一些并不忠实的翻译，乃至错译，而对其译作做出否定性判断。拿"忠实"的标准，做字句上的挑错式的批评，固然是必要的、也是重要的，但以个别字句翻译上的不忠实而否定整个的译作，就不免以偏概全了。假如拿"忠实"为标准而对具体字句的翻译一一加以语言学层面上的衡定，则无论是哪个翻译家的译作，多多少少肯定会有不忠实乃至错误之处，但我们不能因此而否定该译作。看来，"忠实"论是有适用限度的，它是指导翻译实践（文学翻译）的理论，而不是对翻译的成品（翻译文学）的唯一的评价标准。是否忠实于原文固然是其中重要的标准，但衡量翻译文学之价值的标准，是一个综合性的、多层次的指标体系，既有纯语言文学层面上的标准，也有文化上、特别是跨文化交流上的标准，例如，一部译作是否受到译入国读者的欢迎，在译入国文学史、文化史上是否起有作用和影响等等，都是应该考虑的。甚至正如"叛逆派"所主张的，有时候"创造性叛逆"也是一个重要的评价标准，因为它在跨文化交流中起到了特殊的重要作用。

二、"叛逆派"立论中的问题

在上述两派中，"叛逆派"属于新派。相比于源远流长、根底扎实的"忠实派"而言，"叛逆派"的理论还较为粗糙，还未臻于成熟。虽然发表了很多的著述，虽然援引了许多西方

第七章　译者主体性评价的概念——创造性叛逆·破坏性叛逆

人的观点作支持，但无论是西方的翻译理论，还是以此为支撑的中国的"叛逆"理论，在逻辑论法、观点结论等方面，问题都很多。

归纳起来，问题之一，是未能很好地处理"忠实"与"叛逆"之间的辩证关系，在论述"创造性叛逆"的时候，误把"忠实"作为靶子和对立面，将"忠实"作为陈旧的理论主张全面否定。"叛逆派"中有人写论文，宣称要"解构'忠实'"，把"忠实"与传统礼教社会夫妻之间的绝对占有与绝对服从、与臣民对君主的绝对忠诚，与译者对原作者、译作对原作的"忠实"，相提并论，认为"忠实"属于传统封建社会的"集体无意识"而痛加否定。这就未免生拉硬扯、针小棒大，离题甚远了。其实翻译中的"忠实"问题是一个语言问题、文学问题、美学问题，"忠实"与传统社会中的君主专制问题的关联，似乎有点风马牛不相及。"叛逆派"的一些论者，按照"传统与现代"二元对立的思路，进一步将"忠实"理论视为"传统翻译学"，将"创造性叛逆"理论视为现代翻译学的"全新理论"，在两派之间做出了新与旧、传统与现代的价值判断，等于宣布"忠实派"已经过时了。实际上，翻译学、翻译理论固然有出现的先后之别，也有形态之分，但却没有"传统翻译学"与"现代翻译学"的壁垒，新与旧绝不能决定价值的高低。"传统翻译学"如果仍在延续，那它就既有传统性，也有现代性。事实上，以"忠实"论为核心的中国翻译理论，在古代源远流长，至今仍然是翻译理论的核心。"忠实"论过时不过时，绝不是因为它是不是传统译论，而是取决于它能不能在现代翻译实践中不断充实和发展。

　　问题之二,"叛逆派"一些论者在把"忠实派"作为"传统翻译学"加以批判的时候,认为"忠实派"之所以主张对原作忠实,是因为"预设原作和作者是完美无瑕的",或者是认可了原作的"权威性",所以要服从。而事实上原作往往并非完美无瑕,也未必有那么大的权威性,所以译者未必要忠实它、服从它。此言不无道理。"叛逆派"从这个角度论述"忠实派"理论的起源,也是可行的。但是,一些著名翻译家自述的那种对原作的"战战兢兢、如临深渊、如履薄冰"式的敬畏之感与忠实之心,恐怕主要是对翻译本身的敬畏与忠实,是对翻译事业的忠诚之心,而并不意味着是认可原作者或原作本身的权威与完美。"叛逆派"在论述这个问题的时候,喜欢举出宗教经典的翻译为例,到了当代也可以举出"马恩列斯"著作的翻译为例,来说明"完美"与"权威"。但是,事实上,还可以举出完全相反的并不完美、并不权威,但仍然要忠实地加以翻译的例子,例如"文革"时期被翻译过来"供批判用"的著作,像右翼作家三岛由纪夫的《丰饶之海》四部曲那样的作品,查对原文,译者的翻译仍然堪称忠实。这既不能表明译者认定原作完美无缺,更不说明译者认可作者有何权威,而只能表明:只要进入翻译过程,就要忠实原文。既然要去翻译它,就要忠实它。哪怕原文很不完美、很没"权威"也罢。换言之,"忠实"还是"叛逆",不取决于原文是否完美、是否有权威,而取决于"翻译"本身的要求。译者忠实于原作,并非表明译者低原作者一等,而是真正体现了与原作之间的平等

第七章 译者主体性评价的概念——创造性叛逆·破坏性叛逆

意识。

问题之三,"叛逆派"中的一些论者,在"忠实—叛逆""传统—现代""权威—服从"的二元对立中,就很难处理好"忠实"与"叛逆"之间的辩证关系。他们没有意识到,无论是什么样的翻译,只要它还算是"翻译",那就有着对原作的一定程度的"忠实",其中的"叛逆"也是在"忠实"基础上的"叛逆"。"忠实"与"叛逆"的这种矛盾运动,是贯穿于一切翻译,也包括文学翻译中的根本属性。正如世界上不存在百分百"忠实"的译文,世界上也不存在百分百的"叛逆"的译文。如果百分百地"叛逆"了,那就不是翻译,而是创作了。因此,就原文与译文的关系而言,"叛逆"是某种程度上的,因而"叛逆"是相对的,而不是绝对的。"忠实"与"叛逆"是互为补充的关系,而不是对抗关系。很多情况下与其说是"叛逆",不如说是翻译家为求"忠实"而采取的特殊的、非常规的、个性化的表现。在大部分情况下,对于译文与原文的关系而言,"忠实"是主要的,"叛逆"是次要的;"忠实"是基础,"叛逆"是附属;"忠实"是主流,"叛逆"是支流。不能做到完全的忠实,是翻译的本身局限性,而不是翻译值得自豪的理由。"叛逆派"高调主张"叛逆",却忽视了"忠实"是对"文学翻译"的规范性的基本的要求,未充分意识到"忠实"是许多翻译家的理想,也是一个翻译工作者起码的职业操守。若没有"忠实"这个要求,若不追求"忠实"这个理想,那么翻译就不存在,翻译家也不存在了。

问题之四,就是无条件地肯定和弘扬"创造性叛逆"。当"创造性叛逆"被无条件肯定和弘扬的时候,所有"叛逆"就都被视为"创造性"的了。"创造性叛逆"这个命题中,暗含着对"叛逆"的完全正面的评价,体现了以译者为中心的一元论的立场。也就是说,无论译者怎么译,都是"创造性叛逆"。在"创造性叛逆"的语境中,将译者的"叛逆"与翻译中的"创造"视为因果关系,也就是将"叛逆"视为"创造性"的行为。实际上,并不是只有"叛逆"才算"创造"。在翻译实践中,"忠实"的翻译本身就是"创造"或"再创造",而且是翻译活动中的主要的创造方式,这种"创造"常常比"叛逆"更艰难,是将科学性与艺术性、从属性与主体性结合在一起的更为复杂的劳动,严复所说的"一名之立,旬日踟蹰"表达的,就是翻译中的艰辛创造。

"忠实派"要"叛逆派"为翻译质量的下滑负责,实际上是夸大了、或者说放大了"叛逆派"的适用性。实际上"叛逆派"早就声言:它的理论不指导实践,而只是客观描述。但是,另一方面,"叛逆派"似乎也不能不承认,完全从正面肯定"叛逆",将"误译"这样的损害原文的行为与结果也不加分析地归为"创造性叛逆",客观上会宽容误译,甚至会为误译开脱,这是不得不承认的。"叛逆派"的问题,是将翻译中的一切"叛逆"视为理所当然、视为合理合法,而没有看到,实际上在翻译中,存在着两种"叛逆",一种是"创造性叛逆",另一种是"破坏性叛逆"。

第七章　译者主体性评价的概念——创造性叛逆·破坏性叛逆

三、"创造性叛逆"还是"破坏性叛逆"？

"破坏性叛逆"是我权且杜撰出来的一个词组，可以作为"创造性叛逆"的反义词，以解释"叛逆"的另一面，即消极面或负面。对于"破坏性叛逆"这个问题，"叛逆派"的论者完全没有意识到。如今公之于世的属于"叛逆派"的上百篇相关文章和数部专著，甚至专门阐述"创造性叛逆"的博士论文，对于"破坏性叛逆"这个问题，连浅尝辄止的论述都没有，甚至没有触及，这是令人十分遗憾的。实际上，"创造性"与"叛逆性"（"破坏性"）是"叛逆"的两面。并非所有的"叛逆"都是"创造性叛逆"，肯定也有"破坏性的叛逆"。只有看到"破坏性叛逆"，才能正确认识"创造性叛逆"。

从翻译史上看，"创造性叛逆"应该是一个历史范畴。在某一历史时期看似"忠实"，在另一历史时期看来则是"叛逆"，反之亦然；在某一历史时期看似"创造性叛逆"，在另一历史时期则属于"破坏性叛逆"，反之亦然。在各国早期的翻译史上，人们对"创作"与"翻译"、翻译与改写等，并没有严格区分，因此"忠实"与"叛逆"的区分意识也很漠然，现在看来那时翻译中的"叛逆"固然有很多。但当时主观上并非都是要"叛逆"，大多是时代条件限制下的迫不得已。

中国近代翻译史初期的以林纾为代表的"窜译"，对原文有大量的篡改、增删，是很"叛逆"的翻译。"叛逆派"的一些论者也喜欢举林纾的作品，指出林译小说的影响有如何深远和巨大，将其作为"创造性叛逆"的典型代表。但是，我们还要看到，林纾的"窜译"在"创造性叛逆"之外，也有更多的"破坏性叛逆"。它是近代中国纯文学翻译史上不成熟时期的产物，是特定历史时期出现的"译述"（"译"与"述"合一）现象。

早期翻译史上的很多翻译都属于包括编译、节译、窜译、改译（翻译修改，例如日本江户时代对中国古典小说的所谓"翻案"）等形式，现在看来，这些都是根据译入国读者的需要对原作实行了大幅度改窜与删削，属于翻译的各种"变型"或"变体"，而不是严格意义上的翻译。历史地看，其中当然不无"创造性叛逆"的成分，起到了一定的历史作用。但是，如今，这些翻译的变体形式比之先前是越来越少了，这是因为它们对原作的"破坏性叛逆"的程度较大，令读者不太信赖的缘故。"叛逆派"的一些论者，不分古今，一律把上述译本形式归为"创造性叛逆"之列，是不知当时之所以采取这些变体翻译，一般都是翻译或出版条件暂不具备、或双语水平暂不具备时的一种权宜之计，它们对原作造成的更多是"破坏性叛逆"，故而一旦有了忠实的全译本，就会被很大程度地覆盖掉。

纵观中外翻译文学史，随着翻译水平的提高，翻译中的"叛逆"逐次递减，叛逆中的"破坏性"逐次递减，这是人类翻译发展进步的基本趋势。

我之所以这样说，是因为，一种语言与其他语言的对应解释，是在成百上千年间无数次的语言文学交流的实践中形成的，是无数翻译家在长期探索中逐渐形成的。在没有双语词典可供翻查的情况下，字词的对译，这种今天看来连机器都能完

第七章　译者主体性评价的概念——创造性叛逆·破坏性叛逆

成的简单转换,在那时却是极为富有冒险性和创造性的活动。而在双语词典编纂出来并日益得以完善的今天,语言语义的对应意义,句法的对应及其意义,都有了约定俗成的通识和解释,翻译者在这个问题上的"叛逆"的空间已经很小了,很多时候甚至这个空间都不存在了。

在中国古代翻译史上,唐朝以前的佛经及佛经文学的翻译,"叛逆"较多,而到了唐朝,随着翻译经验的积累,随着梵汉双语的交流与意义对应的形成,唐代的佛经翻译忠实程度达到最高,"求信"成为可能。这是唐代佛经翻译在经历了五六百年的经验积累后的完善与进步的体现。在近代中国翻译的初期,由于中西、中日语言的意义对应尚未确立,各种的编译、节译乃至胡译乱译的"豪杰译"一时盛行,但到了20世纪30年代后,随着中国人外语水平的提高和语言学的进步,各种双语词典编写出来了,忠实的翻译成为可能,"叛逆"的余地大为减小。

在西方,古罗马人面对古希腊作品的时候,以胜利者和占有者的姿态,曾经肆无忌惮地"叛逆",是因为既需要翻译人家的东西,又想显示自身文化的优越。而到了近代翻译中,随着英法德意俄等民族国家语言的成熟与各语种之间语义对应的确立,科学化、精确化的翻译成为可能,叛逆的余地减小。于是出现了主张忠实准确的"科学派"(语言学派)。到了"叛逆"的余地小到翻译家不能容忍的时候、限制了翻译家主体创造的时候,才出现了"艺术派"与"科学派"的反复不断的论争。现代西方译学史上"艺术派"是在翻译业已出现"科学化"基础上出现的,其"叛逆"的主张是对文学翻译中过度"忠实"(死译)的反拨。我们不能孤立地看待西方的"叛逆"主张,当我们主张"创造性叛逆"的时候,应该有这种历史感。

在"破坏性叛逆"中,"误译"是最常见的。然而"叛逆派"的一些论者却明确地将"误译"列入"创造性叛逆的形式",从论述到举出的例子,都无视"误译"的"破坏性"。实际上,误译,无论是自觉的误译还是不自觉的误译,是有意识的误译还是无意识的误译,对原作而言,都构成了损伤、扭曲、变形,属"破坏性的叛逆"。诚然,正如叛逆派的一些论者所言,误译,特别是有意识的误译,有时候会造成出乎意外的创造性的效果,其接受美学上的效果也是正面的。但是,这种情况多是偶然的,是很有限度的。事实上,误译在大多数情况下,是由译者的水平不足、用心不够造成的,因而大多数情况下是"破坏性叛逆",属于翻译中的硬伤,译者是引以为耻的。因此不能以此来无条件地肯定误译。不能将出于无知、疏忽等翻译水平与翻译态度上引发的误译,称之为"创造性叛逆"。

即便是有意识的误译,译者很可能是想"创造"一下,但大多数情况下也属"破坏性叛逆"。这里只举最简单的例子,以日本文学中的作品名称的翻译为例。夏目漱石的小说《行人》这一书名是有典故的,那就是《列子》中的"夫言死人为归人,则生人为行人矣。行而不知归,失家者也"。是说小说的主人公是一个"行而不知归"的"行人",而中译本却将这书名译成了《使者》,造成了对整个题名寓意的破坏;森村

第七章　译者主体性评价的概念——创造性叛逆·破坏性叛逆

诚一的著名长篇推理小说《人性的证明》，主题是要证明人性善恶的限度，而中文译本却译为《人证》。"人证"是法律名词，不仅与原作要旨相去甚远，而且只能引起读者误解。20世纪80年代在中国引起轰动的日本著名电视连续剧中文译本译为《血疑》者，原文是"赤色的疑惑"，译为"血疑"固然是对原文标题的凝缩，却无法准确反映出女主人公白血病的题材，徒令读者观众费解，甚至会令人联想到凶杀，也属"破坏性叛逆"无疑。这种"破坏性叛逆"似乎都有一个明显的特征，就是无论是出于媚俗还是无知，都对原作构成了显而易见的、毋庸置疑的伤害、损坏，属于翻译中出现的"硬伤"。换言之，"破坏性的叛逆"的发生，是在原文意义相对确定、没有"叛逆"之余地的情况发生的叛逆行为。

有时候，在文学理论、艺术美学等特有的名词、术语的翻译中造成的"破坏性叛逆"，则是因为译者没有发现译入语中有相对应的词语，于是译者便发挥"创造性"，做了解释性的翻译。例如，将日本古典美学的基本概念"物哀"解释性地译为"愍物宗情""感物兴叹"之类，于是破坏了"物哀"独特的思想意蕴；将日本美学概念"寂"译为"闲寂"，于是大大缩小了日本之"寂"的内涵与外延；将日本独特的美学概念"意气"译为"美"，于是用一般的"美"，消解了日本特殊的身体美学之美。在这种情况下，一些译者没有意识到这些概念的独特的民族性，不甘心将原语概念平行迁移（迻译）到中文里，于是便选择了"创造性叛逆"，不料，却成为"破坏性叛逆"。

可见，若站在译者与原作的二元论的立场上看，"叛逆"并不都是创造性的，有时则是破坏性的，因而在"创造性叛逆"之外，显然还存在着"破坏性叛逆"。一开始就想着要"叛逆"原文者，那就不是好译者，甚至不算是译者。因为翻译的创造性主要不是在"叛逆"中进行的，更不是在"创造性叛逆"中进行的，而主要是在译文对原文的"若合符节"和"以似求是"的尽可能忠实的转换中实现的，因而一部译作的"叛逆"越多，其中所含有的"破坏性叛逆"就越多；"破坏性叛逆"越多，"创造"的意义就越少，"创造性叛逆"也越少。因此，一部好的译作不仅"破坏性叛逆"要尽可能少，"创造性叛逆"也要尽可能的少。这样的译作才是值得读者信赖的，并可很大程度上替代原作的译作。

总之，翻译理论的宗旨应该是"提倡理想，规制现实"；翻译研究的宗旨也应该是"呈现事实，描述历史，生产知识，影响现实"。从这样的宗旨出发，翻译中的"叛逆"应当被客观地呈现和承认、得到客观的描述，但从"规制现实""影响现实"的角度看，"叛逆"却不应该被弘扬和提倡。因为"叛逆"中含有"破坏性叛逆"，作为一种历史现实，我们可以接受它，应该有一定的限度、范围、条件和前提。相反的，凡是理论主张都是理想，至少具有理想色彩，理论是对实际的提炼，如理论等于实际，那就不是理论了。"忠实"作为理想，提倡之无害而有益。正因为"信达雅"等忠实的标准难以实现，所以更需要这样的标准，正如法律不能被百分百遵守，所

第七章 译者主体性评价的概念——创造性叛逆·破坏性叛逆

以需要法律,属一个道理;"叛逆"固然是翻译上的一种现实,但如果无条件地接受现实,就会丧失理想与规矩的指引与规范,现实就将越来越糟。正如社会腐败是一种现实,所以我们不能无条件接受它,却需要用法律加以约束和制裁,是同样的道理。

第八章
从译文学看"创造性叛逆"的原意、语境与适用性

对埃斯卡皮《文学社会学》提到的"创造性叛逆"一词,在译介学研究中长期存在误读与误用,主要表现在把埃氏的"叛逆"的主体由读者置换为译者,把广义上的作为翻译书籍的"翻译"转换为狭义的翻译,把语言转换意义上的带有形容词性质的"背叛"理解为对译者对原作的"背叛",把读者通过阅读理解来延长作品生命力这种意义上的"创造性"理解为"背叛"的创造性,而对于埃氏关于"背叛"也不能"破坏"原作统一性的告诫则予以忽略。"译介学"对"创造性叛逆"论的引进援用具有一定的合理性,但由于在四个方面对"创造性叛逆"的适用性做了转换,也带来了理论上的一些破绽与问题,客观上触动了忠实原文这一基本的翻译属性与翻译伦理。"创造性叛逆"是应该有其语境与限度的,它只能用于对译介现象的客观描述,而不应成为译者的信条与指归。

第八章 从译文学看"创造性叛逆"的原意、语境与适用性

在中国传统翻译史及理论史上,翻译的基本属性是"案本""求信",近代严复提炼为"信达雅"三字,也是以"信"当头;西方翻译理论史上,第一关键词是"忠实",只是对什么是"忠实"、如何忠实的理解各有不同而已。然而,到了20世纪中后期,忽然有了"创造性叛逆"论,与传统的翻译观针锋相对,令人耳目一新。于是90年代中期以后,随着"译介学"研究模式的兴起,"创造性叛逆"直接挑战传统翻译学,不仅成为比较文学的"译介学"的关键词,甚至也成为翻译研究的关键词,相关论文与著作层出不穷。然而,"创造性叛逆"的原意与语境究竟是什么?对翻译研究的适用性到底如何?"译介学"对"创造性叛逆"的援用有没有挪用、转换与错位的问题?对此有必要从"译文学"理论建设的角度加以回顾与检讨。

一、"创造性叛逆"论的原意及对它的误解

"创造性叛逆"(一译"创造性的背叛"),是法国文艺理论家罗贝尔·埃斯卡皮在《文学社会学》一书中提出的。这本书所研究的问题,正如书名所示,是"文学社会学",论述的是文学的社会化过程与机制,从社会背景、文学生产、文学传播、文学消费的角度谈文学。因此,《文学社会学》有着独特的论题范围和语境,它谈的不是翻译问题,而只是文学的社会学问题。作者也不是研究翻译学的专家,尽管在谈文学社会学的时候,也在个别地方少量地涉及了翻译问题,但谈翻译问题也仍然是从社会学角度论述的。被国内一些文章反复引用的

"翻译总是一种创造性的背叛"及其相关一段文字,是在该书的第四部分《消费》亦即全书的第七章《作品与读者》中出现的。在这一章中,埃斯卡皮主要以欧洲文学的史实为例,认为不同时期不同阶层的不同读者,对文学作品的阅读都有着自己的理解。这些理解往往超出了原作的主观意图,而读者的理解越是多样,作品传播就越广,图书的出版与销售就越多,作品也就越会取得社会学意义上的"成功"。就在这一章的第二节《成功》里,埃斯卡皮论述了读者多样化阅读理解中如何"背叛"原作主观意图的问题,他写道:

> 这里,的确有一种背叛的情况,但这是一种创造性的背叛。如果大家愿意接受翻译总是一种创造性的背叛这一说法的话,那么,翻译这个带刺激性的问题也许能获得解决。说翻译是背叛,那是因为它把作品置于一个完全没有预料到的参照体系里(指语言);说翻译是创造性的,那是因为它赋予作品一个崭新的面貌,使之能与更广泛的读者进行一次崭新的文学交流;还因为它不仅延长了作品的生命,而且又赋予它第二次生命。可以说,全部古代及中世纪的文学在今天还有生命力,实际上都经过一种创造性的背叛;这种背叛的渊源可追溯到16世纪,此后又经过多次变动。①

---

① [法]罗贝尔·埃斯卡皮:《文学社会学》,王美华、于沛译,安徽文艺出版社1987年版,第37页。

第八章　从译文学看"创造性叛逆"的原意、语境与适用性

这段话相对完整，意思也很明确，但在迄今为止的许多以所谓"创造性叛逆"为关键词的文章中，却往往只引用"翻译总是一种创造性的背叛"这一句话。实际上，埃斯卡皮的这段话是一个完整的、明确的意思的表达。具体读来，含有如下几层意思：

第一，"翻译总是一种创造性的背叛"，从表述上看并不是埃斯卡皮的论断或既定结论，而是只是向读者加以推介的一种说法，所以他用了"如果大家愿意接受翻译总是一种创造性的背叛这一说法的话，那么……也许……"这样一种假定的、委婉的句式。综观全书，埃斯卡皮也只是在此处一次性地提过这句话，而且在这样的语境中，"创造性的背叛"一语显然也不是作为一个严格的概念或术语提出来的，而只是一个偶合性的词组。

第二，埃斯卡皮所说的"创造性的背叛"的"背叛"，涉及两个词，一个词是"背叛"，一个词是"创造性"。对这两个词，他都紧接着做了明确的界定与解释——"说翻译是背叛，那是因为它把作品置于一个完全没有预料到的参照体系里（指语言）。"也就是说，翻译的"背叛"就是因为译者把一个外来作品完全置于原作者未能预料到的"参照系"中，即另外一个语言系统中。换言之，只要译者把一个作品放在了与原作者不同的语言系统中加以操作（翻译）的时候，那就会形成"背叛"，简言之"翻译就是背叛"。这个结论实际上是西方翻译理论史上一直存在的一种看法，它强调的是尽管译者以忠实为先，但实际上翻译是不可能原封不动地再现原文的，必然会

带有译者及译入国文化的某些印记,文学翻译尤其如此。这也可以说是翻译理论上的"常识",更准确地说是翻译中的"通识"。而且深究起来,埃斯卡皮的这个"背叛"本质上是一个比喻的说法,是作为形容词来使用的。在埃斯卡皮看来,只要译者把一个作品放在了与原作者不同的语言系统加以操作,即加以翻译的时候,就是开始"背叛"了,这就是埃斯卡皮对"背叛"的限定。这样的说法,实际上就是对"翻译"中的"翻"的一种描述与限定。"翻"是一种克服巨大的语言文化阻隔所实施的策略与行为,在中国传统译论中,当平行移动、平面传递的"译"遇到了巨大障碍的时候,就需要"翻"即"翻转"。"翻"的结果就是"背对"原作,对此,宋代译论家赞宁就曾形象地指出:"翻也者,如翻锦绮,背面俱花,但其花有左右不同耳。"[①]"翻"出来的东西就像是一匹锦绮,背面与正面都是花,却正好是反着的,左右不同、正反也不同。这正是"转换"的特点,也是作为一种转换行为的"翻译"的特点。这样的情况也可以用一个"背"字来形容,译作"背"对原作,却又相反相成。在这个意义上,"背""背对",不妨也可以说成"背叛"。我们对埃斯卡皮"翻译总是一种创造性的背叛"这句话,只能做这样的理解,才符合原意。因此,"翻译总是一种创造性的背叛",若更达意地、更准确地加以"翻译",似乎应该翻为"翻译总是一种创造性的转换"。

第三,在埃斯卡皮这样的解释中,"翻译总是一种创造性

---

① 〔宋〕赞宁:《宋高僧传·译经篇论》,范祥雍校点,中华书局1987年版,第52页。

第八章　从译文学看"创造性叛逆"的原意、语境与适用性

的背叛"中所说的"翻译",联系上下文的意思,这一节中所集中论述的是作为"书籍"形态的文学文本的销售发行问题,因此这里说的"翻译"是作为翻译行为之最终结果的"翻译书籍",是作为物质化的、可交换流通的商品。作为文学社会学的论者,埃斯卡皮完全没有论述到"译者"及其翻译行为的过程、翻译标准、翻译美学等问题。然而,在我国译介学研究的一些文章的引用中,"翻译"的这种语境限定被取消了,"翻译总是一种创造性的背叛"往往被理解为"译者总是一种创造性的背叛"。这句本来是用来描述译本状态的话,却被用来倡导译者在翻译行为层面对原作实施"背叛",从而把"必须尽可能忠实地转换"这一翻译的基本伦理给否定、给推翻了,并引发了理论与实践上的一系列混乱。

第四,埃斯卡皮解释完了"背叛"的含义,接着就解释"创造性"这个词的含义。他指出:"说翻译是创造性的,那是因为它赋予作品一个崭新的面貌,使之能与更广泛的读者进行一次崭新的文学交流;还因为它不仅延长了作品的生命,而且又赋予它第二次生命。可以说,全部古代及中世纪的文学在今天还有生命力,实际上都经过一种创造性的背叛……"这里的"创造性"的主体与"背叛"的主体一样,明确地限定为"译本"而不是译者。而我国译学界以"创造性叛逆"为关键词的大量文章,也同样有意无意地把"创造性"的主体置换为"译者"。而实际上,埃斯卡皮在这里说的是,一个译本有没有"创造性",是以这个译本能否赋予原作一个崭新的面貌、能否使原作获得第二次生命、能否有助于延伸原作的生命为标志

的。换言之,没有"创造性"的东西是没有生命、缺乏生命力的,而翻译的"创造性"正体现为译本的生命力与传播力。这样看来,"翻译总是一种创造性的背叛"这句话的意思,其实就是翻译作品(译本)以其创造性的转换赋予原作第二次生命。在这里,或许"背叛"这个译词使用得过重了、太有刺激性了,也正因为如此,"背叛"这个词也具有形容词的色彩,而不是严谨的概念。背叛,既是对某一对象的依存,也是对某一对象的脱离。正如孩子从母体脱胎而出,某种意义上是对母亲的"背叛",同时又是对母体生命的再续与延长。同样的,译作产生于原作,同时又是对原作的"背叛",因为它脱离了原作,但也赋予原作第二次生命。"背叛"就是始而依存,终而脱离。这就是"背叛"的辩证性,也应该是埃斯卡皮的原意。假如我们把"背叛"做字面上的生硬的理解,把"翻译总是一种创造性的背叛"这句话,理解为"翻译总是译者对原作的背叛(叛逆)",那就等于译者抛弃了、消灭了原作,哪里还得谈得上将原作"赋予它第二次生命"呢?关于这一点,埃斯卡皮在另一篇文章做了更为进一步的清楚地表述:

> 翻译和背叛并不是空洞的形式,而是对某种必不可少的现实性的证明。凡翻译都是背叛,不过当这种背叛能够使能指表明一些意思,即使原初的所指已变得毫无意义时,它就有可能是创造性的。再说,凡脱离写作背景的阅读——当作品被知识社团以外的人们阅读时,大多数作品

第八章 从译文学看"创造性叛逆"的原意、语境与适用性

都处于这一状况——在某种程度上都是翻译。①

对于这段话,值得我们注意的有三个问题。

首先是在"翻译和背叛并不是空洞的形式"这句话里,埃斯卡皮使用了"翻译和背叛"这样的并列词组。这有助于我们将"翻译"与"背叛"做同一性的理解,进一步表明他所说的"背叛"其实就是上述的"翻译"之"翻",即"翻转""转换"。所以在这一意义上他强调"凡翻译都是背叛"。

其次,埃斯卡皮说"凡脱离写作背景的阅读——当作品被知识社团以外的人们阅读时,大多数作品都处于这一状况——在某种程度上都是翻译",我们把这句话加以缩略,就是"阅读就是翻译"。而且"脱离写作背景的阅读"、跨越知识疆界的阅读更具有"翻译"的性质。而"阅读"作为一种"翻译"也具有"创造性的背叛"的特征。显而易见,埃斯卡皮的所说的"翻译"不是狭义上的,即不是特指翻译家的转换行为,而是广义的"翻译"。广义的"翻译"就是"文化翻译"或"翻译文化",也就是"文学社会学"意义上的"翻译",包括了人们在阅读特别是跨文化阅读、理解与交流中的一切意识与行为。弄清这一点非常重要,埃斯卡皮不是在"翻译学"的语境中谈"翻译"的,而是在"文学社会学"的语境中谈"翻译"的,因此他的翻译概念是广义的,而不可能是狭义的。若要把埃斯卡皮的"翻译"理解为狭义上的,那么对"翻译总是一种

---

① [法] 罗贝尔·埃斯卡皮:《文学社会学》,于沛译,浙江人民出版社1987年版,第122页。

创造性的背叛"这句话也就只能做狭义的理解，就会像许多相关论文那样，把这句话误解为"翻译家的翻译是对原作的背叛"；只要将埃斯卡皮的"翻译"回归到"文学社会学"的语境中做广义上的理解，就会明白"翻译总是一种创造性的背叛"这句话，实际是指"读者"在阅读理解中的"创造性"的引申、扩展、转变或转化，就不会错误地把"创造性的叛逆"作为"翻译学"的不刊之论了。

第三，与此相联系，埃斯卡皮在这段话里对"创造性"又做了进一步解释，就是在语言语义的层面上，翻译能够突破原作的"所指"，而扩展增殖为"能指"。也就是在原作意义的基础上，引申、增添了新的意义。这再次表明了他所说的翻译的"背叛"不是"背离""叛逆"原作，而是赋予原作以新的生命力、影响力。不仅如此，即便是这样的一种"背叛"，也不是无条件的，而是有条件的：

> ……并不是可以对无论什么作品都进行背叛的，同样也不是随便什么背叛都可以硬加在一部作品上的。凡信息文本都可以成为某种误解的对象，但此时信息就被破坏了。只有文学作品，人们可以引入许多新的意义而不破坏它的同一性。①

在埃斯卡皮看来，在阅读理解中，不能随意地"背叛"，假如

---

① ［法］罗贝尔·埃斯卡皮：《文学社会学》，于沛译，浙江人民出版社1987年版，第123页。着重号为本文引者所加。

第八章 从译文学看"创造性叛逆"的原意、语境与适用性

"背叛"并"误解"了文本,就会造成原作信息的"破坏"。在他看来,若"随便什么都背叛",就会对原作造成"破坏"。这样的"背叛"是什么呢?岂不就是"破坏性背叛"或"破坏性叛逆"① 吗?如上所说,由于埃斯卡皮的"创作性的背叛"这个词组并不是作为一个概念提出来的,因而他也没有在此基础上进一步提出"破坏性叛逆"这样一个与之相对的概念,这是他的理论上的局限性,是我们所不能苛求的。但无论如何,他在这里明确地提出了"叛逆"或"背叛"的限定性、规定性,背叛的前提是不能对原作造成"破坏"。而对于文学作品,"背叛"的目的就是在原作的基础上,通过阅读而赋予原作以新的意义,并且这样也不能造成对原作的"破坏"。这里的意思很明白,鉴于文学作品具有一定程度的意义上的模糊性、多义性、不确定性、开放性等特性,读者对文学作品阅读上的"背叛"是可以容许的,但是即便如此,阅读中的"背叛"仍然有限定条件,就是"引入许多新的意义而不破坏它的同一性",也就是说,即便是作为读者的"阅读"这种广义上的翻译,也不能随意破坏作品的"同一性",不能把作品割裂、肢解、颠覆,否则就是"破坏"。文学社会学意义上的"阅读"即广义的"翻译"尚且有这样的要求,那么狭义上的翻译家的翻译转换行为,岂不应该更加小心谨慎不去"破坏"原作吗?对原作的误解与背叛是有限度、有前提的,那就是不能达到"破坏"原作的程度。殊不知一个普通读者对原作的"破坏

---

① 关于"破坏性叛逆",可参见王向远:《创造性叛逆,还是破坏性叛逆?》,《广东社会科学》2014 年第 3 期。

性叛逆"只是偶然的、一次性的、个人的行为,而一个翻译家若在翻译转换中肆意"背叛"原作,其破坏性则是必然的、可复制的、大量的,危害也是不言而喻的。

二、译介学对"创造性叛逆"论的挪用、转换及其问题

埃斯卡皮的《文学社会学》为我国比较文学界所最早注意,恐怕是缘自日本学者大塚幸男著《比较文学原理》的中译本(陈秋峰、杨国华译,陕西人民出版社1985年)。大塚幸男在该书中引用了埃斯卡皮的"创造性叛逆"论。接着,1987年在我国出现了浙江人民出版社和安徽文艺出版社两个版本的译本,发行量也较大。上述的埃斯卡皮关于翻译的论述也引起了我国比较文学及"译介学"的注意,于是将"创造性背叛"这个词从"文学社会学"的语境中拿到了比较文学及译介学的语境中,其中写有关方面的文章最早、最多的是谢天振先生,他陆续发表了《论文学翻译的创造性叛逆》(《外国语》1992年第1期)、《误译:不同文化的误解与误释》(载《中国比较文学》1994年第1期)、《翻译:文化意象的失落与歪曲》(《上海文化》1994年第3期)、《文学翻译:一种跨文化的创造性叛逆》(《上海文化》1996年第3期)等,这些文章都后来收编在《译介学》(1999年初版)一书中。其中在《文学翻译中的创造性叛逆》一节中这样写道:

在文学翻译里,无论是译作胜过原作,还是译作不如

第八章　从译文学看"创造性叛逆"的原意、语境与适用性

原作,这些现象都是文学翻译的创造性与叛逆性所决定了的……创造性与叛逆性其实是根本无法分割开来的,它们是一个和谐的整体。因此法国文学社会学家埃斯卡皮(Robert Escarpit)提出了一个术语——"创造性叛逆"(creative treason),并说:"翻译总是一种创造性的叛逆。"①

在这里,他不仅将"创造性叛逆"引入比较文学的译介学,而且将"创造性叛逆"作为"译介学"的核心概念。如上所说,在埃斯卡皮那里,"创造性的背叛"本来是一个描述性的词组,并不是作为一个"术语"或概念提出来的,谢天振先生则把它作为"术语"来看,亦即把"创造性叛逆"概念化、范畴化了。

把文学社会学的"创造性叛逆"一词,拿来作为译介学的概念范畴,也有一定的合理性。因为谢天振先生对"译介学"的基本界定总体上还是"文学社会学"的,从翻译研究的角度看,"译介学"与"文化翻译"的思路与立场是高度一致的,属于"文化翻译"的范畴。谢天振先生明确说明,译介学是把"研究对象(译者、译品或翻译行为)置于两个或几个不同民族、文化或社会的巨大背景下,审视和阐发这些不同民族、文化和社会是如何进行交流的,例如钟玲对寒山诗在日、美两国

---

① 谢天振:《译介学》,上海外语教育出版社1999年版,第137页。在这里,谢天振用的是"创造性叛逆"而不是两个中文译本所译的"创造性的背叛"。"创造性叛逆"的译法似取自大塚幸男《比较文学原理》中文译本。

的翻译与流传的研究,研究者并不关心寒山诗的日译本和英译本的翻译水平、忠实程度";又强调说:译介学"把任何一个翻译行为的结果(也即译作)都作为一个既定事实加以接受(不在乎这个结果翻译质量的高低优劣),然后在此基础上展开他对文学交流、影响、接受、传播等问题的考察与分析"。① 这也就是说,"译介学"不对译文(译作)做高低优劣的美学判断,而只对它的传播、影响等做出文化学的判断;换言之,译介学的重心是"介",是作为中介的"文学翻译",而不是"翻译文学"的本体。在这样的界定下,"译介学"实际上就是跨文化语境下的"文学社会学",因而援引埃斯卡皮"创造性的背叛"论作为译介学的关键词是合理的、可行的。

但是另一方面,"译介学"毕竟不是"文学社会学",把"创造性叛逆"论引入译介学,事实上造成了对埃斯卡皮的原意至少四个方面的改动、挪用和转换。

第一个转换是在"创造性的背叛"的适用范围上发生的。"文学社会学"所着眼的根本问题是文学作品如何实现其社会化价值的问题,其核心对象是对"读者"的研究,是对读者的文学作品阅读与接受的研究,在这个前提下,埃斯卡皮是偶尔谈及翻译问题的。但如上所述,他所谓的"翻译"只是指"翻译书籍",有时则是广义上的作为阅读理解的"翻译",在这种语境中,"译者"也是作为读者的一部分被看待的。但是,在谢天振先生的"译介学"中,"翻译"似乎更多地指狭义上的

---

① 谢天振:《译介学》,上海外语教育出版社1999年版,第11页。

第八章 从译文学看"创造性叛逆"的原意、语境与适用性

翻译,包括作为翻译过程行为的"文学翻译"与翻译之结果的"翻译文学"两个方面。这样一来,埃斯卡皮在图书发行与读者阅读层面上的"创造性的背叛"及在阅读层面上的广义翻译,就被转换为狭义的"翻译"即译者在翻译行为层面上的"创造性叛逆"。读者阅读的"创造性叛逆"是阅读的基本属性,是完全可以理解的、有益无害的。而翻译层面的、译者的"创造性叛逆",则会触动翻译的根本属性及翻译伦理学的基础,在理论与实践上带来了一些问题、困惑乃至混乱。

第二个转换,是"创造性叛逆"主体的转换。埃斯卡皮"创造性的背叛"的主体是指"读者"。值得注意的是,《文学社会学》的日译本的译者大塚幸男在《比较文学原理》一书中引用"创造性叛逆"时,也是明确地把"叛逆"的主体限定为"读者"的。他这样写道:

> 翻译通常是一种"创造性叛逆"(trahison créatrice)——既不是"断然拒绝",也不是"照抄照搬"。即便是原作本身,读者也往往是'创造性叛逆'地加以接受的。最典型的例子是斯威夫特的《格列佛游记》和笛福的《罗滨逊漂流记》。对此解释得最完美的是埃斯卡庇教授。①

大塚幸男的引用完全符合埃斯卡皮的原文原意,"叛逆"主要是指读者的阅读中,对原作的阅读就有"创造性叛逆"现象,

---

① 大塚幸男:《比较文学原理》,陈秋峰、杨国华译,陕西人民出版社1986年版,第103页。着重号为本文引者所加。

而读"翻译"作品更是如此。但是,这层明确的意思,在谢天振先生的"译介学"的引用中却被改变了。他明确把"创造性叛逆"界定为"文学翻译中的创造性叛逆"①;从而把"创造性叛逆"的主体由读者转换为译者,这是"译介学"对"文学社会学"之"创造性叛逆"的巨大转换。既然主体由读者转向了译者,那么译者的"创造性背叛"的途径与方式只能是翻译行为,而译者的阅读也只是翻译的一个预备环节而已。换言之,这就将埃斯卡皮的"读者论"转换为"翻译论"了。

与此同时,带来了第三个转换,即"创造性叛逆"的内容所指也随之转换了。埃斯卡皮所说的"创造性的背叛"实际是指"读者"在跨文化阅读理解中的"创造性"的引申、扩展、转变或转化,是建设性的、增殖性的;而译介学的"创造性叛逆"的内容,则是文学翻译所集中反映的不同文化的"阻滞、碰撞、误解、扭曲等问题"②。主要不是增殖,而是变异、变形。而且,埃斯卡皮对"叛逆"的论述是以"破坏"这个词来牵制的,提醒人们阅读中的叛逆有创造性的,也有破坏性的,读者对原作赋予新的意义和理解,也不能以破坏原作的统一性为代价。关于这一层意思,"译介学"也未能予以注意,因而其"创造性叛逆"便失去了"破坏性叛逆"的警戒,从而很容易对"叛逆"行为作出一元论、偏颇的评价。

第四个转换,也是最大的转换,是从"文学社会学"转到了"翻译研究"。所谓"译介学"毕竟有"译"字在,它与

---

① 谢天振:《译介学》,上海外语教育出版社1999年版,第13页。
② 谢天振:《译介学》,上海外语教育出版社1999年版,第13页。

第八章 从译文学看"创造性叛逆"的原意、语境与适用性

"翻译研究"(翻译学)是密不可分的,因而谢天振先生又有"比较文学中翻译研究也即译介学"① 这样的表述,这也就是说,"译介学"是一种"翻译研究",是一种翻译学。也恰恰就在这里,译介学的"创造性叛逆"论出了偏差和问题。本来,"译介学"只是"比较文学中的翻译研究",然而,在实际的研究操作中,"比较文学中的"这个范围界定往往被突破,而径直进入了"翻译研究"及"翻译学"。"译介"的范畴、亦即"文学社会学"及"文化翻译"的范畴时常脱出,而进入了"译文"学的范畴、翻译学的范畴。例如,谢天振先生在讨论"文学翻译"与"翻译文学""文学翻译史"与"翻译文学史"的时候,不满足于现有的"偏重于文学翻译史的描述、以文学翻译事件和翻译家的活动、观点为内容"的"文学翻译史",而是希望"能让读者在其中看到'翻译文学',这里指的是翻译文学作品和翻译文学作品中的文学形象以及对它们的分析评述"。② 如果是这样,那就由"文学翻译史"的范畴进入了"翻译文学史"的范畴,就溢出了"译介学"而进入了"译文学"的范畴了。实际上,在其他文章中,谢天振也明确把"译本"也作为译介学的"研究对象"之一。③ 但是,既然以"译本"(译文)为对象,既然是对"翻译文学"(而非"文学翻译")的研究,却又主张从"译介学"的价值观出发,不对译文做"高低优劣"的美学判断,那实际上只能对译文做

---

① 谢天振:《译介学》,上海外语教育出版社1999年版,第10页。
② 谢天振:《译介学》,上海外语教育出版社1999年版,第274页。
③ 谢天振:《译介学》,上海外语教育出版社1999年版,第10页。

外部的传播影响轨迹的描述了。然而,不做译文分析,不做译文批评,不对译文做美学判断的研究,就不是真正的、严格意义上的译本研究或译文研究。不对译文做"高低优劣"的美学判断,那又如何能够进入翻译文学本身、如何能深入译文的内在肌理呢?正如在一般文学研究中,不对文学作品做高低优劣的美学判断,如何称得上是"文学研究"呢?同理,不对译文做"高低优劣"的美学判断,如何能成为真正的翻译学、翻译文学研究呢?实际上,翻译学、特别是翻译文学的研究,必须具体落实到译文的研究,必须深入具体的语言、语篇的层面,还要提高到总体的文学风格的层面,对译文做出语言学上的正误与否、缺陷与否的判断,进而是美学上的美丑判断、优劣判断;也就是说,必须有译文批评,必须对译文做"文学"的、美学的分析,才能揭示翻译文学的文学特性,才能揭示译文的根本价值。这才是翻译研究的最内在、最核心、最困难的部分,而译介学却明确声言放弃这方面的研究。从"文学社会学"及"文化翻译"的立场出发,放弃这方面的研究是正确的策略,但是当"译介学"带着"创造性叛逆"观,径直转换到一般翻译研究的时候,就出现了严重的错位。

三、"创造性叛逆"的适用性及其反思

大凡一种理论、一个概念,都是历史经验的沉淀,都是具体实践的概括总结。否则就是无源之水无本之木,"创造性叛逆"论也应该是如此。综观欧洲翻译学史及翻译理论史,从古到今并没有针对译者的翻译行为而言的"创造性叛逆"论,欧

第八章　从译文学看"创造性叛逆"的原意、语境与适用性

洲翻译理论有所谓"直译/意译"之争,有"科学派/艺术派"之争,甚至有尼采从权力意志论出发的"翻译即征服"的主张,但无论如何,翻译的存在是因为有原文的存在,是因为原文转换的需要,而绝不是出于"叛逆"的需要或发挥"创造性"的需要。一个人要发挥其创造性和创作的才能,就会直接去创作,而不必一定要通过翻译来实现。而任何合格的、认真的、负责任的翻译,都是以原文为标尺的,所不同的只是译文的自由度、或受原文的制约度的一些差异。因而在欧洲翻译史及翻译理论史上,并没有产生"创造性叛逆"论,而只是到了20世纪中期才在"文学社会学"的层面上提出来,而且埃斯卡皮在提出"创造性叛逆"的时候,是做了许多的条件限定的。同样的,在源远流长的中国翻译理论史上,也没有"创造性叛逆"之类的主张,中国古代译学的著名的五对范畴、四种条式①所讨论的问题,近代严复所总结的"信达雅",都把原作放在前面,把原作作为标本与出发点。从这一点上看,"创造性叛逆"论也的确是对中国翻译理论之传统的叛逆。

但是,"译介学"作为受比较文学的媒介学研究模式与当代"文化翻译"思潮的双重启发而兴起的新的学术研究范式,在其特定的立场上引入"创造性叛逆"论,是值得肯定的。但与此同时,以上所分析的对"创造性叛逆"的那些挪动与转换,存在生硬与偏误之处,在译介学与文学社会学之间,尤其是在译介学与翻译研究之间,造成了某种程度的违和感。要

---

① 参见王向远:《中国古代译学五对范畴、四种条式及其系谱构造》,载《安徽大学学报》2016年第3期。

之,"创造性叛逆"论实际上只适合于对作为中介的文学翻译的研究,只适合于对翻译的传播、影响、社会作用等问题的外部研究,这是它的适用范围,也是它的合理性之所在。应该意识到,"译介学"只是对作为"中介"的翻译的研究,所侧重的是翻译在跨文化交流中的功能与作用,而这也只是翻译的一个方面,而且是外面(外部)的而非内部的研究。关键是,以"创造性叛逆"论的价值观,也不可能对译文做出科学的、美学的判断。换言之,"译介学"对翻译的最终结晶"译本"本身不做审美价值的批评与判断,因而"译介学"并不是"翻译学"。只有"译介学"与"译文学"两者合在一起,才能构成"翻译学"的两个基本方面。由于"译介学"从一开始就对其学科范畴界定不够严密和严格,使"译介学"勉为其难地包含了"译文学",没有明确说明它与"译文学"的界限与区别,与"译文学"对蹠的意识缺乏,这就为后来的一些论者肆无忌惮的叛逆式的越界提供了口实与可能。

　　一些论者从"译介学"及"创造性叛逆"论出发,却常常不顾,或者没有意识到译介学模式的限制、限定,而径直进入译文研究领域、进入了一般翻译学。当"译介学"一旦突破了这个限定,而走入翻译研究、特别是译文研究的时候,其不适用性、乃至偏颇性就会凸显出来。例如,有的著作的书名就是"翻译:创造性叛逆"(中央编译出版社2006年),显示了直接以"创造性叛逆"来看待和研究"翻译"本身。从"译介学"到"翻译研究",就是从特殊语境下的翻译研究,进入了一般翻译学,从而把"创造性叛逆"论这个文学社会学的立

第八章　从译文学看"创造性叛逆"的原意、语境与适用性

场与价值观作为翻译的普遍价值观,也就是把"创造性叛逆"由原本自成一家的合理性变成了普泛的"通理",于是引发了翻译理论上的一些混乱,颠覆了"翻译应是跨语言文化的忠实转换"的这一翻译的根本属性与最高伦理。有不少文章甚至对"忠实"大加嘲讽,把误译等叛逆原作、不忠实原作、糊弄读者的种种行为,都加以赞赏与肯定,久而久之,这就很有可能对翻译实践中不忠实原文、随意叛逆的失范行为,产生一种诱导性的暗示。试想,若拿"创造性叛逆"的价值观来看待译文,评价翻译文学,岂不是哪个译文对原文"叛逆"得越厉害,哪个译文也就越有价值吗?岂不是哪个译文对原文保持忠实而不是叛逆,是"创造性转换"而不是"创造性叛逆",哪个译文就越没有价值可言吗?岂不是拿"叛逆"的标准去挑战古今中外负责任的翻译家都奉行的基本的翻译准则吗?岂不是在鼓励一些译者打着"创造性叛逆"的旗号,尽情叛逆原文、糟践原作,而不以为耻反以为荣吗?岂不是在混淆"翻译"与"创作"的界限,使翻译倒退到翻译史上曾经有的那些窜译、译述、伪译、仿作等不成熟阶段的做法与水平吗?在这样的情况下,就容易招致反驳和批评,以致有批评者将"创造性叛逆"论痛斥为"伪翻译学"。[①]

总之,埃斯卡皮的"创造性叛逆"论是有其特定的语境与限度的,它只能用于对译介现象的客观描述,而不应作为译者的信条与指归。但译介学对"创造性叛逆"的引用,从一开始

---

① 江枫:《江枫翻译评论自选集》,武汉大学出版社2009年版,第168页。

就建立在对埃斯卡皮相关论述的不完整理解乃至误读的基础上，在许多方面脱出了埃斯卡皮"创造性背叛"论的适用范围，主要表现在把埃氏的"叛逆"的主体由读者置换为译者，把广义上的作为翻译书籍的"翻译"转换为狭义的翻译，把语言转换意义上的带有形容词性质的"背叛"理解为译者对原作的"背叛"，把读者通过阅读理解来延长作品生命力这种意义上的"创造性"理解为"背叛"的创造性，而对于埃氏关于"背叛"也不能"破坏"原作统一性的告诫则避而不谈。对"创造性叛逆"论的引进援用为译介学借来了新颖的术语或关键词，具有一定的合理性，但由于在上述四个方面对"创造性叛逆"的适用性做了挪动与转换，带来了理论上的一些破绽与问题。这些年来陆续出现的以"创造性叛逆"为关键词的一些文章与著述，随意夸大译者的"主体性"，宣扬对原作的"叛逆"，片面论述"叛逆"的"创造性"的正面价值，而无视叛逆的"破坏"作用，从而触动了"以信为本"这一翻译活动的基本伦理。看来，一旦把"创造性叛逆"作为翻译学上的不刊之论，由译介学而延伸到一般翻译学及翻译文学研究的时候，"创造性叛逆"论的破绽和消极的一面就愈加显露了。对此，有必要加以反顾与反思。

第九章
从《古今和歌集》译案的选择看"翻译度"

　　《古今和歌集》的汉译实践,可以有效地说明"译文学"理论体系建构中"翻译度"这一重要概念。和歌的"翻译度"体现在"歌体"的呈现、"歌意"的传达这两个方面。以往的《古今和歌集》翻译表明,汉诗型的种种归化译案,难以呈现和歌独特的"五七"调、不对称诗型及奇数音节,会使歌体面目全非,也难以将歌意完整正确地传达出来,要么翻译度不足,要么翻译过度,译文往往暧昧模糊、不知所云。因此,笔者在翻译《古今和歌集》时,采用的译案是三句"五七调",并相信这一译案可以在诗型上保留歌体的基本特征,在内容量上也与歌意大致相当,使歌意得以完整有效地传达。

　　"翻译度",是"译文学"理论架构中提出的一个重要概念,指的是翻译家在翻译尤其是文学翻译活动中,对语言转换分寸感的把握。翻译家杨绛先生较早使用"翻译度"一词,她说过:"我仿照现在常用的'难度''甜度'等说法,试用个'翻译度'的辞儿来解释问题。同一语系之间'翻译度'不大,移过点儿就到家了,恰是名副其实的'迻译'。中西语言之间的'翻译度'很大。如果'翻译度'不足,文句就仿佛翻跟斗没有翻成而栽倒在地,或是两脚朝天,或是蹩了脚、拐了腿,站不平稳。"[1] 这段话对翻译度的感悟与传达形象而又准确。

"翻译度"的失当,表现为"不足"与"过分"两种情况。出现这两种情况的原因,当然与译者的翻译态度与翻译水平有关。而翻译的态度属于翻译伦理学的范畴,翻译水平属于译者修养的范畴,不是"译文学"所有讨论的核心问题。从"译文学"的范畴来看,"翻译度"跟"译案"的选择密切相关。所谓"译案",就是翻译家选择的翻译方案、策略与方法,属于"译文学"的重要问题之一。本章以《古今和歌集》的翻译为例,把笔者翻译的《古今和歌集》[2]与另外两种译本加以对照,对翻译度与译案的关系加以分析。

一、"歌体"的翻译度与五七调三句译案的确立

在文学翻译中,"翻译度"不仅体现在具体的语言、字句的转换上,也体现在语体、文体的转换上。一般而言,翻译尤

---

[1] 杨绛:《失败的翻译》,《中国翻译》1986 年第 5 期。
[2] 王向远、郭尔雅译《古今和歌集》,上海译文出版社 2017 年版。

第九章　从《古今和歌集》译案的选择看"翻译度"

其是文学翻译,所谓"不可译"的东西,首要的是语体、文体、诗体。每个民族语言都有自己特殊的语体、文体样式,翻为另一种语言,势必会造成一定程度的变形。翻译理论史上的所谓诗歌"不可译"论,恐怕主要就是指"诗型不可迻译"而言,而如何在译文中尽可能地呈现原作的诗体、诗型的特征,又是最为棘手的。和歌汉译也是一样,和歌是日本独特的民族诗歌样式,日本学者把和歌的体裁称之为"歌体"(かたい)。中国文学中当然没有这样的"歌体",把它翻译过来,是对"歌体"不加保留、让它面目全非,还是想办法保留原有的一些形体特征才好呢?

对于这个问题,我国翻译家早就做了探讨,发表了自己的看法。早在1921年周作人就说过:"凡是诗歌,皆不易译,日本的尤甚:如将他译成两句五言或一句七言,固然如鸠摩罗什说嚼饭哺人一样;就是只用散文说明大意,也正如将荔枝榨了汁吃,香味已变,但此外别无适当的办法。"[①] 例如他将香川景树的一首短歌翻译为:"樵夫踏坏的山溪上的朽木的桥上,有萤火飞着。"这就是"只用散文说明大意",而"五七五七七"的歌体则完全被放弃了。虽然这样的散文体也是一种"体",但毕竟不是歌体或诗体。像周作人这样,明言歌体不能翻译,所以只是"说明大意",是知其不可为而不为。

但也有更多翻译家,是知其不可为而为之,不是不翻译,而是努力翻译。20世纪50年代丰子恺翻译《源氏物语》的时

---

① 周作人:《日本的诗歌》,钟叔河编:《周作人文类编·日本管窥》,长沙:湖南文艺出版社1998年版,第253页。

候,把其中的和歌大都译成了两句七言汉诗,如"花事匆匆开又谢,愿春早日返京华"[1]之类。使用七言两句,在歌意的完整传达方面,需要努力概括压缩,以丰子恺深厚的语言功力,似乎大都不成问题。但是在汉诗中,两句是不能成为一首完整诗篇的,而和歌却具有完整的"歌体",实际上两句汉诗与歌体是不能对应、对等的,而且还会使一些读者误以为和歌就是汉诗的拆解或零散化的形式而已。鉴于那些和歌都是《源氏物语》叙事描写的组成部分,并非作为独立作品而存在,丰子恺翻成两句七言这种不独立的文体,在《源氏物语》中也有相当的欣赏价值。倘若是独立的和歌翻译,效果未必佳。但在半个世纪过后,在独立的和歌作品的翻译中,这种两句七言的译案仍有人袭用。2002年台湾致良出版社出版的张蓉蓓博士译《古今和歌集》,少量使用两句七言,大多使用两句五言的形式。由于字数体量极为有限,译者对原作的歌意便不得不极力加以压缩,结果是不得不削去原歌的一些词语与意象,致使译文干巴滞涩、了无生气,诗意尽失,表意含混暧昧,令读者不知所云。关于这一点,下文在分析"歌意"及其翻译度的时候,还会具体加以分析。

20世纪60年代,杨烈在先后翻译《古今和歌集》和《万叶集》的时候,都把其中的短歌翻译成了汉诗五言绝句的形式。而《古今和歌集》中因为绝大部分作品是"五七五七七"共三十一个音节的短歌,杨烈便完全统一地采用五言绝句的译

---

[1] 紫式部:《源氏物语》,丰子恺译,北京:人民文学出版社2016年版,第224页。

第九章 从《古今和歌集》译案的选择看"翻译度"

案。现在看来,这种以汉诗体来翻和歌的方法,在和歌汉译中影响比较大,作为一种译案也有可取之处,至少它使中国读者读上去不感到陌生,接受起来较为容易。但是另一方面,从"翻译度"来说,是放弃了对"歌体"的"译"(迻译)的努力,而加以"翻"(翻转),而且因为使和歌归化为汉诗,往往"翻"得过度了。大凡"归化"的翻译策略,必然是"翻译度"上的过度翻译。翻过来后,原来的歌体面目全非,会给中国读者造成一种错觉,容易将"和歌"与"汉诗"混淆起来。须知日本古人在作和歌的同时,也是创作汉诗的。若把和歌也译成汉诗的模样,如何让读者辨别、如何让读者认识和歌呢?读者读了那些按中国古诗格律翻译出来的和歌,就不免会误以为和歌不过是汉诗的拙劣的、幼稚的模仿而已,从而剥夺了译文读者通过译文部分地窥见"歌体"的可能性。

于是,到了20世纪80年代初,翻译家们开始意识到了和歌翻译中的"歌体"的重要性,意识到了翻译中无视歌体的过度的"翻",会使其完全归化为汉诗,便会取消和歌在审美上的陌生化效应,对和歌翻译而言是很大的缺憾,于是大家便展开了探索与讨论。那时以《日语学习与研究》杂志为平台展开的关于和歌汉译问题的讨论,其实根本上讨论的就是如何在翻译中对"歌体"加以呈现、保留的问题,"歌意"翻译的问题基本没有触及。关于如何能把原作的诗型在译文中最大程度地保留下来,在西诗汉译中已经有了一定的成功的经验。那就是在翻译过程中尽量将原诗型直接挪到译文中,也就是尽可能地不"翻",而是照原样"译"亦即迻译。换言之,诗型的"翻译度"就是减少"翻"的幅度,而最大化地发挥平行移动的"译"的力度。例如,翻译西诗的十四行诗,就要把十四行诗型保留下来;翻译俄罗斯的马雅可夫斯基的阶梯诗,就把阶梯诗型保留下来。不过,严格地说,要把外来诗歌的诗体特征完整地保留在译文中,那也只能是某种程度的,而不可能是完全的、完整的。

就和歌中最主要的歌型"短歌"而言,其"歌体"是"五七五七七"共五句三十一音节,要把握好这种歌体的翻译度,首先就要保留其"五七调"。那么,在和歌汉译中,能否保留,又如何保留"五七调"呢?

早在1981年,在关于和歌汉译问题的讨论中,就有翻译家(如罗兴典)主张保留"五七五七七"格律,并做出了翻译的示范[①]。后来笔者在翻译《唐物语》时,也曾做过这样的尝试,如:"萧萧秋夜长/ 形只影单独彷徨/ 秋雨打纸窗/ 听之不禁泪沾裳/ 凭窗独坐倍凄凉。"[②] 表面上看,在这样的译案中,"五七五七七"的歌体是保留下来了,但是我们也不得不承认,这种保留是付出了代价的,因为音节数的保留必定以词语与意义的添加为前提。众所周知,在汉语中,基本上是一字一音,一个音节一般就是一个词,是相对独立的意义单位。但是在日语中,一般需要两三个音节才能构成一个词("言葉")。这样看

---

① 罗兴典:《和歌汉译要有独特的形式美》,《日语学习与研究》1981年第1期。

② 王向远:《中国题材日本文学史》,银川:宁夏人民出版社2007年版,第45页。

第九章　从《古今和歌集》译案的选择看"翻译度"

来,在和歌"五七五七七"这种歌体框架中,实际上最多只能容纳十几个词。而按"五七五七七"加以翻译之后,势必会增加原文所没有的词,这些词往往超出了原文的一倍左右。

再举一个例子。当代日本一位文学翻译爱好者浦木裕先生使用"五七五七七"的歌体,用汉语完整地译出了《古今和歌集》[①],这里随便举一例,例如第63首,原文是:

今日来ずは明日は雪とぞ降りなまし消えずはありとも花と見ましや

浦木先生的译文是:

今日不来者　明日浩雪降纷纷　望眼尽积雪　纵使雪下花长在　何能玩花怜思人

此歌是以樱花为主题的赠答歌,意思是:若我今天不来,明天花儿就要像雪片一样落地了,花落了纵然不像雪一般会融化,也终究不是我心中所期望的花了。这是《古今和歌集》中表意最为复杂的歌之一,译者的汉语译文按原歌体的格律敷衍为"五七五七七"五句是较为适宜这种表义复杂的歌,但尽管如此,还是增加了原文没有的信息,如"望眼尽积雪"一句在原歌中就没有对应语,是译者为了凑齐字数,不得不增加的。这

---

① 该译稿是译者挂在网上供网友欣赏的,或许由于汉语表达有大量的不通之处,至今未见公开出版。

种情况在浦木译稿中几乎每一首都存在。

　　看来，将"五七五七七"歌体外形加以迻译的这种译案，译文与原文在音节、节律上固然较为合度，却因为增词而使"歌意"增殖，造成了"歌体"与"歌意"之间的背离。从这个角度看，"五七五七七"可以适用于一部分歌意较为复杂的作品，而对大部分和歌的翻译而言，是不大可行的。

　　但是，这并不意味着我们要完全放弃"五七五七七"的歌体，而是要结合中文与日文翻译转换的特点，适度地加以保留。我们应该意识到，歌体的本质特征是"五七调"，对和歌的翻译而言，只要保留了"五七调"即五七音节的组合搭配，就将和歌的形式特征基本保住了。而保留了这一形式特征，就会使"和歌"与汉诗在外表上清楚地区分开来。而且还要明确，所谓"五七调"，并不是汉诗的"五言"加汉诗的"七言"形成的。在汉诗中，五言就是五言，七言就是七言，各属于不同的格律。但是在和歌中，"五七调"就是每句五音节和每句七音节的组合搭配。从《万叶集》以来，和歌的各种歌体，包括短歌、长歌、旋头歌、片歌，虽然名堂不一，但都是五音句与七音句的搭配组合，这样的"五七调"是和歌最基本的形式特征，因此在和歌汉译中，我们必须想方设法予以保留。可惜，在以往的和歌翻译实践中，"五七调"被许多译者随便抛弃了。如上所说，按照中国的五言律诗翻译出来的"五五五五"型（以杨烈译《古今和歌集》为代表），按照七言律诗翻译的"七七七七"型（例如楼适夷的《〈万叶集〉选译》），虽各自都有五言和七言，但是实际上都丢掉了和歌的

第九章　从《古今和歌集》译案的选择看"翻译度"

"五七"搭配。而按中国《诗经》的四言格律翻译的"四四四四"型更是如此。此外，还有"三四三四五"型、"三五三五五"型、"三四三四四"型、"七七八"型之类，现在看来都属于一些译者或论者的个人的感觉、爱好，而缺乏非如此不可的客观理由与内在根据，因为它们都偏离了和歌的"五七调"。

从歌体的呈现而言，在译文中保留"五七调"，是不容再讨论的了。剩下的问题是，既然"五七五七七"不太可行，那么什么样的"五七调"是可取的呢？要解答这个问题，就要从中文和日文各自的字数、句数的体量容量上加以考量。从日语的一个"词"（言葉）平均约有两个音节而言，三十一个音节，大约相当于十五、六个，或十七、八个汉字。而三个五七句大概就有相当于这样的字数。因此，以"五七五"或"五七七"、"七七五"、"七五七"这样的三句"五七调"的组合搭配的译案，就与"五七五七七"的歌体的体量大致相当了。这样一来，五七调保留了下来，而译文又不需要为补足"五七五七七"的歌体而在原文之外增添字词，可以避免外在"歌体"相仿而内在"歌意"膨胀这样的悖论与矛盾。总之，三句"五七调"，可以使和歌之歌体"翻译度"最大程度地得以保持。因此，笔者在《古今和歌集》翻译中，采用的就是三句"五七调"这种译案，而以最富有韵味的"五七五"调为主，辅之以其他的五七搭配。

"五七调"三句译案的选择确定，和歌"歌体"翻译度的把握，不仅能够保留和歌歌体本有的"五七调"，而且还能够呈现"歌体"的另外一个特征，就是"奇数音节"。五音与七音都是奇数音节,"五七五七七"五句是奇数句,而加起来的三十一个音节又是奇数音节。对奇数之美、亦即不对称之美的爱好,是日本式审美趣味的显著特点之一。对此,日本著名美学家柳宗悦在《奇数之美》一文中认为,和歌理论著作中有"歌数奇"这个词,一般认为是"歌爱好"(喜好和歌)的意思,其实"数奇"还有"奇数"的意思,是茶道美学的重要概念,他表示同意江户时代著名茶人寂庵宗泽在《禅茶录》中提出的看法:

> ……"数奇"的趣旨就是排斥茶道中的奢侈的偏好,而在不足中知足,这就是"数奇"的含义。"奇"是"偶"的对义词,"奇"所暗示的是某种不足;也就是说,它所呈现的是奇数的样相,指的是一种不完全的状态。数是奇数,就会出现零余,所呈现的是不充分性,这正是"茶"精神之所在。因此,"数奇"二字明显地包含着对"茶"的理解,具有深刻的意味,"数奇"并不是"好"字的单纯的借字,所暗示的是"茶"的奇数之美。我也是持这见解的一个人,认为"数奇"与"奇数"意思是相同的。①

这种见解对于我们全面把握"歌体"之美,也有相当的启发性。学者都承认,歌道("和歌之道")是"茶道"的基础,

---

① 柳宗悦:《茶之美》,东京:讲谈社学术文库2000年版,第295页。

第九章 从《古今和歌集》译案的选择看"翻译度"

两者的美学趣味是息息相通的,这集中表现为"奇数"之美。"茶数奇"就是"歌数奇",奇数之美就是不对称之美、不完美之美、未完成之美。这跟汉诗的对偶、对仗之美是完全不同的趣味。汉诗无论是哪种诗体,句数都是偶数的,字数也是偶数的。例如五言绝句,是四句(偶数)20字(偶数);七言绝句是四句(偶数)28字(偶数),律诗也一样是偶数的。受汉诗音律习惯的影响,和歌汉译中往往把歌体上的"奇数"之美忽略了、丢掉了,而自觉或不自觉地置换为偶数。凡是将和歌翻译成四句的译案,译出来的四句当然也就是偶数句,例如"五五五五"型或"七七七七"型。即便是保留了"五七调"的,也不一定能够保留其奇数句、奇数音节这一特点。而凡是用五七音节翻译,却又译成了四句的译案,译出来也是偶数音节,如贺明真先生提出的"五七五七"型[①],译出来的是24个音节,属于偶数音节。而不按"五七"音节翻译的,例如林文月先生在《源氏物语》中有关和歌翻译时使用的"七七八"型译案,不仅丢掉了"五七"音节,而且译出来的字数是22个,也是偶数音节。丰子恺先生在《源氏物语》和歌翻译时大量使用的"七七"型,还有彭恩华先生在《日本和歌史》中大量使用的"七七"型,译出来的当然也是偶数音节。从尽量保留和歌的奇数句、奇数音节数这一特点来看,上述的种种译案并不可取。总之,要很好地把握歌体的"翻译度",就要采用三句"五七调"的译案,这样既可以保留原有的五七调,也

---

① 贺明真:《试论日本和歌的等值翻译》,《外语教学》1981年第4期。

能够体现歌体的奇数音节。

　　歌体的构成因素,不仅有"五七调""奇数"音节那样的格律上的因素,也有语体的因素。也就是说,"歌体"与"语体"之间有密切的关系。所谓"语体"有多种,按时代划分有古代语体、近代语体、现代语体;按风格分,有雅文体、俗文体;按载体分,有书面体、有白话体。语体就是由语言使用上的古今、雅俗、文白等因素所决定的文字表现上的风格特征。任何一种民族诗歌的体式、体裁,都与语体密切相关,甚至受制于语体。因而,译文使用怎样的语体才能保证诗歌语言风格上的翻译度,是译者不得不考虑的另一个大问题。日本的和歌翻译也一样。在和歌翻译中,要把握好歌体的翻译度,还需要弄清和歌使用的语体是怎样的,汉语翻译应该如何才能与之对应。总体上看,日本的和歌使用的语言,是公元七、八世纪逐渐形成、九至十世纪逐渐成熟的日语,那是以宫廷为中心的、贵族之间日常交际的语言,但这种语言也充分吸收了民间方言俗语、歌谣等的营养。《古事记》对各地传说、歌谣的采撷,同时也是对方言土语的一种吸收与过滤。而《万叶集》对各阶层和歌的收集整理与记录也起到了同样的作用。正是贵族雅言对民间语言的吸收过滤,形成了日本的民族语言,也形成了以平安时代中期以《古今和歌集》和《源氏物语》所用语言为典型标志的成熟的日语。这种日语是口语书面语一元化的,没有汉语中的"文言"与"白话"的分别。也就是说,和歌主要是诉诸听觉而不是用来阅读的,所以和歌创作行为叫作"咏"、叫作"诵"、叫作"歌",而不叫作"写"。"汉诗"与

第九章 从《古今和歌集》译案的选择看"翻译度"

"和歌"在载体与传达上的最大的不同,在于汉诗主要是诉诸文字的,是供阅读的,主要不是用来听,而是用来看的,故而有些汉诗是听不懂的,但可以看懂;而和歌作为"歌",主要是诉诸听觉的,书写是为记录而后加的,是其次的。这一点,应该成为和歌及《古今和歌集》翻译时语体选择的一个必须参照的前提。而以往的和歌汉译中,使用古诗式的"文言"进行和歌翻译,单从"语体"上看也是不匹配的。

笔者认为,与和歌的歌体较为匹配的语体,是"典雅的汉语"。所谓"典雅的汉语",并非是文言文。"文言文"是与"白话文"相对而言的。文言文主要是书写的、供阅读的文字;白话文则是以言文一致和直接诉诸听觉为原则。有人也许认为,《古今和歌集》之类的和歌因为是古代作品,就应该译成古汉语,才能在文体、语体上相称。这样的看法可以理解。但是,严格地说,现代的译者要按照古汉语、特别是古诗的规范来操作,几乎是不可能的,因为一个现代人要努力装作古人说话,那会很不自然,一不小心,就会在用字用词、在音律平仄上,露出"伪古"的痕迹。恐怕没有一个严谨的现代译者,敢说自己是使用了"古诗"翻译外国古诗。或者翻译出来的是"古诗",最多只是跟"古诗"相像而已。众所周知,中国的古诗在平仄规则上的要求是极其严格的,哪怕终生学习练习,也免不了出错,何况我们现代人!佶屈聱牙的假古语,恐怕是没有什么美感的。我们不如干脆大大方方地用我们现代人的方式,用现代人能听懂的话、能驱使的语言来做翻译。但是,另一方面,也要意识到,我们翻译的毕竟是千年前的古典,所以要尽可能保留一些古风,那就要尽可能使用"典雅的汉语"(或"古雅的汉语")。所谓"典雅的汉语",并不等于古汉语。如上所述,我们没有必要、也难以完全使用真正意义上的古汉语来做和歌翻译,但是我们要尽可能使用古汉语的基本句式句法,保留古汉语特有的简洁风格,尽可能不随便使用现代新词和俗语。这样一来,出自我们现代人之手的使用"典雅的汉语"或"古雅的汉语"进行的翻译,是完全可以期待的。鉴于此,笔者在翻译《古今和歌集》的时候,除少数题材(如风格通俗的"俳谐歌")外,尽可能使用了"典雅的汉语",以让现代读者能够听懂为目的,就是出于这样的考量。

韵律、格律也是语体的重要方面,要很好地把握和歌"歌体"的翻译度,就不得不注意和歌的格律。众所周知,汉诗在语体上的最大特点是押韵,但是和歌并没有汉诗那样的"韵",而是有着特殊的"调"(しらべ)。所谓"调",主要是日本古代歌学家们在与汉诗的"韵"相区别的基础上提出来的。江户时代国学家贺茂真渊在国学入门性著作《新学》一书中强调:"古代的歌以'调'为根本,这是因为它是用来歌唱的。所谓'调',概而言之,就是将舒畅、明快、清新、或者朦胧晦暗等各种感觉与感情加以音乐化……"[①]贺茂真渊的学生本居宣长在《石上私淑言》中认为,"调"主要是靠"拉长声音"的咏

---

① 贺茂真渊:《爾比末奈妣》,《贺茂真渊全集》第10卷,东京:六合馆1927—1932年版,第311页。

第九章　从《古今和歌集》译案的选择看"翻译度"

叹而形成的。①而和歌在引用中所要拉长的"调",主要是"五七五七七"五句的每一句末尾的那个尾音,这一点与汉诗的尾韵十分对应、非常相似。因此,要想在翻译中把"歌体"的这个"调"迻译过来,最为可靠的手段就是使译文押尾韵,最好三句都押韵,至少要有两句押韵,笔者在《古今和歌集》翻译中就是这样尝试和实践的。这个押韵与和歌原来的"调"相对应,使歌体得以最大限度地转移和置换到译文中来,从而不仅最大限度地保持"歌体"的性质与面貌,而且还能很好地把握"歌体"翻译的翻译度。

二、"歌意"的翻译度与三种译案的比照分析

如上所说,"歌体"翻译就是不要将独特的歌体彻底归化为中国诗体,因而不能过分地"翻",而是尽可能把它迻译过来,从而尊重并体现和歌体的外形特征。另一方面,对于"歌意"的翻译,则要依靠"译"(平行迻译的置换)和"翻"(解释性的转换)这两种途径和方法,尽可能准确地把和歌的内在意义、意味传达出来。而"翻译度"所要衡量的,就是译文在多大程度上做到了这一点。

"歌意"的翻译度,可以分为两种情况:第一种情况就是翻译度失度,或者翻译度不够,或者翻译度过分,亦即过度翻

---

① 本居宣长:《石上私淑言》,《日本物哀》,王向远译,吉林出版集团2010年版,第164—165页。

译,都属于"过"或"不及"的情形,都会使原文意义不能充分传达。翻译度不够,就好比十分之中只能传达出五六分或七八分,那就会造成和歌意义上的模糊不清;翻译度过度,就是画蛇添足,在译文中增添了原文没有的意义,好比在原文的十分之外再添上几分。第二种情况是误译,译文跑调走板,脱离了原作、背离了原意,丧失了翻译度,而且因为脱出了"翻译度"的衡量范畴,也就谈不上"翻译度"了。

以上两种情形,在已出版的两种《古今和歌集》中文译本,包括1983年复旦大学出版社出版的杨烈先生的译本、2002年台湾致良出版社出版的张蓉蓓博士的译本中,都大量存在着。以下从这两种译本中取22首译文为例,与笔者的译文译案加以比照,并在此基础上加以分析。

先看第一种情况:翻译度不够,致使译文表达暧昧含糊。

例1,原歌第36首:"鶯の笠にぬふといふ梅の花折りてかざさむ老いかくるやと。"

此歌写梅枝横斜,织成一顶斗笠,莺飞梅下,如戴上了梅枝织就的斗笠,歌人虽已年老,可看见此情此景,依然不禁折下花枝簪在发上,竟也觉得花儿遮掩了老态老姿。笔者的"五七调"的译案是:

黄莺戴梅笠

人也折梅做簪子

庶几掩老姿

第九章　从《古今和歌集》译案的选择看"翻译度"

杨烈的译文是:

莺立梅花下,梅花笠在头,
折花簪发上,人老有谁羞。

四句中的"莺""梅花""人"三个主体,指代与转换不明;"人老有谁羞"一句,是说人老了没人羞,还是有人羞,也不明。

张蓉蓓的译文是:

黄莺青柳编斗笠,
梅花插鬓遮老态。

原歌的吟咏的主体是"黄莺",黄莺是用梅花作为斗笠的,又何来"青柳"呢?"梅花插鬓遮老态"的主体,从译文本身来看就是黄莺,而实际上却是"人",然而"人"在这个译文中完全没有出现。

例2,原歌第70首:"待てといふに散らでしとまるものならば何を桜に思ひまさまし。"

此歌吟咏的是赏花客等待欣赏樱花凋落时的美景,但樱花却意外地迟迟不落,人见之,反而更有了惜花之情。笔者的译案是:

等待花凋谢

　　　　花却恋枝难成别
　　　　惜樱情愈切

杨烈的译文是：

　　　　时至樱花落，人言岂待夸，
　　　　迟留不肯去，何以是樱花。

其中"人言岂待夸"意思不明，而且在原文中完全不存在；"迟留不肯去，何以是樱花"似乎是对樱花恋枝的不满意、不耐烦，这就严重偏离了原作的惜花之意。

张蓉蓓的译文是：

　　　　何物看流连，
　　　　樱色最可怜。

大意固然译出，但是由于受制于五言两句的体式，翻译度严重不足，人待花凋谢、花恋枝不去的生动意境完全未能传达出来，而只剩下了抽象的"樱色最可怜"之叹。

例3，原歌第100首："待つ人も来ぬものゆゑに鶯の鳴きつる花を折りてけるかな。"

此歌描写空赴约会的心情，人没有等来，只听见黄莺在树枝上鸣叫，而且感到心情烦躁，于是便折断黄莺啼鸣的花枝来解恨。笔者的译案是：

第九章 从《古今和歌集》译案的选择看"翻译度"

苦苦待佳人
枝上黄莺扰我心
折枝聊解恨

杨烈的译文是:

久待无人至,折花空负情,
好花如不折,正在听莺鸣。

所谓"空负情"是谁负情?折花者还是不来赴约者?"好花如不折"的"如"是假定式,"正在"是现在进行时,时空上出现了混乱。

张蓉蓓的译文是:

待君君不来,
空折莺啼花。

读了这个译文,读者不仅会问:"待君君不来",为什么就折花?"莺啼花"是什么花?令人费解。

例4,原歌第107首:"散る花の鳴くにしとまるものならばわれ鶯におとらましやは。"

此歌表现的是女性个人的惜花之心。若是哭泣能把花留住的话,宁愿和黄莺一同哭,而且哭得要比黄莺更厉害些。笔者的译案是:

花落莺哀诉
　　啼声若留花常驻
　　我当一同哭

杨烈的译文是：

　　凄苦莺啼意，焉能止落花，
　　落花如可止，我不视莺差。

所谓"我不视莺差"似乎是"我看着莺不差"或者"我不比莺差"，翻译度不足，未能达意。

张蓉蓓的译文是：

　　若非樱落尽，
　　泣声怎逊莺。

照字面，应该是"如果不是樱花落尽了，哭声怎么会比黄莺逊色"。假如用非疑问句式来理解，则可理解为："如果是樱花落尽了，哭声就会比黄莺逊色"。表意不明。

例5，原歌第147首："時鳥汝が鳴く里のあまたあればなほうとまれぬ思ふものから。"

此歌为《伊势物语》第四十二个小故事。一个男子得知自己相好的一个妙龄女子早就有其他的相好，于是很生气，就给那女子写了一封信，在信中画了一只杜鹃鸟，并附了这首和

第九章　从《古今和歌集》译案的选择看"翻译度"

歌，讽刺对方用情不专。笔者的译案是：

> 杜鹃太花心
> 处处穿飞处处吟
> 令我爱且恨

杨烈的译文是：

> 杜鹃到处啼，声遍各乡里，
> 仍是知音稀，何人思念尔。

意思似乎是尽管杜鹃到处啼鸣，但"仍是知音稀"，而且没有什么人想你（"何人思念尔"）。这就严重偏离了原意。

张蓉蓓的译文是：

> 处处闻啼鸟，
> 恻恻情难了。

"恻恻情难了"五个字，终究不可"以少胜多"，原歌的爱恨交加的复杂感情，怎一个"情难了"了得？

例6，原歌第226首："名にめでて折れるばかりぞ女郎花我おちにきと人にかたるな。"

此歌是僧正遍照的名作，据《遍照集》记载：此为作者策马原野，见女郎花（日语读音"をみなへし"，其中暗含

"女"的读音即"をみな",故此得名)开得漂亮,欲伸手采撷而不慎坠马时所作,故"おちにき"可作"堕马"解。笔者的译案是:

> 女郎花名惹我心
> 伸手欲折马下滚
> 不可告外人

杨烈的译文是:

> 爱侬名字好,来折女郎花,
> 莫向人前说,谓吾德行差。

可惜翻译度不够,最为关键的"落马"(おちにき)没有翻出来。面对这个译文,读者会困惑:仅仅是采女郎花,怎么会有"德行差"的问题呢?有什么不可告人的事情呢?但如果考虑到作者作为一个僧人,为采漂亮的"女郎花"而从马背上滚落,那就是一件很尴尬的事情了。然而作者却又把这事写到了和歌里,实际上是将这桩尴尬事告诉了外人,这就产生了一种幽默滑稽感。

张蓉蓓的译文是:

> 慕名攀奇花,
> 莫笑堕风尘。

第九章　从《古今和歌集》译案的选择看"翻译度"

又是对原作大加压缩删减,"奇花"何花?"攀花"是向上摘取的动作,与从马背上俯身采花的姿势完全相反,况且只是"攀花"而已,别人怎能有什么"堕风尘"之讥呢?令读者一头雾水。该"翻"的没有"翻"过来,令人不知所云,直如严复所说"译犹不译也"!

例7,原歌第280首:"咲きそめし屋戸しかはれば菊の花色さへにこそ移ろひにけれ。"

这是纪贯之的《移植别家菊花时歌》,意思是刚绽开的菊花,从别人家移栽到了自己家,菊花移栽之后,不仅花开的地点转移了,而且花色也移来了,表现了"物哀"与"艳"之美。笔者的译案是:

璨璨菊花开
今日移家栽
别添一段艳色来

杨烈的译文是:

初开初宿地,今日已迁移,
何叹菊花色,亦随秋草衰。

"迁移"到了何处?语焉不详。最后一句"亦随秋草衰"该是对应"移ろひにけれ"一句,但是这句"转移"或"转变"既有菊花的地点变换,更有菊花颜色("菊の花色")变得更鲜艳之意，哪有"衰"可言呢？而且"随秋草"一起"衰"，更是不见于原文。难道"今日"菊花一移栽到自己家里就"衰"了吗？难道因为移栽而在一天之内就导致花儿死亡吗？这都是不合逻辑的。在这个译文中，歌人从别处移来菊花的欣喜之感完全没有了，而代之以叹"衰"之作。从翻译度上说，这样的翻译不仅仅是"过"或"不及"的过度翻译或者翻译度不够，而是对原作理解出现了差错。

张蓉蓓的译文是：

色随主相移，
菊容变化急。

由于高度压缩而变形，菊花从"别人家移植而来"这一点在译文中完全不见了，而"菊容变化急"的"急"却是原作所没有的。短短的两句十个字的译文，前一句翻译度不够，后一句又由于额外添加而造成过度翻译。

例8，原歌第306首："山田もる秋の仮庵に置く露は稲負鳥の涙なりけり。"

此歌具有乡间写实色彩，吟咏的是秋天稻谷收割后看守稻田的情景。在稻田里建一个临时的草屋（仮庵），歌人看到草屋上有露水，就联想到是专吃稻谷的稻鸟（稲負鳥）因为有人看护而吃不到稻粒而悲伤流泪了，从而体现了物哀的悲悯情怀。笔者的译案是：

第九章　从《古今和歌集》译案的选择看"翻译度"

　　山田看稻筑草屋
　　难啄稻谷鸟儿哭
　　泪落凝秋露

杨烈的译文是：

　　寂寞山田守，秋来住草庵，
　　泪珠如白露，稻鸟泣难堪。

原作写的是"稻鸟"，译文却转换为看稻的人（"山田守"），所以又添加了"寂寞"一词，稻鸟为什么哭呢？为什么说"稻鸟泣难堪"呢？却没有翻译出来。读者只能猜测：可能是因为稻鸟同情可怜那位寂寞的看稻人而哭泣吧？原歌本来是写看稻人同情可怜吃不到稻粒的稻鸟，译文却做了颠倒。从翻译度的角度看，这是从正度数变成了副度数。

而此歌在张蓉蓓译文里，则是：

　　小屋护秋田，
　　清路疑是泪。

又是极简的翻译，但完全不知所云。"小屋护秋田"是为什么而护秋田？"清路"（"路"当为"露"之误植）疑是"泪"，究竟是谁的泪？为什么怀疑清露是泪？为什么而流泪？读者无从猜想，只有困惑。

例9，原歌第368首："たらちねの親のまもりとあひそふる心ばかりはせきなとどめそ。"

原歌题解是："小野千古赴任陆奥介时，母亲以歌作别"，是母亲给儿子的送别歌。是说母亲我不能随你前往任地，但我的心是紧随着儿子你的，希望你到了关隘不被阻拦，顺利到达。笔者的译案是：

殷殷爱子情
身不能至心随行
关隘莫阻祈顺风

杨烈的译文是：

慈母思相守，提携愿共行，
关津严过往，勿阻此衷情。

最后两句，意思是关津查得太严了，祈求"勿阻此衷情"，亦即母亲爱子之情。试想，母亲的爱子的"衷情"作为一种内心感情，如何能被关隘所阻呢？而实际上原歌只是祈求儿子在关隘不受阻而已。

张蓉蓓的译文是：

爱子心情切，关山莫拦妾。

第九章　从《古今和歌集》译案的选择看"翻译度"

且不论这两句对原歌之歌意的翻译度严重不足,没有传达出原歌的背景与语境,试想一下,作为母亲怎能对自己的儿子自称"妾"呢?须知"妾"作为古代女子的谦卑自称,一般是对自己丈夫而言的,中国如此,日本也是如此。

例10,原歌第555首:"秋風の身に寒ければつれもなき人をぞ頼む暮るる夜ごとに。"

此歌似乎是作为男性的素性法师站在女性立场上写的,意思是说秋风寒秋叶冷,每天晚上还是希望能有人来陪伴我,哪怕他并不爱我也罢。笔者的译案是:

不胜秋风寒
夜若有君在身边
情薄身也暖

杨烈的译文是:

萧萧秋风起,此身顿觉寒,
无依无伴者,夜夜是孤单。

却没有把原歌最后两句"希望每天都有人来陪伴"(人をぞ頼む暮るる夜ごとに)这关键的意思翻译出来。"夜夜是孤单"则没有对应的原文,是添加之词。从翻译度上看,既有翻译度不足的问题,也有因添加词语而造成的过度翻译的问题。

张蓉蓓的译文是:

> 秋风侵身寒,
> 夜夜盼君归。

把"每天晚上希望能有人来陪伴我,哪怕他并不爱我也罢"这一复杂的心理表现,径直干脆地用"夜夜盼君归"一言以蔽之,便把原文的委曲婉转的幽玄之情致剥离殆尽了。

例11,原歌第649首:"君が名もわが名もたてじ難波なるみつともいふなあひきともいはじ。"

此歌的大意是:人言可畏,你的名字,我的名字都不要跟人讲了,我们在难波津见面的事也不要对人说啊!原文在修辞上运用了两重双关语。其中的"御津"(みつ)是地名,与"見つ"(相见)形成同音双关;"逢ひき"(相见)与"網引き"(渔网绳)又是同音双关,修辞巧妙。但这种民族语言特有的修辞,翻译中难以迻译。只有进行幅度较大的"翻",亦即用目的语读者都能理解的双关语及相关意象、物象加以置换。鉴于此,译者的译案是:

> 只因畏人言
> 秋波暗渡莫交谈
> 有水必有船

这里用无言的"送秋波"来对应"交谈",用"水"来对应"船",从而暗示两人约会的地点。

杨烈的译文是:

第九章　从《古今和歌集》译案的选择看"翻译度"

　　君名与我名，莫向人宣示，
　　莫道难波津，莫提相会事。

大意故能译出，但原文的一语双关的趣味却完全没有反映出来。

　　张蓉蓓的译文是：

　　两相俱称无，自然讹言堵。

既没有把原文修辞上的特点表现出来，也没有把原意翻译出来。"两相俱称无"，"两"是何人，或者是何物？称什么"无"，为什么称"无"？为什么"两相俱称无"之后，"讹言"自然就能"堵"？"讹言"是关于什么的"讹言"？真令读者疑惑重重。读者读这样的译文，除非心不在焉，一扫而过，否则稍一用心，便不由眉头皱紧，百思难得其解。

　　例12，原歌第727首："海人のすむ里のしるべにあらなくにうらみむとのみ人の言ふらむ。"

　　此歌是著名女歌人小野小町拒绝求爱者之后所作，其中"うらみ"是"恨"与"浦见"（渔村，渔乡）同音相关语，又与首句的"海人"相关联，表达的是拒绝求爱者之后淡淡的幽默和轻微的自我开脱。意思是：我又不是住在渔村的人，我不会告诉人家怎么去看海（うらみ），也不知道什么是"憎恨"（うらみ）。我怎能对人家诉说什么"恨"呢？基于这种理解，笔者的译案是：

> 我非渔乡人
> 怎知"恨"字何处寻
> 何必多言恨

杨烈的译文是:

> 虽则海边住,我非善导游。
> 伊人言望海,真个使人愁。

后两句译文,表明译者完全没有搞清原歌的双关语的修辞表达。重要的不是"言望海"(うらみむとのみ),而是"言恨"。至于第四句"真个使人愁"则没有原文可以对应。可见,在对原文双关语的修辞无感的情况下,甚至连一半的"翻译度"都达不到,译文变得含混不清就在所难免了。

张蓉蓓的译文是:

> 不是渔人怎识路,
> 君心总向妾家怒。

这两句之间完全缺乏情绪与逻辑的关联,难免令人莫名其妙。

例13,原歌第1066首:"梅の花咲きてののちの身なればやすきものとのみ人の言ふらむ。"

此歌属于"俳谐歌",其特点是使用俗语口语、双关语,追求诙谐滑稽趣味。以"み"字音双关"实"和"身",将梅

第九章　从《古今和歌集》译案的选择看"翻译度"

花结实和己身相关联,又以"すきもの"双关"酸っぱいもの"和"好きもの",将喜爱梅子的"涩"(好涩)与"好色"相关联,写得谐谑滑稽。笔者的译案是:

梅花开过梅子结
我喜梅子涩
人说好涩即好色

杨烈的译文是:

梅花开谢后,结实本来酸,
好色酸梅子,人云似我看。

后两句表意不清。"好色"与"酸梅子"有何关系?"人云似我看"也是不知所"云"。而该译文最主要的问题是前两句与后两句之间,相对隔离,看不出必然的关联性。须知和歌的五句三十一言,其实是完整的一句话。在修辞上靠所谓"枕词"(亦称冠词,大多是由五言构成的修饰语)、"序词"(通常是由七音节以上的连带句子)、"挂词"(双关词)、"缘语"(意义上相关联的词)等,把五句三十一音紧紧地勾连起来。因此,作为完整的"一句话",和歌的五句之间不存在汉诗那样的"句"与"篇"之间的分别。在汉诗中,"句"是可以从"篇"中独立出来加以欣赏的,故有"有句而无篇"之说,指的就是一首诗总体上平平,但有一两句是新颖可取的。对于和歌而言，基本上不存在这样的句与篇的关系。因此在和歌汉译时，无论是采用什么形式的译案，都必须注意要把和歌翻译成"一句话"，而不能像上述杨烈的译文这样前后两句在意义上相对分离。这样的情况，在杨烈《古今和歌集》译本中时而可见，如第28首、86首、88首等。

张蓉蓓的译文是：

> 梅谢剩酸果，
> 过气恰似我。

真不知其所云。

再看第二种情况：翻译度的过分，即过度翻译，致使译文的信息、意象、意蕴等方面溢出了原作，而在杨烈译《古今和歌集》中，往往表现为凑韵、增词增句的问题。

例14，原歌第126首："おもふどち春の山辺にうちむれてそこともいはぬ旅寝してしが。"意思是好朋友们一起去春山边游玩，天黑了的话，到时候随意找个什么地方露宿都是很好的。对此，笔者的译案是：

> 知交相携游春山
> 不觉已向晚
> 花下处处皆可眠

杨烈的译文是：

第九章 从《古今和歌集》译案的选择看"翻译度"

相投四五人，游乐春山春，
日暮随缘宿，旅途处处新。

译者为了为凑韵而增词，如"四五人""旅途处处新"，为原歌所无。

例15，原歌第203首："もみぢ葉の散りてつもれるわがやどにたれをまつ虫ここら鳴くらむ。"歌意是我家院子里被红叶覆盖了，松虫唧唧鸣叫，似乎是呼唤客人来访。笔者的译案是：

红叶落满地
松虫鸣唧唧
殷殷待人来家里

杨烈的译文是：

红叶散还积，庭前长绿苔。
松虫待谁访，不断叫声哀。

其中"庭前长绿苔"一句为原文所无，显然就是译者为凑足四句，而不得不增加的。但是增加了这一句，却与原歌意象严重不符。试想，院子里，包括庭前庭后、角角落落都被红叶一层层地覆盖了，绿苔怎能不被覆盖呢？看到的是满地红叶，绿苔如何能进入眼帘呢？增加的这一句所造成的过度翻译，导致多余的意象增加,实为画蛇添足之笔。

除了上述的"翻译度不足"和"翻译过度"两种情况外,还有"误译"的问题。如果说,上述的"翻译度"的过或不及,属于"缺陷翻译",多少也还传达了一些原意,然而"误译"就不同了。误译不但不能传达原意而且损坏原意,脱出了原意的轨道而处于失控状态,脱出了"翻译度"的范畴,对原文也就没有传达的"度"或"程度"可言。

例16,原歌第87首:"山高み見つつわが来し桜花風は心にまかすべらなり。"

此歌写开在高山上的樱花不能手折,只能远远看着欣赏,只见风儿随心所欲地吹拂着樱花。笔者的译案是:

樱开高山脊
只可远观不可及
却与风嬉戏

杨烈的译文是:

遍览山高处,樱花未折枝,
心忧花乱落,一任大风吹。

原作是写人对远处高山上风儿漫卷樱花的欣赏,而非写人心之"忧"。"樱花未折枝"一句无原文可以对应,"一任大风吹"一句主体看起来是"人"或者"樱",但实际上所对应的原文

第九章　从《古今和歌集》译案的选择看"翻译度"

是第四句"風は心に",其主体显然是"风"。

张蓉蓓的译文是:

山高路遥赏花难,
春风乱度惹心烦。

把人对风吹樱花美景的欣赏译成了"心烦"。两种译文均在表意上背离了原文。

例17,原歌第119首:"よそに見て帰らむ人に藤の花はひまつはれよ枝は折るとも。"

此歌写的是一位僧人(僧正遍照)在寺院里看到那些女性赏花客,希望藤花把她们缠住,意思是:赏花客只看一眼就走了,多可惜啊!藤花呀,你用长藤把她们缠住吧,即便枝子被折断了也值!笔者的译案是:

归去莫匆忙
藤花缠客留众芳
枝断也无妨

杨烈的译文是:

他方参诣客,过我谒藤花,
留客藤花意,折枝亦可嘉。

这里以"他方"译"よそに",而"よそに"实则是冷淡、不热情的,匆匆掠过的意思。这一误译使译文整体表意含糊。

张蓉蓓的译文是:

门前藤枝美,
曲折缠过客。

短短的两句十个字,却多出了原文所没有的"门前"。"曲折"似是对应原文的"折る",但"折る"不是曲折之"折",而是折花之"折",是为误译。"曲折缠过客"所表达的只能是藤花"曲折"地、或弯曲地缠住过客,但原歌实际上说的是若为了充分欣赏藤花,那么过客"折取"藤花也未尝不可。

例18,原歌第149首:"声はして涙は見えぬ郭公わが衣手のひつをからなむ。"

此歌要表达的是作者常因思念而哭泣,想把自己的泪水"借"给子规(杜鹃),就可以减轻自己的痛苦了。笔者的译案是:

无泪空啼悲
愿借愁心与子规
免我两袖泪

杨烈的译文是:

第九章　从《古今和歌集》译案的选择看"翻译度"

凄绝杜鹃声，泪多如水漏。
借来泪数行，湿我青衫袖。

在原歌中，杜鹃本无泪（涙は見えぬ），却译成了"泪多如水漏"；本来是歌人想和杜鹃一样不再流那么多的泪了，却译成"借来泪数行，湿我青衫袖"，把"借给"译成了"借来"，歌意也就完全颠倒了。

张蓉蓓的译文是：

但闻悲声不见泪，
双袖龙钟沾湿最。

第一句尚可，第二句"双袖龙钟沾湿最"中的"龙钟"本来是衰老之态的形容词，原歌并没有显示抒情主人公是个老人，"沾湿最"表达也很生硬，大概是"最沾湿"之意吧，而原歌中并没有这样的意思，而且连原歌的抒情主体及客体"杜鹃"都丢掉了。

例19，原歌第562首："夕されば蛍よりけに燃ゆれども光見ねばや人のつれなき。"

此歌以萤火虫之光比拟恋爱之情热，说自己的恋人对自己的热情，真的看不出来，还比不上晚上的萤火虫更热情、更明亮，于是抱怨恋人太冷淡太薄情。笔者的译案是：

夜来点点萤

> 恋火不似萤火明
> 怨君太薄情

杨烈的译文是:

> 入夕燃萤火,此心热更多,
> 纵然光力盛,不得照人何。

后两句翻译显示了译者对原文的理解有错误,因而没有把原歌将"萤火虫"之光热与恋人之光热加以比照这一巧妙的构思翻译出来。这样,原歌对恋人的哀怨,就被变成了对萤火虫的抱怨,以萤火虫的光亮不能照人为憾。

张蓉蓓的译文是:

> 黄昏萤火点点星,
> 深情无亮君不省。

张译往往言不及义,后一句尤甚,这一句基本上无视原文原意,而肆意加以浓缩,然而什么是"深情无亮"呢?"君不省"又是指什么呢?以这样的"似是而非"或"似非而非"的译语来对应原文,是"误译"的一种较为常见的情形。写诗固然可以含蓄,解诗固然可以"无达诂",但翻译诗歌,译者的翻译既是传达(译),也是解释(翻),这一句几乎就是不翻不译,我们就不能拿"翻译度"这个概念来做评价了。

第九章 从《古今和歌集》译案的选择看"翻译度"

例20,原歌第597首:"わが恋は知らぬ山路にあらなくに迷ふ心ぞわびしかりける。"

此歌是纪贯之的名作。其特点是拿"山路"与"恋路"相比拟。"恋路"对我而言是熟悉的,不像山路那样陌生了,但是在"恋路"上却会"迷心",那也是很孤寂的体验。笔者的译案是:

恋路非山路
行久路已熟
只怕情迷不知处

杨烈的译文是:

恋情非失道,山路我全知,
唯有心迷窍,哀哉始可悲。

第一句"恋情非失道"表意不清,第二句"山路我全知"则是错译,原文明明是"知らぬ山路"即"不知道的山路",译者却做了相反的理解。

张蓉蓓的译文是:

山路不知向,
情迷自惆怅。

第一句也发生了与杨烈译文同样的误译。

例21，原歌第721首："淀川のよどむと人は見るらめど流れて深き心あるものを。"

此歌写的"淀川"是宇治川下游的名称，在这里是取"淀川"的"沉淀"之义，意思是说：人们都认为淀川是沉淀的，水流平稳，但它的底流却是深深流淌、滔滔不绝的，正如我的心。表面上写的是淀川，其实写自己的爱心之深。鉴于这样的理解，笔者的译案是：

　　淀川看似有淀沉
　　底流却是水滚滚
　　似我情意深

杨烈的译文是：

　　淀川有断流，耳目须稍避，
　　虽暂畏人言，此心深且炽。

对原文的理解出现了明显的偏差和错误。第一句，"淀川"之淀（よどむ）其实并非"断流"，第二句"耳目须稍避"和第三句"虽暂畏人言"都没有对应的原文。由于前三句缺乏情感逻辑的关联，故而第四句"此心深且炽"也显得相当突兀。本来是淀川流水，却又来了个与"火"相关的"炽"，在意象上严重偏离原歌。

第九章 从《古今和歌集》译案的选择看"翻译度"

张蓉蓓的译文是:

> 淀川水长流,
> 深情无尽头。

意思虽无大错,但翻译度仍缺乏,只译出了其中一部分歌意。

例22,原歌第826首:"逢ふ事を長柄の橋のながらへて恋ひわたる間に年ぞ経にける。"

歌中的"长柄桥"是流经大阪的长柄川上的桥,古代和歌中多有吟咏。此歌的歌意非常明了:愿我们两人的相逢如长柄桥一样,爱情能够经年长久。笔者的译案是:

> 相见到永远
> 长柄桥上两相牵
> 年年复年年

杨烈译文是:

> 长长长柄桥,期待太长久,
> 相恋不相逢,年年难聚首。

却把歌意"翻"反了。原歌是正面的期望,头两句"长长长柄桥,期待太长久"却成了消极、反面的奢望;"相恋不相逢,年年难聚首"把肯定式译成了否定式。导致了完全的错误。

张蓉蓓的译文是：

几无相逢日，
徒增岁月长。

除了丢掉了长柄桥的意象之外，理解与表达上的错误与杨烈译文几乎一样。至于两个译者先后发生同样误译的缘由，则难以猜度了。

三、翻译度决定了翻译的优劣成败

从以上三种译案与译例的比照分析可见，译作的优劣得失成败，与翻译方法、译案的选择密切相关，而有没有"翻译度"的观念，又决定了选择什么样的译案。其中，杨烈译《古今和歌集》对五言绝句译案的选择，反映了和歌汉译初期，特别是《古今和歌集》首译时期翻译的方法与策略，属于"归化"翻译的范畴。"归化"必然无视和歌的歌体，必然导致"翻"得过度，以致面目全非。那时候，译者对如何尊重和歌的独特"歌体"、如何呈现和歌的"歌调"、如何正确地传达"歌意"等属于翻译学上的一些问题，似乎并不关心。既然《古今和歌集》属于古代诗歌集，那当然就要翻成古诗体，这似乎是一种不假思索的选择，也无需作任何解释与说明。杨烈的《古今和歌集》"译者序"在介绍和歌的时候，对和歌格律及五七调只字未提，对自己为何要翻成古诗模样也不加解释。他所关注的却是日本古代与现代妇女与男人地位的"不平等"

第九章 从《古今和歌集》译案的选择看"翻译度"

问题,声称"我译这书有一个小小的愿望,希望日本妇女及全世界的妇女共同携起手来,把男女平等贯彻到底。"① 其实这样的问题对包括《古今和歌集》在内的和歌翻译而言,几乎都是无关紧要的,何况读者在《古今和歌集》中所看到的是日本古代女性所拥有的可贵的恋爱自由。考虑到翻译是在"文革"期间完成的,序言是在"文革"刚刚结束不久时(1982年)写的,这些套话式的表述完全是可以理解的。不过,即便是采用五言绝句的归化翻译的译案,若撇开"歌体"呈现的问题而孤立地来看待译文的话,则杨烈的有些译文也具有一定的欣赏价值,如第11、14、16、42、43、58、76、90、628首等,这样的译文大约可以占到全部译文的十分之一。但是总体上,杨烈译《古今和歌集》中存在的翻译度不够、翻译过度乃至错译,比重是相当大的,以上只是举例而已。

张蓉蓓博士翻译的《古今和歌集》,是进入21世纪之后才出版的,因而属于新译。但在翻译方法上,却未见更新,其译文一少部分使用两句七言,多数使用两句五言,而两句七言和两句五言在汉诗中都不是独立的诗型。这样的非独立的诗型与独立的和歌歌体是不相称的。以这样狭小的体式来翻译和歌,不免削足适履,方凿圆枘,或者榨干水分,导致失血。译文的体量空间过于狭小,必然导致翻译度不足。从"歌体"翻译的角度看,译者缺乏将歌体加以尽量保留的"译"(迻译)的意识,过度地利用了"翻"的自由,翻译度放纵发挥的失度,使

---

① 杨烈:《古今和歌集》译者序,上海:复旦大学出版社1983年版,第3页。

"歌体"在译文中丧失殆尽,就已经在一定程度上决定了翻译的失败。再从歌意传达上看,由于强行使"五七五七七"屈从于"五五"体制,一首活生生的和歌,往往就被译成了没有生命跃动的干瘪的死文字。大多数译文因翻译度严重不足而造成信达雅俱无,连原作的完整正确的信息与意象也不能传达,遑论诗歌之美的传达呢?张蓉蓓作为一个作家所写的作品,作为一个译者所翻译的其他作品,价值几何,因笔者没有阅读,不能置喙,但只就《古今和歌集》的翻译而言,不得不遗憾地说,它总体上是失败的,是缺乏阅读价值与审美价值的。而其失败的根源,可能并不在译者的文学、文字功力的不逮,似乎主要还是因为缺乏翻译理论与方法论上的自觉,缺乏对"翻"与"译"的关系及"翻译度"的认识。

　　看来,译案及翻译度的选择,决定了翻译的成败。它不仅是一个理论问题,更是一个实践问题。

第十章
从张我军译夏目漱石《文学论》看"翻译度"与译文老化

在翻译研究中,特别是在以译文研究为中心的"译文学"的研究中,"译本老化"是一个必须正视的现象,同时也是"译文学"建构中值得阐述的理论问题之一。就此而言,1931年出版的张我军译夏目漱石著《文学论》是一个可供解剖分析的典型文本。张译存在着不少误译甚至漏译,但最主要的还是由缺乏"翻译度"的"机械迻译"方法所造成的诸多"缺陷翻译",加上语言本身的发展变迁,致使许多表述与表达已经与今天高度成熟的现代汉语有了相当距离,今人读之会觉得滞涩不畅,恍如隔代,这就是该译本老化的表征。将张我军译文与日文原文加以比照,并与新译文加以对比分析,可以了解误译尤其是缺陷翻译的形成机理,见出现代中国文学理论著作翻译的发展演变以及现代汉语理论语言的艰辛的形成过程。

在翻译研究中,学界对译文是否存在永恒的经典之作,是否有"定本"的问题,曾展开过讨论。在翻译史上,我们所能看到的更多的情形,是许多译本在几十年或者更长时间之后就失去了可读性、销蚀了其价值,这就是"译本老化"现象的表征。译文老化,除去语言变迁等客观因素之外,还有译文本身的因素。译文本身的因素主要体现为"翻译度",即翻译度的不足或过度。本章以张我军译夏目漱石的文艺理论名著《文学论》的译文为例,分析译文老化与翻译度的关系。

一、张译《文学论》的翻译度问题

张我军(1902—1955)翻译的日本文豪夏目漱石的文学理论名著《文学论》,于1931年由神州国光社出版发行。这个译本至今已经问世八十多年了,到了2014年,北京的知识产权出版社又将该译本列为《民国文存》丛书再版发行,使一个陈旧的译本得以再生。同时,对这个译本加以品评的必要性也就有所增加了。此前,笔者曾在一篇论文中介绍自己的《文学论》新译本(上海译文出版社2016年)的时候,简单地提到了对张我军译本的评价,说:"在中国,漱石的《文学论》的中文译本由张我军翻译,1931年在上海出版,周作人写序推荐。虽然现在看来该译本错译、不准确翻译甚多,但对《文学论》在中国的传播是有贡献的。"[①]今天我们对张我军译《文学

---

① 参见《卓尔不群,历久弥新:重读、重释、重译夏目漱石的〈文学论〉》,《南京师范大学文学院学报》2014年第1期。

第十章　从张我军译夏目漱石《文学论》看"翻译度"与译文老化

论》译文加以批评，不是以今人苛求古人，而是从个案解剖的角度，对翻译史上的重要译作中出现的翻译度问题、缺陷翻译及误译现象的形成问题加以分析，并以此为例，从"翻译度"切入，对"译文老化"现象的成因加以初步探讨。

例一：
……元来吾人が文学を賞翫するとは其作者の表出法に対する同意を意味するものとす。然るに其表出法たるや上述の如く故意に又は無意識に多くの事実的分子を閑却して文を行るものなれば、かくの如く一種の除去法の結果現はれたる文学的作品に対し吾人が生ずるFは、其実物に対して感ずる情緒と質に於て異なること無論の事なるべし。されば吾人が文学を読んで苟も之を賞翫する限りは、多くは作者に馬鹿にされ、少なくとも書を手にして面白しと感ずる間全く自己を其作者の掌中に委ねつつあるものなるべし。(《文学论》原书第171页)

　　……原来我们的欣赏文学，即是同意于作者的表出法的。但其表出法，一如上述故意或无意识地开除许多实际的因子而行文，故对这样的一种删除法的结果出现的文学作品，我们所发生的 f，和对其实物所感的情绪，在质方面有异是不消说的吧。然则我们，读到文学作品而若加以欣赏，即大多是为作者所愚；至少，在手上拿着书而觉得饶有兴趣之间，便是完全把自己委之作者的掌握里的了。

(张我军译《文学论》再版本第117页)①

这段译文十分晦涩，对照原文严格分析起来，并没有明显的错译之处，之所以令人不知所云，是译者的"翻译度"不够造成的。

所谓"翻译度"，就是两种不同语言之间的转换、翻转过程中的程度或幅度。"翻译度"不够，就是"平行移动"的翻译（即"迻译"）的成分过多了，而解释性的翻译（"释译"）、创造性的翻译（"创译"）有所不足，于是就会造成译文意思表述上的不到位、不准确，读之生涩费解。所谓"迻译"，作为翻译方法的概念，指的是不需要立体"翻转"的平行移动式的传译，以前大多称为"直译"，但正如众所周知的那样，一直以来，"直译"以及"直译/意译"这对概念产生了许多语义理解上的问题，故在此不称"直译"而称"迻译"。② 迻译较为便捷省力，如今使用机器即可完成。中日语言之间的深刻的姻缘关系，以及日语中汉字词的大量存在，为大量使用"迻译"的方法提供了可能与便利。20世纪初期以鲁迅、周作人为代表的日文翻译，不仅在实践上大量使用迻译方法，也在理论上特别提倡"直译""逐字译"，大体相当于我们现在所说

---

① 以下以知识产权出版社2014年5月出版的《民国文存》丛书所收张我军译《文学论》再版本为据（因为这个再版本现在的一般读者容易找到），从中找出若干有代表性的段落，再以日本东京岩波书店昭和四十一年出版的《漱石全集》第九卷的原文为据加以对照，对相关译文加以分析批评。

② 参见王向远：《以"迻译/释译/创译"取代"直译/意译"——翻译方法概念的更新与"译文学"研究》，载《上海师范大学学报》2015年第5期。

第十章 从张我军译夏目漱石《文学论》看"翻译度"与译文老化

的"迻译"。当"迻译"迻不动时,也不谋求"翻转",而是直接硬闯过去,强行"硬译",有时意思不通也在所不惜,就是宁可"死译"。张我军是周作人的弟子,对周作人的翻译很是推崇,在翻译方法上也明显受到周氏兄弟的影响,翻译度不够的现象弥漫于他所翻译的夏目漱石《文学论》全书,常常达到"机械迻译"即不加变通的简单迻译的程度。

例如,在上引"例一"中,张译第一句"原来我们的欣赏文学,即是同意于作者的表出法的",表达不免别扭。若有了足够的翻译度,则应译为"原来,所谓的文学欣赏,就是对作者的艺术表现予以认同。"接下来的几句译文,也同样是因翻译度不足,而显得生涩和生硬。对此,笔者在《文学论》新译本中,是这样翻译的:

> 然而正如上文所说,作者在艺术表现中,有意无意地排除了许多事实的成分,面对这样的经排斥法处理之后的文学作品时,我们所发生的 f,和面对实际事物所感受到的情绪,在质的方面的差异是不言而喻的。当我们读到文学作品并加以欣赏时,实际上许多人是为作者所愚弄了;至少,把作品拿在手上而津津有味地阅读,便是完全把自己的感情交给作者掌控了。

例二:
もし此種の配合を敢えてして而も出来得る限り不自然の感を和げんとせば人工的因果を読者に強ひざるを要す。人工的因果の観念を去らんとせば「故に」「従って」等凡て因果に関する接続詞を廃せざる可からず。単に字面に於て廃するのみならず、意義に於て廃せざる可からず。「故に」「従って」の観念が読者の脳裏に二対の連鎖となって起こらざるを力めざる可からず。雑然として之を陳列し其因果の如きに至つては毫も関知せざる如くせざる可からず。(《文学论》原书第 322 页)

> 如果想做这种配合，而又想尽量地缓和不自然之感，便须不强读者以人工的因果。欲除人工的因果观念，便不可不废弃"因此""从而"等一切关于因果之接续词。不但要在字面废除，且不可不在意义上废除。必须努力不使"因此""从而"的观念，在读者脑里生为二对的联锁。必须杂然横陈之，至其因果之类，须像毫不关知似的。
> (张我军译《文学论》再版本第 235 页)

这段译文的晦涩，也是由译者的机械迻译造成的，完全没有翻译度，有时简直几乎就等于"不译"。例如第一句："如果想做这种配合，而又想尽量地缓和不自然之感，便须不强读者以人工的因果。""不强读者以人工的因果"，原文是"人工的因果を読者に強ひざるを要す"，其中的"強ひざる"是"不强行""不勉强"的意思，这句话应译为"就一定要对读者淡化人工的因果关系"；同样的，"必须努力不使'因此''从而'的观念，在读者脑里生为二对的联锁"这句译文中的所谓

第十章　从张我军译夏目漱石《文学论》看"翻译度"与译文老化

"二对的联锁",原文是"二対の聯鎖",指的是两者之间必然的因果关联。可惜译者只做平行迻译,而不做释译,所以在汉语中便语义不清了。这句话的意思是:"必须努力不让'因此'、'从而'的观念在读者头脑中产生一种连锁。"接下来的一句译文——"必须杂然横陈之,至其因果之类,须像毫不关知似的",仍然令人不知所云。原文是"雑然として之を陈列し其因果の如きに至っては毫も関知せざる可からず",应该译为"必须纷然杂陈之,对其中的因果关系要显得无意而为"。

例三:

知るべし吾人が外界に臨むに此態度を以てするは全く吾人の深重なる性癖に出づる事を。従って其範囲を窮め其由来を探ぐれば遂に一條の哲理に帰着せざるを得ず。たまたまこの傾向を文学の上に認めて、如上の議論を此傾向の上に建立したるは文学以外に応用しがたきが故にあらずして文学にも亦此趨勢の一端を認め得べしと云ふに過ぎず。卑見を以てすればComteが神に対する吾人観念の発展を叙せるも亦遂に同型の論法に落つ。彼れ思へらく自然界の法則明かならざる時吾人は吾人の意志を外部の活力に附着して其原因を窮め得たりとすと。意志とは自己の一部分にして、之を外界に附与すとは自己の一部分を投出するの義と異なるなし。ただ彼は神の観念を打破せんとして同時に其観念の自然なるを説明せんと試みたるが故に、云ふ所は単に意志の一面に過ぎず。然れども意志について云ひ得べき事は情に於ても云ひべく、情に於て云ひ得べき事は、幾分か知に於ても云ひ得べきは当然なり。世の修辞学を説くもの徒らに擬人法の目を設くるにとどまりて、その如何に深く吾人の心理的習癖に本づくを論ぜず。故に一言を附記す。(《文学论》原书第267页)

> 应该知道，我们所以以这种态度对付外界，完全是出自我们的深远的性癖的。从而穷其范围，明其由来，终不得不归到一条哲理。而所以承认这种倾向于文学上，树立上面似的议论于此倾向之上，这不是因为难以应用于文学以外；不过是说，文学上也可以承认这种趋势的一端吧了。依我的卑见，孔德（Comte）之叙述对于神的人类观念的发达，也终要归到同型的论法。他以为自然界的法则不明白时，我们可以把我们的意志附于外部的活力，以穷究其原因。意志，是自己的一部分，将其附于外界，即无异把自己的一部分射出之意。单只是他为要打破神的观念，又为说明其观念之属自然，故所说的只是观念的一面。然而在意志方面可以说的，于情方面也可以说，于情可说的，于智方面也当然有几分可以说。世之论修辞学的人，徒止于立拟人法之目，而不论其是怎样地深基于我们的心理的性癖。所以在这里附带说了几句。(张我军译《文学论》再版本第191页)

这一段译文表意含混不清，一方面是因为"翻译度"不够，另一方面则是由"过度翻译"所致。

第十章 从张我军译夏目漱石《文学论》看"翻译度"与译文老化

例如,原文的"深重の性癖に出づる事",张译为"出自我们深远的性癖的",翻译度显然不够,而充分加以翻译,应该译为"出自我们根深蒂固的本性"。

张译"树立上面似的议论于此倾向之上",原文是"如上の議論を此傾向の上に建立したるは……"这一句至少包含着三个缺陷。第一,把"如上"译为"上面似的",从翻译度上看,是过度翻译,日语的"如上"就是汉语的"如上",迻译即可;第二,张译中的"树立"一词,是对原文"建立"的翻译,"树立……议论"这样的动宾搭配,非常生硬,在现代汉语未充分定型的时期,属于生涩的翻译;在现代汉语定型后,这样的翻译便成为缺陷翻译;第三,同样的,"树立上面似的议论于此倾向之上"整句也都存在着因翻译度不足而造成的生硬感,应该译为"要在文学中确认这种倾向……"为宜。

张译"文学上也可以承认这种趋势的一端吧了",是对"文学にも亦此趨勢の一端を認め得るべしにと云うに過ぎず"的迻译,似应译为"这种情况在文学作品中也是斑斑可见的"。

张译"然而在意志方面可以说的,于情方面也可以说,于情可说的,于智方面也当然有几分可以说",对原文的意思没有吃透,是一种照字面的迻译,原文是:"然れども意志について云ひ得べき事は情においても云ひ得べく、情に於いて云ひ得べき事は、幾分か知に於いて云ひ得べきは当然なり。"似应译为"而这一点既适用于意志,也适用于感情。有所知,便有所言,这是理所当然的"。

张译"世之论修辞学的人,徒止于立拟人法之目,而不论其是怎样地深基于我们的心理的性癖。所以在这里附带说了几句",同样也是因为翻译度不够造成了语义上的不明确,应该译为:"顺便指出,世上讲修辞学的人,只是在确立拟人法的名目,而对它如何植根于我们的根性,却往往避而不提。"

对于这段话,笔者的《文学论》新译本中是这样译的:

> 要知道,我们之所以对外界采取这种态度,完全是出自我们根深蒂固的本性,从而穷其范围、明其由来,最终不得不归于同一理路。要在文学中确认这种倾向,并非是因为以上观点难以应用于文学以外,而是说这种情况在文学作品中斑斑可见。依我的看法,孔德(Comte)所提出的有了神的观念,人类的观念才得以发达的看法,也属于这种类型。他以为自然界的法则不够明晰时,我们就把自己的意志投射于外部,以便探其原由。意志,是自我的一部分,将其投射于外界,就等于是把自己的一部分投射出去了。孔德本来是要打破神的观念,但又说明这种观念是自然产生的,因为他所说的只是意志的一个侧面而已。而这一点既适用于意志,也适用于感情。有所知,便有所言,这是理所当然的。

例四:

然れども此茫漠たる一語をとつて之を心的状態に翻訳すれば社会を組織する個人意識の一致と云ふも不可なきに似たり。個人意識が統一を(ある点に於て)受けて社会的意識の

第十章　从张我军译夏目漱石《文学论》看"翻译度"与译文老化

安固（Solidarity Of Social Consciousness）を構成すと云ふの義なり。(《文学论》原书第452页）

  但是取此茫漠的一语，译之而成心的状态，似乎可以说是组织社会的个人意识之一致。意即个人意识被统一（在某一点），构成社会的意识之安固（Solidarity of Social Cousciousness）。(张我军译《文学论》再版本第337页）

张译第一句"但是取此茫漠的一语，译之而成心的状态，似乎可以说是组织社会的个人意识之一致"。其中"茫漠的一语"，是原文"茫漠たる一语"的机械迻译；"组织社会的个人意识之一致"，对应的是原文"社会を組織する個人意識の一致と云ふも不可なきに似たり"。这样的缺乏翻译度的机械迻译，只是把字词罗列出来，却没有真正把意思翻出来。这句话的意思是："但是这里若只把这抽象的词语，翻译为一种心理状态的话，那么似乎可以说，在组成社会这一点上，每个人的意识都是一致的。意即个人意识被统一（在这一点上），从而形成了稳固的社会意识（Solidarity of Social Cousciousness）。"

例五：
  是暗示の反覆によりて推移の容易を得たる傾向に逆ふ事なくして進行すればなり。此際に於ける豫期は記憶より来るが故に、此際に於ける暗示は新しき性質を帯びざるは明かなり。二章に挙げたる例を補足すれば十指を屈するに堪へず。

人若し「蛙の面に」と云ふとき、「水」の一語はわが口を衝いて、人の未だ語り了らざるに舌端に上る。是記憶の吾人に強ふる豫期に外ならず。もし一字の「水」を変じて「雨」となすも過渡の接続は既に滑かならず。意義の異なるなきも暗示の新奇なるが為に然るのみ。……「犬もあるけば」と云ふとき必ず「棒にあたる」を豫期す。理を以て之を推すに棒にあたるの要果していづくにかある。板にあたるも可なり、石に躓くも可なり。鮪の頭にあたらば益可なり。然るにも関はらず犬もあるけば棒にあたらざる可からざるは記憶の吾人に強ふる豫期に外ならず。(《文学论》原书第 447 页)

> ……盖因能逆依暗示的反复，而得推移之易的倾向而进行故也。这时候的预期，来自记忆，故此时的暗示，不带新的性质，这是很明显的。试补足第二章所举之例，十指不足屈。若人说"蛙的脸"，"水"的一语便冲我口而出，人未语尽而已上了我的舌端。这无非是记忆强制我们的预料。若将"水"一语改成"雨"，过渡的接续已就不滑溜了。意义虽无异，但因暗示新奇故如此。……人一说出"天有不测风云"，我便一定预料"人有旦夕祸福"。以理推之，有旦夕祸福者，何必限于人？狗也可以有，猫也可以有，耗子更可以有。然而必定说人有旦夕祸福，这无非是记忆强制我们的预料。(张我军译《文学论》再版本第 333—334 页)

第十章　从张我军译夏目漱石《文学论》看"翻译度"与译文老化

张我军译这一段文字出现的一系列表意不清的问题，既有翻译度不够所造成的问题，也有过度翻译所造成的问题。

第一句，"盖因能逆依暗示的反复，而得推移之易的倾向而进行故也"，是译者对原文的理解不到位，完全没有将原意传达出来，实际意思是："这是依照反复的暗示，顺水推舟，使推移更顺利地进行。"

第二句："试补足第二章所举之例，十指不足屈。"原文的"十指を屈するに堪へず"，意思是伸出十个指头也数不过来，言其多。张译"十指不足屈"不达其意。

第三句，张译"若人说'蛙的脸'，'水'的一语便冲我口而出，人未语尽而已上了我的舌端。这无非是记忆强制我们的预料"，其中最后一个分句中的"强制"，是原文"強ふる"的翻译，但译为"强制"则完全失去了原意，应该译为"强化"，意思是"这无非是因为我们的记忆强化了我们的预期"。

第四句，张译"若将'水'一语改成'雨'，过渡的接续已就不滑溜了"。这里所谓"不滑溜"，是"滑かならず"的翻译。"滑溜"一词，在现代汉语中一般用于具象的场合，而非抽象的形容，故而用在此处在语感上很不谐调，还是把"不滑溜"译为"不顺畅"为好。这句话的意思是："若将'水'一语改成'雨'，那么其间的过渡接续就不会那么顺畅了。"

第五句，张译"人一说出'天有不测风云'，我便一定预料'人有旦夕祸福'。以理推之，有旦夕祸福者，何必限于人？狗也可以有，猫也可以有，耗子更可以有。然而必定说人有旦夕祸福，这无非是记忆强制我们的预料"，这几句话完全是过度"归化"的译法。与译者常常使用的大量机械迻译的方法相反，这里却完全抛开了原文，属于对原文过度释译（过度的解释性的翻译）的叛逆行为。"过度翻译"是"机械迻译"的另一个极端，即罔顾原文，无节制地加以释译。原文的意思是：

> 人一说出"狗追上来了"，我便一定预料下句是"拿棍子挡住它"。照理说，为什么一定要拿棍子来挡呢？拿木板不行吗？拿石头打不行吗？甚至拿鱼头骨也可以。然而尽管如此，有狗追上来就要拿棍子来挡，这个记忆强化了我们的预期。

原文拿棍子打狗的比喻十分形象生动，而译者置换的"天有不测风云，人有旦夕祸福"，用意似乎在于拿中国读者熟悉的格言警句加以解释，但却过分归化，又非常抽象，离开原意甚远了。这种过度归化的翻译，在张我军译本的其他地方也可以看到，例如，《文学论》原文第414页有"品川に至る電車"（意为"到品川的电车"）一句，张译却将日本地名"品川"置换为中国的地名"天津"，大概是因为考虑到中国读者不知"品川"为何地吧。但夏目漱石为什么要用中国地名"天津"来举例呢？再说，当年的天津有电车吗？这都不免令读者困惑。

张我军译本中的这样的"过度翻译"，与缺乏翻译度的"机械迻译"并存，说明当时的译者还缺乏明确的翻译策略。换言之，以中国语言文化为中心的"归化"翻译策略，与以原

第十章 从张我军译夏目漱石《文学论》看"翻译度"与译文老化

作为中心的"洋化"翻译策略,两者出现在同一部作品的翻译中,就造成了翻译策略上的混乱。也从一个侧面表明,在1920年代后期,文论著作的汉译还没有形成一种成熟的翻译策略与翻译方法。

二、张译《文学论》中的缺陷翻译、误译、漏译

"缺陷翻译"是笔者提出的一个译文评价概念,指的是介乎"正译"与"误译"之间的有缺陷的翻译。张我军译《文学论》中的"缺陷翻译"所占比重较大,兹举几个段落为例略加分析。

例六:

此章に於て論ぜんとする聯想法は主に滑稽の趣味となつて文学に現はるるものにして、其材料の範囲は前三者と毫も異なるところなきも、上述の如く二個の材料を聯結して両者の間に豫期し得べき共通性を道破したる時文学的価値を生ずるに非ず。意外の共通性により突飛なる綜合を生じたる時始めて其特性を発揚するものなりとす。されば前三章の諸聯想法は共通性を相互に結合する作用を以て其主眼とし、ここに説く聯想は多少の共通性を利用するの結果、之を通じて思ひも寄らぬ両者を首尾よく、繋ぎ合せたる手際を目的となすものなり。故に此種の聯想が往々其共通性の適否を深く究めずして、只其非共通性にのみ注意を与ふる事多きは自然の結果と云ふべきのみ。(《文学论》原书第290页)

本章所要论的，主为成为滑稽的趣味出现于文学的，其范围与前三者毫无异趣；唯上述那样联结两件材料，道破于两者之间可得而预料的共通性时，便生出文学的价值，而这一种则不然。这是依靠意外的共通，生出突兀的综合时，始发扬其特性的。然则前三章的各种联想法，是以互相结合共通性的作用为主眼，这里所说的联想，目的却是在利用多少的共通性的结果，介乎此，将意想不到的两者，掇合得完全的手段。所以这种联想，往往不深究其共通性的适不适，多半只注意其非共通性，这只能说是自然的结果吧。（张我军译《文学论》再版本第210页）

这段译文佶屈聱牙，表意含混。倘若从"误译"的角度来判断，则很难说是"误译"，核对原文，它基本上是对原文的迻译，但很显然，它不能说是"正译"，因为没有准确地把原文的意思传达出来，既不是彻头彻尾的"误译"，也不是完全的"正译"，乃属于"缺陷翻译"无疑。

造成"缺陷翻译"的原因各有不同。其中，有的句子是由机械迻译所造成的，不合汉语表达习惯，如头一句"本章所要论的，主为成为滑稽的趣味出现于文学的"，其中的"主为"，应该译为"主要是……"；第二句，张译"道破于两者之间可得而预料的共通性时"，似应译为"将两者之间预料中的共通性一语道破"；第三句，张译"这是依靠意外的共通，生出突兀的综合时，始发扬其特性的"，似应译为"它是依靠两者之间突兀的结合而产生出乎意外的共通性，从而形成了自己的特

第十章　从张我军译夏目漱石《文学论》看"翻译度"与译文老化

点";第四句,张译"这里所说的联想,目的却是在利用多少的共通性的结果,介乎此,将意想不到的两者,掇合得完全的手段",似应译为:"这里所说的联想,主要手段是利用多少存在的共通性,而将两者紧密地联系起来";第五句,张译"所以这种联想,往往不深究其共通性的适不适,多半只注意其非共通性,这只能说是自然的结果吧",似应译为:"因而这种联想,往往不深究其间的共通性,主要注意其间的非共通性。这是顺乎其然的结果。"

例七:

凡そ人の最も詩的なるは思索により、商量により結果を考定するの時にあらずして、真摯の情に任せて言動する咄嗟の際ならざるべからず。結婚を背景に控へたる見合、登用を目的とせる会談の如きは情を撓め真を偽るの点に於て詩的ムードを去る事遠きものなり。然れども詩的ムードは必ずしも詩的表現を含まず。所謂意識的工夫を経たるが故に天真を失って斧鑿の痕多しと非難するは、読者(即ち作家以外のもの)より客観視してしか思はるると云ふ迄にして、深く作家の心に溯りて主観的糺明を遂ぐべしとの意にあらず。例へば如何に自然に逆らうて用ゐたる言語動作と雖ども聞く人、見るものをして其偽りなきを疑ふの余地だに生ぜしめざれば彼等は其心裡に立ち入るの必要を認めざるが如く……(《文学论》原书第319页)

元来人之最属"诗的",不在依据思索,依据商量,考定结果之时,却是在一任真挚之情言动的刹那之际。置结婚于背景的"相看",以派差为目的的会谈之类,在其压情伪真一层,离开诗的 Mood 很远。然而诗的 Mood,未必包含诗的表现。因为经过所谓意识的工夫,以致失掉天真而多斧凿之痕——这样的非难,不过是由读者(即作者以外的人)客观视之而云然,不是深究作者之心,而行主观的纠明的意思。犹之乎无论是怎样地违逆自然而用的语言动作,倘能使听者,看者,认其无傲而不生疑问,他们便没有考勘其心里的必要……。(张我军译《文学论》再版本第232—233页)

这段译文是由机械迻译、几近误译或完全误译而综合形成的缺陷翻译。其中,第一句"元来人之最属'诗的',不在依据思索,依据商量,考定结果之时,却是在一任真挚之情言动的刹那之际。"虽不免生硬,但读者仔细揣摩,基本可以知晓大意。但第二句:"置结婚于背景的'相看',以派差为目的的会谈之类……"便让人莫名其妙了。原文是"結婚を背景に控へたる見合、登用を目的とせる会談の如き",意思是"以结婚为背景的相亲、以录用为目的的面谈之类",译者将"見合"译为"相看",大概是意识到这个词不免生硬,所以给它加上了引号;至于将"登用"译为"派差",则基本上接近误译了。第四句:"犹之乎无论是怎样地违逆自然而用的语言动作,倘能使听者,看者,认其无傲而不生疑问,他们便没有考勘其

第十章　从张我军译夏目漱石《文学论》看"翻译度"与译文老化

心里的必要"。其中的"认其无傲而不生疑问"的"无傲"原文是"偽りなき",即"无伪",当属误译或误植。这句话的意思实际是:"这就好比作者描述的语言动作无论怎样违拗自然,若能使听者读者对其真实性不产生怀疑,那就不必深入心理内部加以确认。"

例八:

「余の如き少年に取っては、是よりも幸福に、始めて人生の門戸を潜り入らん事、古今を通じて想像し得べからず。個人の性癖は固より一代の影響に関す。年代同じからざれば斯の如くに山を慕ひ、斯の如くに山中の人を愛する少年は生れんと欲するも生れ得べからず。……

「身は健にして情は烈、己れに満足して己れ以外の小児たるを冀はず、己れに足りて己れ以外の物を求めず、只人生を荘重視するに足る程の悲酸なる経験を有して、生活の筋肉を弛解するが如くに甚しき苦楚を嘗めず、始めて余が眼に映じたるAlpsを以て単に天地の美の現示とするのみならず、天地の美を包含せる大冊子の開巻一章となす底の科学と情緒とを有したる余は、斯の如くにして其夜Schaffhau. senの逍遥園を下れり。神聖なるべく、実利あるべき凡てのものに関して余の運命は此時よりして遂に動かすべからず。余が心情と信念とは、今日に至る迄、わが有する高潔なる衝動ある毎に、和楽利他の思想の念頭に萌す毎に、未だ嘗て此逍遥園とGeneva湖と回憶せずんばあらず」と。(《文学论》原

书第476页)

这是原文引用英国作家拉斯金作品中的一段话,张我军《文学论》译本是这样译的:

> 在像我这样的少年,最初欲更其幸福地攒入人生的门户,这是亘古及今想象不到的。个人的性癖,不消说有关乎一代的影响。若年代不同,即使欲生这样地仰慕山,这样地爱好山中人的少年,也生不出来。……
>
> 身健而情烈,不望为自己以外的小孩,满足于自己而不求自己以外之物。仅具有够把人生视为庄重般悲酸的经验,而未曾尝过弛解生活的筋肉般激甚的苦楚;而不但把最初映入我眼中的阿尔卑斯山为天地之美的现示,并且具有为包含天地之美的大册子的开卷一章的科学与情绪的我,这样地于是夜下了沙夫豪缯的逍遥园。关于应该是神圣,应该是有实利的一切,我的命运,从此时以后终于不能移动了。我的心情和信念,到今日为止,我所有的高洁的冲动每有一次,和乐利他的思想,第一次萌于念头,未肯不回忆一次这个逍遥园和日内瓦湖。(张我军译《文学论》译本第355页)

原文中的这段话非常抒情,非常文艺。但译者在处理这样的唯美的文字时,似乎显得更加力不从心。有的句子,对原文没有理解而机械迻译,如"个人的性癖,不消说有关乎一代的影响",原文是:"個人の性癖は固より一代の影響に関す"。

第十章　从张我军译夏目漱石《文学论》看"翻译度"与译文老化

意思是"个人的性情当然受时代的影响"。有的句子，意思虽表达出来了，但是作为美文所应该具有的语感、语流、节奏却没有被很好地把握。例如："若年代不同，即使欲生这样地仰慕山，这样地爱好山中人的少年，也生不出来。"较为理想的表达似应是："若不是这样的时代，像这样的仰慕山峦，这样地热爱山中人的少年，也是不会出现的。"又如，从"身健而情烈"开始的张译的第二段文字，则对原文的语义及感情逻辑没有把握，所以整段译文都出现了混乱，成为令读者头晕目眩的"缺陷翻译"。

对于这一段，笔者的《文学论》译本是这样译的：

对我这样的少年来说，由此开始而幸福地踏入人生之门，这种情形是自古及今难以想象的。个人的性情当然受时代的影响。若不是这样的时代，像这样的仰慕山峦，这样地热爱山中人的少年，也是不会出现的。……

我希望做一个身体健康，感情热烈，自我满足的儿童，除此之外，别无他求；我只求自我充实，而不求身外之物。我只具有视人生为庄严的悲酸体验，而未曾有筋肉松弛的痛苦空虚的经历。不但把最初映入我眼中的阿尔卑斯山作为单纯的天地之美的显示，并且把科学探求与情感赋予了它，把它作为包含天地之美的鸿篇巨著的开篇第一章。就这样，那天晚上，我从 Schaffhausen 的逍遥园中走下来。从那时开始，应该属于神圣的、应该属于实利性的一切东西，就不可动摇地决定了我的命运。到今天为止，每当我有高洁的冲动时,每当我萌发快乐利他的念头时,我都必定会回忆这个逍遥园和 Geneva 湖。这就是我的心情和信念。

除了"翻译度"把握不佳以及出现大量的缺陷翻译之外,张我军译本还有一些误译,如张译本第 97 页:"文学的 f 不能一概而言"一句,是将原文的肯定句误译为否定句了。原文是:"文学の一概に云へばとて",意即"若要对文学的 f 一言以蔽之加以概括",应该译为:"第一应该考虑的,就是要对文学的 f 一言以蔽之加以概括,就要分成三种……"。再如,张译在 196 页把原文第 273 页的"婵妍"译为"婵娟";在 201 页,把原文"月并的俳谐"(意为"平凡无奇俳谐")译为"坊间的俳谐"等等,都是字词上的误译,不一而足。此外,甚至还有整段的误译。

例九:
かの道徳を以て生れ、道徳を以て死し、造次顛沛にも道徳を以て終始せざる可からざる道学者は論ずるの限りにあらず。道学者にあらずして、而もあらゆる文藝に道徳的分子なかる可からずと主張する論者は文藝鑑賞の際に於て自己の心的状態を遺失せるものと云はざる可からず。彼等は重大なる道徳的分子の混入し来るべき作品に対してさへ暗々裡に此分子を忘却して、しかも恬然たりし過去幾多の経験を憶起する能はざるの徒なるべし。否彼等は〝Art for art〟派を攻撃す

第十章 从张我军译夏目漱石《文学论》看"翻译度"与译文老化

るの以前よりして己れ既に其実行者たりし事を失念したる健忘者なるべし。之に反して今更〝Art for art〟説を物珍らし氣に鼓吹するの徒は如何に此現象が上下数百年の文学を貫ぬいて堂々と存在せるかを知る能はざる盲目者流に過ぎず。(《文学论》原书第 177 页)

  像那班生以道德死以道德,颠沛流离之时也非道德不能过日子的道学者,我们不必去论。不是道学者而主张一切文艺不得没有道德要素的论者,不可不消说当赏鉴文艺时,失落了自己的心的状态的人。他们是不能够忆起过去许多经验——对于应该混入重大的道德要素的作品,也不知不觉地忘掉这种要素,而且恬然无知——之徒。不,他们是忘掉了他们在攻击纯艺术派之前,自己已经是其实行者的健忘者。反之,此刻还天下奇事般鼓吹为艺术而艺术说的人,不过是不晓得这种现象,一贯前后几百年的文学,公然存在的瞎子之流吧了。(张我军译《文学论》再版本第 121 页)

这一段译文对原文整体理解上出了问题,从根本上说是译者没有搞清原意,于是语义上、逻辑上都出现了混乱,导致整段的误译。特别是张译中加上了原文中并不存在的破折号,双破折号中的"对于应该混入重大的道德要素的作品,也不知不觉地忘掉这种要素,而且恬然无知"这句话,将原文本来很流畅清晰的表述搞得含糊暧昧了。最后一句"公然存在的瞎子之流吧了"云云,更是完全不知所云。

对此,笔者的《文学论》新译本是这样翻译的:

> 那种为道德而生、为道德而死,一举一动都以道德贯穿的道学家又当别论。不是道学家,却主张一切文艺都要有道德成分的人,在文学鉴赏中势必会丧失自己的心理感受。他们是健忘者,对过去的许多经验都回忆不起来了,忘掉了文学作品本来就已经混入了许多重要的道德成分。不,毋宁说他们在攻击纯艺术派(Art for art)之前,自己就已经是道德的实行者了。相反的,另一些无知者,如今还自以为新鲜地鼓吹"为艺术而艺术",是不知道这种现象已经赫然贯穿了几百年的文学史。

误译之外,还有漏译。在翻译中,有些漏译是有意的,有些漏译可能是无意的。张我军《文学论》译本漏译不多,但漏掉的地方却很重要。例如夏目漱石的《文学论》自序洋洋数千言,介绍了《文学论》写作动机、写作过程及作者的英国留学时的体验与感想,对理解《文学论》全书乃至夏目漱石的早期思想与创作都是必不可少的,但不知为什么张我军译本却略而不译。正文中的有关段落,也有漏译的情况。例如原书第 271 页最后一段的三行,原文是:"知的材料は無論、超自然の材料すら他の蔽護によりて始めて活動する事斯の如し。而して其蔽護の任にあたる投出語法は既に述べたるが故に之を反覆せず、投出語法と併立して存在するべ

第十章　从张我军译夏目漱石《文学论》看"翻译度"与译文老化

き投入語法を説くが此章の目的なりとす。"这段文字，张译本漏掉了。再如，原书第309—310页漏译，有这样一段文字：

　　海士のかる藻に住虫の我からと。音をこそなかめ世をばげ実に。何か恨みんもとよりも。因果のめぐる小の車の。やたけの人の罪科は。皆報いぞと云ひながら。我子ながらも余りげに。科もためしも浪の底に。沈め給ひし御情なさ。申すにつけて便なけれども。お御前に参りて候ふなり。

张我军译本第226页将这一段文字漏译了。原文是谣曲（能乐的唱词），是典雅的古文，翻译难度较大，因而似乎不是无意漏译，而是有意漏译。译者在略过了这段古文之后，却译出了后面的这句话："俊寛が獨り鬼界が島に取り残されて吾悲運を口説くあたりには"，译文是"俊宽独自被留在鬼界岛，而说自己的悲运一条"，但接着却又将后面引用的一段谣曲古文漏译了。这段谣曲的原文是："此程は三人一所に有りつるだに。さも怖ろしく。すさまじき。荒磯島にただひとり。離れて海士のすて草の浪のもくづのよるべもなくてあられんものか後ましや。歎くにかひも渚の衛。泣くばかりなる有様かな云々。"对此，译者应是有意漏译，故连一个省略号也未加，也未加译者注释以说明此处略译。读者如果不核对原文，则难以发现漏译。①

三、张译《文学论》与译文老化问题

从翻译文学史上看,译文的老化需要相当长的时间,而且一般说来至少需要经过半个世纪左右,一个译本才能出现明显老化。现在看来,20世纪上半期出版的一些译文,无论小说诗歌等虚构性作品,还是学术理论著作等非虚构作品,都不同程度地显示了译文老化的迹象。张我军译《文学论》则是一个突出的例子。

张我军在20世纪40年代写的《日文中译漫谈·关于翻译》中说:"当时我译书的目的,并不是什么文化介绍那种伟大堂皇的,实在说,只是为卖得若干稿费充饿而已!虽然原书倒也经过一番挑选,不过这也是本乎生意经。为了这种目的,第一要选些迎合时代的内容,所以不自量力,三教九流无所不译了。第二要快,所以文字也顾不得推敲,往往一日译到万余字,虽说是为了生活,但是这样的滥译,使我自己现在每一想到,未尝不汗流浃背,羞愧难当也!"②但是话虽这么说,张我

---

① 笔者《文学论》新译本将这段被漏译的文字补译出来,如下:"……例如《藤户》中表现主角因丧子而悲叹:'我就像虫子寄生于海草,海草被渔夫割除,我何以凭靠!在世间隐姓埋名,实在寂寥。像车轮般因果流转,凶猛者之罪孽,早晚要得果报。我的孩子啊他有何过错!却被沉入水底,真是太可怜了!欲诉无门啊,只好参见御前。'《俊宽》中写俊宽独自被留在鬼界岛,而诉说自己的悲惨遭遇:'此行程本来是三人一道,可怕啊、恐怖啊,简直太无情!把我一人留在荒岛,就像被渔民丢弃的海草,无依无靠,哭诉无着,如海滩上的孤鸟,只有哭啊、哭啊!'两段都使用了许多双关语,也有不少意义不明之处……"

② 《张我军全集》,北京,台海出版社2000年版,第489页。

第十章　从张我军译夏目漱石《文学论》看"翻译度"与译文老化

军的翻译态度总体是认真的,特别是20世纪30年代初期,译出并出版《文学论》这样的长达三十多万字、篇幅巨大、体大虑周、翻译难度很大的纯理论著作,是十分不容易、非常具有挑战性的。相信译者至少在翻译《文学论》的时候,绝不是出于稻粱谋,而是有着学术文化的担当意识和文学理论建设的责任感的。

关于翻译的理念与方法,张我军在上述那篇文章中,在严复的"信达雅"的基础上,提出他的"翻译的理想"是"达、信、雅"。他解释说:"因为词不达意,还说得上信吗?所以应以达为先,以信承之,以雅殿之。"理论上,他把"达"放在第一位,这与鲁迅的"宁信而不顺"的主张有所不同。但这只是他的"翻译的理想",理想往往是没有实现、难以实现的东西,而在他的《文学论》的翻译实践中,恰恰是"达"出了问题。上文列举的十个段落的例子,除了明显的误译之外,大都是既不全错、也不全对,但却是不通顺、不地道的"缺陷翻译"。译者常常按照原文机械迻译,未违背原文,所以不算误译,但却是不"达"的,多数情况不合汉语习惯,令读者挠头皱眉、摇头叹息。

那么张我军本人当时在翻译的时候,有没有意识到自己的译文与自己的"达"为第一的主张相去甚远呢?或者说,他是否自觉到《文学论》的许多译文是不达、不顺的呢?这个问题极为复杂。主要的原因,还是因为在1930年代之前,现代汉语中的叙事文体、抒情文体、理论文体这三种不同的文体语言,都普遍不够成熟,有些作家在创作中使用这三种文体,表面上看都较为成熟老到,但一旦去搞翻译,则常常无法与原文平起平坐,转换时显得力有不逮、捉襟见肘。例如鲁迅的杂文是老辣的,但同时期鲁迅所翻译的理论文章,却别扭拗口得很,而颇受诟病。同样的,张我军在30年代所写的理论文章、所创作的诗歌小说,语言上都较为成熟,为此,他才被誉为台湾新文学的开拓者和奠基人。然而,他所翻译的《文学论》,现在看来却已经难以卒读了。这是为什么呢?根本的原因,恐怕还是当时现代汉语中的纯理论语言、严谨的学术思辨性的语言,相比其他文体,还远远没有达到成熟的境地。这就使得张我军《文学论》翻译不得不大量依赖于迻译,乃至机械迻译,导致翻译度不够;甚至可以说,多数情况下是只"译"而未"翻"。于是,大量的翻译度不够的迻译,造成了译文未能从原文中脱胎而出,仿佛与原文未割断脐带,粘连太多,致使中文不像是地道的中文,生涩拗口,佶屈聱牙,乃至不知所云。例如日文的"文学其物",现在通译为"文学本身",但在当时尚没有通行译法的情况下,张我军则照日文径直迻译为"文学其物",今天的读者读之,便觉得别扭不自然。许多表述、表达已经与今天高度成熟的现代汉语有了相当距离,今人读之,就会感觉滞涩不畅,恍如隔代,再加上张译《文学论》本来就存在不少误译,因而在现代读者眼里,已经呈现出了种种缺陷,这就是译本老化的表征。

译文老化与译文缺陷及误译,是同一个问题的两个方面:正因为缺陷翻译或误译较多,所以加速了它的老化。反过来说,在今天读者感觉这个译本老化了,就会发现更多的误译特

第十章　从张我军译夏目漱石《文学论》看"翻译度"与译文老化

别是缺陷翻译。其中,"误译"是硬性的存在,不论是在当时,还是在现在看来,误译就是误译,百口莫辩,但"缺陷翻译"却因时代的推移会有所增多。有一些译文,在当时来看可能算不上缺陷,因为是否有缺陷是相对而言的,有了完善的译法,才能把缺陷翻译反衬出来。而当时尚没有完善的译法,所以今天看来的"缺陷翻译",在当时可能算不上是"缺陷翻译";也就是说,译文老化的征兆,常常表现为译文的缺陷越来越多地显示出来,等到缺陷翻译显示到一定程度、暴露到一定限度,除非迫不得已,读者便不愿再读了;一旦有了可靠的新译本,老化的译文便被抛弃;而一旦完全被抛弃,这个译文便由"老化"状态进入"死亡"的状态,使译本成为故纸。

译文老化是翻译史上的一种现象,译文老化问题,也是一个关于"译文学"研究的理论问题。老化是如何形成的?除了时间推移、语言变迁等客观因素之外,还有哪些因素导致老化?有没有能够抵抗时光的流逝,而不老化、或很少老化的译文?对此,翻译理论界若干年前关于翻译有没有"定本"、有没有"范本"的讨论,实际上也触及了"老化"的问题。认为译文有"范本""定本",则不认为那些"范本""定本"会老化;相反,认为译文压根儿就不会有"定本""范本"的,逻辑前提就是任何译文随着时间的推移都会老化,都会被新的译本所覆盖。

平心而论,译文的"老化"是客观存在的事实,但"老化"的判断并不是一个纯粹的价值判断,而只是一个客观描述。也就是说,译文老化,与译文失去价值,两者并不是一回事。从老化的角度看，20世纪40年代问世的朱生豪的莎士比亚戏剧译文，在语言上已经明显具有老化的迹象了，但朱生豪的译文并没有因为老化而失去价值。再往前推，林纾的用文言文翻译的现代欧洲的小说作品，由于文体上的乖离与特定读者群的丧失，可以说完全老化了，但林纾译文在翻译文化史上的价值并没有失去，它永远是翻译文学史上的重要存在。看来，衡量"老化"与否，首先有一个时间上的因素。一般而言，时间久了，老化的可能性就大。但时间的因素不是绝对的。正如每一个人的寿命有长有短，长寿首先依赖于健康的体魄。有的译作由于译文质量不好，就会未老先衰，甚至速朽。错误百出、缺陷累累的译文，一旦读者有所察知，便会摒弃，使其速老速朽速死。但有一些众所公认的优秀的译文，哪怕过去了半个世纪，却仍然富有生命力，仍然不乏读者。可见，对于译文的老化而言，时间长短是相对的，不是绝对的。

除了上述的时间上的标准外，还有两个标准，一个是阅读学上的"老化"标准，一个是文献学上的"老化"标准。从阅读学上看，对于一般读者的阅读而言，除非有特殊的需要，老化的译本往往不再有阅读价值。因为读者从老化的译本中，既得不到准确可靠的信息，也难以享受到阅读的快意。例如张我军的《文学论》译本，在阅读学上价值已经很小了。笔者曾在一次学术会上，听到一位教授介绍自己的夏目漱石文学理论研究的项目，而提到使用的译本就是张我军译《文学论》。我当场问道："张我军的《文学论》译本，您看得懂吗？"我的意思是：张译的许多段落读者是不可能看懂的。若不核对原

第十章　从张我军译夏目漱石《文学论》看"翻译度"与译文老化

文,无论如何也不会看懂。译文根本上是对原文的一种翻转解释与传达,所以即便能读原文的读者,有时候也需要读读译文,会有助于对原文的理解。但倘若译文比原文还要难懂,那就说明这个译文已经老化了,而且是绝对老化,不是相对老化,因为它已经丧失了一般阅读的价值。

然而阅读学的老化标准,不同于文献学的上老化标准。文献上所见的译文的价值,不在于读者是否阅读,而在于其文化史料价值,它是供研究者研究用的重要史料。例如,我们今天谈张我军的《文学论》,用意绝不是向一般读者推荐阅读,相反,是要告诉读者这个译本已经不再适合阅读了。但是,它对翻译研究者而言却具有不可取代的价值。从张我军《文学论》译文中,我们可以见出中国文学理论著作翻译的发展演变,见出现代汉语的理论语言艰辛的形成过程与成熟轨迹,可见它不仅有语言学史上的价值,而且也有翻译学史上的价值。因而可以说,张我军译《文学论》这样的译文,虽老化甚而接近老朽,但却没有死亡。

下 编
"译文学"关联论

第十一章
译文学与一般翻译学

在现有的一般翻译学的建构中,存在着将"翻译学"混同于"翻译理论",或以"翻译研究论"来代替"翻译学"学科原理的倾向,并且都以总结翻译规律并指导实践为旨归。由于作为翻译活动之最终结果的"译文"已是脱出实践过程之外的既成品,因此被撇开在外而不加论列;由于把"翻译学"看作"理论—实践"体系而不是知识体系或翻译思想的建构,也就未能提炼、创制出属于翻译学特有的若干基本概念与范畴。鉴于此,要使"翻译"从动态实践活动转为静态的知识形态并加以观照,就特别需要强化"译文"在翻译学建构中的地位,让"译文学"的概念范畴成为"翻译学"概念范畴的一部分,并把"译文学"的概念提炼方法与建构原理延伸到一般翻译学中,以使翻译学逐渐臻于完成、臻于完善。

翻译作为一种现象,大体是由四个基本要素构成。一是翻译的社会历史环境与文化背景,二是译者(翻译家),三是译文（译作），四是译文的读者。在翻译研究中，以这四个要素中的某个要素为中心，就形成了不同的研究模式。首先，以研究社会历史文化背景为中心，关涉翻译的种种外部因素，就形成了"翻译文化"或"文化翻译"的研究模式；第二，以研究翻译家（译者）为中心，则必须围绕译者的人生轨迹与翻译活动展开，因为创造翻译历史的是翻译家，翻译史的研究必然要以翻译家的活动为中心，作为单个翻译家的研究是传记式、历时的研究，作为群体翻译家的研究自然是翻译史的研究；第三，以译本为中心的研究，便是笔者提倡的"译文学"的模式；第四，以译本的读者（包括译本的批评者、鉴赏者）的研究为中心，那就是翻译批评史或阅读接受史的模式。对这四个方面的某一方面，提炼出特有的概念范畴，架构出理论体系的，则是"特殊翻译学"或"分支翻译学"，如"文化翻译学""译介学""译文学"等。而把这四个方面综合地加以概括提炼，并用特定范畴与体系加以结撰的，则是狭义的"翻译学"即"一般翻译学""普通翻译学"。在迄今为止出版的著作中，冠以《翻译学》《翻译论》《翻译学导论》《翻译学概论》《翻译学原理》《翻译学教程》这一类书名的，大都属于一般翻译学。

一、"翻译学"与"翻译理论"

狭义的"翻译学"即"一般翻译学"对翻译的观照应是全方位的，对翻译的研究论述应是多角度多层次的。它是翻译的基本原理，也是翻译学学科知识、学科理论的体系化。但

第十一章　译文学与一般翻译学

是，在全世界范围内，上千年来翻译实践虽然一直很发达，翻译家的翻译经验谈、翻译读者的翻译评论也很活跃，但翻译学的学科意识的觉醒却很晚才出现。直到20世纪中期，人们才开始将翻译作为一个学科加以系统的阐述。有研究者认为，把翻译作为一门学科来加以阐述和研究的，最早的是美国学者奈达1965年出版的《翻译科学探索》一书，也有人认为最早的是前苏联学者费道罗夫1953年出版的《翻译理论引论》。① 实际上，早于这两个外国人，我国的董秋斯先生在1951年4月就发表了题为《论翻译理论的建设》的长文，提出了"翻译是一种科学"的论断，认为将来需要撰写出《中国翻译史》和《中国翻译学》，强调"我们首先得考察各种语文的构造、特点和发展法则。各学科的内容和表现方式，各时代和各国家的翻译经验，然后把这三样东西调查研究所得结合起来，构成一个完整的理论体系"②。这是一个关于一般翻译学的很好的构想，对翻译理论的构成、作用功能，做了很到位的阐述，恐怕也表达了当年的翻译理论建设者们共通的看法。到了20世纪80年代，一般翻译学方面较早的专门著作是黄龙先生的《翻译学》（英文版，1988年）以及同年出版的与英文版内容大同小异的中文版《翻译艺术教程》，该书论述了翻译的定义、属性、职能，准则、可译性、准确性、审美特性等，还论述了诗歌、科技等不同类型的翻译的特点。20世纪90年代后，特别是进入新世纪后，这类著作又陆续出现了多种。

---

① 谭载喜：《翻译学》，湖北教育出版社2000年版，第9页。
② 董秋斯：《论翻译理论的建设》，载《翻译通报》1951年4月15日。

董秋斯先生在上述文章中,提到了"有关翻译的完整的理论体系"的价值与功能,认为:"翻译界有了这样一种东西,就等于有了一套度量衡,初学的人不要再浪费很多时力去搜索门径,也不至不自觉地蹈了前人的覆辙。从事翻译批评的人也有一个可靠的标准。"① 这一翻译理论的功能观,对后来的相关著述也产生了相当大的影响。人们普遍认为翻译理论及翻译学体系建构的最根本的宗旨、最大的用处就是能够提供标准与原则(度量衡),能够指导实践活动,既指导翻译的实践,也指导翻译批评的实践,这显然是"理论指导实践"这一权力话语的表现和延伸。到了 1999 年,刘宓庆先生在《当代翻译理论》一书中讲到了"翻译理论的职能"有三个方面,第一是"认知职能",就是指"翻译理论的启蒙作用";第二是"执行职能",就是"翻译(理论)的能动性与实践性";第三是"校正功能",指的是"翻译理论的规范性与指导性"。② 与半个世纪前董秋斯的观点一脉相承。可以说,从那时起一直到今天的翻译理论建设,其基本思路和定位就在于此。简言之,"翻译学"是一种"理论—实践"体系。

值得注意的是,董秋斯先生并没有明确说"有关翻译的完整的理论体系"就等于是"翻译学",而是说要在"翻译理论建设"的基础上,将来撰写出《中国翻译学》。但是后来,翻译界许多学者对"翻译理论"与"翻译学"不再做学理上的厘定和区别。毫无疑问,指导实践是理论的基本功能与主要价

---

① 董秋斯:《论翻译理论的建设》,载《翻译通报》1951 年 4 月 15 日。
② 刘宓庆:《当代翻译理论》,中国对外翻译出版公司 1999 年版,第 2 页。

第十一章 译文学与一般翻译学

值之一。但是,"翻译理论"的建设与"翻译学"的建构,两者既有密切的联系,也有相当的差异。严格地说,"翻译理论"是各家各派对翻译的各种观念、观点、看法、主张、阐释与阐发的总和。"理论"与"实践"是对义词,"翻译理论"的最大特点是它相对于"实践"而言。理论来源于实践,反作用于实践,与实践是一种互动的关系。无论是学理性较强的纯理论,还是操作性较强的应用性理论,其差别在于它与实践行为的关系远近亲疏而已。但总体上,大凡理论,总是与实践相对而立的。翻译理论能够解释翻译实践,也能够指导翻译实践、规范翻译实践。所以,理论是一种价值体系、规范体系、规律体系、操作体系;同理,翻译理论是翻译的价值体系、规范体系、规律体系和操作体系。

另一方面,严格说来,"理论"与"学"("学问")属于不同的形态。"学问"包含着理论的成分,但"学问"并不等于"理论","理论"也不等于"学问"。"理论"是主观性、指向性很强的观念形态,"学问"则是客观性的知识形态,也是供人持续追问、探问和思考的本体领域。就翻译而言,"翻译理论"这个概念不同于"翻译学"这一概念。如果说翻译理论是关于翻译活动的规则与规律的主观概括,那么"翻译学"或"译学"就是关于翻译的客观的知识体系或知识系统。翻译规则、规律来源于翻译实践并可以指导翻译实践,但是作为翻译的"知识体系"的翻译学,就其与翻译实践的关系而言,是相对超越的。翻译学建构的宗旨和目的也绝不仅仅是为了指导翻译实践,而主要是为了将翻译这类现象、这类行为加以知识化、谱系化，以满足人们的求知欲、认知欲。作为一种知识体系，一种"学问形态"的翻译学，是知识探求——此乃"学问"之"问"的精髓——的产物。如果说，读者阅读掌握翻译理论是为了指导自己的翻译实践，那么读者读"翻译学"并不一定是为了用它来指导实践，即便自己完全不从事翻译实践，也想拿来阅读。正如自己从来不打算从事文学创作，也要想读《文学原理》、《文艺学概论》之类的著作，是一样的道理。求知、益智，应是这类著作主要的阅读动机。

但是，遗憾的是，在目前的翻译学界，人们对"翻译理论"与"翻译学"似乎并没有明确区分。例如，谭载喜先生的《翻译学》一书，是要自觉地建构"翻译学"的，但他在论述"翻译学的任务与内容"的时候，这样写道：

> 如前所述，翻译学作为一门科学，其任务是对翻译过程和这个过程中出现的问题进行客观的描写，揭示翻译中具有共性的、带规律性的东西，然后加以整理使之系统化，上升为能客观反映翻译实质的理论。同时，它又把通过描写和归纳而上升为理论的东西作为某种准则，以便指导具体的翻译工作。这就是译学理论的两个功能即它的描写功能和规范功能，同时也是译学研究的基本任务所在。①

可见，这样的"翻译学"的界定，与"翻译理论"的界

---

① 谭载喜：《翻译学》，湖北教育出版社2000年版，第26页。

定是大体一样的。在这里，他把"翻译学""译学理论"作为同义词来使用，认为"翻译学"的功能就是"译学理论"的功能。换言之，认为翻译学的体系就是"理论—实践"体系。

从"翻译学"类的著述实践上看，目前我国出版的"翻译学"与"翻译理论"著作，其内容及架构体系也相当趋同。许钧先生的《翻译论》一书，书名没有取作"翻译学"，也没有称作"翻译理论"，而是称作"翻译论"，似乎是介乎两者之间的表述。书中各章节的内容较谭载喜的《翻译学》论述更为系统翔实，但问题点与谭著却是大致一样的。谭载喜在《翻译学》一书认为："一般完整的翻译理论应当包括五个组成部分。（1）阐明翻译的实质；（2）描述翻译的过程；（3）厘定翻译的标准；（4）描述翻译的方法；（5）说明翻译中的各种矛盾。"① 许钧在《翻译论》中设立了七章，共七论，依次包括：翻译本质论、翻译过程论、翻译意义论、翻译因素论、翻译矛盾论、翻译主体论、翻译价值与批评论。② 与谭著的论题重合度很高。而且，这样一来，"翻译论"便填平了"翻译学"与"翻译理论"之间、"翻译理论"的指导性、应用性与"翻译学"的知识体系性、学问性、学科性之间的界沟。

或许是意识到了翻译研究界"学"与"论"的不分，辜正坤先生特地提出了"玄翻译学"的概念，提出"玄翻译学是关于翻译理论的理论，其目的既非传授具体的翻译对策或技巧，也非创建翻译的标准之类，以评定特定译文的优劣。不

---

① 谭载喜：《翻译学》，湖北教育出版社2000年版，第29页。
② 许钧：《翻译论》（修订本），译林出版社2014年版。

过,玄翻译学确实制定了相关规则,以检验翻译理论或标准(例如翻译标准)的创建是否合理。"[①] "玄翻译学"似乎意在超越此前翻译学的实践指导性,但并未把"翻译学"定性于翻译的学问形态或知识系统,也没有把"译文"作为"玄翻译学"的主要构件或层面,仍然强调了"检验翻译理论或标准(例如翻译标准)的创建是否合理"的应用价值。

总之,翻译学或一般翻译学与翻译理论的最大区别,就在于前者是学问,后者是理论;前者是知识体系,后者是规律与规范体系;前者满足人们的求知欲,后者存在指导实践活动的动机。而现有的以"翻译理论"的思路来构架"翻译学"、以"翻译理论"代"翻译学"的倾向,没有意识到"翻译学"与"翻译理论"之间的区别,致使两者混为一体,那就会给"翻译学"的建构带来一系列问题。

二、"翻译学"与"翻译研究"

一般翻译学建构中的另一种倾向,就是以"翻译研究"来等同"翻译学"、以"翻译研究"论来代替"翻译学"学科论。

与上述的"翻译学"与"翻译理论"区分一样,"翻译研究"与"翻译学"虽有相互叠和之处,却是两个不同的范畴。"翻译研究"是翻译的学术研究形态,是对翻译现象、特别是

---

① 辜正坤:《中西诗比较鉴赏与翻译理论》,清华大学出版社 2010 年版,第 289 页。

第十一章 译文学与一般翻译学

对翻译的历史现象的发掘、整理、说明与阐释,它所要关注、所要处理的对象是翻译史上的种种现象与文献、文本资料;"翻译学"则是在翻译研究的基础上,对翻译作为一门学科的总体的建构。"翻译学"应是"翻译研究"的提炼与综合,是"翻译理论"的提纯形态。没有特有的概念与范畴,"翻译研究"照样可以进行;但没有特有的概念与范畴,"翻译学"就不能成立。"翻译学"犹如一座精致的建筑,其基石与支柱是它特有的概念与范畴。

但是,在现有的"翻译学"建构中,"翻译研究"与"翻译学"两者常常被混淆起来,把有关"翻译研究"的论述作为"翻译学"本身加以论述。一方面虽然有"翻译学"学科建构的自觉意识,但另一方面却仅仅论述有关"翻译研究"的对象、领域、方法等问题。而"翻译学"建构所必不可少的特有的原理性的概念、范畴却付之阙如。这样一来,"翻译学"实际上变成了"翻译研究"论或"翻译研究导引"类的著作,相当程度地偏离了"翻译学"建构的宗旨与目标。

我们现在不妨以两部最有代表性的有关翻译学的专著为例,来观察这一问题。

第一部是刘宓庆著《当代翻译理论》。作者称本书作为"一本概论性著作,力求突出地显现翻译基本理论的系统结构及各理论项目的大体框架"。[①] 可见虽然书名是《当代翻译理论》,实际上也可以看作是一部具有一般翻译学性质的著作。

[①] 刘宓庆:《当代翻译理论》前言,中国对外翻译出版公司1999年版,第14页。

全书除"绪论"外，共有十一章，其中，第一章《翻译学的性质与学科架构》中最主要的两节分别讲"翻译学学科构架：内部系统"和"翻译学学科架构：外部系统"，并且分别列出一个内部系统与外部系统的示意图。示意图以词语和画线构成。词语相当于核心概念，画线表示的是核心概念之间的联系。可见，刘著的"翻译学"学科建构意愿是很强的。其中"翻译学学科架构：内部系统"包括三项："翻译史""翻译理论""翻译信息工程"（包括"软件研究""机译技术理论""机译语言理论"）。其中，"翻译史"中包括两项："翻译发展史""翻译理论史"；"翻译理论"中包括"翻译基本理论"（含"翻译的技能意识、可译性研究、翻译思维、原理、实质、基本理论模式"）、"翻译方法论""翻译程序论""翻译风格论""翻译教学法研究"。这当中用了近二十个词或词组。很显然，它们都不属于"翻译学"特有的基本概念，而是"翻译研究"的一些分支学科与研究领域的称谓，如"翻译史""翻译基本理论""翻译方法论""翻译风格论"等。另一张"外部系统"的示意图也一样，几乎全部由现有的翻译研究的对象名称所构成，如"对比语言学""文学""心理学""历史学""文化学"等，也不见"翻译学"特有的概念范畴。这两张学科结构示意图及所使用的概念，全部都是常识层面的翻译研究的对象与研究模式的概念，而对翻译学学科本身的概念，几乎没有新发现、没有自己的提炼。不仅在这两张图表上，表现在全书各章节的标题及内文中，情况同样如此。全书十一章，包括"翻译学的性质及其学科框架""中国翻译理论的基本模式""翻

第十一章 译文学与一般翻译学

译的实质和任务""翻译的原理：语际转换的基本作用机制""翻译思维简论""可译性即可译性限度问题""翻译的程序论""翻译的方法论""翻译美学概论""翻译的风格论""论翻译的技能意识"。仅从这些标题就可以看出，其论述的问题基本上是翻译研究，而且相关概念大都来自传统语言学，此外还有意识地引进现代美学、文艺学的视域，如"语境""风格""形式""形象""语际转换""符号""结构"等。

第二部是谭载喜的《翻译学》，这是明确冠名为"翻译学"的著作。通观全书，谭著没有将"翻译学"定位为翻译学体系建构本身，而实际上是以"翻译研究"论代替了"翻译学"学科本体论。这从全书的章节名称中就可以清楚看出。除"绪论"外，第一章是《翻译的学科性质》，这一章首先区分了"翻译"与"翻译学"这两个范畴，论证"翻译学是一门独立学科"。值得注意的，按说论述"翻译学是一个学科"最重要的是要拈出、论证、确立作为学科之基石的基本概念，但谭著只初步地区分界定了"翻译"与"翻译学"这两个原初概念，此外再也没有提出其他学科概念的问题。第三章《翻译研究的任务与内容》、第四章《翻译研究的途径》、第五章《翻译学与语义研究》、第六章《翻译学与词汇特征》，是全书的核心部分（最后第七、八、九章讲中西译论即比较研究，实际是全书核心内容的延伸），讲的全部是"翻译研究"的问题。诚然，"翻译研究"与"翻译学"具有深刻复杂的关联，但对"翻译研究"的论述，不能取代对"翻译学"的论述，正如对"文学研究"的论述不能取代"文学原理"，对"哲学研究"

的论述不能取代"哲学原理"一样。在将"翻译学"基本等同于"翻译研究"的情况下，谭著中关于翻译学学科的基本概念的提炼、论证、确立，就显得不是那么重要了。或者说，正是由于没有提炼、创制出有关翻译学的基本概念范畴，就只能以"翻译研究"论来代替"翻译学"学科论了。

由以上最有代表性的两部著作的分析可见，在现有的翻译学学科建构中，将"翻译学"等同于"翻译研究"，将"翻译学"的建构等同于"翻译研究论"，致使"翻译学"本身的学科概念与范畴严重缺位，这是一个普遍现象。不仅中国如此，外国也大体如此。不仅现在如此，上千年来也是一直如此。由于翻译学学科意识发生较晚，翻译的有关概念的形成与普遍运用也相当有限。众所周知，中国传统翻译理论的基本概念，现在经我们发掘、总结和发现的，有"译"与"翻"、"按本"与"失本"、"不译"与"不翻"、"信达雅"等，这些都属于翻译特有的概念。其他则是从相关学科借入的概念，如"信"与"美"、"名"与"实"、"文"与"质"、"意"与"言"、"形似"与"神似"，乃至"化境"等。西方翻译论的基本概念也相当有限，其中有"等值""等效""可译""不可译"乃至晚近的"多元系统""文化翻译"等。现在，我们仅仅靠这些概念，还不能构建令人满意的"翻译学"。

正因为相关概念范畴的严重匮乏，对中国传统的资源发掘不够、阐发不够，外国可供借鉴的资源也不够多，所以"翻译学"的建构非常困难。1980年代后期至1990年代，当一些翻译学研究者提出要建立"翻译学"这门学科时，得到大量呼

第十一章 译文学与一般翻译学

应,同时质疑之声也不绝于耳。反对者的主要论点,是认为"翻译学"提倡者试图找到"双语转换规律"或"客观规律",实际上是"空中楼阁",是一种"迷梦",并为此展开了一场热烈的争鸣。① 现在看来,翻译学当然可以建立,但试图从总结"翻译规律"的角度,以指导实践的宗旨目的来构架"翻译学",确实是有问题的。最大的问题,就是这样的思路只能提出有关翻译研究的一些理论主张,只能建立"翻译研究论",却难以建设真正的"翻译学"。现在的问题是,关于"翻译学"方面的著作已经数十种,论文数百篇,数量不可谓不多,但翻译学的基本概念的提炼却极少,学科范畴的运用也极少。在这种情况下,不得不承认,真正的"翻译学"尚难以成立。

我们应该意识到,任何一种知识领域与研究领域,要成为一门学问,就要进行学科原理的建构。学科原理的建构必须以基本概念为若干中心点,"概念"是思想理论观念浓缩为词语的形态,"范畴"是被运用于学科建构的那些基本概念,是学科成立的基石。对基本概念加以界定,对各个基本概念的相互关系加以说明和阐发,便是连点成线,再由大量的具体材料填充点与线之间的空白处,便成为"面"。于是,一门学科成立了。翻译学的建构方式自然也不例外。但是做到这一点非常困难。古人没有做到,"洋人"也没有做到,正因为如此,我们需要努力,并相信经过努力是会做到的。

---

① 王向远:《中国翻译文学九大论争》,《王向远著作集》第八卷《翻译文学研究》,宁夏人民出版社2007年版,第422—440页。

三、"翻译学"与"译文学"

如上所说,以"翻译理论""翻译研究"的思路来构架"翻译学"、以"翻译理论""翻译研究"代"翻译学"的倾向,不利于翻译学范畴的提炼与概括。而只有将"翻译学"与"翻译理论"相区分,将"翻译学"与"翻译研究"相区别,才能真正聚焦"翻译学"的本体;也只有将"翻译"作为一种知识体系、学问体系、思想体系来总结,才能提炼出、创制出基本概念;只有把这些基本概念运用于翻译学建构,才能使翻译学拥有自己特有的学科范畴;只有拥有自己特有的学科范畴,翻译才能够成其为"学"。

在这个问题上,作为"特殊翻译学"之一种的"译文学",可为"翻译学"的建构打开一条路径。

"译文学"的最大特色,是把上述的翻译现象四要素中最容易被忽略的"译文"这一要素突显出来。按理说,作为翻译实践、翻译活动之最终结果的"译文",在翻译的知识体系中应该占有极为显要的位置。"译文"是翻译活动的旨归,是翻译现象的集中体现与反映,是翻译活动的成品。当一般翻译学对翻译做总体阐述的时候,"译文"这一环节是不可缺少的。不但不可缺少,而且最终需要指向译文、需要落实在译文上。但事实上"译文"却被普遍忽视了。无论在"翻译学"还是在"翻译理论"抑或"翻译研究"论中,"译文"都被按下不表、不加论列。由于缺乏对"译文"的观照与论述,"译文"没有成为翻译学建构的关键词,没有被列为书中的某一章、某一节加以论述。在这种情况下,有关译文的基本问题,诸如"译文"的语体风格及文体风格、译文的类型、译文的生成、译文的美学上的优劣美丑的鉴赏,译文的语言学上的对错正误的判断评价,译文的生命力与老化现象等等问题,本来是一般翻译学最基本的不可回避的问题,但迄今为止,在几乎所有的一般翻译学性质的著述中都极少得到反映,甚至不被触及。

为什么会出现这种情况呢?当然并不是因为那些研究翻译的专家教授对译文的重要性没有意识到,而是有内在原因的,是由上述翻译学建构中的"理论—实践"体系的定位所决定的。"译文"作为翻译活动的最终的既成品,已经成为客观的东西了。译文作为翻译实践的结果,已经结束了受理论指导的实践过程。从这个角度讲,以翻译实践为旨归的翻译理论可以不专门涉及译文。换言之,译文的既成性、成品化、过程性的结束,使得事先的理论指导、规则约束成为不可能。这样,"译文"脱出了翻译实践之外、被意在指导翻译实践的翻译理论或"翻译学"所忽略,就是自然和必然的了。这是迄今为止的"翻译学"及"翻译理论"架构中译文缺位的主要原因。

另一方面,一直以来人们之所以习惯上把"翻译学"定位于翻译实践指导系统,原因之一恐怕是教科书编写的思维习惯使然。如果把《翻译学》写成专业学生的教科书,那么它对实践的指导意义当然是首要的。但实际上,撇开教科书的功能考量,把翻译学作为一种"知识"或"知识论"来看的话,它对读者的翻译实践的指导意义就大大减弱了。首先是读者未必已经有了翻译方面的实践,或有翻译实践的意欲,才有兴趣读翻译学的书;其次,读者即便要从事翻译实践,那也绝不是靠读"翻译学"就能够成为一个翻译家的。所以,关于翻译的理论对翻译实践的指导意义,有的翻译家早就提出质疑。傅雷先生曾在《翻译经验点滴》一文中说过:"翻译重在实践。我一向以眼高手低为苦。文艺理论家不大能兼做诗人或小说家,翻译工作也不例外;曾经见过一些人写翻译理论头头是道,非常中肯,译的东西却不高明得很。我常引以为戒。"[①] 的确,在中外翻译史上,出色的翻译家也往往不是翻译理论家、翻译学家;反过来说,很好地掌握了翻译理论、翻译学的,也未必能成为出色的翻译家。不懂得、不关心翻译学的翻译家大有人在。因此,我们写出的一本本的"翻译理论"或"翻译学"著作,若定位于指导专业学生或读者的翻译实践,有助于他们做好翻译,成为一个翻译家,那动机固然是不错的,效果也许多少会有一些,但显然是偏离鹄的了。要知道,对于新一代读者而言,阅读学习这样的一般翻译学,并不见得有什么实践行为的指向与功利的目的,也许大多只是为加强学问修养,只为满足求知欲,只为从学理上更深入地理解译文、从美学上深度鉴赏译文。

建构这样的严格意义上的真正的翻译学,就是要把翻译学定性为一种"知识系统""知识系谱"和"思想体系",定位

---

① 傅雷:《翻译经验点滴》,载《文艺报》1957年第10期。

第十一章 译文学与一般翻译学

为一种"学问"而不是一种操作性的"学术"①。在这一点上，半个多世纪前，哲学家金岳霖撰写的巨著《知识论》一书中，将"翻译"作为专节纳入其"知识论"体系中，是非常有识见的。② 把"翻译"从一种实践行为、一种过程现象，转而视为一种客观的"知识"对象，就是将"翻译"从动态的活动，定位为一种静态的"知识"形态。对翻译的论述由翻译实践论，转入翻译知识论，这是对翻译观照层面的变化，也是对翻译认识的一种深化。只有这样，才能将翻译由"术"而上升为"学"，由"技"而进乎"道"。立足于"学"和"道"写出的翻译学或译学，才能摆脱现有的相关著作立足于指导实践、规范实践的实用主义思路，使"翻译学"与"翻译理论""翻译研究"相区分，使翻译学真正成为提炼凝聚翻译知识、并且渗透着翻译思想的"一般翻译学"。只有翻译学成为"知识论"形态，才能使"翻译学"之类的著作突破"翻译界"这个有限的阅读圈子，使小圈子的知识文化，成为人人都可以关注、可以学习的普通的知识文化。当这样的"一般翻译学"真正形成，当许多有文化品位的读者有阅读翻译学著作的需求和意欲的时候，我们的翻译学才能真正成为一般读者所不可或缺的一种"国学"。现在，我国的美学、文艺学、乃至比较文学等学科，大体已经有了这样的功能和位置，相信"翻译学"早

---

① 广义上、通常意义上，"学问"与"学术"常常被当做同义词。虽然两者都立足于"学"，但实际上，从严格的语言学的角度看，"学问"重在"问"，主要是满足人的求知欲的；"学术"重在"术"，以传授实际技能技巧为主要目的。

② 金岳霖：《知识论》下册，商务印书馆2011年版，第845—853页。

晚也会拥有这样的功能和地位。

建构这样的严格意义上的真正的翻译学,"译文"当然是不能缺位的。非但不能缺位,而且还要作为核心问题之一加以深入翔实的讲解论述。在这方面,我们可以参照相关学科,例如文学学科来做比较考察。在文学的一般原理类著作中,文学作品、文学文本的问题是最基本的问题,在多数相关著作中都得到了重视和深入论述。诚然,在中国文艺研究界,也存在着将"文学理论""文学概论"与"文艺学"的概念相混淆的倾向,但即便是在"理论"与"学"的界限较为模糊的情况下,作品、文本都被置于重要的地位加以论述和阐发。例如,在中国影响较大的美国学者韦勒克、沃伦合著的《文学理论》一书,把文学研究分为"内部研究"和"外部研究"两部分,把文学作品(文本)作为"内部研究"的对象,并作为文学理论的重心与核心问题;近来出版的国内学者合作撰写的"马克思主义理论研究和建设工程重点教材"《文学概论》中,第三编《文学活动的构成》也设有《文学创作》和《文学作品》两章。看来,在文学理论研究中,作品文本是最重要的、核心的对象与问题。在翻译学研究中,"译文"的性质和地位正相当于文艺学中作品文本的性质和地位,而译文却没有拥有文艺学著作中的作品文本那样的位置,这显然是"翻译学"建构中的一个重大的疏漏和缺憾,也是"翻译学"在"翻译理论"和"翻译研究论"之前止步徘徊的一个主要原因。

要弥补这一疏漏,要消除这一缺憾,就要强化"译文"在翻译学建构中的地位,就要把"译文学"的原理延伸到一般翻译学中，让"译文学"的各个层级的概念范畴，如"译·翻""可译·不可译"与"可翻·不可翻""迻译·释译·创译""正译·误译·缺陷翻译""归化·洋化·融化""翻译度""译文老化"等，成为"翻译学""一般翻译学"概念范畴的一部分。从"译文学"这样的"特殊翻译学"中，向"翻译学"不断输送资源和营养，才能使翻译学逐渐臻于完成、臻于完善。

第十二章
译介学与译文学

"译介学"是近三十多年来中国学者创制的第一个比较文学概念,是中国比较文学的一个特色亮点。以"译介学"的名义将翻译学的一部分纳入比较文学学科理论体系中,较之笼统地把以"翻译研究"或"译者与翻译"的名目纳入更符合学理,更名正言顺。但"译介学"作为比较文学的一个分支学科,其价值功能是有限度的。"译介学"的对象是"译介"而不是"译文",它所关注的是翻译的文化交流价值而不是译文本身的优劣美丑,所能处理的实际上是"文学翻译"而不是"翻译文学"。用"译介学"的观念可以成功撰写"文学翻译史"而难以撰写"翻译文学史"。作为"译介学"的核心价值观的"创造性叛逆"适用于翻译之结果(翻译文学)的描述,而不适用于作为翻译的行为过程。"译介学"的这些特色与局限正需要"译文学"加以补正。"译介学"不能包含"译文学"也不能替代"译文学","译介学"为"译文学"提供文化视野,"译文学"可以补足"译介学"视角的偏失与不足，两者可以相辅相成。

"译文学"与"译介学"一字之差，却属于两种不同的研究范型，而两者又具有深刻的内在关联。没有"译介学"，则"译文学"的建构会失去参照；没有"译文学"，则"译介学"的特点、功能、可能与不可能性，也不能得以凸显。因此，有必要从"译文学"的立场上，对"译介学"加以反顾、加以观照，理清两者之间的关系，从而使两者相辅相成、相得益彰。

一、"译介学"是中国人创制的独特的比较文学概念

"译介学"，在比较文学界及翻译研究界，现在都已经是耳熟能详的术语了。但是，在十几年前，它还是一个生僻的词。最早提出并使用"译介学"这一概念的是谢天振先生。在1994年台湾出版的谢天振的第一部专题论文集《比较文学与翻译研究》的"前言"中，谢天振这样解释说：

> 书名《比较文学与翻译研究》很容易使人误以为本书收入的是"比较文学"与"翻译研究"两类论文，其实不然，本书所收入的翻译研究论文也都是严格意义上的比较文学论文。我之所以在书名上标称"翻译研究"，一方面是因为该部分论文在本书中占有较大的比重，但另一方面，更重要的，我是想以此突出翻译研究与比较文学的密切关系及其在比较文学中所占的重要地位。

译文学——翻译研究新范型

> 毋庸讳言,迄今为止,中国大陆学术界对从比较文学的立场出发研究翻译,也即译介学研究,了解不多,具体投入进行研究者更少。不仅如此,人们对之还有一种误解,认为这种研究"脱离实际,没有多大意义"。①

在这里,"译介学"一词已经出现了,但作者鉴于当时的学界连对比较文学的翻译研究都较为隔膜,所以他还是将这类研究称为"翻译研究",是"从比较文学的立场出发的翻译研究",并明确说明这就是"译介学"。几年后,到了1999年,谢天振先生在该领域的第一部专著,书名就叫《译介学》,他在该书"绪论"中做了这样的界定:

> 译介学最初是从比较文学中媒介学的角度出发、目前则越来越多是从比较文化的角度出发对翻译(尤其是文学翻译)和翻译文学的研究。严格而言,译介学的研究不是一种语言研究,而是一种文学研究或者文化研究,它关心的不是语言层面上出发语与目的语之间如何转换的问题,它关心的是原文在这种外语和本族语转换过程中信息的失落、变形、增添、扩伸等问题,它关心的是翻译(主要是文学翻译)作为人类一种跨文化交流的实践活动所具有的独特价值和意义。②

---

① 谢天振:《比较文学与翻译研究》,台北:业强出版社1994年版,第10—11页。
② 谢天振:《译介学》,上海外语教育出版社1999年版,第1页。

这段话讲清了"译介学"这个概念的来源——比较文学中的媒介学,讲清了译介学的角度——比较文化,讲清了译介学的主要研究对象——文学翻译与翻译文学,还讲清了译介学的目的与宗旨——翻译在跨文化交流中的价值与意义。

就这样,"译介学"这个独特的概念就被提了出来并作了严密的界定。在近三十年的中国比较文学学科理论建构中,"译介学"可以说是极为有限的由中国学者提出并加以论证、运用的独特的新词、新概念之一。比较文学的许多重要概念,如影响研究、平行研究,主题学、文类学、比较诗学、形象学等,都是从外国翻译引进转换来的。现在看来,"译介学"的提出在中国比较文学学科理论建构中的意义就越来越显示出来了。

"译介学"显然受了法国学派"媒介学"的影响。法国比较文学学派的特色之一是主张比较文学是文学史的一个分支,研究的是国际文学交流史。要研究交流史,就要注意交流的媒介,于是明确提出"媒介学"。但梵·第根在《比较文学论》中阐述的"媒介学"的"媒"或"媒介",包括了"个人""社会环境""批评;报章和杂志""译本和译者"共四个方面。梵·第根之后的法国比较文学理论家马·法·基亚在《比较文学》一书中,用"世界主义文学的传播者"这样的表述用作章名[①],而不再把"媒介"作为重要概念,同时大量使用"外国文学"这个概念,却未使用"翻译文学"的概念。1991

---

① 马·法·基亚:《比较文学》,颜宝译,北京大学出版社1983年版,第18页。

年，伊夫·谢夫勒的小册子《比较文学》作为基亚《比较文学》的"接班之作"，虽然有了"媒介"一章，但基本上是对梵·第根《媒介》一章的缩写。而在这一章中，小标题却变成了《翻译史与翻译家史》，这与"媒介"在理论逻辑上似乎也不协调。① 在"媒介"中仅仅关注"翻译史和翻译家史"显然是不够的。看来，法国人固然重视"媒介学"，但在诸种媒介中，也并没有单单特别重视翻译文学、文学翻译这一媒介，也就不会提出"译介学"之类的概念。谢天振先生曾经援引过的斯洛伐克学者朱里申的《理论比较文学》（一译《文学比较理论研究》），在第四章有一节《艺术性翻译的媒介功能》，用了"媒介"一词②，但这里的"媒介"也并不是作为核心概念来使用的。至于德国和美国的比较文学，不太注重文学交流史研究，而较为侧重于理论研究与思想史的研究，相应地提出了"文类学""主题学"之类的平行比较的研究模式，其比较文学学科理论架构中也大都不设"媒介学"的专章。

在这种情况下，谢天振先生的"译介学"把"媒介"聚焦在"译"字上，而捻出了"译介"两字，将散点变成了一个点，并且称之为"学"。这样一来，"媒介"变成了"译介"，"译介"变成了"译介学"，成为比较文学的一个分支学科。这就大大提升、扩大了翻译特别是作为文学交流之媒介的

---

① 伊夫·谢夫勒：《比较文学》，王炳东译，商务印书馆2007年版，第84—87页。
② 朱里申：《理论比较文学》（日文版），谷口勇译，东京：而立书房2003年版，第115—124页。

文学翻译在比较文学学科中的地位。但是,由于种种原因,谢天振并没有对"译介"这个词做出具体的语义分析,或许认为有了上述的总体界定就可以了,而无需再做语义分析。但是,从比较语义学的角度看,"译介"既然作为概念来使用,就必须做词素和语义的分析。分析不是割裂,分析之后的合璧才能使其意义更清晰、更准确、更科学。从语义学的角度看,"译介"的辞源是"媒介",它的内涵应该是"作为媒介的翻译"或"翻译作为媒介",因此"译介"并非"翻译介绍"的缩略语。商务印书馆《现代汉语词典》(第六版)收"译介"一词,释义为:"翻译介绍"。这只是"译介"作为普通词汇的释义。这里"译介"之"介"是"介绍"的意思,但这个意义上的"介"显然并不是"译介学"的"介"。在谢天振先生关于"译介学"的表述与阐释中,虽没有从语义学的角度说明"译介学"的"介"指的是什么,但在逻辑和学理上,我们应该把这个"介"理解为"中介"之"介"。但"译介"这个词,无论是词典上的释义还是一般人的顾名思义,大都会理解为"翻译介绍"。"翻译介绍"又可做两种理解,一是并列结构,是"翻译加介绍""翻译与介绍"的意思;二是"翻译的介绍"即"作为翻译的介绍"的意思,是把翻译作为"介绍"的一种途径与手段。第一种理解显然过于宽泛了,宽泛到了可以囊括整个翻译学而且再加"介绍"即文化文学交流史、关系史;第二种解释"作为翻译的介绍",也可以表述为"作为介绍的翻译",这就突出、强化了"介"字。在这种理解中,"翻译"是"介绍"的手段和途径,"介"是研究的重心。"译介学"之"介"指的应是"中介""介体"。这应该是对"译介学"的正确的顾名思义的理解。总之,"译介学"作为一个概念是颇为复杂微妙的,很难把它译成外语,正如谢天振所说,若翻译成英文会很勉强。① 此外也没有办法翻成日文,因为日文中没有这样的汉字词。这也正说明,"译介学"是一个独创的词、独创的概念。

在谢天振先生的有关论文与《译介学》问世之前,即20世纪末之前,我国已经出版的十几种比较文学学科理论著作,都不见"译介学"这个概念,当然也缺乏关于这方面的观照与论述。例如,1984年出版的我国第一部比较文学学科理论著作、卢康华与孙景尧合著《比较文学导论》,具有辟路开山之功,但它的基本内容、框架是从欧美那里借鉴而来的,当然同时也有我们中国学者自己的转换、消化、整理、改造和发挥,这在当时的历史条件下已是非常不容易的事情了。1987年出版的乐黛云先生著《比较文学原理》,也没有跟翻译有关的章节。1988年出版的陈惇、刘象愚著《比较文学概论》,用的是法国梵·第根《比较文学论》中的"媒介学"这一概念。而在谢天振先生提出"译介学"的概念之后,绝大多数的比较文学学科理论类专著、教材,都逐渐开始使用"译介学"这一概念了。这当中,包括谢先生本人执笔的有关教材的《译介学》章节,也包括其他学者的编撰的著作。于是,"译介学"这个概念的影响逐渐扩大,并广为人知。

---

① 谢天振:《译介学》,上海外语教育出版社1999年版,第2页。

创制"译介学"这个独特的概念，或许是谢先生的一念之功，但实际上它需要理论想象力与学术修养，实在并不容易。任何一门学科理论的建构，都需要有若干术语概念作为学科的基本范畴，否则学科不能成立。一本理论著作若没有自己的术语概念，往往是缺乏原创的表征，很可能只能是普及性、转述性的。缺少一个术语、范畴，就意味着缺少一种研究模式、一种学术思路、一种学问思想。这样说来，"译介学"作为上世纪末唯一的一个、也是中国人自己创制第一个比较文学学科理论概念，是值得称道的。联系到一直以来中国比较文学的诸多教材、教科书乃至专著，通篇没有一个属于自己的独特的概念范畴，全都是照搬、翻译和诠释外来的概念范畴，不知其理论的创新性究竟体现在何处。在这种情况下，"译介学"作为一个新概念，就成为中国比较文学学科理论中的一个特色亮点，弥足珍贵。

二、以"译介学"名义将翻译纳入比较文学名正言顺

从词语分析的角度看，"译介学"的"译"指的是翻译，"介"指的是作为文学交流的媒介途径。实际上，研究国际文学交流史，必然会涉及翻译问题。但是，两者怎样结合在一起，而不失学科划分的规矩与规范，就成为一个重要问题。所谓的"学科"，就是给学问领域分科，学科是划分出来的，无条件地、无规则地"跨学科"，随意跨界，会扰乱学科规范，使学科丧失边界，学科则不成为学科，学科理论也就出现了混

乱、丧失了基盘。因此如何处理"比较文学"与"翻译学"两个学科之间的交叉关系,如何使两者既相互关联又各有畛域,是"译介学"理论建设的难点。"译介学"必须很好地处理和回答它与翻译学之间的学理关系问题。但是,综观世界比较文学学科发展史,关于比较文学与翻译学学科之关系问题并非已经解决,也不是一下子就解决了的。

在谢天振的"译介学"理论及中国比较文学学科理论大规模建构之前,在世界比较文学学科理论中,最重视翻译研究的大概要属日本的比较文学了。这与日本学界一直以来重视比较文学与翻译文学的关联研究这一学术取向密切相关。例如大冢幸男在《比较文学原理》及《比较文学——理论、方法、展望》两书中,都单列《翻译者与翻译》一章;① 渡边洋在《比较文学研究导论》一书,在全书十四章中也单设《翻译研究》一章。② 他们都努力将"翻译研究"纳入比较文学学科理论体系内。其中大冢幸男的《比较文学原理》1985 年在中国翻译出版,作为改革开放后最早译成中文的比较文学学科理论著作,谢天振对该书也数次援引,该书在翻译方面的观点,特别是作者所强调的"翻译通常是'创造性叛逆'"的观点,对谢天振的"译介学"建构,乃至对整个中国比较文学学科理论都有明显影响。但是,这些学科理论著作只是将翻译、将文学翻

---

① 大冢幸男:《比较文学原理》,陈秋峰、杨国华译,陕西人民出版社 1985 年版。

② 渡边洋:《比较文学研究导论》,张青编译,中国社会科学出版社 2007 年版,第 57—66 页。

第十二章 译介学与译文学

译作为"媒介"的一种拉到比较文学中来,并没有对翻译、翻译学与比较文学学科之间的关系做出理论说明,便径直切入了对翻译问题的阐述。

诚然,富有包容性的比较文学可以顺乎其然地将翻译纳入到比较文学的体系范畴,但是,从翻译学的立场看,事情就不是那么简单了。一方面,正统翻译学深受传统的以语言科学为基盘的翻译研究模式的影响,与比较文学所具有的文艺学、文化学的观念往往会格格不入。即便是近二十年来搞得风生水起的"文化翻译"这一模式,因其偏离翻译本体,这几年也受到了一些学者的强烈质疑,如赵彦春先生著《翻译研究归结论》[①] 等书,都呼吁回到翻译研究的本体上去。在这种情况下,若以"翻译研究"这个概念将翻译整体地作为比较文学学科的一个部分纳入,作为比较文化的观念方法加以处理,那就等于无视翻译学学科的主体性,从翻译学科本体的立场而言,会令一些翻译学者觉得难以接受,这是可以想象的。

从学术史上看,比较文学与翻译研究,这两门学问在西方学术界原本是平行推进的。两者在起源上不同,学术理念与方法不同,学术宗旨也不同。比较文学学科理论的建构以梵·第根的《比较文学论》为标志,在1930年代成熟并确立。而翻译研究及翻译理论的建构则成型于20世纪后半期。比较文学学科理论的建构成熟显然稍早于翻译学,但主流的、或正统的翻译学却一直紧紧依傍于语言学,并以语言学的科学性作为学

---

① 赵彦春:《翻译研究归结论》,上海外语教育出版社2005年版。

科的根本，从而与翻译理论中的主张译文之美的"文艺学派"形成了对峙。在这种情况下，比较文学要把"翻译研究"整体纳入自己的范畴显然是不能的，所能纳入的当然只有"文学翻译"。但是，严格说来，实际上连"文学翻译"也难以全部纳入"比较文学"的范畴，因为即便是文学翻译，也仍然是正统翻译学研究的重要领域与对象。换言之，若将正统翻译学中占有很大比重的"文学翻译"纳入比较文学，则"翻译学"就失去了半壁江山。因此，在比较文学学科理论建构中，像渡边洋那样以"翻译研究"的名义整体纳入，虽不能说是蛇吞大象，起码也是大蛇吞大蛇，是勉为其难的。即便像大冢幸男那样改为"翻译者与翻译"，体积也嫌过大。因为"翻译者与翻译"实际上是翻译学研究的基本对象。也许是因为这样的原因，到了20世纪90年代，西方学界最终没有将"翻译研究"纳入"比较文学"以解决他们的比较文学研究资源逐渐减少匮乏的问题，而是像英国的苏珊·巴斯奈特那样，干脆用"翻译研究"取代"比较文学"，并且直接宣布比较文学学科的"死亡"[①]。

在这种情况下，从翻译学与比较文学的撞击与接合处，创制"译介学"一词，将它纳入比较文学学科理论范畴中，这无论在学科关系上，还是在学理逻辑上，都规避了上述的问题。"译介学"这个词本身就是它的学术特征的很好的标注，它表明比较文学的"译介学"对翻译的研究，与一般翻译学是不同的。"译介学"的"译介"，不是"翻译"，不是"翻译加介

---

① 巴斯奈特：《二十一世纪比较文学反思》，黄德先译，载《中国比较文学》2008年第4期。

绍","译介学"只定位于"介",即把翻译作为文学交流的中介环节,而不是对翻译本体加以研究。换言之,"译介学"没有试图将翻译学或翻译研究整体纳入比较文学,而只是把文学翻译的"中介性"研究作为研究对象。在这一点上,"译介学"与正统翻译学路数相悖,而与20世纪后期西方兴起的突破正统翻译学的"文化翻译"思潮相应。事实上,谢天振也十分推崇"文化翻译",其"译介学"的构建受到了"文化翻译"的影响。"译介学"与正统翻译学取的是两种不同的路向,可以说是各行其道:一条是文化研究及比较文化研究之道,一条是语言学及比较语言学之道。两者当然可以相互借鉴,即便偶尔越界,但也可以适可而止。

总之,以"译介学"的这一概念,将作为"中介"的"文学翻译"纳入比较文学的体系,无损于正统翻译学,又不会使比较文学的体积过大膨胀。可谓名正言顺,顺理成章。对此,谢天振先生有着清醒的理论认识,他阐述了"译介学"与正统翻译学(谢天振表述为"传统意义上的翻译研究")的不同,一是"研究角度的不同","译介学"是在文化交流的视角下看翻译;二是"研究重点的不同","译介学"不做语言学上的价值判断,而主要关注文学交流中如何误解误读扭曲变形等问题;三是研究目的不同,正统翻译学的目的是为了指导翻译实践,"译介学"则"缺乏对外语教学与具体实践的直接指导意义"。[①] 这就把"译介学"与正统翻译学的分野说得很

[①] 谢天振:《译介学》,上海外语教育出版社1999年版,第9—11页。

清楚了。

三、"译介学"的可能与不能

但是,在"译介学"的理论阐释上,仍然存在一些重要的问题需要进一步思考,需要进一步说清楚。

第一个问题,"译介学"的对象是"译介"还是"译文"?

既然"译介学"重心是在"介""中介"的研究,那么什么是"介"或"中介"呢?"中介"的对义词应该是"本体"。中介是本体与本体之间或本体周边的介体。这里不妨借助中国翻译史上郭沫若用过的"处女"与"媒婆"和郑振铎用过的"奶娘"的比方。郭沫若曾把作家的文学创作说成"处女",把翻译及翻译家说成"媒婆"。郑振铎不满意这种说法,认为翻译家是"奶娘"。我们可以把这个比喻稍加改造一下,把原作看成"处女",把婚配的牵线撮合者即译者看成"红娘"。在红娘的撮合下,原作从她的本国文学中被嫁入另一国文学(例如中国文学)中,入籍归化,随了夫姓,生了孩子。这个孩子便是"译文"或"译作"。其实"红娘"在完成了牵线搭桥的事情之后,其角色接着就转化为郑振铎所说的"奶娘"的角色了,是作为奶娘的翻译家把孩子哺育成人。但是无论是作"红娘"还是作"奶娘",无论是为别人做嫁衣裳还是为别人喂养孩子,翻译家都属于介乎"原作"与"译作"之间的"中介"。这样看来,"译介学"所要研究的"介",其实就是翻译家从引进原作到完成译作的整个行为过程。这个行为过程也就是法国学派所倡导的"国际文学交流"或"国际文学关

第十二章 译介学与译文学

系"的重要内容,是比较文学研究需要研究的对象。至于哺育成人的孩子即"译作"或"译文",则是"介"的指向和结果。至少从理论上说,这已经不是"译介学"所要研究的重心了。虽然"译介学"不得不涉及译作或译文,不能只讲"文学翻译"而且还要讲"翻译文学",但是,如果把译文即翻译文学作为"译介学"研究的重点的话,那就从作为行为过程的"文学翻译"转到了"译文"上,那也就不是"译介学"了,实际上成了"译文学"。

第二个问题,"译介学"所能处理的是"翻译文学"还是"文学翻译",是"文学翻译史"还是"翻译文学史"?

"译介学"有一对基本概念,就是"文学翻译""翻译文学"。这是两个相辅相成、相反相成的对蹠的概念。"文学翻译"指的是翻译这种行为,而"翻译文学"则是这种行为的结果。在这对概念中,体现了"译介学"之"介"的当然是"文学翻译"。对此,谢天振先生也有清楚的界定。总体看来,"译介学"对"文学翻译"的观照与研究是有效的、到位的,对文学翻译中的文化信息的改变、文学形象的变形、改造、扭曲等等都做了透彻的论述,但对"翻译文学"即译文文本的观照,则是简略的、模糊的、薄弱的。诚然,"译介学"也很重视"翻译文学",对"文学翻译"与"翻译文学"做了概念上的厘定和界分。但另一方面,"译文学"所采取的是"比较文化"研究立场,所以并没有打算深入译文的本体。只是谈到了译作是文学作品的一种存在形式,谈到了译作的独特价值及其对原作的介绍、传播、延伸作用,谈到了译作在审美价值上可

— 303 —

能胜过原作，译作对译入国的文学产生了很大影响等问题。这一切，实际上也都是"翻译文学"的外部作用，如此从外部阐述"翻译文学"的价值，是因为使用的是文化立场、中介层面与俯视鸟瞰的视角，所以对"翻译文学"的内在腠理就看不清。试想：当"译介学"明确宣称"把任何一个翻译行为的结果（也即译作）都作为一个既成事实加以接受"，而"不在乎这个结果翻译质量的高低优劣"[①]的时候，又怎能对"译文"做出高低优劣的质量评价与审美观照呢？当然，任何一个学科特别是分支学科，都有自己的特定的视域与立场，都不是全方位的，"译介学"也不例外。所以我们不能苛求"译介学"既能很好地观照、论述"文学翻译"，也能说透"翻译文学"。因为严格说来，"译介学"的第一范畴应是"文学翻译"，为了说明什么是"文学翻译"，就需要相对地说明什么是"翻译文学"。译介学虽然很重视"翻译文学"的本体价值，但却并不意味着"译介学"所适合处理的对象是"翻译文学"。实际上，以"译介学"的学科观念与方法，是难以处理属于"译文学"层面的"翻译文学"的。

不仅如此，从"译介学"的这种定位出发，联系到文学史的撰写，谢天振先生还使用了"翻译文学史"与"文学翻译史"这两个次级概念，并联系具体的文本，对这两种文学史的性质、形态做了区分。在"文学翻译"与"翻译文学"的区分的基础上，又落实到文学史的两种类型及其撰写上面，这在

[①] 谢天振：《译介学》，上海外语教育出版社1999年版，第11页。

理论与实践上都具有重要的意义和价值。但就是在这一区分的过程中，也出现了理论上的悖论："译介学"的重心在于作为中介的"文学翻译"，这是文化研究及文化史研究的立场，但是一旦落实到文学史上的文本，就必然涉及对译文正误对错的科学判断，必须拿原文与译文对照，这样的判断必然是语言学和比较语言学的，也是正统翻译学的。对于译文的研究而言，只有在这个基础上，才能继续对译文做优劣美丑的审美判断。因为译文的优劣是就它与原文的关系而言的。错误百出的译文，其文字再美也不是好译文。对译文的审美判断必须建立在译文对原文的忠实程度的判断上，不能脱离语言学上的对错正误的判断而孤立地进行优劣美丑的审美价值的判断。而这些，却正是"译文学"所放弃不取的。有意思的是，在文学史的研究的问题上，谢天振先生也不满足于"文学翻译史"，而是更指向理想的"翻译文学史"。因为"翻译文学"有译本的观照，有译本观照而不仅仅关注翻译的外部因素的，才是真正的"翻译文学史"。但是，当研究的重心一旦从作为中介研究的"文学翻译"走向作为文本研究的"翻译文学"的时候，"文学翻译"的价值观就不得不让位于"翻译文学"的价值观了，实际上就溢出了"译介学"的范畴。当强调"文学翻译"所具有的文化交流的意义与价值的时候，是以"文学翻译"为出发点的；当谈到"翻译文学史"与"文学翻译史"撰写的方法与模式时，又认为比起"文学翻译史"来，理想的还是有文本分析的"翻译文学史"。这当中实际上已经发生了价值转换，就是由"译介学"的价值观而进入了"译文学"的价值观。

但这一矛盾点,似乎是现有的"译介学"理论所没有明确意识到的,但这也同时表明,"译介学"与"译文学"虽各有畛域、各有侧重,但具体的学术研究中是需要相互借重的。

第三个问题,"创造性叛逆"对"翻译文学"和"文学翻译"都同样适用吗?

在"译介学"的理论架构中,"创造性叛逆"是一个关键词。谢天振先生强调:"文学翻译中的'创造性叛逆'是我的译介学研究的理论基础和出发点。"① 可见这个概念对"译介学"十分重要。关于"创造性叛逆"的适用性问题,关于"创造性叛逆"与"破坏性叛逆"的关系问题,笔者在《"创造性叛逆"还是"破坏性叛逆"?》一文中曾有具体分析。② 读者可参阅,此处不赘。现在需要强调的是,"创造性叛逆"是"译介学"的价值判断的概念。强调文学翻译的"创造性叛逆",与正统翻译学以"忠实于原文"为译者天职的价值观形成了截然的对峙,也成为"文化翻译"即"译介学"摆脱正统翻译学而自立的基础。但是,在现有的"译介学"的理论阐述中,"创造性叛逆"论究竟适用于"翻译文学"抑或是"文学翻译"? 对这一重要问题尚缺乏明确的说明和论述。既然没有明确说明论述,就可以理解为"创造性叛逆"论既适用于"文学翻译"也适用于"翻译文学"。问题是,如果说"创造性叛逆"论适用于"翻译文学",这容易接受和理解。因为任

---

① 谢天振:《译介学》(增订本),译林出版社 2013 年版,第 2 页。
② 王向远:《"创造性叛逆"还是"破坏性叛逆"?》,载《广东社会科学》2014 年第 3 期。

何一本（一篇）译文，无论译者在翻译过程中如何秉承对原文的忠诚态度，如何像一些翻译家所说的面对原文"战战兢兢、如临深渊如履薄冰"，如何与原文"亦步亦趋"，但实际上，至少就文学作品的翻译而言，译文与原文之间总是有一些过犹不及、或不相吻合、不准确不到位之处，客观上或多或少地背离原文。除非不翻译，一旦翻译，无论译者的翻译技术或翻译艺术多么高超，都不免如此。这正是翻译的天然本性，也是翻译的宿命。在这种情况下，"创造性叛逆"首先是对"翻译文学"实际状态的一种客观描述，而且是定性为"创造性"的正面的描述。"创造性叛逆"论就是发现译文叛逆了，承认译文叛逆了，却认定所有的"叛逆"都是理所应当的，都是值得肯定的。如果否定了"叛逆"，那么就等于完全否定了翻译本身、否定了译文的存在价值。所以，从这个角度看，"创造性叛逆"论是有合理成分的。尽管它只看到了叛逆的"创造性"的一面，而无视了叛逆的"破坏性"一面，表现出一元论的独断，但它毕竟为翻译找到了合法性合理性的存在依据，使翻译文本摆脱了正统翻译学中对原作的依附性，肯定了、宣告了译文的独立、独特的价值。

但是由此又带来了另一问题——"创造性叛逆"的判断也适合作为行为过程的"文学翻译"吗？这个问题很关键。由于现有的"译介学"理论没有做出明确说明，因此读者可以认为：不做说明，就意味着不言而喻，即"创造性叛逆"同样也适用于"文学翻译"。实际上，"创造性叛逆"是不能适用于"文学翻译"的。原因很简单：虽然一个译者在翻译过程中免不了多多少少、自觉不自觉地有叛逆原文的行为，但译者绝不能在翻译过程中以"叛逆"的态度去对待原文；若是，则必然导致过量的"破坏性的叛逆"，从而不可能取得成功的翻译。抱着"叛逆"动机去做翻译的，可能是个作家，甚至是个好的作家，他搞出来的文本也许是"翻改"之作、"戏仿"之作或受到原作启发的创作，但绝不是严格意义上的翻译或译文，也不是"翻译文学"。因此，"创造性叛逆"只能用来描述既成的译文，用来评价译文，而不能用来暗示乃至引导文学的翻译行为过程即"文学翻译"，否则，在理论上是悖理偏颇的，实践上也是有害无益的。假若说"翻译总是创造性叛逆"，则是基本正确的，如果这里的"翻译"所指的是"翻译文学"的话；但是假若说这里的"翻译"指的是作为行为过程的"文学翻译"而言，那就不免偏误了。在"文学翻译"这种行为过程中，即便译者本心并不打算叛逆，结果也难免伴随着叛逆的现象。但是这个行为过程的主流不能是叛逆，而是"翻译"，翻译就是力争忠实地加以转换传达，如一味地寻求叛逆，就只能是打着翻译旗号的另外一种形式的创作了。在这一点上，古代日本人在实践过程中发明使用了"翻案"（可以译为"翻改"）一词，是很值得称道、值得借鉴的。"翻案"与"翻译"有明确区分，"翻案"是一种模仿性较强的创作，"翻译"则是尽可能忠实的转换传达活动。因这样说来，即便是用"叛逆"来描述"文学翻译"，那也不是正确的描述，因为只要是翻译活动，"叛逆"就不能是主导性的，忠实才是主导性的。对于"创造性叛逆"的这种适用性问题，迄今为止中外所有的"创造性叛逆"论者,似乎都没有做出明确界定和论述,但这个问题绝不是不言而喻的。"创造性叛逆"作为"译介学"的"理论基础和出发点",更应该得到透彻的说明;作为一个关键词或基本概念,对其内涵与外延应该加以清楚的界定。

另外,由于对"创造性叛逆"的适用性界定不明确,在关于"译介学"与"翻译学"(主要指正统翻译学)的关系上,也会带来一些问题。"译介学"来源于"文化翻译",而"文化翻译学"来源于正统翻译学,同时又是对正统翻译学的叛逆。因此也可以说,"译介学"是对"正统翻译学"的叛逆。当"译介学"反过来要从比较文学的角度介入"翻译学"的时候,正统翻译学就会发生排斥反应,难以容纳。有批评者认为,谈论翻译,谈翻译学,却将翻译必须忠实这一根本问题置之不问,只讲"创造性叛逆",这样的"翻译学"就只能是"伪翻译学",这是"一而再、再而三地要在学科界限问题上把水搅浑",是"夹着一本所谓《译介学》把头伸进翻译学帐篷的骆驼"。[1] 这里表现了正统翻译学与"译介学"的相剋。的确,按保守的正统翻译学的观点来看,"译介学"不是真正的"翻译学"而是"伪翻译学"。其实,"译介学"本来就是作为"比较文学"的分支学科诞生的。它固然与翻译学密切相关,但它当然不是严格意义上的"翻译学",更不是正统的"翻译学",这一点是必须承认的。应该意识到,"译介学"作为比较文学的一个分支学科,是有其可能与不能之限度的,当进一步

---

[1] 江枫:《先生,水已够浑,幸勿再搅——驳谢天振先生又一谬论》,载《江枫翻译评论自选集》,武汉大学出版社2009年版,第173页、168页。

越界到"翻译学"、甚至假若以为"译介学"才是翻译研究今后的大方向的时候,就难免要引起正统翻译学的排击。一些长期从事翻译实践的翻译学家也担心作为比较文学的"译介学"越界到"翻译学",扰乱了翻译以"忠实"为最高追求的职业原则,会诱导一些年轻译者从事"叛逆"活动或翻译的"叛逆",导致翻译质量危机,于是表现出反感乃至抗拒,这也是可以理解的。看来,以"创造性叛逆"为理论基础的"译介学"可以有条件、有限度地介入翻译学,却难以无条件地介入翻译学。

总之,"译介学"在具有自己鲜明立场和特点的同时,也显出了若干局限。而这些局限之处、不可能之处,正需要"译文学"的介入。为了更清楚地说明这一点,我们不妨进一步从外国文学与翻译文学之关系的角度来观察"译介学"的位置,从"由原文到译文"的演变过程可以简单地表示为:

原文──→中介──→译文

这里表示的是:由外文原文的研究,进一步发展为原文的对外译介传播的研究,又进一步发展为对译文本身的研究;换言之,研究"原文"的属于外国文学研究,研究"中介"环节的属于"译介学",研究"译文"的属于"译文学"。这又可以简单地表示为:

原文──→外国文学研究

第十二章 译介学与译文学

中介──→译介学研究
译文──→译文学研究

在这种关联关系中,"译介学"的位置就很清楚了。

"译介学"与"译文学"分属于两个阶段、两个层面。"译文"固然是"译介"的产物,但如上所说,"译介学"不能有效地观照和研究译文,难以处理"译文学"的文本问题,正因如此,才有了"译文学"建构的必要。"译介学"不能包含"译文学",不能替代"译文学"。"译介学"为"译文学"提供了文化视野,"译文学"可以补足"译介学"视角的偏失与不足,两者可以相辅相成。同时,"译文学"在方法论上继承了正统翻译学以语言学为中心的"忠实"中心论的主张,同时也接受了"译介学"的文化翻译、文化交流学的视野与方法,然后又聚焦于"译文"这一独特的文学文本,立足于文学研究、文本研究的立场。因此,正统翻译学、译介学、译文学三者的关系,可以看做是一种是"正反合"的关系。在"译文学"的建构中,取消了"传统"与"现代"的对立、语言学与文艺学的对立,消泯了中介研究与文本研究的疏离,故而具有"和"的包容性和交叉性,使得它既是比较文学的组成部分,也是外国文学研究的组成部分,又是翻译学及翻译文学研究的组成部分。

第十三章
译文学与比较文学

比较文学不能仅限于"文学关系"的研究,不能只满足于"跨"的边际性、边界性或边境性,还要找到得以立足的特定文本,那就是"译文"。为此,就不能像一些欧洲学者那样把"翻译研究兴盛"与"比较文学衰亡"合为一谈,要把翻译研究与比较文学联通起来,把"译文学"作为一种研究范式纳入比较文学学科理论体系中,使之与"译介学"并立。只有这样,比较文学才能拥有"译文"这种属于自己的"比较的文学",才能克服边际性、中介性的关系研究所造成的比较文学的"比较文化"化倾向,才能在有限的国际文学关系史研究资源逐渐减少的情况下,为今后的比较文学研究提供无穷无尽的研究文本资源,从而打消比较文学学科危机论和学科衰亡论。

"译介学"是比较文学的重要分支,这是众所公认的。同样的,"译文学"作为一个学科,既相对独立,也可以与比较文学关联起来。"译文学"与比较文学的关联既可以使"译文学"获得比较文学的观念、视野及方法论的支持，也可以使比较文学既观照"译介"，也观照"译文"，使"译文"成为比较文学所特有的"文学"文本，成为"比较文学的文学"。

一、究竟有没有"比较的文学"这种"文学"？

比较文学的"跨文化"的"跨"的特性，就是"边际性""边界性"或"边境性"。这也是比较文学的基本特点，也是我们一直理直气壮加以申明的。但是，另一方面，质疑比较文学学科合法合理性的人也许会说：中国文学学科所研究的是"中国"的文学，"外国文学"学科研究的是"外国"的文学，这些都是有特定的文学文本的，然而，世界上有"比较的文学"这种"文学"吗？"比较文学"所研究的文本对象是什么呢？

想来，"比较的文学"这种作品文本确实并不存在。比较文学所要研究的对象，都是与其他的文学研究学科相重合的，所要面对的文学作品、所要处理与研究的文学文本，实际上都被其他学科所统属、所拥有了。例如，中国文学学科的对象是中国文学作品文本，外国文学学科的对象是各个外国文学的作品文本，文艺理论学科研究的对象是中外文艺理论史上的理论文本，而比较文学看起来却一无所有。所以它只能在中外作品之间、在想象性虚构性作品文本与非虚构、思辨性的理论文本之间，立足于"边际性""边界性"或"边境性"。换言之，比较文学似乎没有自己的"文学"，只有在国别文学、民族文学的夹缝处或衔接处才能找到自己的立足点，比较文学只有跨越性，而没有本体性。

这虽然是对比较文学的一个误解,但却不是一个简单的误解,是比较文学学科理论必须面对、必须讲清的一个基本问题。而现有的比较文学学科理论教材及教科书中都没有对这个问题的论述和回答。

为了解决这一问题,笔者曾在《比较文学学科新论》一书中,强调比较文学要成为一门独立的学科,就必须确立自己独特的研究对象。如果找不到自己的独特的研究对象,比较文学学科那就可有可无。并为此而确立、论证了六种研究对象。又把六种对象划分为两类,即三种"一般对象"与三种"特殊对象"两大类。所谓"一般对象",在通常情况下也是文学研究的一般对象:一是"比较文体学"(研究作品的外在形式);二是"比较创作学"(研究文学的内在构成);三是"比较诗学"(在理论文本与虚构文本的双向互动中探讨文学的美学规律)。这里的文体学、创作学、诗学,都是一般的文学研究的领域,不是比较文学研究的"特殊对象",而只有在研究中运用跨文化比较的方法,才是成为比较文学的研究对象。而所谓"特殊对象"则不同,特殊对象指的是:只要研究了这个对象,就必定是比较文学研究,而无需特别有意地运用比较的方法。因为研究这个对象的性质决定了有关它的研究必定是"跨文化"的研究,也必定是比较文学的研究。换言之,所谓特殊对象,也就是比较文学独特的研究对象。这类特殊对象有三个,即翻译文学研究、涉外文学研究、区域文学史及世界文学史研究。①

---

① 王向远:《比较文学学科新论》,江西教育出版社2002年版,第19—21页。

第十三章 译文学与比较文学

比较文学这三种特殊研究对象，都要面对和处理哪些文本呢？

先说"涉外文学"。涉外文学实际上是从本土文学（例如中国文学）或外国文学中划分出来的内容上涉及外国的那一部分文学类型。这类文学类型也可以在本土文学研究或外国文学的范畴内进行，但一旦谈到这类涉外题材，无论自觉与否，实际上必须对作家作品进行跨文化的观照与研究。例如谈到《留东外史》，就必然牵扯日本问题，必然跨越中日两国的文化；谈到艾芜的《南行记》，必然要牵扯东南亚；谈到林语堂的《唐人街》，必然涉及美国。然而，尽管处理这类涉外文学的文本天然地具有比较文学研究的属性，但涉外文学的各种文本本身，其实并不是只有比较文学研究才能处理的文本，虽然不免要使用比较文学的立场方法，但它本来就属于本土（中国）文学或外国文学的范畴，当然完全可以在本土（中国）文学或外国文学范畴内加以观照与研究。对于文本属性而言，涉外文学或属于本土（中国）文学，或属于美国文学、日本文学等某一外国的文学，因此，"涉外文学"并不单单是"比较的文学"。

再说"区域文学即世界文学研究"。顾名思义，它属于国际文学之间的总体的、连带性的研究。之所以要做由不同民族、不同国家形成的区域文学研究，是为了寻求区域间的连带性、联系性、各自的共同性及差异性；之所以要把世界各国的文学作为一个整体来把握与研究，其宗旨不在于把握个别，而是要把握总体或一般。这样，"区域文学或世界文学研究"就更没有自己特定的文本了。文本总是具体个别的,毋宁说区域文学及世界文学研究需要超乎个别文本,在研究中即便涉及了文本,通常也是举例式的。

第三,是"翻译文学"。"翻译文学"是一个本体概念、是一种文学类型,与之相近的"译介学"的概念则是中介概念,并非一种文学类型。"翻译文学"与左边的"本土文学"相区分,与右边的"外国文学"相区别,对此笔者曾经说过:"'翻译文学'作为一种文学类型,具有天然的跨文化的品格。一方面,它是从另外一个民族或国家,从另外一种语言文本中翻译过来的文学,从原本看来,它是外国文学;另一方面,它是本民族翻译家,通过创造性的艺术劳动,用本民族语言翻译过来、供本民族的读者阅读和欣赏的文学文本,因此它应该属于本民族、本国文学的一个特殊的组成部分,而不再是外国文学。由于翻译文学具有了这样的跨文化的品格,它自然就属于比较文学研究的特殊对象。"并且明确地指出了它与"译介学""媒介学"的区别,强调:"'翻译文学'的研究,主要是对作品译本的研究,对文学本体的研究,并在这个基础上涉及对译者(翻译家)的研究。"① 也就是说,翻译文学本身就是一种文学类型、文本类型,其核心要素是"译文"。当它作为一个组成部分纳入比较文学学科体系后,可以为比较文学提供"比较的文学"这种"文学"、这种文本。这样看来,在三个比较文学的三个特殊对象中,能够给比较文学研究提供特定文本

---

① 王向远:《比较文学学科新论》,江西教育出版社2002年版,第209页。

的,就只有"翻译文学"了。

但是,在比较文学的学科理论的建构中,"翻译文学"是应该作为一个"研究对象"来处理的,而要作为"分支学科"来处理、来看待的话,那就要表述为"翻译文学研究",正如若要表明"翻译"是一个学科,就必须表述为"翻译学"一样。"翻译文学"学科概念,必然是由客观对象与主观行为的交互作用而产生,是"本体"(对象)与"主体"(研究者)互动的产物。例如,"中国文学"是一个客观的、本体的概念,而"中国文学研究"则是一个学科概念,通常在学科的语境中,往往只提"中国文学"也可以指称学科,但那只是习惯上的省略。又如,"世界文学"是一个本体概念,"世界文学研究"则是一个学科概念,因而有学者曾提出了"世界文学学"这一概念[①],其目的显然也是为了将本体概念转换为学科概念。

在比较文学的学科平台中,把"翻译文学"作为一个分支学科概念加以处理的,首先是为人所熟悉的"译介学",就是从"译介"的角度来研究作为文化交流之中介或途径的"翻译文学"。但是,如上所说,"翻译文学"固然包含了文学中介、文化交流,但其核心要素还是译文。翻译文学的重要价值不仅仅在于"介",而在于它可以为比较文学提供独特的可供研究的文学文本,所以,从比较文学的角度来说,仅仅研究作为"中介"的翻译文学是不够的,更需要研究作为一种独特的文本类型的翻译文学。为了更明确地标注这一点,就需要在"译

[①] 钱念孙:《文学横向发展论》,上海文艺出版社 2001 年版,第 395—402 页。

介学"这个概念之外,再提出"译文学"这一概念。"译文学"这个概念是客观的"译文"与主观之"学"的统一,明确表明自己是"译文之学",是关于译文的学问,是对译文的研究。如果说"翻译文学"是含蕴丰富的本体概念,是比较文学的一个研究对象,那么从"翻译文学"这个对象的研究中,则可以产生出"译介学"与"译文学"两种研究范式;如果说"译介学"跨越于边境或边缘,是比较文学的中介性的研究,强调广义的文化视域,那么"译文学"则是聚焦于特定文本的文学本体的观照与研究。

把"译文学"纳入比较文学学科框架中,可以矫正将"翻译文学"片面地处理为"译介学"的偏颇,更为重要的是,"译文学"所谓的"译文",就是比较文学自己特有的文学文本。上述关于"没有特定文本"这一比较文学科的尴尬处境就可以得到消除和解决。究竟有没有"比较文学"这类"文学"?对这一问题也就可以做出肯定的回答了:"翻译文学"中的"译文",就是"比较文学"所要面对、所要处理的那类独特的"文学"、特定的文本。比较文学拥有了"译文",就拥有了属于自己的"比较的文学"。通常说来,这个"比较的文学"文本既不是本土(中国)文学意义上的文本,也不是外国文学的文本,无论是对本土文学(中国文学)研究而言,还是对外国文学研究而言,"译文"这类文本都是延伸的、边缘性的存在,可以不纳入研究的视野和范围,可以不专门涉及,可以加以忽略。故而现有的绝大部分的中国文学史类著作,都未把译文纳入研究的范畴。但"译文"这类文本历史积淀悠久,构成极为复杂,数量极为庞大,却又长期被传统的"本土(中国)文学"研究和"外国文学"研究所忽略,因此,研究这些译文,就必须、也必然要有"译文学"。

"译文学"首先是翻译学或翻译研究的一种范式,也应该是比较文学研究的一种范式。两者是可以互惠互通的。因为比较文学一定要研究跨文化的文学交流问题,而翻译是跨文化的文学交流的最重要的途径、手段,翻译文学则是跨文化的文学交流的文本形式,所以比较文学一定要研究翻译及翻译文学。但是,在现有的比较文学学科理论体系架构中,对翻译文学的研究却只通行"译介学"的模式,而没有"译文学"的模式,也缺少"译文学"的理论意识,这是比较文学学科理论中一个亟须弥补的缺憾。比较文学学科一旦有了"译文学"这个分支学科,就可以保持"媒介研究"与"文本研究"之间的平衡,就可以在理论上解决"译介学"长期徘徊于"边界性""边境性"或"边缘性"的处境,使比较文学既可研究中介,又能研究本体。

二、要克服比较文学的"比较文化化"就必须提倡译文学

"译文学"之于比较文学的作用与功能,除了上述的为"比较的文学"确定自己的文本之外,还有助于克服比较文学研究中长期形成的"比较文化"化的倾向。

近三十年来,中国比较文学学科理论界,对"比较文学"与"比较文化"的关系进行了持续的探索和论争。总体来看有

两种相反的观点主张。有人主张比较文学就是比较文化,比较文学属于比较文化,两者密不可分,也不必区分;有人则认为"比较文学"本质上是文学研究,必须坚持文学本位,必须研究文学性,因而不能使比较文学淹没在比较文化中。但理论论争中的这种差不多势均力敌的态势,并不意味着学术研究实践中比较文学与比较文化两者之间的平衡。实际上,长期以来,比较文学研究在实践上总体是向比较文化倾斜的。甚至可以说,比较文学已经呈现出相当程度的"比较文化"化了。而究其根源,首先是由现有的来自西方的比较文学理论对比较文学研究对象与研究方法的限定与理解所决定的。

从比较文学对象上说,现有的主要来自法国学派的国际文学关系研究,包括流传学、渊源学、媒介学,都属于文学关系研究,不属于文学本体研究,也就是说,它研究的不是文学自身、即文学性问题,文学的审美问题,而是文学的传播与接收、传播接收的途径与环节的问题。同样的,现有的来自法国学派的"形象学",主要研究对于异国异域的反映与描写,也是一种跨国题材的研究、本质上是跨文化的文学社会学的研究,没有触及文学性本身;主要来自欧美的主题学、题材学、文类学,所研究的是文学所表现的主题、所描写的题材以及主题与题材的类型与划分,这类研究本质上也是文学社会学的、思想史的,而不是对文学性或文学审美性的研究;主要来自美国学派的所谓"跨学科研究",以"文学与艺术""文学与哲学""文学与历史""文学与宗教"为问题,甚至在我国许多比较文学原理类教材、教科书中,将"跨学科研究"简单地理

第十三章 译文学与比较文学

解为文学与这些相关学科之间的关系,并以多量文字加以论述。"跨学科研究"通常是对文学作品的内容按学科性质归属加以分类分析,析出并强调文学作品中的文史哲等非文学成分,是为着说明某些哲学、历史、宗教等方面的问题,而从文学作品中寻找材料,这就势必淡化文学本体的研究,与美国学派韦勒克等人竭力提倡的"文学性"的研究,实则背道而驰。美国学派的理论代表之一韦勒克排斥法国学派的国际关系的实证研究,认为那只是文学的"外贸关系"的研究,但美国学派在指责法国学派的同时,似乎也没有意识到,他们所主张的"跨学科研究",实际上是文学与其他学科的"科际关系"的研究,无论是"外贸关系"还是"科际关系",都不是都具体的文学文本的研究,都没有将研究聚焦于文本审美,而是寻求相互之间的关系。中国学者从由法国学派"媒介学"改造而来的"译介学",作为比较文学的重要组成部分纳入进来,是对比较文学学科理论的充实与贡献,但"译介学"也是立足于"译介",重视的是中介性而不是译作本体,这是无需多言的了。

看来,无论是法国(欧洲)学派还是美国学派,对比较文学的研究对象的界定都在"关系"而不在文学本体。译介学则定位在文学的"中介"性上,都缺乏文学本体,也就是没有文本的观照,而没有文本的观照就没有审美性的发现,就无法做审美的判断。就现有的整个比较文学理论体系而言未能明确地确立比较文学所要面对的特有的文学文本,由于定位于"关系"研究,对"关系"的研究的基本姿态,便以"跨"字来表示来概括。迄今为止几乎所有的比较文学学科的定义,都使用"跨"这个关键字。跨民族、跨国界、跨学科,还有跨文化,处处强调"跨"。这个"跨"字极大地影响了人们对比较文学的直观认识。仿佛一只脚跨在"中"、一只脚跨在"外",一只脚在"东"、一只脚在"西",或者一只脚在"文学",一只脚在"非文学"(广义文化)。在具体的方法操作上,也长期盘桓在横向的平行的"比较"与纵向的"交流"的层面。"比较"是横向的关系研究,"交流"是纵向的关联研究。横向比较的是寻求不同文学之间的接点,纵向的关联是寻找不同文学的联系。这两种研究模式,其实都在于"跨",前者是左右跨,后者是前后跨。这两种"跨"自然都是必要的,但它们毕竟都是"跨",是两条腿、两只脚的前后、左右的分立,中间跨度大,有阻隔,而不是将两条腿、两只脚都同时并立于一处。

"跨"或者说"跨文化",当然是比较文学的根本的学科属性。换言之,"跨"是比较文学的一种主要姿态、常用姿势。但却不是比较文学唯一的姿态和姿势。比较文学的进行,正如一个人行进在充满阻隔和坎坷的路上,你时时都需要跨越,但倘若只有跨或跨越,而没有稳定的立足点,就会产生无所立足、无所归依的窘迫境况。如果老是在跨来跨去,你的两条腿、两只脚就永远不能并拢,你的足之所至,总是不能停留太久,因为那不是你长久的落脚点,于是你只能匆匆行进,只能浮光掠影,只能擦边钻缝,因为你没有属于你自己的立足地。这实际上是比较文学长期面临的一种尴尬。

为了突破20世纪50年代以后几十年间来自苏联式的学科划分的禁锢,自80年代以来,我国学术界一直强调跨学科研

第十三章 译文学与比较文学

究。在人文学科中强调综合的、"大文化"的视野,这是合理的、有益的。对于比较文学而言尤其是必要的。但是,当比较文学在中国红红火火地发展了三十多年后,回过头来看,我们的研究总体上是视野宏大的,视域重合是可能的、必要的,但视野的重合往往不免视域的模糊,并使焦点模糊迷失。在国际文学关系的传播研究、实证研究方面,起初是对"某国文学在某国"的传播史、交流史研究,后来进一步扩大到形象学、异域题材的研究,中外文学交流史的一些重大问题,特别是史实史料问题,得到了较为全面深入的发掘、呈现、清理和研究。但仅仅着眼于"文学交流关系"研究,所研究的其实往往是"文化关系"。其实我们只在外围研究彼此之间的关系,没有深入到具体的作品文本中,我们关注的更多的是文学的"文化性",而不是文学特有的"审美性"。对文学审美性的研究必须建立在细读、细品的基础上,而"中外文学关系"研究的模式由于意在寻求关联性,就往往不得不忽略对作品的细致的审美观照。这样一来,"文学关系"的研究与"文学本体"的研究之间、"文学的文化研究"与"文学的审美研究"之间,就难免会形成顾此失彼的现象。诚然,也可以说研究文学也是研究文化,但研究"文学性"不是研究"文化性",而是研究"文学性"或"审美性"。一般而论,"比较文化"的立场是宏观的、巨视的,所面对的往往是某一类甚至多种类的文本,而"比较文学"的立场则是微观的、具体的,它所面对的常常是某一个文本;"比较文化"的立场是历史的、社会的,而"比较文学"的立场则是文艺的、美学的。

鉴于这样的原因，我们把"译文学"作为比较文学的重要组成部分纳入进来，其重要意义，就是由于比较文学拥有了自己的特有的文学文本，就可以改变长期以来人们对比较文学学科的一种错误认识，矫正人们对比较文学的"跨文化"之"跨"的狭隘的理解。比较文学的学术姿态，既在于"跨"，也能够"立"。"跨"所研究的是不同文化背景的文学创作、文学现象之间的关联；"立"就是立足于作为一种独特文学类型的"译文"。比较文学只有走向"译文"的天地，才能找到自己真正的作品本体，这样，比较文学不但能以"跨"的姿态行进，也能以"立"的姿态立足；不仅能在"关系"研究中，在文学的边境、边际上发现和开拓，而且也可以在自己特有的文学领域、在特定的文本类型即"译文学"中拥有立足之地。一句话：要克服、超越长期形成的比较文学的"比较文化"化倾向，就必须提倡"译文学"。

三、国际文学关系史资源递减，译文学的资源无穷无尽

从比较文学的角度提倡"译文学"，还有一个重要作用与功能，就是可以为比较文学提供无尽的学术研究的资源。

任何学术研究都有自己特定的研究领域和研究对象，当这些对象及相关问题处理得差不多了，这个学科就会衰微，这是自然而然的事情。20世纪末以后，欧洲的比较文学界有人提出了"比较文学衰亡论"，认为比较文学开始走向衰亡，终究要被蓬勃兴起的"翻译研究"所替代。比较文学衰亡论传入中国

第十三章　译文学与比较文学

后,中国的比较文学界曾经就此展开过讨论。《中国比较文学》杂志曾设立过专栏文章。笔者也曾在这个专栏中发表过自己的意见。① 但现在有必要强调和补充说明的是,西方的比较文学衰亡论,一方面是因为西方的比较文学在兴盛过一百多年后,研究资源逐渐减少。欧洲各国内部的文学乃至文化交流关系史的研究,已经全面深入细致到了相当的程度,在此基础上再进一步推进,难度极大,因为资源不够了,材料快用光了。另一方面,对东西方文学的比较研究是一个更为广大的领域,但大部分的欧洲人的欧洲文化中心的感觉和思想,以及东方语言的学习的难度大、或学习的意欲及动力不足,造成了许多学者的比较文学研究仍局限于欧洲国家之间,结果只能因循守旧、逡巡不前,最终不得不发出衰亡论。

"衰亡论"在美国学术界似乎没有多大市场,因为美国的学术界对东方即东西关系的研究,具有较大的热情和投入。在中国学术界,绝大多数学者对比较文学衰亡论也不认可。中国的比较文学学科成立晚,起步晚,而所拥有的资源又格外丰富巨量。所以在中国言衰亡,显然为时太早。但我们要看到,以往中外文学交流史、文化交流史的资源,毕竟是有限的。特别是中西文学交流史,由于地域、语言、宗教等的跨度大,比起中印、中日、中朝来,历史较短,文学的深度交往也有限。但另一方面,在语言政策上,中国一直把英语当做唯一的"世界通用语言",而百分之九十九以上的国民从小学中学到大学就

---

① 见《中国比较文学》2009年第1期。

学习英语,而缺少机会和条件学习其他国家的语言,因而,在比较文学研究中,以英语为外语从事研究的人,在比较文学教学与研究人员中所占的比例格外的大。近三十年来,关于中英、中美文学交流史、关系史的研究成果也相当多。正因为如此,这方面的研究资源也较为迅速地递减,以致已经出现了研究选题大量循环重复的现象。例如,中国的寒山子在美国的影响,中国的古典诗歌与英美意象派诗歌的关系、莎士比亚在中国的传播与影响的研究等,大量成果陆续不断地推出,其中相互之间也不免有重复踏袭之嫌。研究得太多,就难免造成说过头、过甚评价等问题。例如对美国汉学家的中国文学研究及诗学理论研究,由于研究得太多,显然已经出现了对研究对象逐渐拔高、过甚溢美的情况,偏离了学术研究客观科学、恰如其分的原则,也凸显了研究者众多与研究课题有限之间的矛盾。在学术史上,众多人盯着有限的对象,一代一代不停地加以关注与言说,固然可以造就一些经典乃至圣典,发挥了一定的社会文化功能,但从科学研究的角度说,循环往复,不仅会造成学术的停滞,也会造成思想文化的自闭与禁锢。我们要意识到,就现在而言,中国比较文学的研究的资源还十分丰富,大量的学术领域有待开垦开拓,特别是东方比较文学,数千年的积累积淀,需要发掘清理,需要说清楚、写出来。但是,历史资源毕竟是有限的、不能再生的。而且是在发掘使用中逐渐递减的。

欧洲的比较文学衰亡论,实际上也是比较文学研究资源贫乏化的一种危机感、焦虑感的表现。但欧洲人的非此即彼的二元对立的、否定之否定的思维，使得他们不由地将"翻译研究"与"比较文学"对立起来，为了提倡翻译研究，就唱衰比较文学。大部分人没有把翻译研究、翻译文学的研究纳入比较文学体系，没有意识到翻译文学是一种独立的文学类型，一直把翻译视为文学交流的"媒介"，于是，便提出抛弃陈旧的比较文学、投入方兴未艾的翻译研究。

我们的看法与此不同，"翻译研究"与"比较文学"当然不是一回事，但两者的关联度很大。不仅研究文学交流时需要翻译研究，而且文学翻译的文本，即译本、译文本身，也是比较文学的研究对象之一。由此产生了"译文学"。因此，译文学既是翻译文学研究新范式，也是比较文学研究的新范式。"译文学"既可以与传统的以语言学为基础的"翻译学"、与以文化翻译研究为基础的"译介学"形成三足鼎立，自成一个相对独立的学科，同时，它也可以作为比较文学的一个分支学科。

我们提倡将"译文学"纳入比较文学，是因为现有的比较文学学科理论架构中，虽然也有"译介学"、"比较文学与翻译研究"的章节内容，但正如上文反复强调的，"译介学"与"译文学"虽一字之差，但含义却大相径庭；"翻译研究"的界定非常宽泛，而且现代"翻译研究"主要着眼于文化翻译，它也并不等于"译文学"。将"译文学"纳入比较文学的体系中，两者可以相得益彰。对于"译文学"本身而言，可以获得比较文学广阔的文学视域与比较方法。文学视域可以强化"译文学"的文学研究属性的自觉，意识到作为比较文学的"译文学"的"译文"不是一般的译文,而是文学的译文,即翻译文学。另一方面,纳入比较文学的"译文学",自然就有了比较文学的比较意识与比较的方法,于是"比较译文学"就会顺乎其然地形成。"比较译文学"通常是将同一作品的不同译文加以比较研究,不仅在比较中见出不同译者、不同译文的翻译背景、翻译策略、翻译方法的不同,也可以在比较中鉴别优劣高下,这对译文的审美价值的判断而言是不可缺失的。"比较译文学"更可以从比较文学中借鉴不同的比较方法,例如平行比较,对同一作品的两种或多种译文,例如《红楼梦》的英文、法文、德文译本,进行平行比较。这些译本有语言阻隔,相互之间的继承性、联系性不大,故而适合进行平行比较。同时,也可以使用比较文学的"影响研究"的比较方法,对存在着继承关系、借鉴关系、影响接受关系的不同译文加以比较。例如对《源氏物语》不同的中文译本加以比较,不仅可以看出首译本与各种复译本之间的复杂关系,而且对伪译、盗译现象,也可以在比较中做出鉴别和判断。对有多种译本的古典名著译文,采用这种比较方法加以研究,不仅是做出是非对错判断的有效途径,更是做出美丑判断的有效方法。

而对于比较文学而言,"译文学"的纳入更为重要和必要。自1984年卢康华、孙景尧合著的《比较文学导论》问世以来,三十多年间已经陆续出版八十多种比较文学概论、原理类教材,几乎全都是集体合作编写,基本框架、基本思路、基本概念和基本观点,都来自欧美比较文学。由于种种原因,中国学者从中国比较文学学术史及研究实践中提炼出来的新的观念、

第十三章 译文学与比较文学

观点，新的范畴，往往被排斥在正统之外，难以介入既成的架构体系。可以说，比较文学学科理论及体现这些理论观点的教科书、教材，已经呈现出固化、封闭化、滞定化的征候。与比较文学作为一门理论前沿学科的性质不相符合。在这种情况下，把"译文学"作为比较文学的一个有机组成部分纳入进来，是十分必要的。而且，正如上文所强调的，对比较文学而言，"译文学"的介入，可以使比较文学找到属于自己独自的、特有的"文学"文本，为比较文学研究提供无穷无尽的研究资源。

为什么说比较文学的研究资源是无穷无尽的呢？这首先是由文学翻译活动的规律与性质所决定的。

首先，对古典文学的翻译而言，由于古典文学历史积淀久，文化蕴含丰富复杂，语言古雅深奥，翻译的难度很大，因此，一个译本要在忠实度、审美度方面，做到前无古人后无来者，不可超越，是很困难的，因而古典文学译本需要不断复译、不断更新、不断完善。另外，从译本的语言本身来看，一个译本过了大约五十年、一百年，就会出现不同程度的老化现象，新一代读者读来便会有一定的隔膜感，因此也需要不断复译。但是，无论是首译、还是复译，无论是新译本、还是老译本，本身作为一种客观存在的文学文本，都是值得研究的。例如，单从阅读、特别是大众阅读的角度看，老化的译本往往会降低乃至失去阅读价值，但从学术研究、翻译文学史研究的角度看，老化译本却具有特别的研究价值，或者说老化本身也是值得研究的问题。因为可以从译本的老化过程、老化表现，看出语言发展演变的足迹，看出双语转换的语言对应性的不断调整与完善，对于语言学、文学、翻译学、阅读学、接受美学的研究，都是不可替代的研究对象。例如，近年来许多学者对晚晴时代林纾翻译的小说，加以研究，动机可能就在于此。同样的，对草创期、探索期缺陷译文的研究，也有不可替代的价值。缺陷翻译在阅读上同样缺乏可读性和吸引力，但在研究上反而有独特的价值。例如鲁迅早年用硬译的方法从日文转译的那些俄苏文学理论，一直被读者所诟病，但却一直被许多研究者所津津乐道，因为鲁迅的这些译本甚至比后来那些缺陷少得多的译本，更能说明许多其他的译本所不能说明的问题。

其次，对现当代文学而言，我们已经处在了"世界文学"时代，世界文学时代文学的世界化，不是由原来有些人所设想的用所谓"世界语"来创作、无需翻译的世界语文学来形成的，而是由广泛的、大量的文学翻译来支撑的。民族文学、国民文学的世界性，是靠翻译来实现的。因此，现当代各国文学的翻译，将越来越及时、越来越全面、越来越繁荣。与此相适应，对译文的研究，也必须随之跟进，文学翻译实践与"译文学"之间是一个紧密互动、相互依存的关系，前者创造译文的世界，后者对译文的世界加以解释、整理、评说或者展望。

看来，译本或译文，无论是古典的译文，还是现当代文学的译文，无论优秀的译文还是有缺陷的译文，都是学术研究的对象，都有各自的研究价值。自古及今、良莠并存、海量数字的译文，形成了一个浩瀚广袤的文学世界。而且旧的译文还

第十三章 译文学与比较文学

在,新的译文又不断出现,是不断叠加和膨胀的。与跨文化的文学交流的史实史料与个案的有限性相比,译文的世界是一个无限的世界。当我们把一个史料发掘、考证、论述出来后,这个问题便解决了,便进入通常的知识甚至常识的领域,一般情况下也无需再做重复的研究了,所以一般的文学交流史的史料资源是有限的,但是译文却不同。译文的数量上的累积性和不断增殖性,使之成为取之不尽用之不竭的资源。译文学的研究者、比较文学的研究者只能管中窥豹、尝鼎一脔,不可能一览无余、尽收囊中。译文学的研究实践恐怕永远都难以覆盖所有新的或旧的译文,正如文学研究者永远难以覆盖所有的作家作品一样。如此,译文学的研究资源无穷无尽,纳入了"译文学"的比较文学的研究资源也永远不会枯竭。"译文学"可以与翻译文学的实践相辅相成,促进翻译文学的进步与繁荣;"译文学"可以与比较文学伴随始终,确保比较文学拥有无尽的资源宝藏。如此,也就可以打消比较文学学科危机论即比较文学衰亡论。

第十四章
译文学与外国文学研究

我国外国文学研究的许多成果,所依据的常常不是外文原作而是译文,没有意识到只有对外文原作所进行的研究才是真正的"外国文学"研究,由于既脱离了原文,又没有原文与译文转换的"译文学"意识,只能采取"作家作品论"的模式,习惯于在主题、题材、人物、叙事情节等层面上展开作品评论与作品分析,以主观性、鉴赏性的"评论",混同、取代、掩蔽了严格意义上的文学研究,导致了外国文学作家作品论的模式化、浅俗化弊病。在这种情况下,"译文学"的介入有助于对这种倾向加以遏制与矫正。只有具备"译文"的概念,才能具备"原文"的意识,而只有面对原文,才是使外国文学研究成为真正的"外国文学"的研究。

最近一百多年来,我国的外国文学译介、评论与研究,在我国的世界化、现代化进程中起到了无可替代的重要作用;外国文学的翻译家、评论家、研究家们对我国的文学事业、学术事业做出了无可替代的重要贡献。随着我国对外开放及国际文化交流的全面和深化,随着我国学术事业的进一步发展和进步,今后对外国文学研究的要求自然也进一步提高。现在,由于种种原因,我国的外国文学研究的局限与问题也进一步显现出来。这主要表现在两个方面,一是缺乏"外国文学"与"翻译文学"的区分意识,往往将原文与译文两种文本混同,没有意识到只有对外文原作所进行的研究才是真正的"外国文学研究",而依据译文所能做的只是翻译文学研究;二是文本赏析与作品评论的模式长期流行,以主观性鉴赏性的评论,取代、掩蔽了严格意义上的文学研究。在指出这两个问题的基础上,我们还要思考:长期流行的"文本分析"或"作品评论"模式的可能性及其限度何在?这种写作模式的过多过滥如何掩蔽了真正的外国文学研究?为什么说只以译文为依据的文本赏析或作品评论不能真正深入作品的内部肌理?为什么说真正的文本细读、文本赏析或作品评论,只能在"译文学"、而不是在"译介学"的范畴内才能有效进行?

一、原文与译文两种文本的混同

笔者在《翻译文学导论》一书中,以跨文化、跨国界为依据,对文学类型做了一次性的、充分的、完全的划分,即把全球文学划分为"本土文学""翻译文学""外国文学"三种类型。① "翻译文学"这一概念的提出,给原有的"外国文学"

---

① 王向远:《翻译文学导论》,北京师范大学出版社2004年版,第1—5页。

的概念造成了一定的触动。因为"翻译文学"是从"外国文学"中剥离出来的,原来我们所一直习惯性称谓的"外国文学"其实不是外国文学而是"翻译文学"。凡是被翻译家做了转换的文学文本,都是"翻译文学";凡是被翻译家转换为本土语言的文学文本,已经不再是"外国文学"而是"翻译文学"。这样一来,传统的习惯上的"外国文学"概念瘦身了,有相当一部分归入了"翻译文学",与此同时,"翻译文学"也成为相对独立的一种文学类型。

对文学类型的这种划分,对我们今天重新审视、反思我国的外国文学研究中对象与方法提供了一种角度和出发点。有必要重新思考什么是"外国文学研究",什么是"翻译文学研究"?有必要明确:只有面对外国原作原文的研究,才是外国文学研究,而立足于译文的研究,则是翻译文学研究;对有了译文的外国文学加以研究,就不再是纯粹的外国文学研究。而自然延伸到了翻译文学研究。

严格地说,"外国文学"是我们站在本国立场上对异国文学的笼统称谓,它应该具备两个基本条件:第一,作品的语言载体是外语;第二,作者是外国的,出版方也是外国的。按照这样的界定,我们通常所说的"外国文学",其实有相当一部分指的只是"来源于外国的文学",而不是"外国文学"本身。因为我们所面对的许多作品,其语言载体不再是外国语了,而是经翻译家转换成为中文。原作者固然是外国的,但又有了一个"第二作者"即翻译家,而且译本的出版方也是本国的,设定的阅读对象一般也是本国读者。照理说,研究的对象

第十四章 译文学与外国文学研究

是"外国的文学"才算是"外国文学研究",也就是说,他必须直接面对外国文本,必须直接面对原作或原文;与此相对,通过译文或译作来研究的,只能归入"翻译文学研究"的范畴。

然而,长期以来,由于"翻译文学"观念的缺位,"外国文学"与"翻译文学"常常被合为一谈,造成"外国文学研究"包含了"翻译文学","外国文学研究"这一范畴的内涵不明确,外延被放大了。而在"外国文学"与"翻译文学"相区分的情况下,"外国文学研究"也应该与"翻译文学研究"相区分,并应建立起自己明确的研究对象、学术规范与操作方法。在此前提下,必须明确"外国文学研究"所面对的对象应是"外国的文学"。换言之,它还没有被转换为"翻译文学"。在没有转换为翻译文学,即没有本国的译文或译本的情况下,对某一外国作家作品的研究,包括介绍与评论,都属于真正的"外国文学研究"的范畴,这是没有疑问的。

但是,当某个外国作家作品有了译文、译本,在此情况下有人再做相关作品、相关文本的研究,是否还属于真正的"外国文学研究"呢?这个问题稍显复杂。

这首先牵涉到如何看待原本与译本的关系问题。一个"外国文学研究"者,他应该是一个学有专长的人,是一个专门家,因此,他对某一外国作家作品是否有中文翻译,应该加以了解、加以关注。这是一个研究者最起码应该掌握的信息,他的研究也不能无视译文或译本,而不管这个译文或译本是优是劣,他是否满意,译文或译本本身就是一个客观存在,他有义务在其研究中对此作出适当的反应。但是，在外国文学研究界，一直以来有一种普遍的现象，正如华东师大高宁教授在《读原文、还是读译文，是一个问题》一文中所指出的，就是一些人喜欢声称"我从不看译文"。对此高宁教授分析认为：这句话的"潜台词有两个指向：一是说话人不信任译文，并暗示自己的中外文水平、尤其是外文水平在译者之上；二是在价值判断上，认为'看原文'一定高于'看译文'"。对此，高宁教授认为，哪怕外文水平再高的外文读者、哪怕翻译水平再高的翻译家，对原文的理解与传达都会有失误。因此，"敢说'我从不看译文'者的外语理解力在学理上是令人存疑的"[①]。从阅读与翻译两种行为有别的角度看，说"我从不读译文"的人，不管外文水平多高，但阅读总是阅读，阅读是要有一定的"流速"的，正如说话必须具有一定的语速一样。在阅读的流速中，对原文的理解不可避免地会出现一些不加深究、一掠而过的情况。翻译就不同了，严肃的、负责任的翻译家不求速度，他可以为一个字、一个词，而停下来反复斟酌推敲，正如严复所说的"一名之立，旬月踟蹰"，据说翻译经验十分丰富的傅雷先生，每天的译文速度平均只有一千字。这样较慢的速度不是他们的中文外文水平不够，而是因为他们所做的不是一般的"阅读"，而是"翻译"。因此，一般而论，翻译家在翻译中的锱铢必较的转换，比起读者的须有一定阅读流速的阅读，往往在对原文的理解上更为可靠。因此，声称"我从不读

[①] 高宁：《翻译教学研究新探》，南开大学出版社2014年版，第49—61页。

第十四章 译文学与外国文学研究

译文"的外国文学研究者,不仅过于自信、有欠谦逊,在研究立场上来说也是缺乏跨文化的研究之态度的。研究一个外国作家,却对该作家在中国的译介翻译置之不理、漠不关心,这正如关心一个人,却对这个人在社会上的声誉影响置之不问一样,是不可思议的、不正常的。当然,译文或译本本身水平究竟如何,或者你认为如何,那是另外一个问题。对此,下文在谈到翻译文学研究的时候,再加详论。

假定一个外国作家或作品,已经有了译介,有了中文译文,那么一个"外国文学研究"者,对此将采取什么态度呢?除非他对相关学术信息不关注、不了解,一直完全不知道这个译文的存在。否则,他知道这个译本的存在,则可能采取的态度有两种。一种是如上所说的,拒绝把译文放在眼里,不去阅读;二是实际上阅读了、参考了译文,却不愿公开承认。这两种情况作为研究者都是不应该有的。不知道自己所研究的那个作家作品已经有译文的存在,是学术信息不灵造成的,学术信息不灵的情况下所做的研究,其学术价值会大打折扣、大为减损;而知道译文的存在、阅读了译文却不愿承认,则违背了学术研究的实事求是、尊重先行成果的职业操守,是完全虚伪、不诚实的。因为这两种情形都不应该出现,因此,只要是某一外国作家作品有了中文译文,那么我们就有理由首先假定:有关研究者知晓译文的存在并阅读了译文,而且无需本人承认。这样一种假定,也许不是百分百地确实确凿,但却是合情合理的假定,也是以"假定"的方式对研究者的"必须如此"的要求与期待。

有了这样一个假定,我们就有了进一步区分"外国文学研究"与"翻译文学"的依据。也就是说,一个外国作品,在没有中文译本之前,研究者必须面对原作原文,因此属于"外国文学研究"无疑;而一旦有了中文译本,则研究者往往需由"外国文学研究"向着"翻译文学研究"转换,有关研究者必须面对译文,暂且不管这个译文的优劣,他都必须对这个客观存在的译文做出反应,并对译文做出价值评判。他可以肯定这个译文,也可以否定这个译文,但不可以无视这个译文。换言之,在有了中文译文的情况下,单纯的"外国文学研究"就变得不那么单纯了,"外国文学研究"有时自然会延伸到"翻译文学研究",有时必须延伸到"翻译文学研究"。因此,在译文存在的情况下,更需要对"外国文学研究"加以明确定位,使其摆脱研究对象上的含混模糊。"外国文学研究"所研究的就是"外国文学","翻译文学研究"的是"翻译文学",两者虽然互有关联,但各有畛域。换言之,对已经有了译文的外国文学所做的研究,往往不再是纯粹的"外国文学研究",而具备了"翻译文学研究"的性质和条件。

在这样的明确定位之下,"外国文学研究"才能保持真正的"专业"特性。"翻译文学研究"也相应地具有了自己的独特对象、宗旨与方法。

真正有学术价值、有难度的外国文学作品的文本赏析、作品评论,不是对译本即翻译文学的赏析与评论;而真正有价值、有难度的对翻译文学译本的赏析与研究,必须是在译文与原文对读、必须在比较研读的基础上进行,这就是"译文学"

第十四章　译文学与外国文学研究

研究的核心之所在。要言之，不做原文与译文对读，只根据译文做出的作品评论，会使外国文学庸俗化、浅薄化；而要避免这种庸俗化、浅薄化，就必须走向"译文学"，从细微的语言转换的层面入手，而上升到文艺学、文化学乃至美学的高度。总之，只有进入"译文学"的研究，文本细读与作品评论才真正具有学术价值。

近年来，外国文学研究中一直流行的文本赏析、作家评论的僵化模式，受到了翻译文学研究模式的一定程度的矫正。许多文章不再满足于从主题、题材、情节、人物等方面孤立地赏析作品，而是观照外国文学在中国的跨文化传播的路径及其作用。这是外国文学研究的一种进步。但另一方面，目前我国翻译文学研究的主流是"译介学"，即从比较文化的立场上，把文学翻译视为文化与文学交流的中介、媒介，而不重视对作品本体加以观照的"译文学"。[①] 只有"译文学"才需要真正的文本细读，才需要专家学者在中文外文转换对读的基础上进行文本分析、文本欣赏与作品评论，因为一般读者不具备在双语转换中揭示译文生成的奥秘、并揭示译文的文学价值与审美价值的能力。现在我们提倡"译文学"，就是把原来的外国文学研究中的文本赏析、作品评论加以转换，在中文外文的语言转换、文本转换的层面上，重新展开文本分析与作品研究，将外国文学研究的僵化的浅俗化的文本赏析模式加以激活。

[①] 关于"译介学"与"译文学"的区分，请参见《翻译学 译介学 译文学：三种研究模式与"译文学"研究的立场方法》，载《安徽大学学报》2014年第4期。

二、"评论"与"研究"两种模式的混同

"外国文学研究"本来是一个高度专业化的领域。没有很好的中文修养、外文修养、文学修养、思想理论修养，是难以承当"外国文学研究"的。但是长期以来，由于种种原因，"外国文学研究"总体上一直走在普及化的路线上，使得原本应有的前沿性、考辨性、理论性、思想性、阐发性的"外国文学研究"，成为主要依靠译文所做的评论性、普及性的文本赏析与作品评论的形态，亦即流行既久的"作家作品论"模式。在一些情况下，没有专业修养的人甚至也能写作外国文学方面的文章，从而丧失了作为专业研究的基本条件。

要反省、要改变我国的"外国文学研究"长期流行、并日趋严重的非专业化、浅俗化的状态，首先必须对"外国文学研究"与"外国文学评论"加以区别，也就是对"研究"与"评论"两种不同的研究模式做出辨析。从学理上，应该明确"评论"与"研究"虽然密切相关，常常是"评论"中有"研究"的成分、"研究"中包含"评论"的因素，例如，在一些场合下，一些带"评论"字样的刊物，例如《文学评论》《外国文学评论》等，其"评论"一词在用法上并没有受狭义的"评论"词义的限制，实际上指的是"研究与评论"。但从严格的学理层面上说，"评论"与"研究"却是两种不同的层次与文体形态。"评论"是"研究"的感性基础，研究是对评论的论证与深化。好的评论需要有敏锐的观察力、不凡的见识、独到的鉴赏力与判断力，但"评论"本质上是主观的、印象性

的、描述性的。"研究"则不同，它要求有纵深的历史感觉、跨文化的广阔视野、超学科的贯通综合，需要丰富的材料佐证、严密的考论考辨、严谨的逻辑贯穿、高屋建瓴的思想提炼。本来，"评论"与"研究"两种模式的分别是不言而喻的常识，然而长期以来，在我国的文学研究领域、尤其是外国文学领域，却被忽略和混淆了。

一般说来，文学作品本来不同于哲学、科学文本，本来就是为了审美的目的而创作的，因而是易读的、易懂的。除非特殊需要和特殊场合，不必有专业人士引导读者阅读、或诱导读者的理解思路。当然，在中外文学史学术史和阅读史上，都存在着大量的文学评论与赏析类的文章著述。"鉴赏文章"或"评论文章"这种文体并非不需要，在特定的情况下，它们也有其独特的作用和价值。但是，它也是有一定的适用性与局限性的，与学术研究的形态大有不同，其中又可以分为三种情况。

首先，从创作的角度看，评论文章的作者意欲将自己的作品阅读与鉴赏体验与他人分享，于是写出了评论与赏析文章，这类文章具有文学创作的审美诉求与文本性质，往往是个人化的、感受性、随笔性的，比较好写，但不容易写好。其中写得好的评论文章，其本身也是一种文学作品，具有审美的价值，但几乎不以"学术"作招牌，尽管有些赏析文章不乏学术价值，特别是对古典作品、经典作品的赏析，需要相当的知识背景与跨时空的鉴赏力，但我们也不能把它作为一种"学术"文章、特别是作为"学术论文"来看待、来要求。

其次，从文学评论的历史上看，在言论环境不够自由的情况下，一些政治家、思想家为了伸张自己的思想主张，以外国文学做参照来评论本国文学，进而借助文学评论来说事，这样可以避开直接言及敏感问题从而规避风险，例如18世纪德国莱辛的《汉堡剧评》，实际上是借德国的戏剧评论，来推动德国向英国戏剧学习，摆脱法国古典主义戏剧的清规戒律的束缚。19世纪俄罗斯的别、车、杜三位著名的文学评论家，就是借助文学评论批判社会现实、宣扬自己的思想。20世纪80年代中国改革开放初期的文学评论也有类似的情形。但是，这样的文学评论对读者具有很强的诱导性，名为外国文学评论，实则介入本国社会现实；名为文学评论，实为社会评论、政治评论；名为指点作品分析人物，实则指陈时弊。另一方面，在主流意识形态的主流正统的话语中，外国文学评论也被有意识地主动地利用起来，作为宣传的途径与手段，但其用意也显然不在学术本身。

再次，从文学作品的消费流通及读者市场的角度看，文学作品的出版者、职业评论家对作品所做的广告式的宣传文字，意在宣传炒作，不乏溢美之词、夸张之语，虽也表现出文学评论与作品赏析的形态，但具有明显的商业性，这样的评论文章在当代社会中较为多见，大多是寄生在作家作品之上的、为着某种利益需求而写作的，因而与学术完全无关。

以上简略分析了一般的文学评论文章所承担的文学审美功能、社会政治批评的功能、市场传播的功能等。但就外国文学文本赏析与作品评论而言，其适用性可分为两种情况。

第十四章 译文学与外国文学研究

第一种情况,是即时追踪、介绍性的评论文章。外国文坛出现了新动向、新思潮,出现了值得注意的新的作家作品,但国内读者尚不了解、不清楚。在这种情况下,就需要外国文学的专业研究人员,对这些新的作家作品加以介绍评论。这样的"评论"文章是直接面对原文、外文所产生的成果,对于中国读者而言,往往能提供新鲜的信息,是真正的"外国文学评论"。只有作者对某国文学长期了解、关注与追踪,才能发现值得我们关注的作家作品,在这个意义上,他是专家,具有专业的眼光或见识。他写出的文章尽管是评论性的、介绍性的,但毕竟是首发先声,是填补空白的,具有信息学、情报学上的价值,这本身就具有无可替代的学术史上的意义,应该给予高度的、充分的估价。

第二种情况,是建立在文本细读基础上的评论文章。由于种种原因,文学史上、特别是外国文学史上确实也有一些作家作品理解不易,非专业人士不可深解,所以需要对文本做评论与赏析,来彰显文本的意义。这样的文本主要是外国古典作品,例如古代希腊的戏剧、欧洲中世纪但丁的《神曲》、近代歌德的《浮士德》、古代印度的大史诗、日本的《万叶集》《源氏物语》等。这些古代作品在古代各自的国家都曾是通俗易懂的,无需穿凿的,但到了今天,就有了时代与文化的双重阻隔,因而我们需要对作品加以赏析评论,以此帮助读者理解与鉴赏。这样的文章,虽具有一定的学术价值,也是文学研究的基础工作,但并不是文学研究的最终与最高的形态。另一方面,对现当代作品而言,由于文本还没有足够的历史沉积、文化积淀，所以对这类作品的评论与解析的必要性往往大为降低。诚然，一些作家作品故意制造语言迷宫，使得文学阅读成为累人的耗神费力的活动，在此情况下，要进入作品、了解作品，文本分析也就势在必行。这些都是文学评论、特别是外国文学评论产生的主观动机和客观条件，也是一种历史现象。对其价值、效果和意义，我们要做具体分析，不可一概而论。

我们是在纯学术研究的语境中来辨析"研究"模式与"评论"模式的不同，并非以"研究"的模式来排斥"评论"模式。"评论"固然有"评论"的价值和用处，但"评论"是"评论"，"研究"是"研究"，不能拿"评论"当"研究"。而长期以来，至少在我国的外国文学领域，恰恰是在这一点上出现了很大的偏差和问题。严格地说，除非是对产生了时空阻隔与文化屏障的外国古典文学作品的分析与解读，除非是对极少数外国现代派先锋派文学实验性、探索性、或者故意符码化的作品加以评论解析，除非是对尚没有译介过的重要的作家做出推赏，否则，单纯的、简单的作家介绍、作品评论，从读者知识普及的角度看可能是有用处、有必要的，但从学术上看往往是缺乏价值的。

三、两种混同形成的原因、弊病及其矫正

我国的外国文学研究中作家作品评论文章的泛滥，首先与大学文学学科的教育教学的习惯有关。文本赏析与作品评论，一直以来既是文学课堂讲授的主要方式与内容，也是初学文学专业的低年级大学生的学年学期论文的主要选题范围。低年级

第十四章 译文学与外国文学研究

大学生因为知识储备不足,思想深度不够,可以从作品的阅读、感知与欣赏分析入手来写文章,以训练自己的阅读能力、鉴赏能力、评论能力和表达能力。但到了高年级,任课教授们一般不再鼓励、不再支持学生们去写作单纯的作品评论的文章来充当学期论文或课程论文,因为这样的文章问题意识淡漠、深度不变,容易下手,不容易写好。但是遗憾的是,也有不少学生和教师,习惯于轻车熟路,大一、大二年级写的东西,大三、大四还在写,学生们无法体会大学文学专业由浅入深、由易到难的过程感,误以为文学系所学,无非作家作品论,不必太用功也能应对。对专业的理解庸俗化、肤浅化,学习也失去了动力、失去了热情。其结果是,到了写作毕业论文阶段,也在作家作品论的范围中选题。更有甚者,一些中文系的硕士研究生的选题,也是作家作品论。其中稍微用功的学生,是把人所熟知的作家作品,换成人们不太熟悉的作家作品,来求得一些"新意"。久而久之,社会上对文学院、中文学科或中文专业的学术上的理解,就是文本赏析和作品评论。不是中国文学的文本赏析与评论,就是依靠译本阅读而写出来的文本赏析与作品评论。前些年,笔者所在大学的文学院在自学高考报名招生中,每年选报中文专业的人,比选择历史、哲学、法律、经济等其他所有的文科专业的总和还要多,可谓门庭若市。问你们是因为喜欢文学而来吗?一般的回答:主要是毕业论文比其他学科要容易写,例如写一篇"论《阿Q正传》的人物形象""《套中人》的情节结构分析"之类,就可能会过关。但历史学、哲学、经济学的论文就不是那么容易写了。事实上,这类文本赏析与作品评论的文章,往往只是文本阅读的报告,无需大量读书、无需丰富的知识,更无需什么思想见识,只需文通字顺即可。看来,倘若对中文系的作家作品论模式不加反思、不加限定和规范,则中文专业到底要学生学什么,教授究竟要教什么,中文学科或文学专业,作为一门学科专业的专业性、学术性究竟在哪里,就都成了值得反省的问题。

文学专业教学的习惯体制如此,大学文学学科的许多教师的写作研究模式也是如此。所谓名家名作研究,就是对为人所知、甚至是众所共知的外国名家名作,如莎士比亚、歌德、巴尔扎克、托尔斯泰、卡夫卡、海明威等等的作品,联系作家生平思想、时代与文化背景而写出的赏析评论文章。这些文章的作者把读者设定为外行人,或者说是为外行读者而写作,因而往往主观地假定读这篇评论文章的人,对该文所涉及的作家作品所知甚少,甚至从未读过,于是以"让我来告诉你"的心态向人披露。而对了解情况的人乃至内行人而言,这类文章的价值和意义则微不足道了。为外行人写作的姿态不是学术研究的姿态,以外行人为对象写出来的不可能是学术论文,它只是一种低层次的传达常识、普及知识的文章,而不会有从学术研究的立场出发的独到的发现与见解。

大量缺乏学术研究与独创性的重复的作家作品论长期泛滥流行,也与学术价值观中的功利价值观、群众价值观有关。照理说,学术研究应该立足原创、不问读者多寡,甚至脱离群众,不管有没有读者,只为生产知识而生产知识,只为表达思

第十四章 译文学与外国文学研究

想而表达思想,只为学术而学术。然而,在当下的中国,获得大多数人关注、吸引更多的眼球,却成为许多学界中人的追求。在这种风气之下,学术价值的大小多少,不是以文章著作的独创性、原创性而论,而是以获得更多人的认可或呼应而论,学术评价的标准,竟以多少转载率、多少引用率为依据。这就在无形中鼓励学界多写那些更能吸引众人注意的文章,而要吸引众人注意,必须是众人有所熟悉的话题和领域。新的发现、新的研究领域、新的课题,因为众人不了解,完全没有群众基础,就难以获得更多关注、难以有更多的转引、转载率。例如,在中国文学领域,写关于《红楼梦》的评论文章、写关于鲁迅的研究文章,写一篇刚获得诺贝尔奖的莫言的文章,在外国文学领域写关于莎士比亚的文章、写一篇关于村上春树的文章,在外国文论中写时髦的西方某某主义的文章,则会引起数万数百万数千万的人关注。于是,学术研究在选题上走上了一种政治化、商业化的思路。搞政治就是想方设法获得更多人的关注与支持,搞商业就是千方百计获得更多的买主、顾客和用户。学术界竟也有许多人效法之。而在这种熙熙攘攘、追名逐利的大环境下,真正的学术研究更为孤独。埋头伏案、不求闻达更难做到。看上去学界的阵势也颇为热闹,看起来文章的数量、著作的数量很大,但是,其中大多数流于浅层,流于重复与普及,少有原创,缺乏创新。

从媒介载体的角度看,文本赏析与作品评论模式的流行乃至泛滥,与专业期刊的长期诱导有关。在 20 世纪 80 年代以来陆续创刊的、由国家级研究机构和著名大学主办的几家主要的外国文学研究类学术期刊中,三十多年来所刊载的属于文本细读、作品赏析之类的文章一直占多数,有的期刊每期刊发的这类作家作品评论赏析的文章甚至占到一多半。在一定的历史时期,这类文章有其独特的作用和价值,特别是在80年代,我国新时期的外国文学研究刚刚起步,通过外国文学介绍和评论,来促进更多的人了解国外、走向世界,是非常必要的。外国文学工作者以普及为己任,也是义不容辞的。但是如今三十多年过去了,刊载普及性的作品赏析评论文章,却成为学术期刊不加反省的自然习惯。甚至以"外国文学研究"为名的选文性复印类期刊,近年来却也把作家作品论的文章作为选文、复印的重点。一代代的作者,从刊物上大量发表的这类赏析评论文章中得到了启发或暗示,以为这样的文章才是刊物愿意发表的、才是"外国文学研究"的正宗与主流。于是,在期刊与作者的这种双向互动中,我国的"外国文学研究"大多踏袭文本赏析或作品评论的路子。久而久之,"外国文学研究"并没有与时俱进,反倒呈现出了浅俗化倾向,大量评论文章从僵化的文学理论概念与方法出发,分析的是所谓"人物形象",概括的是所谓"主题思想",梳理的是所谓"情节结构",总结的是所谓"艺术特色"。或者不管使用怎样的新名词加以包装,本质并没有改变。实际上,真正优秀的文学作品中的人物,是活生生的有机体,一经分析就失去了活性;真正有高度审美价值的作品往往没有什么"主题思想";真正优秀的叙事作品的叙事结构浑然一体、天衣无缝,只有深入其中认真阅读,不可剥茧抽丝;至于"艺术特色",不少评论文章往往脱落世界文

第十四章 译文学与外国文学研究

学视野与比较文学眼光,总结出来的"艺术特色"其实并不是该作家作品独有的,因而也难说是"特色"。这样的寄生在作品之上的作家作品评论,实与真正的"研究"相去甚远。

作品赏析评论类文章久盛不衰,也与近年来有关西方文学理论思潮论在中国的流传有密切关联。即便那些貌似新颖的文本分析与作品评论文章,往往是套用时髦的西方文学理论、文化理论来解析作品,在"外国理论"与"外国作品"的"双向互动"中,貌似颇有理论性、有深度,甚至叫人难以读懂,实则是拿外国的理论套在外国文学作品上,正如拿人家的斧头砍人家的柴,我们只是出了一点力气而已。特别是近二十多年来,所谓文学的"内部研究"的主张,以及叙事学、英美新批评、解构主义等一系列理论的诱导,使所谓"文本细读"蔚为风尚,对我国的外国文学研究界的作品评论风潮有推波助澜之效。诚然,回归文本、"文本细读"的主张在西方文化语境下有其合理性,但真正的"文本细读"需要细致到语言及字句、句法层面的,而时下流行的作家作品论模式及其写出来的文章却基本不需要触及语言及语言转换的细部问题,只要粗枝大叶地阅读译文即可写出,就所谓"外国文学研究"领域而言,许多作品评论文章不是从阅读原文原作而来的,而是读译文读来的,而且也不把译文与原文对读,因此并不是真正的"文本细读",也不是真正的"外国文学评论"。那只是一些作者在外国文学"原本"与中文"译本"不加区别的模糊地带,利用这种模糊而写出的似是而非的所谓"外国文学研究"实为"外国作品评论"的文章。

看来，文本赏析、作品评论并不是外国文学研究的深度模式。把这种"外国作家作品论"当做"外国文学研究"本身，任其大量生产，无益于学术，甚至也无益于读者的阅读，只会加剧、加重外国文学研究的浅俗化倾向，在选题指向、研究宗旨、操作方法上，掩蔽了真正的学术研究。

总之，我国的外国文学学界长期流行的文本赏析与作品评论的模式，已经出现了僵化、浅俗化的倾向。主要症候是对文本赏析与作品评论的有限的适用性缺乏认识，往往以主观性、鉴赏性的外国文学评论，取代、掩蔽了严格意义上的外国文学研究。不仅如此，在实际操作中所依据、所面对的，常常不是外文原作，而是翻译文学或译文。没有意识到只有对外文原作所进行的研究才是真正的"外国文学研究"，而依据译文所能做的只是翻译文学研究。

为此，我们应该提倡真正的"外国文学研究"，并划清它与"翻译文学研究"的界限。实际上，真正的"外国文学研究"是有一个客观标准的，那就是在国内此前没有译介、没有译本。有了译本之后，若作者自身仍然认为自己所做的是真正的"外国文学研究"，那么论文作者不仅要证明自己所研读的是外文文本，在出处注释、书目引用上注出外文版本，而且也有责任、有义务讲清他对既有的相关译本的知晓与评价，让读者清楚他与译本的关系。在目前情况下，"外国文学研究"类的文章大都是在国内用中文写作和发表，面对的是中文读者，作者应该强化读者意识、由外到内的引进意识，放眼国外文坛，努力紧追前沿、填补空白，介绍、评论、研究外国的新作家、新作品、新思潮、新动向。当然,所谓新作家新作品,不仅指外国当代文学,也指此前我们缺乏译介与研究的外国古典文学。

另一方面,即便意识到了外国文学研究与翻译文学研究之区别,并自觉从事"翻译文学研究"的,也需要更新研究观念与方法,需要从"译介学"适度地流向"译文学"。从20世纪90年代后期以来,"译介学"的模式已经流行二十多年,侧重研究翻译文学的"介"的功能,是对文学翻译的文化交流之中介作用加以研究,而不是立足于翻译文学本体、以原文与译文的对读为基础的"文""文本"亦即"译文学"的研究,因而我们在译介学的研究之外,还应该提倡"译文学"的研究。只有"译文学"的研究才能深入作品的内在肌理,将语言学与文学结合起来,在中外语言的转换中探讨文本生成的奥秘,评价译文的优劣美丑,这是难度很大的研究层面,将有助于遏制在"人物形象""意象""情节叙事""思想意义"等层面上的粗浅的文本赏析与作品评论模式的泛滥。

第十五章
译文学与中国翻译文学史

我国翻译界没有像西方翻译学那样经历过语言学派翻译学的长期浸润与洗礼,近年来又受到了西方"文化翻译"思潮的冲击以及视翻译文学为文化交流之媒介的"译介学"理论的影响,在中国翻译文学史的撰写中,则具体表现为普遍缺乏对译文文本的观照、批评与研究,存在着"译文学"意识严重缺乏、"译文不在场"的情况,于是把"翻译文学史"写成了叙述翻译史外部史实的"文学翻译史",或写成了强调翻译文学之文化功用的大而化之的"翻译文化史",与理应建立在具体细致的译文批评基础上的真正的"翻译文学史"尚有相当的距离。"翻译文学史"首先应该是"文学史",其次是"翻译史",最后才是"文化史"。"文化史"只是它的外围的、背景的叙述。今后"翻译文学史"的研究书写,应该强化"译文学"意识,改变"译文不在场"的状况,把微观的"译文"分析与宏观的文学史视域结合起来,这样才能写出真正的翻译文学史。

第十五章　译文学与中国翻译文学史

我国对翻译文学的研究，开始于20世纪初期的胡适、梁启超等，但系统的"翻译文学史"的撰写，则是从20世纪末期开始的。有必要从"译文学"的立场，对迄今为止出版的重要的中国翻译文学史著作加以反顾。

一、译文不在场的"翻译文学史"实为"文学翻译史"

以陈玉刚主编的《中国翻译文学史稿》（中国对外翻译出版公司1989年）的公开出版为标志，我国的文学史撰写出现了一个新的类型，就是"翻译文学史"。作为学术范畴的"翻译文学"及"翻译文学史"也在稍后逐渐确立起来。《中国翻译文学史稿》作为中国第一部公开出版的中国翻译文学史著作，在选题上具有开拓意义，使得中国文学史书增添了"翻译文学史"这样一个新的品种或类型，开阔了文学史的视野与范围，具有重要的价值。特别是在人们对"翻译文学"的认识普遍淡漠的时候，拈出"翻译文学"这个概念，在当时不仅有文学史撰写上的意义，也有重要的理论意义。"翻译文学"这个概念有助于强化人们把译作也视为一种相对独立的再创作的"文学"样式，而不仅仅视为原作的简单的转换和复制；有助于人们意识到翻译家也是创作家，而不单单是模仿者；意识到中国文学史不仅仅是作家创作的历史，也是翻译家再创作的"翻译文学"的历史。正因为如此，当《中国翻译文学史》出版后，仅是书名与选题，便令读者耳目一新。但是，这部书作为第一部公开出版的翻译文学类著作，它的出现不免令人感觉有点突然。因为当时学界对"翻译文学"的理论探讨与学术研究还远远没有展开。照例说，要等翻译文学的个案的、具体的研究达到一定程度、有了一定积累后，才可能写出《翻译文学史》，从这个角度看，《中国翻译文学史稿》的出现是有点超前了。在写法上，这本书基本上沿袭一直通行的中国现代文学史书的时代分期和章节布局方法，以重要的翻译家为基本单元，介绍、评述了翻译家的生平、其翻译活动的贡献，以此构成了全书的主要内容。作者称它为"史稿"，既是谦辞，也如实表明了它并不是成熟的作品。

"翻译文学"无疑是《中国翻译文学史稿》全书的第一关键词，全书反复使用"翻译文学"这个词，但在"绪论"等关键节点上，对"翻译文学"却没有做出任何界定。或许在当时的编写者看来，"翻译文学"是一个不言自明的词组，因而无需界定也无需解释。实际上，凡是概念、范畴，都有自己特殊的内涵和外延，既要对它的内涵加以明确界定，又要对它的外延做出说明，特别是要说清它跟其它相关概念的联系与区别。就"翻译文学史"这个概念而言，起码涉及"翻译文学史"与"文学翻译史"，"翻译史"与"文学史"这几个概念的区分与厘定。否则，"翻译文学史"究竟该怎么写，就很可能没有明确的理论自觉。

现在看来，我们对"翻译文学史"这个概念，大致可以有两种不同的理解。第一，"翻译文学史"主要是作为一种"文学史"来写的，而不是作为"翻译史"来写的，因而叫做"翻译文学史"，意即"翻译的文学史"；第二，如果是作为

第十五章 译文学与中国翻译文学史

"翻译史"来撰写的,那就是"文学翻译史",亦即"文学方面的翻译史",与其他方面的翻译史,如科技翻译史、宗教经典翻译史、学术翻译史、口译史等,加以区分或区别。

若从这样的理解和分别来看,作为开拓性的著作,《中国翻译文学史稿》对"翻译文学"及"翻译文学史"的认识还没有到位。编写者主要是将这本书作为"文学史"来撰写的,而对"翻译文学史"与"翻译""翻译史""文学翻译史"之特性还缺乏认识和把握。从写作主体来看,无论是主编,还是参与执笔撰写的人,都是从事中国文学特别是近现代文学史研究的,而并非是从事翻译研究或翻译史研究的。因而所要撰写、所能撰写的,实际上自然就是一部"文学史",而不是落实在"翻译"上的"翻译史"。作为"文学史",按照一般的文学史惯例,那就包含着三个基本环节,一是时代背景的交代,二是作家生平创作经历的描述,三是作品文本的分析批评。按照这三个环节来衡量《中国翻译文学史稿》,则前两个环节做得很充分,翻译文学产生的时代背景、对翻译家的生平、翻译活动及翻译思想主张的评述,几乎构成了全书的所有内容。然而,作品,即"译作"这一环节,却被严重地忽略了。例如,独立成章的翻译家,包括梁启超、严复、林纾、鲁迅、茅盾、郭沫若、巴金、瞿秋白八个翻译家中,没有对他们的某一代表性译作做"文学""翻译学"或"翻译史"层面上的译文的文本批评。其他各章中涉及的翻译家,因为文字篇幅有限,更没有译文批评。这样一来,整个《中国翻译文学史稿》的重点就放在了中国文学翻译的时代背景、翻译家外部活动的记载与评述上，而对于翻译家之为翻译家的最终成果的"译文"，则缺乏观照，多数情况下语焉不详。

几年后，谢天振先生发表了一篇文章，肯定了这部著作的贡献，也指出了其中的问题：

> 综观"史稿"全书，在这部标明为"中国翻译文学史稿"的著作里，却没能让读者在其中看到"翻译文学"，这里指的是翻译文学作品和翻译文学作品中的文学形象以及对他们的分析评述；没能让读者看到披上了中国外衣的外国作家，即译介到中国来的外国作家。而从译介学的角度来看，他们应该和中国的翻译家一起构成中国翻译文学的创作主体；书里也没能让读者看到对翻译文学在中国的接受和影响的评述和介绍。那么，这样的一部著作更确切地说，是一部"文学翻译史"，而不是"翻译文学史"。①

在这里，虽然谢天振先生没有接着进一步界定和阐述两者的异同，但这已经为我们提出了"翻译文学史"与"文学翻译史"这两种不同的类型，对此后理论概念的辨析与文学史的撰写都具有很强的启发性。不过，除了谢天振的这些话之外，笔者还想补充说明的是：《中国翻译文学史稿》与其说属于"文学翻译史"，不如说是以文学翻译家的背景、思想与翻译活动为中心的"文学史"，而不是"翻译史"。因为"翻译史"的

---

① 谢天振：《译介学》，上海外语教育出版社1999年版，第274页。

第十五章 译文学与中国翻译文学史

重点应该是语言的转换、文本的转换,是对"翻译"的外部环境(社会历史背景、读者期待)和内部机制(文本的语言学层面的转换、译本的美学层面上的生成)及其发展演化规律的解释和评析。而恰恰是这一点,《中国翻译文学史稿》作为第一部公开出版的同类书,是没有做到的。作为"文学史"书,缺乏的是文本分析;作为"翻译史"书,缺乏的是译文文本的分析。总之,是"译文不在场"。

在《中国翻译文学史稿》出版的二十多年后,以天津师范大学孟昭毅教授为首的近二十人的团队,对《中国翻译文学史稿》"重新修订编写"(语出该书"后记")。把"史稿"的"稿"字去掉了,在此基础上出版了《中国翻译文学史》(北京大学出版社2005)。在时段内容上加以扩写充实,把原书到1966年为止的内容,增补到2003年,还补充了港台的翻译文学,形成了从晚清到当下的完整的"中国翻译文学史"的叙述,这是很有必要的。但是,作为"翻译文学史","译文不在场"的问题仍然没有解决。全书"绪论"的第一部分《中国翻译文学的本体认识》,有一节文字,表达了本书作者对"翻译文学"的认识,其中写道:

> 本书着重探讨的是以汉语笔译外国文学的历史轨迹。近年来……学者对于翻译史、翻译理论、翻译家以及译本的研究,已经形成译介学的新学科。翻译文学作为其中的热点之一,突出研究两种语言文字表达的同一部文学作品的深层关系有哪些不同,翻译家在译介过程中进行哪些文

化选择，社会文化对文学翻译的制约，以及翻译文学对中国文学发展的影响等等。①

看来，作者是把"翻译文学"作为"译介学"的一个组成部分来理解的。这样的理解是与北大版《中国翻译文学史》实际的写作情况相一致的。众所周知，以上引文中提到的"译介学"，是在1990年代中期以后，由谢天振等先生较早在比较文学的语境下提出，得到了比较文学界的共鸣和呼应。"译介学"是从法国学派比较文学的"媒介学"一词中转化而来的，因为文学交流的"媒介"除了"翻译"之外，还有文学人员之间的跨国交流、原版书刊出口、进口及跨境阅读、电影电视的视觉媒体等等，站在比较文学的立场上，把"文学翻译"从这些媒介中剥离出来，就成为"译介学"；换言之，"译介学"就是研究文学翻译如何承担文化交流之中介的，它与1990年代西方翻译界方兴未艾的所谓"文化翻译"（相对于此前的"语言翻译"）的思潮具有深刻的联系。"文化翻译"从"文化"角度研究翻译，是翻译研究摆脱传统的语言学的束缚，进入文化研究大舞台的一种学术追求和研究策略。受"文化翻译"影响而形成的"译介学"视域下的"翻译文学史"研究，实际上必然是"翻译文化史"的研究。当然，"翻译文化"并不排斥、而是可以包含"翻译文学"在内，但在"翻译文化"的语境里，"翻译文学"是从属于"翻译文化"的，"文学"

---

① 孟昭毅主编：《中国翻译文学史》，北京大学出版社2005年版，第2页。

第十五章　译文学与中国翻译文学史

被视为一种文化现象，而文学本位或文学本体，实际上就难以突显了，于是"翻译文学史"往往就写成了"翻译文化史"。而在写作的过程中，就往往会造成"译文不在场"。

看看北大版《中国翻译文学史》的具体内容，"译文不在场"的问题比此前的"史稿"固然有所改善，但总体上看仍然是"译文不在场"。与《中国翻译文学史稿》一样，北大版《中国翻译文学史》也是以翻译家的翻译活动为中心的，这对"翻译文学史"而言是必需的。以"翻译家"为中心，也与"以作家为中心"的普通文学史的写法与要求相对应。但是，一般文学史谈"作家"，实际上是围绕"作品"来谈的，因为作家之所以是作家，是因为他有作品，在介绍和评述作家的时候，始终都要落实在"作品"上。这样一来，实际上"作品"才是真正的中心。这也是"文学史"著作与一般历史著作的根本不同。一般历史只记录评述人物及其事件，但文学史必须做文学作品的分析判断，甚至有些文学史主要是由系统的文本批评构成的；换言之，文学史必须有文本批评，而且文本批评应该是文学史的核心和基础。同样的，"翻译文学史"作为文学史的一种，也必须以文本批评作为基础。翻译文学史要面对和处理的文本，就是"译本"，因此，翻译文学史必须以译本的分析批评为基础。

从这个层面来看，北大版《中国翻译文学史》固然注重了翻译家，但多是对翻译家的生平及翻译活动的外部描述，多是介绍翻译家如何走上翻译之路，如何成为翻译家，翻译了什么作品，出版的情况如何，有时也涉及社会影响与反响。而对于译本，最多只是引述一段文字，做几句表层的印象式的评论而已。"绪论"中所说的"突出研究两种语言文字表达的同一部文学作品的深层关系有哪些不同"，这一写作意图似乎没有很好地得以贯彻和落实。要真正做到"突出研究两种语言文字表达的同一部文学作品的深层关系有哪些不同"，就要做译文的深入评析，而要深入评析译文，就要深入语言学层面，做语言学上的对错评价，又要做文学上的审美评价。做不到这些，就无法说明"两种语言文字表达的同一部文学作品的深层关系有哪些不同"。说到底，由于"译文的不在场"或者译文在场的时候不够多，北大版《中国翻译文学史》的基本写作模式仍然属于"译介学"，本质上属于"文学翻译史"而不是"翻译文学史"。

二、译介学立场上的"翻译文学史"实为"翻译文化史"

从"译介学"及"翻译文化史"的角度写成的中国翻译文学史，是近年来"中国翻译文学史"的主要撰写模式。

"译介学"的文学史，在以某一语种或国别为研究对象的著述中，代表性的成果是王建开著《五四以来我国英美文学作品译介史》（上海外语教育出版社 2003），还有许钧、宋学智著《20 世纪法国文学在中国的译介与接受》（湖北教育出版社 2007）。两书都以"译介"或"译介史"为主题词，可谓名实相副。但在书中理论概念的解释与表述上，特别是在"翻译文学"这个概念的理解上，却也显出含混之处。如在《五四以来我国英美文学作品译介史》的"前言"中,作者认为"本书是一项翻译文学研究",接下去又说:"集中讨论1919—1949年的30年间英美文学在中国的译介过程中产生的一些特有现象,兼及外国文学、中国现代文学和文学理论(如读者反映批评),可以说是多学科的交叉。"显然,作者所说的"翻译文学"其实是"译介学"的范畴,而不是严格意义上的"翻译文学"。因为作者并没有将"翻译文学"的译文批评作为立意宗旨,而译文批评恰恰是"翻译文学"研究及翻译文学史著作的主要构成。

从"译介学"角度所撰写的综合性的文学史方面,代表性的作品是谢天振、查明建主编的《中国现代翻译文学史》(上海外语教育出版社2004)。作者在该书的"总论"中,明确提出了对"翻译文学史"的理解:

> 翻译文学史其性质和形态应是一部文学史。翻译文学史与文学翻译史并不是同一概念,以叙述文学翻译事件为主的"文学翻译史"不是严格意义上的翻译文学史,而是文学翻译史。文学翻译史以翻译事件为核心,关注的是翻译事件和文学翻译历时性的发展线索。而翻译文学史不仅注重历时性的翻译活动,更关注翻译事件发生的文化空间、译者翻译行为的文学、文化目的以及进入中国文学视野的外国作家。总之,翻译文学史将翻译文学纳入特定时代的文化时空中进行考察,阐释文化翻译的文化目的、翻译形态、为达到某种文化目的而做的翻译上的处理及其文

化效果等，探讨翻译文学与民族文学在特定时代的关系和意义。①

作者在这里强调的是翻译文学史的"文化空间""文化目的""文化时空""文化效果"等，实际上是把"翻译文学史"理解为一种文化史了。站在这一立场上，作者对"文学翻译史"与"翻译文学史"做了区分，区分的依据则是"文学翻译史"，以翻译事件的叙述为主，而"翻译文学史"却不能像"文学翻译史"那样满足于翻译事件的叙述，而应该有更大的文化空间与视野。这显然是从"译介学"的立场上理解的"翻译文学史"。基于"翻译文学史"的文化学、译介学的理解，作者在理论上同样也没有将"译文"、将译文的文本批评作为翻译文学史的一个关键的因素提出来。作者注意到了在此前的相关著作中，虽将翻译家作为主体加以突出，但却相对忽略了另一个主体——译介过来的外国作家，应该让译介过来的外国作家的面貌也在翻译文学史中有所呈现。所以全书分为两编，上编以翻译家为主体，下编以被翻译的原作家为主体。《中国现代翻译文学史》中的"两个主体"的提法是十分必要的，但是还需要进一步意识到，无论是翻译家这一主体，还是"披上了中国外衣的"外国作家这一主体，最终都要落实到"译文"上。作为文学史，基本要素是对作品文本的分析；作为"翻译文学史"，基本要素是对"译文"文本的分析。但是，通观

---

① 谢天振、查明建主编：《中国现代翻译文学史》，上海外语教育出版社2004年版，第12页。

第十五章　译文学与中国翻译文学史

《中国现代翻译文学史》，总体上也是"译文不在场"的。在全书上下两编中，无论是以中国翻译家为中心的上编，还是以外国作家为单元的下编，都缺乏对具体"译文"文本的观照、分析与评价。由于"译文不在场"，不仅使其不具有"翻译史"的性质，而且作为"翻译文学史"的"文学史"的性质也就势必被淡化了。最终，《中国现代翻译文学史》作为"译介学"视野下的"翻译文学史"，实际上是一部"翻译文化史"。

实际上，作为头脑极为清醒的译介学理论家，谢天振先生对"译文不在场"的问题，也是有所意识的。对此，他在有关文章中有所表露，认为翻译文学史应该让读者看到作品和作家。[①] 在这种意识下，查明建、谢天振先生在随后出版的《中国20世纪外国文学翻译史》（上下卷，湖北教育出版社2007）中，将写作策略和角度加以调整，从他们此前提出的"文学翻译史"与"翻译文学史"的分野出发，将新著《中国20世纪外国文学翻译史》定位在"文学翻译史"上。因为，就"文学翻译史"而言，没有细致的翻译文本的批评是完全可以的；换言之，"译文不在场"也是完全无妨的，因为"文学翻译史"有着自己的使命：

> 文学翻译史，顾名思义，其重点是描述和分析不同时期的翻译状况、翻译选择特点等。它以翻译事件为核心，

---

① 《润物有声：谢天振教授七十华诞纪念文集》，复旦大学出版社2013年版，第456页。

关注的是翻译事件和文学翻译的历时性发展线索，阐释各个时期文学翻译的不同特征及其文化、文学原因。它是翻译文学史撰写的基础，为翻译文学史的撰写提供基本的史料和发展线索……①

  两位作者意识到了，"文学史"的建立需要以作家作品为中心，作家之为作家是因为他有作品，因而对作品的文本批评就成为文学史的基本构件。如果缺少或基本没有译作的文本批评，那就干脆回到"文学翻译史"的写作语境中为好，为今后的"翻译文学史"的撰写打下基础，"为翻译文学史的撰写提供基本的史料和发展线索"，这样的思路和做法显然是可行的，也是实事求是的。不过，此前的"翻译文学史"已经有若干种了，包括上述的两位作者的《中国现代翻译文学史》，可是几年过后，又从"翻译文学史"退回"文学翻译史"，似乎不太合乎发展的逻辑。然而这恰恰包含了作者在研究与撰写实践中的体验的深切和认识的深化，认识到了综合性的"中国翻译文学史"这类著作，实际上只能是"中国文学翻译史"。"文学翻译史"与"翻译文学史"的"名"与"实"，就在这种认识中靠近了。

  对"翻译文学"的认识的深化，必然要求将"翻译文学"与其他相关概念的复杂关联与区别在理论上说清楚，如此在实践上才能有明确的体现和落实。这里主要是指"翻译文学"与

---

① 查明建、谢天振：《中国20世纪外国文学翻译史》上卷，湖北教育出版社2007年版，第14页。

第十五章 译文学与中国翻译文学史

"文学翻译"的关系,"翻译文学"与"译介学"的关系,"文学翻译"与"文化翻译"的关系,"翻译文学"与"外国文学"的关系。那么在近几年来出版的相关著作中,对这些问题又是如何认识和处理的呢?

杨义主编、2009 年出版的五卷本《二十世纪中国翻译文学史》(百花文艺出版社),是迄今最大规模的以"中国翻译文学史"为主题词的著作。冠于卷首的是杨义撰写的总序。但是在这长达三万字的序言中,我们没有看到对上述相关观念的清楚的厘定。例如,本来是为"翻译文学史"所写的序言,但题目里出现的关键词却不是"翻译文学"而是"文学翻译"。表述为"文学翻译与百年中国精神谱系"。在行文中,也是将"文学翻译"与"翻译文学"两个词随意混用。在序文的第六节,作者提出百年中国"翻译文学"从五个方面"进入我们的精神文化谱系",即"开拓视野;标举潮流;援引同调;扩充文类;新创热点",这些概括固然很凝练,但这五大方面与其说是"翻译文学"的功能,不如说是"外国文学"的功能。实际上,要说"翻译文学"融入中国的精神谱系,那就是优秀的"文学翻译"作为翻译家成功再创作的"翻译文学",得以融入中国文学,成为中国文学的特殊组成部分,这是一个复杂的"过程",要揭示这个过程,就必须具体地分析译文,而不能仅仅宏观地分析其效果、结果及表现。而杨义所概括的上述五个方面其实是"外国文学"及"外国文学翻译"进入中国后的文化上的总体效果。由于对"翻译文学"这一基本的概念缺乏界定,对"翻译文学史"与"外国文学译介史"、与"文

学翻译史"究竟有什么不同,也就语焉不详了。至于"翻译文学史"究竟应该怎么写,杨义认为:

> ……我们在研究翻译文学史的时候,不能只停留在翻译的技艺性层面,而应该高度关注这种以翻译为手段的文化精神方式的内核。也就是说,要重视翻译文学之道,从而超越对文学翻译之技的拘泥。道是根本的,技只不过是道的体现、外化和完成。这种道技之辨和道技内外相应、相辅相成之思,乃是我们研究翻译文学史的神髓所在。①

这段话可以看作《二十世纪中国翻译文学史》的方法论。很显然,所谓"道技之辨",就是放弃、忽略"技",而直奔"道"。那么,就翻译文学而言,"技"是什么呢?显然,"技"指的是文本的转换过程,是译文的生成机制的分析,也就是"译本批评"。这一得鱼忘筌、得"道"弃"技"的思路,也就等于明确宣布,在这部《二十世纪中国翻译文学史》中,对译文的文本分析可以忽略;换言之,就是"译文不必在场"。杨义强调的"文学翻译与百年中国的精神谱系"之间的关系,似乎也是引导执笔者把"翻译文学史"写成"翻译文化史"。总之,综观五卷本的《二十世纪中国翻译文学史》,尽管作者不一,写法上、文字风格上有所不同,但没有或缺乏译本批评,致使"译文不在场"的情况,则是基本一致的。这样一

---

① 杨义主编:《二十世纪中国翻译文学史·总论》,见《二十世纪中国翻译文学史·近代卷》卷首,百花文艺出版社2009年版,第3页。

来,《二十世纪中国翻译文学史》实际上仍然不是以译本批评为中心的"翻译文学史",而是以文学翻译为切入口的"翻译文化史"。

三、译文在场,方能写成真正的"翻译文学史"

当然,作为"翻译文化史",《二十世纪中国翻译文学史》是成功的。但吾人所应该关注的焦点不是"翻译文化史"本身,而是要追问:为什么近三十年来中国的几乎所有的标称"翻译文学史"的著述,却都写成了"译文不在场"的"文学翻译史"或"翻译文化史"呢?

当代中国的翻译研究的兴起与繁荣,翻译学学科建设的展开,是从20世纪90年代中期以后才开始的。因此它从兴起的那一天起,就带上了鲜明的时代印记。就在那个时候,西方翻译界开始反拨传统的语言学派的翻译观,摆脱了以原文文本为出发点的研究范式,而提倡从社会学、历史学、心理学等多层面、多角度、多学科的翻译研究,亦即翻译的"文化翻译",出现了所谓"翻译研究的文化转向"的现象。西方马克思主义、解构主义、女权主义、后殖民主义等文化理论,成为"文化翻译"研究的理论基础。这一新的研究模式对我国翻译研究界迅速产生了影响。我国也很快出现了相关的理论著述,如王秉钦的《文化翻译学》(1995)那样全面论述"文化翻译"之原理的著作,接着又出现了王克非《翻译文化史论》(1997)那样的翻译文化史的著作。

但是，另一方面还需要看到，西方的"文化翻译"的理论主张与研究思潮，是对 20 世纪初以来就盛行近百年的翻译研究的语言学派的一个反拨，是对源远流长、积淀悠久的语言学翻译研究的超越。但是，在我国近现代翻译史上，语言学派的翻译研究几乎可以说没有形成，以严复的"信达雅"三字经为中心的中国现代翻译理论，是集语言学、文艺学、文化学三者为一体的全视角的翻译理论，而没有形成西方翻译那样的专门的语言学翻译研究。换言之，中国近现代翻译理论与翻译研究，没有语言学、文艺学之类的严格的学派与学科上的区分，其本质就是"文化学"的。这样一来，当 20 世纪末西方的"文化翻译"理论传入我国的时候，正好与我国的翻译研究传统不谋而合，而且，由于此前并没有一种欧洲那样的与之拮抗的"语言学派"从中掣肘牵制，故而中国学界对"文化翻译"接受起来极为自然顺手。然而，同样是提倡"文化翻译"，中西的条件和背景却是不同的。西方是对语言学派翻译研究的否定超越，中国却是在语言学派的翻译研究未成气候的情况下，顺乎其然地把"文化翻译"的理论与方法承接过来。由于长期以来中国没有经过语言学层面上的翻译研究的洗礼，由于翻译研究中的微观层面的"译文"批评及译文研究没有形成大气候，没有形成一种学术传统，所以当"文化翻译"大潮卷来的时候，翻译界还没有来得及潜入"译文"，便又很快从译文上跨越过去，进入"文化研究"的层面。对于译文的文本而言，不是"入乎其内、超乎其外"，而总体上却是"游乎其上，超乎其外"的状态。

第十五章 译文学与中国翻译文学史

这一点首先表现在近三十年来，不断呈几何级数增长的翻译批评方面的研究论文中。在大量的论文中，介绍西方翻译理论的、套用西方翻译理论家中国翻译事例的占了大部分。研究中国传统翻译理论和现代翻译理论的，占了一少部分。而对译文文本加以切实的分析批评的，却少之又少。像钱钟书的《林纾的翻译》、王宗炎的《评吕译〈伊坦·弗洛美〉》那样的细致入微而又颇多见地的译文品评文章，尤为少见。也有学者呼吁多写这方面的文章，但仍然未见大的改观。这可能是因为这一工作看似简单，实则困难。译文批评，有纯语言层面上的对与错、好与坏的价值判断，有美与不美的审美判断，还有水土服不服的文化价值判断。仅仅就说对与错的判断，就是鲁迅当年所说的"剜烂苹果"式的译文批评，就已经相当不容易了。要在别人的译文中发现错误，往往必须要超出译者的语言能力与翻译能力，还要有耐心与细心。这样的批评文章发表出去，还要勇于承担或许获罪于批评对象的那种压力。然而，译文批评的这种种困难，恰恰表明它是翻译的难点，难点往往就是研究的重点。遗憾的是，这一难点和重点，却常常受到忽略。即便是以较大的篇幅规模，对重要的翻译家如鲁迅、周作人、傅雷、朱生豪等进行深入的研究的专门著作，也基本使用的是文化翻译研究的方法，而对其"译文"的分析批评和研究，也大都是举例式的，所占比重很小。而且常常流于赏析的层面，而缺乏严格的、学术的批评态度的介入。由于学界译文批评与译文研究的严重贫乏，使得一些理论专著在举例的时候，竟然几乎都不约而同地举同一个例子或有限的几个例子，例如关于误译的问题、关于"创造性叛逆"的问题上,赵景深"牛奶路"的译例也不知被人举了多少回。这也无奈,因为这样的例子在译文中虽然很多,但只有在具体深入的译文研究中才可以发现。而我们发现的实在太少了。

译文研究的缺失,表明中国的翻译研究没有经过语言学翻译研究的浸淫或洗礼,在西方当代最新的"文化翻译"思潮的激励之下,愿意埋头于微观的译文研究、从事译文批评的人,越来越少了。许多人在谈翻译,在谈翻译家,却没有意识到译文才是翻译研究的核心,往往远离译文文本,没有在译文与原文的转换过程中对翻译活动加以透视与观照,这样实际上是站在翻译的外围谈论翻译。如此谈翻译,固然是"文化翻译",或者是"文学翻译",却不是真正的"翻译文学"。最终表现在"翻译文学史"的撰写中,就出现了"译文不在场"的情形,就出现了名为"翻译文学史",实为"文学翻译史",或者名为"翻译文学史",实为"翻译文化史"的状况。

诚然,"文学翻译史"也好,"翻译文化史"也好,作为翻译研究的类型或形式,都各自具有其特定的学术价值。我们绝不能否定这方面著述的必要性、重要性和学术意义。事实上,这类的著作也是我国学界和读者急需的、也背负着广泛的读者期待。但是,换一个角度,我们也应该看到,这样的既成的研究模式,还没有达到"翻译文学"之"名"与"实"之间的契合,因为"翻译文学史"不同于"文学翻译史",它不应以叙述翻译的外部事件为主;"翻译文学史"也不是"翻译文化史",它不能以综合、整合的文化视域来代替翻译文学的

第十五章 译文学与中国翻译文学史

视域——准确地说是"译文学"的视域,不能略过"译文批评"这一最基本、最基础的环节。事实上,只有把微观的对"译文"文本的分析研究,与宏观的"文学"视域研究两者结合起来,才是真正的翻译文学史;同理,只有把微观的"译文"文本的分析研究与宏观的"文化"研究结合起来,才是真正的"翻译文化史"。若是认为"翻译史"就是"翻译文化史",则基本是正确的;但若认为"翻译文学史"也是"翻译文化史",那就严重错误了。"翻译文学史"首先是"文学史",其次是"翻译史",最后才是"文化史"。"文化史"只是"翻译文学史"的外围的、背景的叙述。

中国翻译研究有自己的历史,有自己的现实,与西方颇有不同。中国的翻译研究要从自己的实际出发,不必一味紧随西方学术界的"文化翻译"大潮。要优化、提升我们的翻译文学史研究,就必须重新返回"译文"本身,使用"译文学"的研究范式,在中外语言文学的互动中,仔细地观照和研读"译文"。在这个过程中,我们常常需要把研究的最小单位缩小为"翻译语"的研究,看看目前一些重要的"翻译语"(翻译家在翻译过程中创制的新的汉语词)起源于哪个翻译家的哪个文本、哪句译文,看看某一种新的句式、句法是哪个翻译家的哪个译本首先引进和使用的。这类工作很细致、很微观,但价值巨大,难度很大。我们都大体确认外国文学通过翻译而影响到中国文学,但这不仅仅体现在大而化之的总体风格方面,更体现在一个个的词汇、一个个的句式句型中。这固然是"语言学"的问题,也更是文学本身的问题。在这个过程中,我们要将译文与原文进行对读研究,同一原文如有多种译文,还要将这些译文加以比较对读。然后做语言学上的"正译/误译/缺陷翻译"的具体判断,做语言学上的"信/达/雅"的总体判断,做"迻译/释译/创译"上的方法论判断,做翻译文化学上"创造性叛逆/破坏性叛逆"的判断,还要做译文风格学上的"归化/洋化/融化"或者"神似/化境"的评价,如此一来,译文才能得到全方位的观照。"翻译文学史"只能在此基础上,再进一步延伸到"译介学"或"文化翻译"层面上的总体的文化观照。否则,越过上述"译文学"层面上的各种批评判断,而径直在"文化翻译"的层面上看问题,就难免浮光掠影,就不能深入翻译文学内部,就只能在翻译文学周边逡巡徘徊,那就难称真正的"翻译文学"或"翻译文学史"的研究。

总之,我们已经从"文学翻译史",走向了"翻译文化史",今后还需要努力,走向真正的"翻译文学史"。应该意识到"译文不在场"的翻译文学不是真正的翻译文学史。今后的中国翻译文学史写作,不能只是着眼于翻译文学的外围,而应该由翻译的外围走向翻译的核心、由翻译活动的周边走向翻译中心的译本。也就是着眼于"译文",落实于译文,强化"译文学"意识。只有站在译文的基点上放眼,才能看出真正的翻译文学;也只有站在译文的基点上远望,才能看到真正的"翻译文化"。

附录：

"不易"并非"不容易"
——对释道安"三不易"的误释及其辨正

释道安的"五失本、三不易"中的"三不易"之"不易"，一直被训释为"不容易"。而从文字训诂及道安一以贯之的翻译思想来看，"不易"之"易"宜作"轻易"解，"不易"宜作"不变"解。"不易"并非"不容易"，而是不变、"不轻易"或"勿轻易"之谓。"三不易"是为了规避"五失本"而对译者提出的三条"勿轻易而为"，概言之：勿轻易以古适今、勿轻易以浅代深，勿轻易臆度原典。可视为翻译的"三戒"。假若将"不易"解释为"不容易"，便会把"三不易"当做三条"不容易"做而又要努力去做的事，这不仅不符合"五失本"与"三不易"之间的逻辑关系，而且完全颠倒了道安的原意。正确训释和理解"三不易"，对于中国传统译学理论的阐发和当代中国翻译理论及翻译文学的学科建设都具有重要意义。

一、所谓"五失本、三不易"

在中国古代佛教及佛经翻译史上,东晋时代的释道安(312—385年)是一个极其重要的人物。梁代释慧皎《高僧传》说:"安穷阅经典,钩深致远。其所著《般若道行》《密迹》《安般》诸经,并寻文比句,为起尽之意,乃析译甄解,凡二十二卷。序致渊富,妙尽深旨,条贯既叙,文理会通,经义克明,自安始也。"① 隋代翻译家彦琮说:"余观安公法师,独秉神慧,高振天才,领袖先贤,开通后学,修《经录》则法藏逾阐,理众仪则僧宝弥盛,世称'印手菩萨'。"② 梁启超《翻译文学与佛典》说"安为中国佛教界第一建设者。"③ 方广锠《道安评传》说"道安是代表了佛教初传期的终结的划时代人物"。④ 此外,作为一个有开创性的翻译理论家的道安,我们也不应该忽视。道安为汉译诸经写了多篇序言,有不少涉及佛经翻译的理论与实践的各个方面,如《道行经序》《合放光光赞略解序》《比丘大戒序》《鞞婆沙序》《摩诃钵罗若波罗蜜经抄序》等。其中写于建元十九年(公元383年)的《摩诃钵罗若波罗蜜经抄序》最为重要。在此文中,道安提出了翻译的

---

① 释慧皎:《高僧传》,朱恒夫、王学军、赵益译注,西安:陕西人民出版社2010年版,第241页。

② 彦琮:《辩正论》,《续高僧传》卷二,道宣撰、郭绍林点校,中华书局2014年版,第53—57页。

③ 梁启超:《翻译文学与佛典》,《梁启超全集》第七册,北京出版社1999年,第3799页,

④ 方广锠:《道安评传》,昆仑出版社2007年,第252页,

附录:"不易"并非"不容易"

"五失本、三不易"说——

> 译胡为秦,有五失本也:一者胡语尽倒,而使从秦,一失本也。二者胡经尚质,秦人好文,传(传,传译——括号内文字为引者注,下同)可(可,适合)众心,非文不合,斯二失本也。三者胡经委悉,至于叹咏,叮咛反复,或三或四,不嫌其烦,而今裁斥,三失本也。四者胡有义说(义说,用来复述、概括前面经文之短偈),正似乱辞(乱辞,篇末总结全篇要旨的话),寻说向语,文无以异。或千五百,刈而不存,四失本也。五者事已全成,将更傍及,反腾前辞,已乃后说。而悉除此,五失本也。

> 然般若经(佛教般若类经典)三达(三达又称三明,即对"宿命、天眼、漏尽"三事通达无碍)其心,覆面(覆面指佛陀面相,舌头又宽又长,可以将脸覆盖,"舌出覆面"是"不妄语"之表现)所演,圣必因时,时俗有易,而删雅古以适今时,一不易也。

> 愚智天隔,圣人叵阶(叵阶,难以企及),乃欲以千岁之上微言,传使合百王之下末俗,二不易也。

> 阿难出经(指佛陀十大弟子之一阿难陀在佛教徒第一次结集上诵出经文)去佛未久,尊者大迦叶令五百六通(六通指五百罗汉,因具六大神通古云)迭察迭书。今离千年,而以近意量裁,彼阿罗汉乃兢兢若此,此生死人而平平若此,岂将不知法者勇乎,斯三不易也。

> 涉兹五失、经三不易,译胡为秦,讵可不慎乎?正当

以不闻异言，传令知会通耳，何复嫌大匠之得失乎？是乃未所敢知也。①

这段话非常有名，流传甚广。在翻译史及翻译理论史上，"五失本、三不易"开创了用开列"条例"的方式进行理论性概括与表达的先河，与隋代彦琮的"八备"、唐代玄奘的"五不翻"、北宋赞宁的"六例"，共同构成了四个著名的条例，体现了中国传统译学在表达方式上的一个鲜明特色，并对后来的翻译实践与翻译理论产生了深远的影响。当年道安的弟子僧睿法师在跟随鸠摩罗什译经时，曾夫子自道曰："予既知命，遇此真化，敢竭微诚，属当译任。执笔之际，三惟亡师'五失''三不易'之诲，则忧惧交怀，惕焉若厉，虽复履薄临深，未足喻也。"②梁启超指出："安公论译梵为秦，有'五失本、三不易'……后世谈译学者，咸征引焉。要之翻译文学程式，成为学界一问题，自安公始也。"③钱钟书在《管锥篇》中认为："释道安《摩诃钵罗若波罗蜜经抄序》。按论'译梵为秦'，有'五失本、三不易'，吾国翻译术开宗明义，首推此篇。"④"五失本、三不易"论之所以广为流传、引用甚多，不仅在于总括列举的条例式的洗练表达，更在于他所提出并论述的问题本身极富理论内涵。

---

① 道安：《摩诃钵罗若波罗蜜经抄序》，释僧祐：《出三藏记集》卷八，苏晋仁、萧鍊子点校，中华书局1995年，第290页。此处引用时重新划分段落。
② 僧叡：《大品经序》，《出三藏记集》，第292页。
③ 梁启超：《翻译文学与佛典》，《梁启超全集》第七册，第3799页。
④ 钱钟书：《钱钟书集·管锥编》第四册，三联书店2001年，第1982页。

附录:"不易"并非"不容易"

道安首先提出了在五种情形下翻译会导致对原文(原本)的形式与内容的改动和丧失,就是"失本",① 计有"五失本"。一是句法顺序的不同,梵汉是正好相反的;二是文与质的喜好不同,佛经尚质,秦人好文;三是繁简的程度不同,佛经较为絮叨啰嗦;四是复沓的习惯不同,佛经喜欢前后重复反复;五是文章的洗练度不同,佛经枝蔓过多(现在看来,后三条实际上说的是一回事,就是删繁就简)。在翻译过程中,将佛经原文中这五种与汉语表达格格不入的情形加以删减或改变,那就是"五失本"。

"五失本"之后就是"三不易"。但是关于"三不易"的诠释与理解,事涉复杂,我们有必要先将道安的另外几篇相关序文与此篇联系起来,作为一个言论系统来看,以便见出道安翻译学思想形成的逻辑过程,然后再联系"五失本",对"三不易"做出解释。为此,现在我们暂且放下这篇《摩诃钵罗若波罗蜜经抄序》留待后论,先考察一下道安的四篇相关文章。

二、"五失本、三不易"的形成轨迹

第一篇是《合放光光赞略解序》,写于晋泰元元年,即公元376年,比《摩诃钵罗若波罗蜜经抄序》写作要早六七年。

在《合放光光赞略解序》中,道安写道:

---

① "失本"之外,也有"乖本"一词,如下文引用道安的"一言乖本,有逐无赦";又如僧叡在《毗摩罗诘经义疏序》一文中有"格义迂而乖本",该文又用"伤本"一词,如"始悟前译之伤本,谬文之乖趣耳"(见僧祐《出三藏记集》卷八,第311页)。

> 《放光》《光赞》同本异译耳。其本俱出于阗国持来，其年相去无几。……《放光》，于阗沙门无罗叉执胡，竺法兰为译，言少事约，删削复重，事事显炳，焕然易观也。而从约必有所遗于天竺辞，及腾（腾，誊写）①，每大减焉。
>
> 《光赞》，护公执胡本，聂承远笔受。事不加饰。悉则悉矣，而辞质胜文也。每至事首，辄多不便，诸反复相明，又不显炼也。考其所出，事事周密耳。互相补益，所悟实多。……②

在这里，释道安对"同本异译"的两个译本的特点做了介绍和评价。一个是竺法兰翻译的《放光》，是一个节译本；一个是聂承远翻译的《光赞》，是一个全译本。道安认为《放光》言简意赅，表达清晰，容易阅读和理解，但既然是节译本，不免减损原文，而"从简必有所遗于天竺辞"；《光赞》则是原本的忠实完整的翻译，但"质其文"，读者往往难得要领。两个译本各有优劣，但合在一起来看，"互相补益，所悟实多"。看来道安对两种译本并没有明显地厚此薄彼。因为他是两相比较，采取了双重的角度和立场，一是从读者接受的角度看，节译本较为适合；一是从尊重原本无所遗漏的角度看，全译本更

---

① 此句断句及对"腾"字解，参照李维琦：《瑜不掩瑕——〈中国佛籍译论选辑评注〉训诂得失》，《励耘学刊》2009年第1期。

② 释道安：《合放光光赞略解序》，释僧祐：《出三藏记集》卷七，第265—266页。引用时个别标点有变动。

附录:"不易"并非"不容易"

为可取。

第二篇是与《合放光光赞略解序》写于同一年的《道行经序》。在此文中,道安进一步论述了节译本、全译本的关系及"得本""委本"的问题,他写道——

> 佛泥日(泥曰,涅槃)后,外国高士抄九十章为《道行品》。桓灵之世,朔佛齎诣京师,译为汉文。因本顺旨,转音如己,敬顺圣言,了不加饰也。然经既抄撮,合成章指,音殊俗异,译人口传,自非三达,胡能一一得本缘故乎?由是《道行》颇有首尾隐者。古贤论之,往往有滞,仕行(译经家朱仕行,亦作"朱士行")耻此,寻求其本,到于阗乃得。送诣仓垣(仓垣,今河南开封),出为《放光品》。斥重省删,务会("会",疑"令"之误)婉便,若其悉文,将过三倍。善出无生(无生,无生法忍,观诸法无生无灭而不动心),论空(空论)特巧(一作"论空持巧",在"空"论方面很巧妙)。传译如是,难为继矣。二家所出,足令大智焕而阐幽。支谶全本,其亦应然。何者?抄经删削,所害必多,委本从圣,乃佛之至诚也。①

我们首先需要注意的是道安在这里使用的几个重要的词,从翻译学的角度看,也可以看做是概念。首先是早于《摩诃钵罗若

---

① 道安:《道行般若经序》,释僧祐撰:《出三藏记集》卷七,第263—264页。

波罗蜜经抄序》中的"五失本"的"失本",而提出了与之相对的"得本"的概念。所谓"胡能——得本缘故乎"中的"得本"与后面的"缘故",是同义词,"缘故"似宜理解为动宾结构,而不应理解为名词的"缘故"。"缘"者,循也,顺也,凭也;"故"者,故籍也,故典也,故实也,指的是佛典之原典。可见,"得本"就是"缘故",反过来说,"缘故"必"得本"。其次,提出了"抄撮"与"全本"这对概念。"抄撮"就是抄译本、节译本,"全本"就是全译本。

道安以《道行品》的翻译为例,论述了抄译本与全本之间的关系。《道行品》先有"外国高士"所"抄撮"的抄本(节选本),竺朔佛据此译出;接着朱仕行寻得原本,然后根据原本翻译了"斥重省删"的节译本,最后是支谶的全本。道安肯定了前两个节译本的特点和价值,认为它们在阐释般若智慧方面都是有益的。但是,从译本形态上看,同样是节译本,竺朔佛和朱仕行的本子是不同的,因为竺朔佛译本所依据的本来就不是原本而是抄本。抄本内容本来就不全("颇有首尾隐者"),而在翻译过程中就难以"三达",不可能保证处处都忠实原文("得本"),因此在读者阅读理解过程中"往往有滞"。因为这样的原因,面对竺朔佛的节译本,像朱仕行那样的"专务经典""誓志捐身"[①]"深崇正法、博究众音"[②]的僧人引以为耻,便去寻求原本,并且重新进行节译,即为《放光品》。在道安看来,虽然《放光品》节译本在篇幅上仅仅是原文的三

---

① 参见释僧祐《出三藏记集》卷十三《朱士行传》,第505页。
② 释慧皎:《高僧传》卷四,朱恒夫、王学军、赵益译注,第197页。

附录:"不易"并非"不容易"

分之一,但因"斥重省删",对读者而言更为"婉便",而且在阐述佛教的"无生"(即般若学的"无生法忍")和"空"论方面,都做得很好、很巧妙,故给予高度评价,认为翻译达到了这样的水平,后人很难超越了("传译如此,难为继矣")。但是,无论如何,以上两种毕竟都是节译本。所谓"难为继矣",有"后无来者"的意思,但这里不仅仅是人们通常理解的赞扬,而且也包含着"今后这样的节译本很难再有了"的意思,为什么呢?因为有了全译本。有了全译本,节译本便"难为继"了。全译本一出,节译本的价值就大打折扣了。道安站在佛经翻译史的立场上,指出了节译本产生的原因与必然。由于条件所限,对译者及读者的要求一时又不可能太高,因而节译本便多了。在道安看来,一定程度的删繁就简的节译是应该存在的。而在节译本中,所据文本是否是原作,也影响到了不同节译本的价值。在中国佛经翻译史上,节译本往往是一个过渡时期的产物,后来便会出现全译本。但是,严格地说,由于中外文体的差异,并非所有的译本都需要是严格意义上的"一一得本"的全译本,不能"一一得本"的"失本"也是允许的。这里体现了道安充分尊重历史存在的公正客观的态度,但他也明确地表达了自己的判断,那就是全译本更好。具体到支谶的翻译,他本来也可以节译的,但他没有节译,"何者?抄经删削,所害必多",而只有"委本"(全译本、详本)才能做到"从圣"。所谓"委本从圣,乃佛之至诚也。"的"委本"之"委",有"委随""隶属"之意,就是译者对原文不加删削,忠实于原文。可以说,在"全"的意义上,

"全本"就是"委本"。他认为支谶的全译本也更应该起到像朱仕行节译本《放光品》那样"善出无生,论空特巧",而且更会"足令大智焕而阐幽",因为支谶的译本毕竟是全本。节译本再怎么好,也有节译本的缺陷,他并断言"抄经删削,所害必多"。总之,从"得本/失本"的角度看,"委本"即全本才是真正的"得本"。

第三篇文章,是早于《摩诃钵罗若波罗蜜经抄序》一年(公元382年)撰写的《比丘大戒序》,道安在此文中谈到了他对全译本由恨到爱的转变过程。他说自己以前从法潜那里得到一部戒律,但是当时觉得"其言烦直",于是"意常恨之",而今见到了昙摩侍的《阿毗昙》并对照之,觉得内容与从前从法潜那里得到的那一部经是一模一样的,而且"乃知淡乎无味,乃真道味也。"但是尽管如此,从读者角度考虑,他还是——

> 嫌其叮咛,文多反复,称即命慧常(慧常,隋泰僧人,译经家),令斥重去复。常乃避席谓:"大不宜尔。戒犹礼也,礼执而不诵,重先制也,慎举止也。戒乃迳(迳,通'经')广长舌相(广长舌相,指佛陀又宽又长的舌头与面相,与'覆面'义同)三达心制,八辈圣士珍之宝之,师师相付,一言乖本,有逐无赦。外国持律,其事实尔。此土《尚书》及与《河洛》,其文朴质,无敢措手,明祇('祇'一作'祗',表尊敬意)先王之法言而慎神命也。何至佛戒,圣贤所贵,而可改之以从方言乎?恐失四依(四依,听受和

附录:"不易"并非"不容易"

修持佛法的四项原则,即依法不依人、依义不依文、依了一经不依不了一经、依智不依识)不严之教也。与其巧便,宁守雅正。译胡为秦,东教之士(东来传教之士)犹或非之,愿不刊削以从饰也。"众咸称善。于是案胡文书,唯有言倒,时从顺耳。……诸出为秦言,便约不烦者,皆葡萄酒之被水者也。①

至此,在对不同形式的译本进行评价时,道安已经实现了一个明显的价值转换。如果说几年前他还从读者接受、与尊重原文两个角度,对节译本与全译本、或"委本"与"失本"的功能价值做二元的评价,但到了《比丘大戒序》中,他明确地站在了尊重原文的立场,并对以前自己只顾阅读巧便的价值观做了反省。这里所援引的慧常的一段话,可以看做是为道安代言。慧常认为,对原本删繁就简是非常不合适的。在印度,佛教的传统即戒律是很严格的,随意改动经典,哪怕是一个字,也会被逐出佛门,即所谓"一言乖本,有逐无赦"。慧常还拿中国的典籍做比,说像《尚书》、《河洛》那样的书,文字是很质朴,但也绝不能改动。何况是佛戒,怎么能"改之从方言"呢?所以,"与其巧便,宁守雅正",翻译成汉文时,也应该"不刊削以从饰"。对于慧常的这种观点,"众咸称善",所以在翻译过程中只把梵汉的语法句序做颠倒而已。道安的结论是,那些在翻译中做了改动的本子,都像葡萄酒兑了水一样,

---

① 释僧祐:《出三藏记集》卷十一,第412—413页。

品质味道都不行了。很明显,在道安看来,作为佛教徒首先要尊重佛典,这是虔敬信仰的必然要求;作为翻译家,要忠实传译,这是对经典原典的尊重。而随意删削、随意加以修饰,无异离经叛道。翻出来的东西就如同兑了水的葡萄酒。

第四篇文章《鞞婆沙序》,在写作时间上与《摩诃钵罗若波罗蜜经抄序》大约同年,在时间上更可以看出道安如何一步步形成"五失本、三不易"的思想。《鞞婆沙序》中有这样一段话:

> 赵郎谓译人曰:"《尔雅》有《释古》《释言》者,明古今不同也。昔来出经者,多嫌胡言方质,而改适今俗,此政所不取也。何者?传胡为秦,以不闲方言,求知辞趣耳,何嫌文质?文质是时,幸勿易之,经之巧质,有自来矣。唯传事不尽,乃译人之咎耳。"终咸称善。斯真实言也。遂案本而传,不令有损言游字,时改倒句,余尽实录也。①

这里所引赵郎(名赵正,曾与道安主持译场)的话,与《比丘大戒序》众所引慧常的话,其基本观点如出一辙。但论据和着眼点有所变化。如果说上一篇的着眼点是"崇经信教",这一篇的着眼点是"察外知古",认为之所以要"传胡为秦"、把外国书译过来,是因为我们不熟悉他们的言语("以不闲方

---

① 道安:《鞞婆沙序》,《出三藏记集》卷十,第382页。

言")；翻译过来为的是了解外国的"辞趣"，而无论它是"质"的还是"文"的。正如《尔雅》中的《释古》、《释言》的部分，为的是"明古今不同"，那么我们的翻译也是为了"明中外之不同"。结论是："文质是时，幸勿易之，经之巧质，有自来矣。""文"与"质"是由时代所决定的，是有其形成的必然原因的，因而翻译者要好好传达出原文本来具有的"文"或"质"，而不应该随意加以变动。如果做不到这一点，那就是"译人之咎"了。鉴于这样的缘由，故而"案本而传，不令有损言游字"。

由以上四篇文章，可以看出，从晋泰元元年即公元376年写作《合放光光赞略解序》，到公元383年写作《摩诃钵罗若波罗蜜经抄序》，至少是在七八年的时间里，道安的翻译思想渐次明晰，逐渐形成了"得本""委本"即尊重原本、"案本而传"的翻译主张。而要尊重原本，一是要尊重原本的完整性，不主张删繁就简、斥复去重，因此在节译本与全译本这两种文本形式中，更推崇全译本。二是要尊重原本的文体与风格，不要以汉文读者所习惯的洗练简洁的文体，去改变原本的叮咛反复的文体，不要以译文的风格去改变原本的风格，不要以今易古，因为翻译是为了知古，不以"文"代"质"，因为文与质是时代的产物，原文是"质"的则"质"，是"文"的则"文"。三是读者要抱着从译本入手虚心研习原本的态度，译者要以原作为中心，不要一味迎合读者口味追求"巧便"而去俯就读者，而是要坚守原作，"与其巧便，宁守雅正"。否则，就会造成"五失本"。

值得注意的是,在《摩诃钵罗若波罗蜜经抄序》中,道安在讲完了"五失本"之后,接着用了一个转折副词"然"字,一下子转到了"三不易"的论述上。也就是说,因为在"译胡为秦"的时候,常常会出现"五失本"的现象,那么,如何才能避免出现"失本"呢?换言之,避免"五失本"的途径与方法是什么呢?那就是"三不易"。

要正确理解"三不易"的真意,关键是要搞明白"易"字。"易"字除了有"容易"的意思外,还有多种词义,其中也有"轻易"之义。查《集韵》:"易,轻也"[①];《汉语大字典》"易"字解第8条释义:"简慢、轻率。"并援引如下语料:《论语·八佾》:"礼,与其奢也,宁俭;丧,与其易也,宁戚";《史记·魏其武安侯列传》:"魏其者,沾沾自喜耳,多易";裴骃集解引张晏曰:"多易,多轻易之行也";清袁枚《随园诗话》卷三:"夫用兵,危事也,而赵括易言之,此其所以败也"。[②]可知"易"有"轻易""轻率"意。仅仅从词义本身来看,"三不易"的所谓"不易"并不是"不容易"之意,而是"不轻易""不要轻易"或"不轻率""不要轻率"的意思,也就是不要轻易为之。"三不易"就是"三个不可轻易为之"。

要正确理解"三不易"的真意,还要搞明白"不易"二字。"不易"作为一个词,收于《辞源》,共有两条释义:

---

① 丁度等编:《宋刻集韵》,中华书局,2005年影印版,第133页。
② 汉语大字典编辑委员会编:《汉语大词典》,四川辞书出版社、湖北辞书出版社1993年版,第628页。

(一)难;(二)不变。① "三不易"之"不易"二字若作为一个独立的双音词来理解的话,就是"不变","三不易"就是"三条不变"。

道安提出的"三不易",在句法结构上都有一个特点,都是一个复句、而且是转折句,以转折词"而"或"乃"将句子分为前后两个分句,前句为"正"句,说的是"不变"或"不能变"的,也是肯定意义上的;后一个分句是"反"句,说的是不能"轻易""轻率"而为的,是否定意义上的。以下具体分析之。

"一不易"——"般若经三达其心,覆面所演,圣必因时,时俗有易,而删雅古以适今时,一不易也"。我们若把"不易"作为"不变"来理解,就是说"般若经三达其心,覆面所演,圣必因时,时俗有易"这事,是不变的、不能改变的;若把"易"做"轻易""轻率"解,就是说"删雅古以适今时"这种事"不可轻易而为"。对于在翻译中为了迎合今天的读者,而将原典的古雅加以改变这一做法,道安在上引文章中已经反复明确排斥过。他借赵正之口说:"昔来出经者,多嫌胡言方质,而改适今俗,此政所不取也。何者?传胡为秦,以不闲方言,求知辞趣耳,何嫌文质?文质是时,幸勿易之,经之巧质,有自来矣。"反对翻译中的改雅趋俗。可见,这两个分句

---

① 详见《辞源》(修订本重排版),北京:中华书局,2010年,第74页。另外,日语中的"不易"作为汉字词显然从中国传入的,而且也是"不变"之意。江户时代的俳人松尾芭蕉曾提出了"千年不易、一时流行"(简称"不易、流行")的命题,论述俳谐(俳句)的变与不变的关系。可资参考。

一正一反，所表达的意思是完全一致的。

"二不易"——"愚智天隔，圣人叵阶，乃欲以千岁之上微言，传使合百王之下末俗，二不易也。"我们若把"不易"作为"不变"来理解，就是说"愚智天隔，圣人叵阶"这事，是不变的、不能改变的；若把"易"做"轻易""轻率"解，就是说"欲以千岁之上微言，传使合百王之下末俗"这种事"不可轻易而为"。这一主张与"一不易"中的主张有相同之处，但"一不易"主要是指古今时代风格而言的，"二不易"主要从语言风格上而言的，就是在翻译的时候不能轻易把千年以前的微言大义，加以稀释而迎合当今"末俗"。这里的"微言""末俗"二词明显地含有一褒一贬的价值判断的意味。作为一个佛教僧人，"俗"尤其是"末俗"是要极力避免的，翻译佛经也是一样。古代佛典语言有神圣神秘性，不能在翻译中俗化乃至丢失。这一主张，大概就是后来玄奘的"不翻"论的滥觞；换言之，佛言具有微言大义的神圣神秘性，往往是不可以"翻"出来的，而只能加以"音译"。而且这个意思，道安在上文中也已经明确表示过："何至佛戒，圣贤所贵，而可改之以从方言乎？恐失四依不严之教也。与其巧便，宁守雅正。"可见，"二不易"这两个分句也是一正一反，所表达的意思是完全一致的。

以上两个"不易"基本涵盖了"五失本"的全部内容。对翻译家而言，这两个"不易"若能做到，就可以避免"五失本"的情况。

"三不易"——就是翻译中不能以今人的理解来"量裁"

佛典。道安强调：当年阿难陀初次诵出经文的时候，离佛陀涅槃未久，对阿难陀凭记忆诵出的经文，尊者大迦叶让五百罗汉"迭察迭书"，即反复审核方可定稿。我们若把"不易"作为"不变"来理解，就是说这样慎重定稿的佛典是"不变"的，亦即不能改变的；若把"易"做"轻易""轻率"解，就是说"以近意量裁"这种事"不可轻易而为"。在距离千年以后，拿今天的理解去度量佛典，那怎么行呢？！当年阿罗汉们皆对佛经抱着战战兢兢的态度，而我们这些平平凡凡的"生死人"怎么能对佛经不抱敬畏之情呢？难道我们要把对佛典的无知当做一种"勇敢无畏"的行为吗（"岂将不知法者勇乎"）？所以，这样的事情不可轻易为之。这是第三个"不易"。主要强调面对佛典所应有的一种态度，强调不要以今天的想法（"近意"）去妄断、去臆度佛典，不要以无知行为作为一种勇敢行为。可见，"三不易"这两个分句也是一正一反，所表达的意思也是完全一致的。

三、对"五失本、三不易"的误释、误解及其辨正

这样看来，"五失本"与"三不易"就形成了一个密切的逻辑关系。也就是说，鉴于有五种可能会"失本"的情况，就要在三个方面不可改变之、不可轻易为之，亦即"三不易"。

然而，长期以来，各家在训释"三不易"之"不易"的时候，均把"不易"理解为"不容易"，从而在根本上误解了道安的原意。

例如，梁启超在《翻译文学与佛典》中说："三不易者：（一）谓既须求真，又须喻俗。（二）谓佛智悬隔，契合实难。（三）谓去古久远，无从询证。"①接着补充说："以原文繁重不具引，仅撮大意如上"。显然，对照道安的原文，梁启超的这种"仅撮大意"的解释，实际上去道安的原意甚远了，主要是因为他把原文的"不易"解释为"不容易"了。

吕澂《中国佛学源流略讲》在谈到"五失本、三不易"的时候，把"三不易"理解为"三种不易翻译的情况"，他写道：

> 三种不易翻译的情况是：第一，经籍本是佛因时而说的，古今时俗不同，要使古俗符合今时，很不容易；第二，要把圣智所说的微言深意传给凡愚的人理解，时间距离又那么远，这也不容易；第三，当时编经的人都是大智有神通的，现在却要一般人来传译，这更是一件不容易的事。②

这里把"不易"理解为"很不容易"，由于本质上不合道安原意，却又要在译成白话文的时候尽力要符合逻辑，故而显得勉为其难。具体而言，关于"一不易"，道安原话是"删雅古以适今俗"，这也正是"五失本"中"三失本"所说的"而今裁斥"、"四失本"中所说的"刈而不存"、"五失本"中所

---

① 梁启超：《翻译文学与佛典》，《梁启超全集》第七册，第3799页。
② 吕澂：《中国佛学源流略讲》，中华书局1979年版，第61页。

附录:"不易"并非"不容易"

说的"而悉除此",指的都是为了符合时人口味,而不惜删减、改变原文。这样的"删雅古以适今俗"的做法哪里谈得上是"不容易"呢?实际上,在道安看来,这恰恰是在翻译中经常"容易"发生的失误,也是需要注意避免的。

关于"二不易",吕澂把道安要表达的"不能把千年前的佛经之微言大义,翻译得合于当代末俗"这层意思,做了相反的理解,所谓"要把圣智所说的微言深意传给凡愚的人理解,时间距离又那么远,这也不容易",这就把意思变成了"应该这样做,但实际上'不容易'做到"。

关于"三不易",道安所要表达的是翻译家作为凡人,要对佛经抱有战战兢兢、临深履薄的虔敬态度,不可轻易"以近意量裁"。但吕澂的解释却把"以近意量裁"这句最关键的话丢掉了。当然,丢掉了并非疏忽,而是因为既然认定"不易"就是"不容易"的意思,所以就要在解释上尽可能符合逻辑。实际上,道安所说的"以近意量裁"佛经,对翻译家而言那是常常难以避免的,也是"很容易"发生的,但要切实尊重佛典、吃透原意,则是很"不容易"的。

众所周知,梁启超、吕澂都是现代佛学研究的大家,《翻译文学与佛典》《中国佛学源流略讲》也都是佛学研究及翻译文学研究的名著。正因为是名人名著,所以影响很大。其中对"三不易"的解释,似已被奉为不刊之论,为后来的翻译史和佛教史著作所接纳。例如,方广锠著《道安评传》第四章第三节《翻译理论》中,将"三不易"理解为"第一件不容易的事情""第二件不容易的事情""第三件不容易的事情"；①朱志瑜、朱晓农著《中国佛籍译论选辑评注》把"三不易"理解为"第一个大不易处""第二个大不易处""第三个大不易处"，即很不容易的地方；②陈福康著《中国译学理论史稿》将"三不易"理解为"有三件事决定了译事是很不容易的"；③任继愈主编《中国佛教史》中认为："所谓'三不易'，是指在翻译《般若经》等经典的过程中有三种很不容易的情形。"④马祖毅著《中国翻译简史》把"三不易"理解为三个"很不容易"；⑤马祖毅为《中国翻译词典》撰写的"五失本、三不易"的词条，亦袭此说。⑥此外，王宏印著《中国传统译论经典诠释》一书及为《中国译学大辞典》撰写的《"五失本、三不易"的本体论阐释》词条，虽然没有直接把"三不易"之"不易"训释为"不容易"，而是认为"'三不易'进一步从译者与作者的关系、读者与作者的关系等翻译活动的主体性差异的角度论证了翻译的不可能，即从社会学角度论证翻译之不可能"。⑦"不可能"之解实际上仍是"不容易"解的翻版，只是由"不容易"上升为"不可能"。这样的"阐释"似

---

① 方广锠：《道安评传》，昆仑出版社，2007年，第249页。
② 朱志瑜、朱晓农：《中国佛籍译论选辑评注》，清华大学出版社，2006年，第21页。
③ 陈福康：《中国译学理论史稿》，上海外语教育出版社，1992年，第19页。
④ 任继愈主编：《中国佛教史》第二卷，中国社会科学出版社，1985年，第182页。
⑤ 马祖毅：《中国翻译简史（五四以前部分）》，中国翻译出版公司，1998年，第38页。
⑥ 参见林煌天主编：《中国翻译词典》，湖北教育出版社，1997年，第737页。
⑦ 方梦之主编：《中国译学大辞典》，外语教育与研究出版社，2011年，第52页。

附录:"不易"并非"不容易"

乎阐释过度了,因为道安的"三不易"指的本来就是很"可能"出现的情况,因为很可能出现,所以需要小心谨慎,不可轻易而为之。

之所以把"不易"做了以上的错误理解,也许是因为乍看上去"不易"这个词太"易"懂了。"不易"就是"不容易"。实际上,"不易"可以理解为"不变""易"可以理解为"轻易",恰恰在这里就是不可以理解为"不容易"。否则就会颠倒原意、致使逻辑不通。钱钟书在上引《管锥编》中,曾对"五不翻"做过仔细分析阐释,然而接下来却对"三不易"只字不提。以他一贯的咬文嚼字的细致,这恐怕不是无意疏漏,或许他觉察到了以"不容易"来理解"三不易",是难以说通的,所以干脆按下不表,这是一种审慎的态度。

上述对"三不易"的"不易"做"不容易"解,会造成一系列矛盾和混乱。

首先是扭曲了"五失本"与"三不易"之间的逻辑关系。在道安那里,"五失本、三不易"是不可分割的,作为一组概念、一个命题,是在同一语境下提出来的。现在学者们也都把"五失本、三不易"合为一谈,这是对的。从翻译的实际情况来看,因在翻译过程中常常会出现"失本"的情况,所以道安在"五失本"之后,紧接着就提出了"三不易",主张三种情况"不可轻易"而为。也就是说,"三不易"是为了最大限度地减少"五失本"现象而提出来的。"失本"是翻译中客观存在,表明翻译作为一种跨语言转换活动,其本身并非完美的、万能的,而是有其局限性的。何况中印文化存在着世俗文化与宗教文化的巨大差别，梵汉语言也分属于拼音文字与方块字的不同语系，所以翻译转换中就会出现不忠实原文的"失本"。正因为"失本"是客观存在的、是迫不得已而出现的，有时候甚至还是必须如此的，所以道安并没有完全否定"失本"。这导致了后人在可否"失本"的问题上存在不同理解。如道安的弟子释僧叡在《大品经序》中，称自己在翻译中时刻牢记亡师的"'五失'及'三不易'之诲"①；而道安的另一个弟子则认为"失本"是可以允许的，"既方俗不同，许其五失胡本"。②但无论如何，如上文所述，联系道安的有关"失本"问题的思考与言论来看，他是主张"失本"可以存在、也允许存在，但又不是翻译的理想状态，应该尽量避免。而避免的方式方法，就是坚持"三不易"的原则。

但是，假如把"三不易"之"不易"解释为"不容易"，那么不仅"五失本"与"三不易"之间的关联弄松散了，甚至两者之间在逻辑上也出现了严重悖谬。道安先说的是五种"失本"的情形，接着说的是三个"不易"，假如把"不易"训释为"不容易"，就等于把"三不易"理解为"不容易"做到的事情。然而这三种"不容易"做到的情形恰恰都在"五失本"中具体做到了。例如"三不易"中"一不易"所说的"删雅古以适今时"，在"五失本"中具体表现为"裁斥"繁复之处，或"刈而不存"、或加以"悉除"。这些作为"失本"

---

① 释僧叡：《大品经序》，许明编著：《中国佛教经论序跋记集》第一卷，上海辞书出版社，2002年，第63页。
② 佚名：《僧伽罗刹集经后记》，僧祐撰：《出三藏记集》，第375页。

附录:"不易"并非"不容易"

的现象在已有的翻译实践中都已经大量存在着了,那么"三不易"中所说的"删雅古以适今时"还有什么"不容易"做到的呢?实际上,道安的"三不易"论,无论是"删雅古以适今时"、还是把佛典的微言大义加以俗化来迎合当代"末俗"、抑或是"以近意量裁"佛典,这些都不是"不容易"做,恰恰相反,都是很容易做出来、一不小心就会出现的情况。正如《续高僧传》的作者、唐代高僧释道宣所说:"译从方言,随俗所传,多陷浮讹,所失多矣。所以道安著论,'五失'易从。"①

而且,把"三不易"的"不易"理解为"不容易",自然而然就会认定:这三件事情是"不容易"的,唯其"不容易",所以要努力去做才行。这样一来,本来是"不能轻易为之"的事情,却变成了正因为不容易就应该克服困难尽力去做的事情,这就完全颠倒了道安的原意。实际上,"三不易"的三条"不易"都是不应该做的,是道安对译者提出的三点警示、三点告诫。"三不易"显然是道安"因本顺旨"、"案本而传"思想主张的必然归结。这一点,通过上文在第二部分中对道安翻译思想发展演变过程的梳理已经可以看得很清楚了。道安已明确告诫:"抄经删削,所害必多,委本从圣,乃佛之至诚也。"指出如在翻译中"斥重去复",则"大不宜尔"。这样看来,假如道安把"三不易"中的"不易"作为三条"不容易"来说,那就等于说他把此前自己的一贯主张都推翻了。当

---

① 道宣:《大唐内典录序》,朱志瑜、朱晓农著:《中国佛籍译论选辑评注》,第105页。

然这是绝对不可能的。

而且,把"三不易"之"不易"理解为"不容易",也无法承续道安在讲完"五失本""三不易"之后说的那几句总结性的话——

> 涉兹五失,经三不易,译胡为秦,讵可不慎乎?

对于这几句话,特别是头两句话,现有的诸本也有两种不同的句读及理解。如中华书局 1995 出版、苏晋仁与萧炼子点校的僧祐撰《出三藏记集》所收《摩诃钵罗若波罗蜜经抄序》一文、吕澂《中国佛学源流略讲》第 61—62 页所引,还有许明编著《中国佛教经论序跋记集》第一卷第 43 页所收《摩诃钵罗若波罗蜜经抄序》,句读均为"涉兹五失,经三不易";而罗新璋编《翻译论集》和朱志瑜、朱晓农著《中国佛籍译论选辑评注》所收《摩诃钵罗若波罗蜜经抄序》也注明录自《出三藏记集》,但均将句读改为"涉兹五失经、三不易"[①]。

假如句读为"涉兹五失经、三不易",似有大疑问,关键问题是把"失经"作为一个词来看待了,但是道安在上文中没有使用"失经"一词,用的是"失本"。道安的其他文章中也未见使用"失经"一词,而都是用"五失""五失胡本""五失本"。所谓"失经",顾名思义就是翻译与"经"乖离不合,"经"当然是指佛家经典,假如"失经"这个词是存在的,那

[①] 罗新璋编:《翻译论集》,第 24 页,中华书局,1984 年版;朱志瑜、朱晓农著:《中国佛籍译论选辑评注》,第 19 页。

附录："不易"并非"不容易"

么"失经"的性质要比"失本"严重得多。"失本"只是一个文本问题，涉及的是语言、文体、风格上的问题，"失本"的翻译虽不理想但也是有可取之处。而假如是"失经"，那就等于脱离了经典、背离了经文，不但毫无可取之处，甚至有亵渎经典、离经叛道之嫌了。因此，"失经"似应不成立，把"失经"二字连在一起看成一个词，是很值得商榷的。重要的是，道安所历数的五种"失本"的情形，确属"失本"，而不能算是"失经"。

与上述的"失经"的理解不同，在句读为"涉兹五失，经三不易"的语境中，"五失"是"五失本"的简略，后人也用过"五失"这个词。如上文所引释僧叡在《大品经序》中说过"执笔之际，三惟亡师'五失'及'三不易'之诲"云。"涉兹五失"的"涉"字，有"经""经历""度过"之意。《汉语大词典》"涉"字第五条释义是"经历、度过"①；而"经"字在这里显然应做动词解，是"经过""经由"之意，与"涉"字同为动词，意思几乎相同。"涉兹五失，经三不易"，是较为典型的魏晋文章的对偶对仗句式。这样一来，疑问就消除了，文意就畅达了。我们可以解释为："这里涉及（讲到）了这'五失'、又经（涉及、经由、讲到）'三不易'（的提醒告诫），那么在将胡语（梵语）译为汉语的时候，我们又怎能不小心谨慎呢？"

需要注意的是，道安将"五失（本）"与"三不易"并

---

① 汉语大字典编辑委员会编：《汉语大词典》，第681页。

提,是对翻译家的提醒与告诫;假如道安所说的"三不易"指的是三点"不容易",那么"涉兹五失,经三不易,译胡为秦,讵可不慎乎"的意思就是:"这里涉及(讲到)了'五失',又有三条不容易做(而应该努力去做)的事,那么在将胡语(梵语)译为汉语的时候,我们又怎能不小心谨慎呢?"这样的意思显然是不合乎逻辑。读者自然就会产生疑问:"三条不容易"如何能有"讵可不慎乎"的提醒告诫作用呢?"不容易"不是对翻译家提出的告诫和要求,而只是感叹翻译之难罢了。正如后世严复所说的"译事三难:信、达、雅"一样,原本不是要提翻译标准而是感叹难以做到。然而,"三不易"中的三事项并不像"信达雅"那样有什么"难",或者有什么"不容易"做到的。"三不易"是对译者提出的要求,既然是要求,就要对译者提出可与不可、宜与不宜,就要指陈翻译中的成败得失。道安在"五失本、三不易"的论述中正是这样做的。所以道安接下来退了一步,缓和了一下口气,说:"正当以不闻异言,传令知会通耳,何复嫌大匠之得失乎?是乃未所敢知也。"意思是说本来正是因为读者不懂外语,才通过翻译以便"知会通"的,因而我们要感谢那些翻译家("大匠")才是,又怎能议论、指责他们的得失呢?但是他又说:话说回来,即便有人议论指责也未可知("是乃未所敢知也")。在这里,道安一方面表明了对译者的尊重与理解,表示不想对译者指手画脚说三道四,因为他自己虽然是佛典翻译的组织与指导者,延请了数位外籍翻译家译出众经百万言,却因不懂原文而不亲自从事翻译。但这不妨他提请译者注意:因为有"五失本",译者不可不慎，所以还要注意"三不易"。以当时道安在佛教界乃至僧俗两界的极大影响与崇高威望，这样的告诫别人可能不敢提或不便提，但道安却是责无旁贷、义无所辞的。并且，道安一生最重视的是为刚刚引进不久的佛教确立规矩规范，中国佛教中许多规矩规范就是由道安确立起来的。为此，他曾殚精竭虑，多方搜集了多种佛教戒律方面的经典，并组织人翻译出来，使出家僧人和教团的行为有了较为严格的戒律可以遵循，他自己则谆谆告诫、率先垂范、以身作则。联系这样的生平背景来看，道安向译者们提出"三不易"，作为三条"勿轻易为之"的原则要求，是道安的使命感使然、身份地位使然，可谓顺理成章。

"五失本、三不易"作为一对概念和一个完整的命题，两者互为依存、相辅相成。如果说"五失本"是翻译的不理想状态，是客观存在、难以避免的，那么"三不易"则是翻译家们所必须避免的，是对翻译家的刚性要求；如果说"五失本"指的都是译文中的语言、文体、风格，属于技术层面上的具体问题，那么"三不易"则是译者的文化立场和专业修养问题，是必须做到的原则要求。具体来说，"三不易"中的"一不易"，所谓"圣必因时，时俗有异"，故而不能"删雅古以适今时"，讲的是古今有别的问题，即不能为了今时而歪曲历史面目；"二不易"强调"愚智天隔、圣人叵阶"，讲的是圣愚不可颠倒，因而翻译中不可改变圣典而俯就末俗；"三不易"强调翻译中应该谨慎尊奉佛典而不能"以近意量裁"，讲的是"宗经"的问题。

要之，倘若要对"三不易"做进一步的浓缩提炼，似可概括为：一、勿轻易以古适今；二、勿轻易以浅代深；三、勿轻易臆度经典。所涉及的"区别古今""分别圣愚""尊崇经典"三个问题，是作为译者必须具备的职业操守和准则。可以说是翻译的"三戒"。试想，倘若一个译者做不到"三不易"，或为了迎合读者而"删雅古以适今时"，或不如实努力呈现原作本有的奥义而是把原作加以俗化，或不对古人或圣人的作品采取敬畏的态度而是"以近意量裁"、而且以无知当做勇敢无畏，那么这样的译者怎能堪当翻译的责任呢？

我们这样来理解"三不易"，就会看到道安的"三不易"作为翻译的"三戒"，对于佛经翻译乃至对于一般翻译活动而言，特别是对于翻译行为的规范化、翻译家的资质化专业化而言，具有很强的指导意义，直到今天也仍然没有失去其借鉴的价值。作为一个整体的"五失本、三不易"说，言简意赅，微言大义，具有丰富的思想蕴含，在翻译理论上很有开创性。它涉及了如何处理和评价各种不同文本之间的关系，包括原本与译本之间的关系、节译本与节译本之间的关系、节译本与全译本的关系；涉及了中印两国的语言文学文章之间的差异，论述了译文的语言风格与原文的语言风格的关系及其处理、译文的文章文体与原文的文章文体之间的关系及其处理；涉及了译者的修养修炼、文化胸怀及翻译态度的问题，认为充分尊重原典、充分尊重原典的历史语境与历史背景、心怀虔敬之情，是翻译家必须注意坚持的基本原则。这一切，都是后世翻译理论研究和探讨的基本问题。道安为这方面的理论话题开了头，奠定了基础。例如,就"三不易"所涉及的译者的修养与姿态而言,晚于道安二百多年,隋代佛经翻译家彦琮在专论翻译问题的论文《辩正论》中,提出了"八备"说,认为一个合格的佛经译者需要具备八项条件。彦琮的"八备"和道安的"三不易"同样属于对译者的要求,但彦琮提出的都是一般的人格品德和学艺修养方面的要求,如诚心爱法、不染讥恶、筌晓三藏、旁涉坟史、器量虚融、淡于名利、要识梵言等,[①]而道安的"三不易"是专对译者及其翻译活动而言的,显然更有原则性、更有针对性,也具有更大的理论价值。

另一方面,从中外翻译理论史上看,"三不易"说也具有很大的原创性。印度虽为文明古国,但文化中心主义意识极强,主要是中世纪各地的方言俗语对梵语文献的翻译,这种"印度式语内翻译","抑制了印度译者的翻译实践自觉地走向翻译思考,这或许才是印度古代长期缺乏翻译理论思考的主要原因"。[②]阿拉伯帝国对古希腊罗马文献的大规模有组织的"百年翻译运动"兴盛于9世纪中叶,在规模、影响方面堪与中国古代佛经翻译相比,但其兴盛期正值中国古代佛经翻译的末期,要比中国古代翻译的发达及道安时代晚得多。只有古罗马时代拉丁文的翻译及翻译理论比中国古代翻译先行,尽管还较为粗糙,但可以与道安相提并论。古罗马诗人兼翻译家贺拉斯主张翻译活动要以译者和以译文读者为中心,反对翻译中的神

---

① 彦琮:《辩正论》,道宣撰:《续高僧传》卷二,郭绍林校点,中华书局,2014年,第56页。
② 尹锡南等主编:《印度翻译研究论文选译》,巴蜀书社,2013年,第17页。

圣文本的存在，这与道安以尊重原典为中心思想的"五失本、三不易"论形成了对照。欧洲中世纪哲罗姆等人的拉丁语的《希伯来圣经》的翻译，与中国的佛经翻译及道安的翻译理论也具有一定的可比性。但无论如何，在欧洲古代和中世纪并没有人提出像道安的"五失本、三不易"这样新颖原创的理论命题与深刻的思想见解。直到文艺复兴时期，法国翻译家艾蒂安·多雷（1509—1546）才在西方翻译理论史上首次提出了"翻译的五原则"，[①]这已经是晚于道安一千两百年了。而且，"翻译的五原则"提出译者需要了解作者、需要精通原语并不要损害原文的优美、不需要亦步亦趋的忠实翻译、语言上不要太刻板、要用通俗表达、不要拘泥原文语序以免生硬翻译等，这些显然流于肤浅，远不如道安的"五失本、三不易"概念化命题化的程度高、思想见解深刻。

正因为"五失本、三不易"在世界翻译理论史上属于首提首创，作为具有严谨逻辑关系的一对概念和理论命题、作为我国传统翻译学的重要理论遗产，弥足珍贵，所以我们更应该正确理解、有效阐发"五失本、三不易"的理论价值，有必要对长期以来各家对"三不易"的普遍误释加以辨析订正，这对于当代中国翻译理论及翻译文学的学科建设也具有重要意义。

---

① 详见刘军平：《西方翻译理论史》，武汉大学出版社，2009年，第94—96页。

本书各章初出一览表

序号	论文名称	所载刊物与刊期
1	"创造性叛逆"还是"破坏性叛逆"？ ——近年来译学界"叛逆派""忠实派"之争的偏颇与问题	《广东社会科学》2014（3）
2	翻译学·译介学·译文学 ——三种研究模式与"译文学"研究的立场方法	《安徽大学学报》2014（4） 《新华文摘》2015年（1）
3	"译文不在场"的翻译文学史 ——"译文学"意识的缺失与中国翻译文学史著作的缺憾	《文学评论》2015（3） 《中国社会科学文摘》2015（10）
4	以"迻译·释译·创译"取代"直译·意译" ——翻译方法概念的更新与"译文学"研究	《上海师范大学学报》2015（5）
5	"译文学"的概念与体系 ——诸概念的关联与理论体系的建构	《北京师范大学学报》2015（6） 《高校文科学报文摘》2016（1）

（续表）

序号	论文名称	所载刊物与刊期
6	从"归化/洋化"走向"融化"——中国翻译文学译文风格的取向与走向	《人文杂志》2015（10）《中国社会科学报》2015.10.30转载；人大报刊复印资料《语言文字学》2016年第2期
7	"翻译度"与"缺陷翻译及译文老化"——以张我军译夏目漱石《文学论》为例	《日语学习与研究》2015（6）
8	正译/误译/缺陷翻译——"译文学"译文评价的一组基本概念	《东北亚外语研究》2015（4）
9	"翻"、"译"的思想——中国古代"翻译"概念的建构	《中国社会科学》2016（2）
10	"译文学"与"译介学"——译介学的特色、可能性与不能性及与"译文学"之关联	《民族翻译》2016（4）
11	"一般翻译学"的建构缺失与"译文学"补益	《中国政法大学学报》2016（3）
12	"译文学"之于比较文学的作用与功能	《广东社会科学》2016（4）

（续表）

序号	论文名称	所载刊物与刊期
13	外国文学研究的浅俗化弊病与"译文学"的介入	《东北师大学报》2017（1）
14	"创造性叛逆"的原意、语境与适用性 ——并论译介学对"创造性叛逆"的挪用与转换	《人文杂志》2017年（10）
15	《古今和歌集》汉译中的歌体、歌意与"翻译度"	《日语学习与研究》2017（6）

王向远论文目录一览
（1990—2017）

1. 《"物哀"与〈源氏物语〉的审美理想》，原载《日语学习与研究》1990年第1期。

2. 《三岛由纪夫小说中的变态心理及其根源》，原载《北京师范大学学报》1991年第4期。

3. 《〈一千零一夜〉与阿拉伯民族精神》，原载《宁夏大学学报》1991年第2期。

4. 《美色、美酒与波斯古典诗歌》，原载《国外文学》1993年第3期。

5. 《论渥莱·索因卡创作的文化构成》，原载《北京师范大学学报》1993年第5期。

6. 《论井原西鹤的艳情小说》，原载《外国文学评论》1994年第2期。中国人民大学复印资料《外国文学研究》1994年第6期转载。

7. 《日本的后现代主义文学与村上春树》，原载《北京师范大学学报》1994年第5期。中国人民大学复印资料《外国文学研究》1994年第11期转载。

8. 《中国早期写实主义文学的起源、演变与近代日本的写实主义》，原载《中国文化研究》1995 年第 4 期。中国人民大学复印资料《文艺理论》1996 年第 2 期转载。

9. 《日本白桦派作家对鲁迅、周作人影响关系新辨》，原载《鲁迅研究月刊》1995 年第 1 期。中国人民大学复印资料《中国现当代文学》1995 年第 5 期转载。

10. 《五·四时期中国自然主义文学的提倡与日本的自然主义》，原载《国外文学》1995 年第 2 期。

11. 《日本唯美主义文学与中国现代文学中的唯美主义》，原载《外国文学研究》1995 年第 4 期。

12. 《从"余裕"论看鲁迅与夏目漱石的文艺观》，原载《鲁迅研究月刊》1995 年第 4 期。

13. 《中日启蒙主义文学思潮与"政治小说"比较论》，原载《外国文学评论》1995 年第 3 期。

14. 《鲁迅与芥川龙之介、菊池宽历史小说创作比较论》，原载《鲁迅研究月刊》1995 年第 12 期。

15. 《中国的鸳鸯蝴蝶派与日本的砚友社》，原载《北京师范大学学报》1995 年第 5 期。中国人民大学复印资料《外国文学》1995 年第 11 期转载。

16. 《新感觉派文学及其在中国的变异——中日"新感觉派"的再比较与再认识》，原载《中国现代文学研究丛刊》1995 年第 4 期。

17. 《中国早期普罗文学与日本普罗文学特征之辨异》，原载《东方丛刊》1995 年第 3 期。

18. 《法西斯主义与日本现代文学》，原载《社会科学战线》1996年第2期。

19. 《文体与自我——中日"私小说"比较研究中的两个基本问题新探》，原载《四川外语学院学报》1996年第4期。中国人民大学复印资料《外国文学》1996年第12期转载。

20. 《后现代主义文化语境中的中国文学和日本文学》，原载《国外文学》1996年第1期。

21. 《文体·材料·趣味·个性——以周作人为代表的中国现代小品文与日本写生文比较观》，原载《鲁迅研究月刊》1996年第4期。

22. 《鲁迅杂文观念的形成演进与日本文学》，原载《鲁迅研究月刊》1996年第2期。

23. 《"新感觉派"的名与实》，原载《文艺报》1996年5月31日。

24. 《中国传统戏剧的现代转型与日本新派剧》，原载《四川外语学院学报》1997年第2期。中国人民大学复印资料《戏曲戏剧》1997年第7期转载。《新华文摘》1997年第9期摘要。

25. 《田汉的早期剧作与日本新剧》，原载《中国比较文学》1999年第1期。中国人民大学复印资料《戏曲戏剧研究》1999年第6期转载。

26. 《中国现代浪漫主义文学思潮与日本浪漫主义》，原载《中国文化研究》1997年第3期。中国人民大学复印资料《文艺理论》1997年第10期转载。

27. 《近代中日小说的题材类型及其关联》，原载《齐鲁学刊》1997 年第 3 期。

28. 《"战国策派"和"日本浪漫派"》，原载《中国现代文学研究丛刊》1997 年第 2 期。

29. 《日本的侵华文学与中国的抗日文学——以日本士兵形象为中心》，原载《北京社会科学》1997 年第 3 期。中国国际广播电台 1997 年 8 月，译成英文播出。

30. 《〈中日现代文学比较论〉的基本思路与基本内容》，原载《中国比较文学通讯》1997 年第 1 期。

31. 《中国现代小诗与日本的和歌俳句》，原载《中国比较文学》1997 年第 1 期。

32. 《鲁迅的〈野草〉与夏目漱石的〈十夜梦〉》，原载《鲁迅研究月刊》1997 年第 1 期。

33. 《中日现代文学比较研究的宏观思考》，原载《北京师范大学学报》1997 年第 1 期。

34. 《芥川龙之介与中国现代文学——对一种奇特的接受现象的剖析》，原载《国外文学》1998 年第 1 期。《中国比较文学》1999 年第 1 期杂志"学海拾贝"栏载述评。

35. 《厨川白村与中国现代文艺理论》，原载《文艺理论研究》1998 年第 2 期。中国人民大学复印资料《文艺理论》1998 年第 7 期转载。

36. 《中国现代文艺理论与日本文艺理论》，原载《北京师范大学学报》1998 年第 4 期。中国人民大学复印资料《文艺理论》1998 年第 9 期转载。

37. 《周作人的文学观念的形成演变及来自日本的影响》，原载《鲁迅研究月刊》1998年第1期。

38. 《中日"新浪漫主义"因缘论》，原载《四川外语学院学报》1998年第3期。

39. 《日本的"笔部队"及其侵华文学》，原载《北京社会科学》1998年第2期。中国人民大学复印资料《中国现当代文学》1998年第8期转载。《新华文摘》1998年第9期摘发。中国国际广播电台1998年7月9日译为英文播出。

40. 《"笔部队"——日寇侵华的一支特殊部队》，原载《北京日报》1998年7月20日"文史栏"。

41. 《七七事变前日本的对华侵略与日本文学》，原载《日本学刊》1998年第6期。

42. 《从日本文坛看日本军国主义思想及侵华"国策"的形成》，原载《抗日战争研究》1998年第4期。

43. 《谈谈攻博期间的科研与论文写作——在北师大研究生院博士生培养与科研工作会议上的讲话》，原载《北京师范大学研究生报》1998年4月5日。

44. 《日本的"军队作家"及其侵华文学》，原载《北京社会科学》1999年第1期。中国国际广播电台1999年7月8日译为英文播出。

45. 《日本有"反战文学"吗?》，原载《外国文学评论》1999年第1期。《新华文摘》1999年第6期摘编。《文艺报》1999年7月22日第2版"思想库"栏摘要。《北京日报·理论周刊》1999年9月8日第11版摘要。

46. 《中国的乡土文学与日本的农民文学》，原载《四川外语学院学报》1999 年第 1 期。

47. 《战后日本文坛对侵华战争及战争责任问题的认识》，原载《北京师范大学学报》1999 年第 3 期。

48. 《田汉的早期剧作与日本新剧》，原载《中国比较文学》1999 年第 1 期。中国人民大学复印资料《戏曲戏剧研究》1999 年第 6 期转载。

49. 《胡风和厨川白村》，原载《文艺理论研究》1999 年第 2 期。中国人民大学复印资料《文艺理论》1999 年第 6 期转载。

50. 《二十一世纪的比较文学研究——回顾与展望》，原载《文艺报》1999 年 5 月 13 日。中国人民大学复印资料《文艺理论》1999 年第 7 期转载。

51. 《日本侵华诗歌中的战争喧嚣》，原载《现代文明画报》1999 年 6 月。

52. 《〈"笔部队"和侵华战争〉：侵华"笔部队"的秘密》，原载《中国教育报》1999 年 9 月 26 日。

53. 《"大陆开拓文学"简论》，原载《日本学刊》1999 年第 6 期。

54. 《真实与谎言，"笔祸"与罪责——对石川达三及其侵华文学的剖析与批判》，原载《国外文学》1999 年第 4 期。

55. 《二十世纪中国的日本翻译文学史内容简介》，原载《中国比较文学通讯》1999 年第 2 期。

56. 《以笔做刀的日寇"笔部队"——关于〈"笔部队"与侵

华战争〉》，原载《北京日报·理论周刊》2000 年 2 月 14 日。

57. 《"大东亚文学者大会"与日本对中国沦陷区文坛的干预渗透》，原载《新文学史料》2000 年第 3 期。

58. 《翻译文学史的理论与方法》，原载《中国比较文学》2000 年第 4 期。

59. 《建国五十年来中国的日本文学译介》，原载《中日关系史研究》第 2 期。

60. 《近百年来我国对印度古典文学的翻译与研究》，原载《北京师范大学学报》2001 年第 3 期。

61. 《五四前后中国的日本文学翻译的现代转型》，原载《四川外语学院学报》2001 年第 1 期。

62. 《近百年来我国对印度两大史诗的翻译与研究》，原载《南亚研究》2001 年第 1 期。

63. 《七十年来我国的印度文学史研究论评》，原载《外国文学评论》2001 年第 3 期。

64. 《我国台湾和香港地区的日本文学翻译概述》，原载《中日关系史研究》2001 年第 1 期。

65. 《学术＋艺术＝教学基本功——在第三届北京高校青年教师教学基本功比赛总结点评大会上的讲话》，原载《现代教育报》2001 年 2 月 28 日第 3 版。

66. 《论比较文学的"传播研究"——它与"影响研究"的区别、它的方法、意义与价值》，原载《南京师范大学文学院学报》2002 年第 2 期。中国人民大学报刊复印资料《文艺理论研究》2003年第3期转载。

67. 《"阐发研究"及"中国学派"——文字虚构与理论泡沫》，原载《中国比较文学》2002年第1期。

68. 《近二十年来我国的中俄文学比较研究述评》（上），原载《俄罗斯文艺》2002年第4期。

69. 《近年来我国的中朝文学关系比较研究概评》，原载《延边大学学报》2002年第4期。

70. 《我怎样写〈中国比较文学二十年〉》，原载北京大学《东方文学研究通讯》2002年第4期。

71. 《近二十年来我国的中俄文学比较研究述评》（下），原载《俄罗斯文艺》2003年第1期。

72. 《比较文学平行研究功能模式新论》，原载《北京师范大学学报》2003年第2期。

73. 《试论比较文学的超文学研究》，原载《中国文学研究》2003年第1期。中国人民大学复印资料《文艺理论》2003年第6期转载。

74. 《比较文学"影响研究"新解》，原载《北京社会科学》2003年第2期。

75. 《比较文学影响研究新解》，原载《商丘师范学院学报》2003年第6期。

76. 《作为比较文学的比较文体学——概念的界定、研究的课题与对象》，原载《北京邮电大学学报·社科版》2003年第1期。

77. 《我如何写作〈中国比较文学研究二十年〉——兼论学术

史研究的原则与方法》，原载《山西大学学报》2003年第1期。

78. 《近二十年来我国翻译文学研究述评》（与王霞合作），原载《苏州科技大学学报》2003年第1期。

79. 《近二十年来我国的中日古代文学比较研究述评》，原载《日语学习与研究》2003年第2期。

80. 《近年来我国的中日现代文学比较研究概述》，原载《中国现代文学研究丛刊》2003年第2期。

81. 《近二十年来我国的中外戏剧比较研究》，原载《戏剧》（中央戏剧学院学报）2003年第2期。

82. 《近20年来西方文学思潮与中国现代文学关系研究述评》，原载《长江学术》总第3辑（2003年）。

83. 《中国的中德文学关系研究概评》，原载《德国研究》2003年第2期。

84. 《近年来我国的中法文学关系研究述评》，原载《法国研究》2003年第1期。

85. 《试论文学史写作的三种模式与比较文学》，原载《外国文学研究》2003年第3期。

86. 《逻辑·史实·理念——答夏景先生对〈比较文学学科新论〉的商榷》，原载《中国比较文学》2004年第2期。

87. 《翻译文学的学术研究与理论建构——我怎样写〈翻译文学导论〉》，原载《北京师范大学学报》2004年第3期。

88. 《拾西人之唾余、唱"哲学"之高调，谈何创新——驳〈也谈比较文学学科理论的创新问题〉》，原载《南京师范大学文学院学报》2004年第1期。中国人民大学报刊复印资料《文艺理论》2004年第7期转载。

89. 《比较诗学：局限与可能》，原载《中国文学研究》2004年第3期。

90. 《什么人、凭什么进入〈中国翻译词典?〉》，原载《临沂师范学院学报》2004年第2期。

91. 《论"涉外文学"及"涉外文学"研究》，原载《社会科学评论》2004年第1期。

92. 《20世纪80—90年代中国的中日文学比较研究概观》，原载《东方文学研究通讯》2004年第1期。

93. 《从"外国文学史"到"中国翻译文学史"——一门课程面临的挑战及其出路》，原载《中国比较文学》2005年第2期。

94. 《中国比较文学百年史整体观》（与乐黛云合作），原载《文艺研究》2005年第2期。

95. 《私の中日両国の文学および文化関係の研究について》，原载京都外国语大学《研究論叢》（日文）2005年3月（第64号）。

96. 《20世纪80—90年代中国的中日文学比较研究概观》，原载《日本京都外国语大学中国语学科创设30周年纪念论集》（2005年）。

97. 《日本对华文化侵略的特征、方式与危害》，原载《北京社会科学》2005年第1期。

98. 《从"合邦"、"一体"到"大亚细亚主义"——近代日本侵华理论的一种形态》，原载《华侨大学学报》2005年第2期。

99. 《日本对华文化侵略与在华通信报刊》，原载《苏州科技学院学报》2005年第3期。

100. 《对侵华文学的历史批判》，原载《人民日报》2005年8月11日第9版"文论天地"栏。

101. 《挥之不去的殖民地情结——日本右翼漫画家小林善纪及其〈台湾论〉》（与亓华合作），原载《日本学刊》2005年第5期。

102. 《改革开放以来我国翻译文学的基本走向及特点》，原载北京大学《东方文学研究集刊2》。

103. 《日本侵华"笔部队"》，原载《青年文摘》（人物版）2005年第9期。

104. 《文化侵略：日本侵华第二战场（王向远访谈）》，原载《中国青年》2005年第17期。

105. 《被忽视的侵略——专访〈笔部队和侵华战争〉作者、教授王向远》，原载《国际先驱导报》2005年8月19日。

106. 《对日本"侵华文学"的历史批判》，原载《人民日报》2005年8月11日第9版。

107. 《日本在华实施奴化教育与日语教学的强制推行》，原载《教育史研究》2005年第3期。

108. 《井上靖：战后日本文坛中国题材历史小说的开拓者》，原载北京大学《东方文学研究通讯》2005年第4期。

109. 《改革开放以来我国翻译文学的基本走向及其特点》，原载《东方文学研究集刊》第 2 辑（2005 年）。

110. 《日本当代文学中的三国志题材——对题名"三国志"的五部长篇小说的比较分析》，原载《北京师范大学学报》2006 年第 3 期。

111. 《日本当代中国题材历史小说家宫城谷昌光》，原载《长江学术》2006 第 4 期。

112. 《作为军国主义侵华理论家的福泽谕吉》，原载《解放军外国语学院学报》2006 年第 3 期。

113. 《战后日本为侵略战争全面翻案的第一本书——林房雄的〈大东亚战争肯定论〉》，原载《安徽理工大学学报》2006 年第 2 期。

114. 《日本对华侵略与所谓"支那国民性研究"》，原载《江海学刊》2006 年第 3 期。中国人民大学报刊复印资料《中国现代史》2006 年 12 期转载。

115. 《日本历史小说巨匠海音寺潮五郎的中国题材》，原载《苏州科技学院学报》2006 年第 4 期。

116. 《近代日本"东洋史""支那史"研究中的侵华图谋——以内藤湖南的〈支那论〉〈新支那论〉为中心》，原载《华侨大学学报》第 4 期。

117. 《我国的波斯文学翻译应该受到高度评价》，原载《东方文学研究通讯》2006 年第 3 期。

118. 《大学课堂底蕴在于学术思想层面——在第十届青年教师基本功比赛总结讲评大会上的讲话》，原载《北京师范大学校报》2006 年 6 月 6 日第 3 版。

119. 《当代日本的中国题材历史小说整体观》，原载日本京都外国语大学《研究论丛》第67号（2006年7月）。

120. 《华裔日本作家陈舜臣论》（上、下），原载《励耘学刊》第3辑、第4辑（2006年）。

121. 《中国的东方文学理应成为强势学科》，原载《广东社会科学》2007年第2期。《高等学校文科学术文摘》2007年第3期。

122. 《战后日本文学中的战时中国体验——以鹿地亘、林京子、中园英助的作品为例》，原载韩国《ASIA》（英文与韩文双语季刊）2007年第1期。

123. 《中国题材日本文学史研究与比较文学的观念方法》，原载《中国比较文学》2007年第1期。

124. 《当代日本作家的中国纪行》，原载《燕赵学术》创刊号，2007年第1期。

125. 《新时期中俄文学关系研究》，原载《中国俄苏文学研究史论》第一卷，重庆出版社2007。

126. 《人到中年，学在中天——就十卷本《王向远著作集》出版发行采访王向远教授》，原载《社会科学家》（名家访谈栏）2007年第6期。

127. 《为有源头活水来——日本当代中国题材历史小说简论》，原载《社会科学家》2007年第6期。

128. 《"笔部队"及其侵华文学原载《文艺报》2007年4月7日，5月26日，6月23日。

129. 《日本战后文坛对侵华战争及战争责任的认识》，原载

《文艺报》2007 年 9 月 29 日，10 月 13 日，12 月 22 日。

130. 《印度文学宏观特性论》，原载《东方丛刊》2008 第 2 期。

131. 《江户时代日本民间文人学者的侵华迷梦》，原载《重庆大学学报》2008 年第 4 期。

132. 《犹太—希伯来文学的民族特性》，原载《西南民族大学学报》，2008 年第 7 期。

133. 《试论欧洲文学的区域性构造》，原载《广东社会科学》2008 年第 5 期。

134. 《译介学及翻译文学研究界的"震天"者——谢天振》，原载《渤海大学学报》2008 年第 2 期。

135. 《改变东方古典文学相对萧条局面》，原载《社会科学报》（上海）2008.6.26 第 5 版。

136. 《东方古典文学的翻译及相关问题》，原载《东方文学研究集刊》第四辑（2008 年）。

137. 《论亚洲文学区域的形成及其特征》，原载《重庆大学学报》2009 年第 1 期。

138. 《中国作家与印度文化的因缘关系值得研究》，原载《南亚研究》2009 年第 1 期。

139. 《中外文学关系史研究与中国比较文学"跨文化诗学"的特性》，原载《跨文化对话》第 24 辑（2009 年第 1 期）。

140. 《世界比较文学的重心已经移到了中国》，原载《中国比较文学》2009 第 1 期。

141. 《从宏观比较文学看法国文学的特性》，原载《法国研究》2009 年第 1 期。

142. 《日本文学民族特性论》，原载《烟台大学学报》2009 年第 2 期。

143. 《"跨文化诗学"是中国比较文学的形态特征》，原载《北京师范大学学报》2009 年第 3 期。

144. 《试论俄国文学的宏观特性》，原载《俄罗斯文艺》2009 年第 1 期。

145. 《试论波斯文学的民族特性》，原载《苏州科技学院学报》2009 年第 2 期。

146. 《古今中华任挥洒——论日本当代著名作家伴野朗的中国题材历史小说创作》，原载《南京师大文学院学报》2009 第 2 期。

147. 《从宏观比较文学看中国传统文学的文化特性》，原载《河北学刊》2009 年第 4 期。

148. 《道通为一——日本古典文论中的"道""艺道"与中国之"道"》，原载《吉林大学社会科学学报》2009 年第 6 期。

149. 《沙：阿拉伯民族文化与文学的基本象征》，原载《西南民族大学学报》2009 年第 10 期。

150. "宏观比较文学"与本科生比较文学课程内容的全面更新》，原载《中国大学教学》2009 年第 12 期。

151. 《气之清浊各有体——中日古代语言文学与文论中"气"概念的关联与差异》，原载《东疆学刊》2010 年第 1 期。

152. 《比较文学学术系谱中的三个阶段与三种形态》，原载

《广东社会科学》2010 年第 5 期。

153. 《从宏观比较文学看德国文学的特性》，原载《汉语言文学研究》创刊号 2010 年第 1 期。

154. 《论拉丁美洲文学的区域性特征》，原载《苏州科技学院学报》2010 年第 4 期。

155. 《应该在比较文学及中外文学关系史研究中提倡"比较语义学"方法》，原载《跨文化对话》第 26 辑（2010 年第 1 期）。

156. 《中日"文"辨——中日"文"、"文论"范畴的成立与构造》，原载《文化与诗学》2010 年第 2 期（总第 11 辑）。

157. 《"百年国难"与"百年国难文学史"——关于〈中国百年国难文学史（1840—1937）〉》的研究与写作，原载《山东社会科学》2011 年第 3 期。

158. 《论中国文学的文化特性》，原载韩国《ASIA》（韩文）2011 年第 3 期。

159. 《日本古典文论中"心"范畴及其与中国之关联》，原载《东疆学刊》2011 年第 3 期。

160. 《释"幽玄"——对日本古典文艺美学中的一个关键概念的解析》，原载《广东社会科学》2011 年第 6 期。《新华文摘》2012 年第 20 期论点摘编。

161. 《感物而哀——从比较诗学的视角看本居宣长的"物哀"论》，原载《文化与诗学》2011 年第 2 期。

162. 《一百年来我国文学翻译十大论争及其特点》，原载《苏州科技学院学报》2011 年第 6 期。人大复印资料《外国文学研究》2012 年第 5 期转载。

163. 《泰戈尔在中国的译介》，原载《中国学者论泰戈尔》（论文集），黄河出版传媒集团 2011 年。

164. 《民族文学的现代化即为"国民文学"——"国民文学"的形成与提倡》，原载《北京师范大学学报》2012 年第 1 期。《高等学校文科学报文摘》2012 年第 2 期转摘。另载《中西文化交流学报》（美国）第 1 卷第 1 期（2009 年 12 月）。

165. 《论"寂"之美——日本古典文艺美学关键词"寂"的内涵与构造》，原载《清华大学学报》2012 第 2 期。

166. 《日本文坛对侵华战争罪恶的反省寥寥无几》，原载《中国艺术报》2012 年 3 月 16 日第 5 版。

167. 《日本古代文论的生成、发展、特色及汉译问题》，原载《广东社会科学》2012 年第 4 期。

168. 《日本近代文论的系谱、构造与特色》，原载《山东社会科学》2012 年第 6 期。《中国社会科学文摘》2012 年第 10 期转摘。《新华文摘》2012 年第 20 期摘要。

169. 《论日本美学基础概念的提炼与阐发——以大西克礼的〈幽玄〉〈物哀〉〈寂〉三部作为中心》，原载《东疆学刊》2012 年第 3 期。

170. 《日本的"哀·物哀·知物哀"——审美概念的形成流变及语义分析》，原载《江淮论丛》2012 年第 5 期。《新华文摘》2012 年第 24 期。

171. 《黑非洲文学的区域性特征简论》，原载《苏州科技学院学报》2012 年第 3 期。

172. 《理论文本与诗性文本之间——日本古典文论的文本间性与翻译方法》，原载《中国社会科学报》2012 年 12 月 14 日。

173. 《中国的"东方学"：概念与方法》，原载《东疆学刊》2013 年第 2 期。中国人民大学报刊复印资料《文化研究》2013 年第 8 期转载。另载《北大南亚东南亚研究》第 1 卷，2013 年 1 月。

174. 《"汉俳"三十年的成败与今后的革新——以自作汉俳百首为例》，原载《山东社会科学》2013 年第 2 期。

175. 《日本文学史研究中基本概念的界定与使用——叶渭渠、唐月梅著〈日本文学思潮史〉及〈日本文学史〉的成就与问题》，原载《山东社会科学》2013 年第 4 期。

176. 《日本身体美学范畴"意气"考论》，原载《江淮论坛》2013 年第 3 期。中国人民大学报刊复印资料《文艺理论研究》2013 年第 8 期转载。《新华文摘》2013 年第 17 期摘要。

177. 《近十年来我国日本文论与美学研究中的若干问题与缺憾》，原载《广东社会科学》2013 年第 5 期。

178. 《我国的日本汉文学研究的成绩与问题》，原载《东北亚外语研究》2013 年第 1 期（创刊号）。

179. 《我国日本文学研究的历史经验、文化功能及学术史撰写》，原载《外国文学研究》2013 年第 6 期。

180. 《打通与封顶：比较文学课程的独特性质与功能》，原载

《燕赵学术》2013 年第 1 期。

181. 《"文典"的"经典化"》，原载《中国社会科学报》2013 年 3 月 8 日。

182. 《"国人之学"即是"国学"》，原载《社会科学报》（上海）2013 年 2 月 21 日。

183. 《我的"国学观"》，原载《北京日报·理论版》2013 年 3 月 11 日。

184. 《翻译的快感》，原载《社会科学报》（上海）2013 年 6 月 27 日第 5 版。

185. 《应有专业化、专门化的翻译文学史》，原载《社会科学报》（上海）2013 年 10 月 17 日第 5 版。

186. 《值得好好研究的叶渭渠先生》，原载《中国社会科学报》2013 年 11 月 25 日。

187. 《卓尔不群，历久弥新——重读、重释、重译夏目漱石的〈文学论〉》，原载《南京师范大学文学院学报》2014 年第 1 期。

188. 《比较文学史上的宏观比较方法论及其价值》，原载《中国比较文学》2014 年第 1 期。

190. 《当代中国的日本文学阅读现象分析》，原载《名作欣赏》2014 年第 1 期。

191. 《中国的"感""感物"与日本的"哀""物哀"——审美感兴诸范畴的比较分析》，原载《江淮论坛》2014 年第 2 期。中国人民大学报刊复印资料《中国古代近代文学研究》2014 年第 7 期转载。

192. 《日本"物纷"论——从"源学"用语到美学概念》,原载《上海师范大学学报》2014年第3期。

193. 《日本古代文论的千年流变与五大论题》,原载《北京师范大学学报》2014年第4期。

194. 《"创造性叛逆"还是"破坏性叛逆"?》,原载《广东社会科学》2014年第3期。

195. 《翻译学·译介学·译文学——三种研究模式与"译文学"研究的立场方法》,原载《安徽大学学报》2014年第4期。《新华文摘》2015年第1期摘要。

196. 《论翻译文学批评——特殊性、批评标准与批评方法》,原载《苏州科技学院学报》2014年第2期。

197. 《和歌俳句在中国》,原载《比较文学与文化研究丛刊》(创刊号),2014年。

198. 《中国的涉外学术"有实无名"弊端凸显》,原载《北京日报》理论周刊2014年2月10日。

199. 《中国的"日本学"何为?》,原载《中国社会科学报》2014年2月7日,B01版。

200. 《中国东方学"实"至而"名"未归》,原载《中国社会科学报》(评论版)2014年4月11日。

201. 《渡边淳一在中国:审美化阅读》,原载《文艺报》2014年5月16日。

202. 《"译文不在场"的翻译文学史——"译文学"意识的缺失与中国翻译文学史著作的缺憾》,原载《文学评论》2015年第3期。

203. 《以"迻译/释译/创译"取代"直译/意译"——翻译方法概念的更新与"译文学"研究》，原载《上海师范大学学报》2015 年第 5 期。

204. 《"译文学"的概念与体系——诸概念的关联与理论体系的构建》，原载《北京师范大学学报》2015 年第 6 期。

205. 《从"归化/洋化"走向"融化"——中国翻译文学译文风格的取向与走向》，原载《人文杂志》2015 年第 10 期。《中国社会科学报》2015 年 10 月 30 日转载。

206. 《中国翻译思想的历史积淀与近年来翻译思想的诸种形态》，原载《广东社会科学》2015 年第 5 期。

207. 《"译文不在场"的翻译文学史》，《中国社会科学文摘》2015 年第 10 期。

208. 《"翻译度"与缺陷翻译及译文老化——以张我军译夏目漱石〈文学论〉为例》，原载《日语学习与研究》2015 年第 6 期。

209. 《正译/缺陷翻译/误译——"译文学"译文评价的一组基本概念》，原载《东北亚外语研究》2015 年第 4 期。

210. 《被误解的"东方学"》，原载《社会科学报》2015 年 2 月 5 日第 5 版。

211. 《日本殖民作家的所谓"满洲文学"》，原载《名作欣赏》2015 年第 22 期（总第 510 期）。

212. 《"亚细亚主义""大东亚主义"及其御用文学》，原载《名作欣赏》2015 年第 25 期（总第 513 期）。

213. 《日军在中国沦陷区的"宣抚"活动与"宣抚文学"》，

原载《名作欣赏》2015 年第 31 期（总第 519 期）。

214. 《日本对中国的文化侵略（系列论文）》，原载《作家通讯》（月刊）2015 年第 3—12 期。

215. 《〈"笔部队"与侵华战争〉》（系列论文），原载《海内与海外》2015 年第 8—12 期。

216. 《日本的侵华诗歌》，原载《名作欣赏》2016 年第 1 期（总第 525 期）。

217. 《炮制侵华文学的"国民英雄"火野苇平》，原载《名作欣赏》2016 年第 7 期（总第 531 期）。

218. 《"翻"、"译"的思想——中国古代"翻译"概念的建构》，原载《中国社会科学》2016 年第 2 期。

219. 《"理"与"理窟"——中日古代文论中的"理"范畴关联考论》，原载《社会科学研究》2016 年第 2 期。

220. 《姿清风正——日本古代"风/体/姿""风姿/风体/风情"论及与中国文论之关联》，原载《人文杂志》2016 年第 4 期。

221. 《修辞立"诚"——日本古代文论的"诚"范畴及与中国之"诚"关联考论》，原载《山东社会科学》2016 年第 4 期。

222. 《"译文学"与一般翻译学的建构与"译文学"之补益》，原载《中国政法大学学报》2016 年第 5 期。

223. 《2015 年度中国的日本文学研究》，原载《日语学习与研究》2016 年第 2 期。

224. 《诗韵歌调——和歌的"调"论与汉诗的"韵"论》，原载《东疆学刊》2016 年第 2 期。

225. 《日本的"佗""佗茶"与"佗寂"的美学》，原载《东岳论丛》2016 年第 7 期。

226. 《中国古代译学五对范畴、四种条式及其系谱构造》，原载《安徽大学学报》2016 年第 3 期。

227. 《浮世之草，好色有道——井原西鹤"好色物"的审美构造》，原载《东北亚外语研究》2016 年第 3 期。

228. 《"译文学"与"译介学"——"译介学"的特色、可能性与不能性及与"译文学"之关联》，原载《民族翻译》2016 年第 4 期。

229. 《"一带一路"与中国的东方学》，原载《广西师范学院学报》2016 年第 5 期。

230. 《"译文学"之于比较文学的作用与功能》，原载《广东社会科学》2016 年第 4 期。

231. 《中日古代文论中的"情"、"人情"关联考论》，原载《西南民族大学学报》2016 年第 4 期。

232. 《日本文学研究视域中"北京"的"方法化"》，原载《中国图书评论》2016 年第 8 期。

233. 《荣格精神分析心理学及其东方学思想》，原载《文化与诗学》2017 年第 2 期。

234. 《"一般文学"与"总体文学"辨析》，原载《江南大学学报》2017 年第 1 期。

235. 《外国文学研究的浅俗化弊病与"译文学"的介入》，原载《东北师大学报》2017 年第 1 期。

236. 《"不易"并非"不容易"——对释道安"三不易"的误释及其辨正》，原载《北京师范大学学报》第4期。

237. 《"创造性叛逆"的原意、语境与适用性——并论译介学对"创造性叛逆"的挪用与转换》，原载《人文杂志》2017第10期。

238. 《〈古今和歌集〉汉译中的歌体、歌意与"翻译度"》，原载《日语学习与研究》2017年第6期。

239. 《史料、识见与精神魅力——〈中外文学交流史〉及王晓平著〈中国—日本卷〉读后卮言》，原载《跨文化对话》2017年第1期。

240. 《东亚茶道与"涩味"美学》，原载《西南民族大学学报》2016年第8期。

241. 《"慰"论：日本文学功能理论及与中国古代文论之关联》，原载《东岳论丛》2017年第9期。

242. 《希罗多德《历史》与"东方—西方"观的起源》，原载《国文天地》（台北）2017年第9期。

243. 《东方学视角下的泰戈尔"东方"及"东方文化"思想》，原载《同济大学学报》2017年第5期。

244. 《从"东方学"视角看斯宾格勒的东方衰亡西方没落论》，原载《中外文化与文论》2017年第2期。

245. 《语言崇拜与东方传统语言观念的内在关联》，原载《东北亚外语研究》2017年第4期。

后　记

《"译文学"——翻译研究新范型》，是我在《翻译文学导论》之后又一部关于翻译学、翻译文学理论的著作，纯粹就是"写作冲动"的产物，是忙里偷闲、插空写出来的。它既不是接受资助的项目，也不是早就列入计划的作品；既没有谁来催稿，也没有非得在特定时间内写出来的理由。只是想写出来、不吐不快而已。这些年来，我坚持拿出一定的时间做翻译。既翻译学术理论著作，也翻译纯文学作品。在这个过程中，自然而然地会将翻译实践体验与翻译学、译文学的问题加以对接和思考，于是萌发写作冲动。当写作冲动袭来的时候，就将手中其他的活儿暂且停下来，写出一两篇《译文学》的文章。就这样，从2014年10月到2016年底，断断续续写了两年多的时间。在这个过程中，各章作为单篇论文也陆续在各学术期刊上全部发表出来，并产生了一定的影响。期间不断有读过相关论文的读者朋友通过邮件、短信、微信等形式与我交流，也得知有学界同行用"译文学"的观念方法写文章或者设计申报研究课题。

去年有一天，和外地来访的一位同行朋友喝茶聊天。朋友

后 记

读过我已发表的译文学方面的文章,问我写作近况。我对他说:《译文学》快写完了,我自以为在迄今为止我的著作中,和最近刚杀青的《中日古代文论范畴关联考论》一样,可能是我理论原创程度最高的作品之一。全书从概念范畴到理论体系都是我自己的,用我常说的写书如同建房的比喻来说,房子是我自己建的,而且建房用的砖头瓦块大部分也是我自己做的。因为胸有成竹,所以写作速度相当快,有酣畅淋漓、一气呵成的感觉;我并不觉得"挤牙膏"式、苦思冥想的写法就能写出好东西来。快,实在是因为资料准备充分,思考成熟,呼之欲出。所谓"慢工出细活",这话当然不错,但是要看干的是什么活儿。那些资料爬梳、校勘、校注之类的文献学色彩较浓的活儿,还是慢点为好,否则容易出错。但是创作(包括虚构性的文学创作、非虚构性的思想理论创作)就不同了,写作速度快,反而会写得更好。据说当年戴厚英的长篇小说《人啊!人》是用一个月写出来的,至今仍能读出汪洋恣肆、倾泻而出的快意。要说快,欧美、日本的那些大家肯定比我们快得多,否则怎么会写那么多著作呢?例如马克斯·韦伯那些卷帙浩繁的著作绝大多数都是在他 56 岁去世前的 16 年间写出来的;日本文豪夏目漱石只活了 49 岁,专业写作的时间只有最后的 12 年,而身后的全集却有 29 卷。这些人大概一生都处在滔滔汩汩的高效率的创作中,而我等的这种状态也最多能够持续一段时间而已,跟人家到底不能比啊!可是我们现在是 21 世纪的人了,论写作条件,比他们要好得多。……说到此处,两人一同慨叹。

当本书刚刚整理完的时候，贵州的朋友赵平教授微信聊天时告诉我：自己"去年年底实现了'人生大目标'，出版书籍五十本……"。我此前读过他用日语发表的小说，深为感佩。我说："赵兄将创作、翻译、研究三者结合，成就出类拔萃，不仅日文圈罕见，整个学界也罕见。"又说："对于我们这样的学人而言，只有自己的书和文章才能证明自己，其他功名利禄之类，都是浮云。"赵平教授说："是的。这个道理，我在十二年前查出癌症晚期时才明白。那以后的十二年，自己觉得写作还是比较努力的。"我回复说："写作本身就是给生命最好的礼物。每本书都是自己给自己做的纪念碑。书有人读无人读，读者多读者少，都无关紧要。正如纪念碑，无论放在人多的地方还是放在人迹罕至的深山里，它都是纪念碑。"赵平教授呼应说："同感！大兄这句话，我要放到我的空间去。"实际"纪念碑"云云，是我为赵平教授的自强不息有感而发，并非是说我写的东西会成为什么碑。不过，它起码还是经我精心打磨的石头，它能够"证明"我，或者说能够成为我的"证明"。《译文学》当然也是如此。

2015年初到2017年底的三年间，我应邀到北京大学、北京外国语大学等四十多所大学做学术讲座，其中三十多所大学允许我自报题目，于是我就申报了"译文学"。受讲"译文学"的大学先后有北京语言大学、天津外国语大学、天津师范大学、南开大学、安徽大学、合肥工业大学、杭州师范大学、浙江工商大学、华东师范大学、上海外国语大学、上海大学、同济大学、广东外语外贸大学、暨南大学、东北师范大学、吉

后 记

林大学、长春理工大学、华侨外国语大学、石河子大学、新疆大学、大连外国语大学、中央财经大学、华中科技大学、华中师范大学、云南大学、云南师范大学、延边大学、南京农业大学、南京林业大学、河北师范大学、湖南大学、湖南师范大学、安徽师范大学、江西师范大学等,所讲内容大都是《译文学》中的相关章节或内容总括,听众虽然有多有少,但场场反应热烈,表现出对翻译研究范型与方法更新的热切期待,也给了我很大的鼓舞。

  在这三年间,我分别给博士生、硕士生、本科生开设了比较文学方法论的课程,为了突显前沿性,我对已经出版和发表的东西一般就略讲,而刚写出来的《译文学》则占了很大比重。在讲授的过程中,我注意观察学生的接受情况,随时对局部细节加以修改,有些章节则加以补写。到了期末,则引导学生运用"译文学"的研究范型来撰写论文。我发现,起码从选题上说,"译文学"的范型打开了一片新的天地,效果是显著的。但学生们反映,感觉"译文学"的文章写起来难度很大。的确,"译文学"作为一个新的理论体系,在理解把握上是有难度的;作为一种新的研究范型,在实践中加以运用则更有难度,因为它需要研究者事先具备翻译理论与翻译实践两方面的修养,尤其是在眼光见识上要高于(至少不低于)翻译实践家,然后才能对他们的译文做出语言学、文化学、美学的判断与评价。所以一些学生坦言在"译文学"学习与运用过程中每每会感到自己在中文与外文、语言学、文化学、美学等各方面知识的不足。不过,"译文学"操作的困难性却能帮助学生们领悟到：文学研究并非一些人想象的那样容易，并不是读一读作品、做一番赏析评论即可完事，也不是只把文献资料收集过来加以梳理评述即告大吉。"译文学"的研究是跨语言、跨文化、多学科的复杂的知识建构与思想生产。从这个角度看，"译文学"不会成为一种普及的学问。但是，学问研究本来就不是普及和启蒙，难度是专业性的必要的门槛。

在添上这篇"后记"、即将交付出版的时候，我要特别感谢为本书写作、为"译文学"的理论的传播提供直接与间接帮助的朋友们。感谢译介学理论家谢天振先生，他曾对我的有关文章的电子版初稿做过仔细的批注和指导；感谢"西南地区外语学科发展研讨会暨教师培训班"（昆明，2017 年 5 月）邀请我做关于"译文学"的讲座；感谢东京的日本大学吴川教授在日本和中国关于翻译学的历次讲座中宣传和运用"译文学"的理论与方法；还要感谢为本书各章提供发表机会的十几家学术期刊，包括《中国社会科学》《文学评论》《北京师范大学学报》《东北师大学报》《上海师范大学学报》《安徽大学学报》《中国政法大学学报》《人文杂志》《广东社会科学》《日语学习与研究》《民族翻译》《东北亚外语研究》，以及陆建德、李琳、何兰芳、宋媛、魏策策、刘云、陈吉、张灵、韩冷、唐超、柴红梅、董薇、王昇远、李爱文、李广悦等诸位朋友的支持帮助，《译文学》各章作为单篇论文在这些期刊上得以陆续、及时的发表，使得我能够不断倾听相关反应与反响，并做相应的补充修改。如今，在沉淀、修改了一年多之后，经中央编译出版社邓彤博士之手，作为最终成果的"书"终于得以出版。邓彤博士精心编辑运作，将本书做成精装，而且做得如此精美，是我尤为满意的。

王向远

2017年12月30日